다니엘 데론다 4

서양편 · 756

Daniel Deronda

다니엘 데론다 4

조지 엘리엇(George Eliot) 지음
정상준 옮김

한국연구재단 학술명저번역총서 서양편 · 756

다니엘 데론다
4권

1판 1쇄	2016년 12월 26일
원 제	Daniel Deronda
지 은 이	조지 엘리엇(George Eliot)
옮 긴 이	정 상 준
책임편집	이 지 은
펴 낸 이	김 진 수
펴 낸 곳	**한국문화사**
등 록	1991년 11월 9일 제2-1276호
주 소	서울특별시 성동구 광나루로 130 서울숲IT캐슬 1310호
전 화	(02)464-7708 / 3409-4488
전 송	(02)499-0846
이 메 일	hkm7708@hanmail.net
홈페이지	www.hankookmunhwasa.co.kr
블 로 그	http://blog.naver.com/hkm2012

책값은 뒤표지에 있습니다.

잘못된 책은 구매처에서 바꾸어 드립니다.

ISBN 978-89-6817-446-9 04840
세트 978-89-6817-446-9 04840

이 도서의 국립중앙도서관 출판시도서목록(CIP)은
서지정보유통지원시스템 홈페이지(http://seoji.nl.go.kr)와
국가자료공동목록시스템(http://www.nl.go.kr/kolisnet)에서
이용하실 수 있습니다.(CIP제어번호: CIP2016031693)

한국연구재단 학술명저번역총서'는 우리 시대 기초학문의 부흥을 위해
한국연구재단과 한국문화사가 공동으로 펼치는 서양고전 번역간행사업입니다.

차례

D

Daniel Deronda

4권

D

1권

2권

3권

제7부

어머니와 아들

Daniel Deronda

제50장

만일 너무 일찍 태어난 어떤 인간이
진정한 자신의 시대가 밝아올 때까지
여러 시대가 오고 가는 동안
어떤 큰 몽환에 빠져 있다면,
그의 침대에서 밤을 새는 사람의 말을 기록할 수 있다면,
그러면 나는 내 눈썹 위로 너무나 가볍게 스치는 숨결과
내 머리칼을 더듬는 따뜻한 손가락에 대해
더 많이 말할 수 있으리라. 청춘은 혼란스러운 것.
그러나 청춘이 떠났을 때,
요정이 잠을 가로지를 때 물뱀이 뒤척이듯이
무의식적으로, 청춘을 향해 몸을 돌렸을 때처럼
내가 무기력한 적도 없었다.

브라우닝 『파라셀수스』[1]

---

[1] 로버트 브라우닝(1811~1889)은 빅토리아 시대의 대표적 시인 중 하나로 극적 독백 양식의 시로 잘 알려져 있다. 여기 실린 초기의 시 『파라셀수스』(1835)의 주인공은 '대체요법학자'로 변모한 의사이다.

휴고 경이 데론다의 손에 쥐여준 편지는 이러했다.

내 아들, 다니엘 데론다에게,

내 좋은 친구이자 네 좋은 벗인 휴고 맬링거 경이 내가 너를 만나려 한다는 말을 전하셨겠지. 내 건강이 악화되어 이제 오랫동안 넘겨주지 않았던 것을 지체 없이 네게 전달하려 한단다. 무슨 일이 있어도 이달 14일까지 제노바[2]의 알베르고 델 이탈리아 호텔에 있도록 해라. 내가 머물 스페치아[3]에서 언제 제노바로 출발할 수 있을지 확실하지 않구나. 여러 가지 상황에 달려있으니. 나를 기다려다오, 할름-에버쉬타인 공작부인을. 휴고 경이 네게 준 다이아몬드 반지를 갖고 오너라. 다시 보고 싶구나. 네가 알지 못하는 엄마,

리오노라 할름-에버쉬타인.

이처럼 무미건조한 편지에서 데론다는 앞으로 어떤 일이 일어날지 그 실마리를 찾을 수 없었다. 하지만 휴고 경의 과묵함을 그냥 받아들일 수밖에 없었다. 그의 과묵함은 어머니가 밝힐 비밀을 미리 드러내지 않겠다는 모종의 약속을 의미하는 것 같았다. 데론다는

---

2 이탈리아의 북서쪽 연안에 위치한 큰 항구. 중세시대의 중요한 상업 교역지였다.

3 라 스페치아. 리구리아 지역에 있는 이탈리아의 해안 도시.

평생 간직해온 짐작이 착각이었음을 알게 된 이상, 더는 추측하려 들지 않았다. 상상력이 재빨리 비약해서 그럴듯한 가능성을 둘러보는 것은 막을 수 없었지만, 어떤 가능성도 다른 것보다 더 그럴듯하게 여기며 깊이 숙고하지 않았다. 결국 어떤 사실이 밝혀지든 그것을 용감하게 받아들이겠다는 결의로 마음을 다잡아야 하는데, 그렇지 않고 어떤 가능성을 소중하게 생각하고 간절히 바라거나 큰 혐오감을 느끼게 될까 염려스러웠던 것이다.

여행을 떠난다는 사실을 몇몇 사람에게 미리 알려야 했지만, 이런 마음 상태에서는 여행을 가는 이유를 누구에게도 말할 수 없었다. 누구보다도 모르디카이에게 말하기 어려웠다. 그 이유는 자기 자신에게 그렇듯 모르디카이에게도 큰 파장을 미칠 것이다. 파장을 미치는 방식이 조금 다르기만 할 것이다. 만일 그가 '내 출생의 진실을 알아보러 갑니다.'라고 말하면, 모르디카이는 점점 부풀어 오른 희망에 결국 고통스럽고 위험한 흥분 상태에 이를 것이다. 그러므로 상상의 여지를 없애기 위해 그는 휴고 경의 요청으로 여행하게 되었다고 말했다. 가급적 무심한 태도로 그렇게 말했고, 얼마간 여행할지 확실하지 않고 아주 짧을 수도 있다고 덧붙였다.

"제이콥과 함께 지내게 해달라고 부탁해야겠소." 모르디카이는 처음에 슬픈 눈으로 바라보더니 이런 식으로 위안을 찾으며 말했다.

"마차를 타고 가서 아이를 데려올 수 있게 허락해달라고 코헨 부인에게 청하겠어요." 미라가 말했다.

"그 할머니는 당신에게 아무것도 거절하지 않을 거예요." 데론다가 말했다. "당신의 판단이 내 판단처럼 약간 틀려서 기쁩니다." 그가 모르디카이를 보고 미소를 지으며 말했다. "할머니가 미라를 보면 견디기 어려울 거라고 생각하셨지요."

"그분의 따뜻한 마음을 과소평가했소." 모르디카이가 말했다. "자기 꽃이 시들어도 다른 사람의 꽃이 피는 것을 기뻐할 수 있는 분이오."

"아, 소중하고 좋은 분들이에요. 우리 모두 친척인 것 같아요." 미라는 명랑한 기색으로 미소를 띠며 말했다.

"그 에즈라가 당신의 오빠였으면 어떤 기분이었겠어요?" 데론다가 농담하듯 말했다. 데론다는 그녀의 앞날을 생각하면서 그들을 무척 곤혹스럽게 느꼈는데 미라는 이들에게 즉시 애정을 품었기에 약간 약이 오른 것이다.

미라는 조금 놀라서 잠시 그를 쳐다보고는 말했다. "그분은 나쁜 사람이 아니에요. 누구도 저버리지 않을 사람인 것 같아요." 그러나 이렇게 말하면서 그녀는 얼굴이 빨갛게 물들었고 겁먹은 듯이 모르디카이를 쳐다보다가 고개를 돌려 일거리를 찾았다. 그녀는 아버지를 떠올렸고, 이 문제에 관해 오빠와 똑같이 괴로운 의식을 갖고 있었다. '만일 아버지가 오셔서 우리를 찾아낸다면!' 때로 이런 생각이 들면 미라는 환한 길거리가 모퉁이마다 상상의 유령이 숨어 있고 귀신이 우글거리는 숲처럼 깜깜해지는 느낌이었다.

데론다는 그녀가 의도치 않게 내비친 것을 알았고, 그 홍조의 의미를 이해했다. 이제 그가 전보다 더 가까이 다가온 감정을 어찌 재빨리 이해할 수 없겠는가? 그의 어머니의 편지를 보면, 자식으로서 그와 어머니의 관계가 괴로운 상황을 벗어날 수 없으리라는 것을 짐작할 수 있었다. 실로, 참으로 희한하게도, 그 편지는 어머니를 살아 있는 실체로 더 가깝게 만들어 주면서도 그가 애정을 쏟기에는 너무 먼 곳으로 밀어내버렸다. 주위의 여자들을 관찰하면서 오랫동안 그의 마음은 보살핌과 애정을 받지 못해 더 힘든 삶을 보냈을 어머니에 대한 다정한 열망을 키워 왔고, 존경이든 동정이든 받아야 할 몫을 온전히 받지 못한 어머니의 모습이 그의 마음에 은밀히 자리 잡고 있었다. 그러나 이제 어머니를 상상해온 그림은 휴고 경에 대한 예전의 짐작처럼 사실에 들어맞지 않을 것 같았다. 어머니의 실제 감정이 친필로 적힌 편지를 받았을 때 자신의 애정이 갑자기 모호한 감정으로 쪼그라들었음을 깨달으며 그는 어리둥절했다. 수수께끼 같은 말을 하는 베일에 가려진 인물이, 그가 애착을 품고 조금씩 만들어낸 이미지, 그의 애정과 효성 어린 갈망을 받는 불확실한 이미지를 밀어내 버린 것이다. 제노바로 출발할 때 그에게 가장 중요한 관심사는 자신과 어머니의 관계라기보다는 모르디카이와 미라와의 관계였다.

"하나님께서 축복해주시기를, 다니엘." 휴고 경은 그와 악수를 나누며 말했다. "자네에게 어떤 변화가 일어나든, 나는 자네가 알아온 가장 오래된 벗이고, 그동안 자네에 대해 늘 최선의 감정을 느껴왔다는 사실은 변함없네. 자네가 내 아들이었어도 더 사랑할 수 없었을 거야. 다만 장차 토핑 애비의 주인으로 그 멋들어진 조카가 아니라 자네를 생각하며 기뻐했겠지. 그러면 자네는 정치가가 되어야겠다고 느꼈을 테고. 아무튼, 가능한 대로 상황이 전개되겠지." 이처럼 의미 없는 말과 진지한 감정이 담긴 말을 뒤섞는 것이 준남작의 자기방어 수단이었다.

데론다가 제노바의 '이탈리아' 호텔에 도착했을 때 할름-에버쉬타인 공작부인이라는 사람은 그곳에 없었다. 하지만 이틀째 되는 날 그에게 편지가 전달되었는데 그녀가 일주일 내로 도착할 수도 있고 아니면 2주일 이상 연기될 수도 있다고 쓰여 있었다. 일정을 정확히 잡을 수 없는 상황이므로 가능한 참을성 있게 기다리라고 간청했다.

이처럼 자신에게 지극히 중요한 문제가 결정되지 않은 불확실한 상태에서 데론다는 어수선한 마음을 가라앉히고 지루하게 기다리는 시간을 활기 있게 보내려고 철학적 즐거움을 찾는 어려운 일에 착수했다. 예전에 이 멋진 도시에 들렀을 때는 급히 지나갔으므로, 지정된 관광 코스 외에도 선선한 시간에 거리와 부두, 주변을 돌아다니고 관찰하며 배울 것이 많았다. 그는 바다에 나가서 이 도시와 항구의 장대한 풍경을 둘러보려고 종종 배를 타기도 했다. 모든 풍경과 사물, 심지어 예정된 어머니와의 만남도 모르디카이와 미라를 중심으로 결합되었고, 마음에 떠오르는 생각마다 즉시 두 사람에 결합되었다. 배가 나아가는 동안 방대한 항구를 바라보면서 그의 마음을 사로잡은 생각 중 하나는 수백 년 전에 스페인의 자기 집에서 무일푼으로 쫓겨난 수많은 스페인계 유대인이었다. 그들은 넓은 제노바 부두에서 잠시 쉬도록 상륙 허가를 받아 혼잡한 배에서 나왔고, 이곳을 굶주림과 역병의 장막으로 뒤덮었다. 100개의 기아감옥[4]에서 쫓겨난 무리처럼 한낮의 뙤약볕 아래서 죽어가는 어머니의 가슴에 죽어가는 아이들이 매달렸고, 아버지와 아들은 서로의 초췌한 모습을 멍하니 바라보았을 것이다. 자신의 조상에 대한 모호한 상상을 펼치다 보면 그 상상은 그가 미라를 알게 되면서 새로운 관심을 느꼈고 이제는 모르디카이의 영향을 받아 저항할 수 없이 머릿속을 지배한 역사적 기억과 엮이곤 했다. 할 수만 있으면 그는 그런 식으로 전개되는 생각에 마음을 닫아걸었을 것이다. 그는 모르디카이의 확신이 사실로 입증되기를 바란다고 스스로 온전히 인정한 적이 없었다. 그 문제에 자신은 선택권이 없다고, 무언가를 바라는 것은 어리석은 일이라고 속으로 되뇌었다. 아니, 혈통의 문제에서 무언가를 바라는 것은 친족관계를 인정하지 않으려는 비열함 같았다. 뭔가를 기대하며 의절하려는 것이다. 그가 할 일은 사실을 받아들이는 것뿐이었다. 휴고 경에 대한 착각을 확인했으므로, 이제는 실로 타당한 추측의 근거가 될 것도 없었다. 비밀이 철저히 숨겨져 왔으므로 어떤 추정도 믿을 수 없었다. 그의 이름도 가명일지 모른다. 만일 모르디카이가 틀렸다면? 자신이, 다니엘 데론다라고 불리는 인물이, 친구가 애처로운 희망을 품고 계획한 인생행로와 완전히

---

4 수감자들이 굶어죽는 탑 모양의 감옥.

동떨어진 유대에 묶여있다면? 그는 "이러면 좋겠다."라고 말하지는 않을 테지만 어느 쪽이 희생될지 생각하지 않을 수 없었다.

그는 미결정 상태의 초조한 기분에서 끈질기게 떠오르는 이 두 가지 생각에 최대한 저항했다. 하지만 그 생각을 가로질러 끊임없이 스며드는 불안감을 물리치려는 노력은 전혀 하지 않았다. 오히려 슬픈 마음으로 그것에 대해 곰곰이 생각했다. 이런 마음은 우리가 요구를 들어줄 수 없는 사람에게 베풀어줄 최고의 보상으로 보이기도 한다. 그것은 궨덜린에 대한 불안감이었다. 경이롭게 혼합된 우리의 본성에는 독점적인 열정적 사랑과 전혀 다른 감정이 존재한다. 어떤 남자와 여자에게만 가능한 (모든 사람이 다 그렇지는 않다) 그 감정은 우정과도 다르고, 찬탄이든 동정이든 순전히 너그러운 관심과도 다르다. 한 여자에 대한 이 미묘한 감정을 가장 정확하게 표현하려면 한 남자는, 여기 관련된 사람은 남자이므로, 혼자 이렇게 중얼거릴 것이다. "난 그녀를 사랑했을 거야, 만일 ―" 그 "만일"이라는 말에는 그 이전에 먼저 커진 사랑의 감정이 들어가거나, 혹은 흔들리며 평정을 잃을 듯한 감정을 가로막는 버팀대로서 마음속의 금지령을 내린 어떤 상황이 포함될 것이다. 데론다의 경우에는 그 "만일"에 두 가지 이유가 다 포함되어 있었다. 하지만 그는 궨덜린과의 관계에서 그녀 때문만이 아니라 자기 때문에도 경계할 것이 있다는 불안한 의식을 내내 떨칠 수 없었다. 충동적인 감정을 경솔하게 표명하거나, 순간에 불과한 것이 영원히 선택된 마음의 보물을 파괴적으로 침해하거나, 그녀의 신뢰를 깨뜨리는 것에 대해 경계해야 했다. 그녀의 신뢰는 마치 행동이 잽싼 기사(騎士)에게 낚아채이거나 더 빠른 파도에 휩쓸린 여자가 그의 손이 닿지 않은 곳으로 끌려가며 내지른 점점 멀어져가는 비명인 듯이 지금 그의 감정을 움직였다. 자신은 그저 자신의 나약함을 더 강렬하게 느끼는 것이 고작인 동안에. 궨덜린에 대한 그의 감정은 다른 여자들에 대한 감정과 같을 수 없었다. 다른 여자들은 차치하고 그가 옆에 서고 싶은 한 여자가 있을 때도. 이상하게도 궨덜린의 모습은 그의 현재와 미래의 그림에 끼어들었다. 기이하게도 (지금은 슬프게도) 두 사람의 운명은 만나게 되었다. 협소하게도 개인적인 그녀의 운명과, 멀리까지 뻗어나가는 감수성과 어쩌면 영원한 목적으로 채워진 그의 운명이. 그런 목적을 그녀는 마음에 둔 적이 없었다. 평소처럼 빵 껍질을 먹으려고 왔다가 인간이 없음을 알게 된 새들이 인간이 이주하는 이유를 생각하지 않듯이. 데론다가 스스로를 한 여자에게 가장 중요한 존재라고 흔쾌히 상상했다는 말은 아니다. 그러나 자신이 "그녀 옆에 있어야 하고, 그녀를 버려서는 안 된다"는 그녀의 주장은 상상 속의 소리처럼 투명하고 끈질기게 계속 되살아났다. 그것은 단테의 표현대로 날카로운 연민이 묻은 화살촉으로 우리를 꿰뚫는 화살 같았다.

> 비명과 교살당하는 신음 소리가 내 가슴을 찢었다,
> 화살처럼, 그러나 연민의 화살촉이 달린.[5]

하루하루가 지나갔다. 이탈리아의 공기 자체에도 오스트리아에 선전 포고를 했다는 의식이 떠도는 것 같았고, 세계를 바꾼 사도바[6] 전투를 향해 꽉 짜인 시간이 매일 서둘러 흘러가고 있었다. 그동안 제노바의 한낮은 더욱 뜨거워졌고, 도시 외곽에서 수렴하는 도로에 흰 먼지가 풀풀 쌓여갔다. 길가 정원을 따라 늘어선 화분 속 서양협죽도는 점점 더 피로에 지친 행락객처럼 시들어갔다. 상쾌한 저녁이 다가오면 한낮의 더위를 피해 실내로 들어갔던 사람들이 여기저기 밖으로 나왔고, 길거리마다 즐거운 대화를 나누는 소리와 작은 노새 방울 소리, 밧줄을 휙휙 돌리는 소리, 가벼운 발걸음 소리, 느긋하진 않아도 그러다가 즐겁게 서두르는 목소리가 울려 퍼졌다. 한편 꼭대기에 성채가 자리 잡고 기슭에 멋진 저택과 정원이 이어져 도시를 에워싼 언덕들도 긴 낮잠 후에 깨어나 풍부한 아름다움을 응시하는 것 같았다. 이윽고 밀려오는 달빛에 강렬한 색채가 서서히 사라지면, 성당 계단과 장중한 궁전 정면에 정지하고 있거나 움직이는 그림자가 어른거리면서 거리는 새로운 장관을 만들어냈다. 그 후에 달이 서서히 기울어 사방이 깊은 어둠과 침묵에 잠기면, 저 아래 시커먼 어둠 속의 거대한 란테르나 항구 불빛과 저 위의 깜깜한 하

---

5 단테의 『연옥』, 칸토 29, I, 43~44행.

6 오스트리아와 프로이센의 전쟁은 프로이센이 사도바에서 오스트리아에 결정적 승리(1866)를 거두면서 종결되었고, 오스트리아인들은 프로이센이 점령한 독일에서 추방되었으며 이 사건으로 비스마르크의 독일 건설에 중요한 진전이 있었다.

늘에서 명멸하는 별빛 외에는 아무것도 보이지 않았다. 데론다는 긴장감 속에서 이처럼 지나가는 하루하루를 지켜보았다. 고대의 인물상이 일렬로 앞으로 나왔다가 물러나며 시간을 엄숙하게 알리는 놀라운 시계를 지켜보듯이. 그러면서 그는 또 다른 엄숙한 신호를 놓치지 않으려고 계속 귀를 기울였다. 그는 이런 식으로 시간을 보내는 데 넌더리가 났고, 몸값을 기다리는 죄수처럼 초연하게 모든 행위를 관조하고 있다고 느꼈다. 모르디카이와 한스에게 보낸 편지에서 자신에 대한 이야기는 피했지만, 실은 모든 주제가 사적인 문제에 귀결되는 마음 상태에 빠져들고 있었다. 공부하면서 관심을 돌리려고 가져온 몇 권의 책은 도저히 읽을 수 없었다. 인생이 그에게 제시할 관점이 이제 결정이 임박한 불확실성으로 요동치는 순간이었기 때문이다.

그는 자기 방의 열린 창문에서 하늘과 바다의 두 겹의 어둠이 흐릿하게 스며드는 것을 바라보며 많은 밤을 지새웠다. 이따금 모르디카이가 자신의 개인적 운명에 온갖 중요한 의미를 부여하도록 내버려두었지만 그것이 한낱 꿈처럼 순간적 영향밖에 미치지 않으리라는 답답한 회의감에 시달렸다. 그에게 열망의 대상인 일련의 변화가 그의 의식을 벗어나면 차이를 감지할 수 없는 덩어리나 그림자에 지나지 않았다. 때로는 힘찬 반발이 일어나 지속적 실망에도, 희생을 바치라는 요구에도 만족하는 천성적 활기를 부여했고, 어떤 미래이든 그의 창창한 앞날에 헌신적 봉사의 매력을 펼쳐 놓았다. 때로는 인간에게 가능한 최선의 일 — 완벽한 개인적 사랑이 더 큰 의무와 결합되어 함께 흘러가는 — 이 일어나리라는 즐거운 희망이 걷잡을 수 없이 솟아오르기도 했다. 때로는 현재 상황이 달라지지 않고 그대로이기 때문에 전반적 상황에 저항하려는 (어떤 인간이 그것을 피할 수 있겠는가?) 기분에 또다시 휩싸이기도 했다. 그런 기분에 빠지면 잘못된 세상사의 상징으로서 자기 삶의 고난이었던 감춰진 비밀과 더불어 궨덜린과 그녀의 어정쩡한 운명이 떠올라 어른거렸다. 그 비밀은 자신의 존재를 냉정하게 알리고도 여전히 멀리 있는 어머니에 대한 고통스러운 의혹으로 지금도 그의 내면에 영향을 미치고 있었다.

그러나 결국 어머니가 도착했다. 그가 그곳에서 기다린 지 3주째 되는 어느 날 아침에 새로운 노크 소리가 들려왔다. 사냥꾼 제복을 입은 하인이 들어와서 할름-에버쉬타인 공작부인이 도착했으며 낮에 휴식을 취하고 7시에 만날 수 있으므로 신사께서는 일찍 저녁을 드시고 시간을 비워주시면 고맙겠다는 말을 프랑스어로 전했다.

제51장

그녀는 물렛가락을 잡고 앉았네,
구불구불한 새까만 머리칼이 뒤엉킨 에린나[7],
움푹 들어간 마노색 눈으로
슬프고 놀라운 듯
솟아오른 자기 운명의 환영을 응시하네,
벌레처럼 일하며 따분하게
베 짜는 모습을.
반면 신과 남자들의 무리는
시인이 노래로 칭송한 행적을 이뤘지.

이탈리아 호텔의 어머니 숙소에 도착했을 때 데론다는 조숙하게 동요한 어린 시절이 되살아나는 기분이었다. 대기실에 있던 하인 두 명은 공작부인이 이 도시에 와서 상담을 받으려는 의사가 이처럼 외모가 출중한 젊은 신사라는 데 약간 놀라서 유심히 쳐다보았

---

7 "물레"라는 시로 알려진 그리스의 여자 시인. 에린나는 남자의 재능을 갖고 있었지만 여자의 일에 얽매여 억제된 열망을 표현했다.

다. 그의 외모 덕분에 그가 걸친 연미복의 딱딱한 선도 장식처럼 보였다. 하지만 데론다는 두 번째 문이 열리고 넓은 방의 맞은편 끝에서 그가 다가오기를 기다리는 어떤 인물 앞에 설 때까지 아무것도 눈에 들어오지 않았다.

그녀는 얼굴과 팔의 일부만 빼고는 하얗게 세어가는 정수리의 머리칼에서부터 훤칠한 몸에 흘러내린 긴 옷자락에 이르기까지 헐겁게 늘어진 검은 레이스에 가려져 있었다. 팔짱을 끼고 있는 그녀의 팔은 팔꿈치 아래로 화려한 팔찌를 제외하고 맨살을 드러냈다. 고개를 우아하게 들고 있어서 실제보다 더 멋있게 보였다. 그러나 데론다는 자세히 관찰할 틈도 없이 앞으로 나아가서 그녀가 내민 손을 잡아 입술에 댔다. 그녀는 손을 빼지 않은 채 그를 검사하듯이 바라보았다. 찌를 듯이 날카로운 눈에 표정 변화가 풍부해서 다음 순간에는 다른 사람처럼 보일 것 같다는 느낌이 그가 처음 받은 인상이었다. 그녀가 그를 살펴보는 사이에도 이마와 콧구멍이 움직이며 무언의 말을 하는 것 같았다. 데론다는 어머니의 감정이 어떤 종류의 표현을 요구하는 것인지 알지 못해 움직일 엄두도 내지 못했다. 그러나 여자애처럼 자신의 얼굴빛이 달라지는 것을 느꼈고, 그러면서도 무덤덤한 감정인 것이 의아했다. 그는 어머니와의 이상적인 만남을 수도 없이 상상해보았다. 그 상상 속의 만남이 지금 이 순간보다 더 실제처럼 느껴지다니! 그는 어머니가 어느 나라 언어로 말할지도 짐작할 수 없었다. 영어는 아닐 것 같았다. 갑자기 그녀가 그의 손을 떨어뜨리고 두 손을 그의 어깨에 올려놓았다. 얼굴에서 경탄의 빛이 반짝이자 노쇠한 얼굴의 주름살이 사라지고 젊음이 되살아나는 것 같았다.

"넌 아주 아름답구나!" 그녀는 낮고 선율이 있는 목소리로, 이국적으로 들리지만 듣기 좋게 또박또박 말했다. "그럴 줄 알았어." 그러고 나서는 그의 양 볼에 입을 맞췄고 그도 어머니에게 키스했다. 그러나 왕족 간의 정중한 인사처럼 느껴졌다.

그녀가 잠시 말을 멈추자 그 사이에 주름살이 다시 생겨나고 있었다. 그녀는 더 냉정한 목소리로 말했다. "내가 네 엄마란다. 그렇지만 넌 나에게 사랑을 느낄 수 없겠지."

"저는 어머니를 이 세상 누구보다도 많이 생각했습니다." 데론다가 불안하게 떨리는 목소리로 말했다.

"난 네가 생각한 사람과 달라." 어머니는 단호하게 말하면서 그의 어깨에서 손을 떼고 전처럼 팔짱을 끼고는 자기를 관찰하라고 요구하는 듯 그를 바라보았다. 그는 어머니의 얼굴을 자신의 얼굴과 비슷하게 상상했었는데, 이제는 몇 가지 닮은 점은 찾아볼 수 있었지만 차이점이 더 두드러졌다. 그녀는 남달라 보이는 사람이었다. 무엇이 그 아들에게 고통스럽게도 냉정한 인상을 주었을까? 야윈 그녀의 아름다움은 어딘지 기묘한 면이 있어서 인간의 어머니가 아니라, 우리와 상관없는 어떤 세계와 관련된 멜루시나[8] 같았다.

---

8 프랑스 전설에 나오는 마술에 걸린 요정. 선량한 사람의 사랑으로 구원받을 때까지 허리 밑으로는 뱀으로 살아야 할 운명이었다.

"어머니께서 괴로워하리라고 생각하곤 했어요." 데론다가 어머니에게 상처를 주지 않으려 고심하며 말했다. "제가 어머니에게 위안이 될 수 있기를 바라곤 했어요."

"난 고통을 받고 있어. 하지만 네가 덜어줄 수 있는 고통이 아니야." 공작부인은 더 냉정한 목소리로 말하며 자신을 위해 쿠션들이 정돈된 소파로 걸어갔다. "앉아라." 그녀는 가까이 있는 의자를 가리켰다. 그러고 나서 데론다의 얼굴에서 약간 침울한 기색을 알아차리고는 더 부드럽게 말했다. "지금 이 순간은 고통스럽지 않아. 편안하단다. 그래서 이렇게 말을 할 수 있어."

데론다는 자리에 앉아서 어머니가 다시 말을 꺼내기를 기다렸다. 오랫동안 갈망한 어머니를 보고 있다기보다는 신비로운 운명을 마주하고 있는 느낌이었다. 어머니가 자신을 마음으로 멀리 밀쳐낸 곳에서 그는 어리둥절한 심정으로 어머니를 바라보고 있었다.

"아냐." 그녀가 말을 꺼냈다. "날 위로해달라고 너를 불러온 건 아니란다. 네가 나에 대해 어떻게 느낄지 알 수 없었지. 지금도 모르겠고. 지금껏 나를 본 적도 없고 들어본 적도 없는데 단지 어머니라는 이유로 네가 날 사랑할 수 있으리라는 어리석은 생각은 하지 않아. 하지만 난 너를 위해 나와 함께 있는 것보다 더 나은 것을 선택했다고 믿었어. 가질 만한 가치가 있는 것을 네게서 빼앗은 것은 아니라고 생각했어."

"어머니의 애정이 가질 만한 가치가 없다고 제가 믿기를 바라시진 않겠지요." 그녀가 대답을 기대하는 듯이 말을 멈추었기에 데론다가 말했다.

"나 자신에 대해 나쁘게 말할 생각은 아니야." 공작부인이 오만하고 격렬하게 말했다. "하지만 내게는 네게 줄 애정이 별로 없었어. 나는 애정을 바라지 않았어. 애정에 짓눌려 숨이 막혔거든. 나는 내 속에 있는 삶을 살아내고 싶었어. 다른 사람의 삶으로 방해받지 않고. 내가 어떤 사람이었는지 궁금하겠지. 나는 그때 공작부인이 아니었어." 그녀는 갑자기 일어서서 조금 전처럼 똑바로 섰다. 데론다도 즉시 일어섰다. 숨이 막히는 것 같았다.

"지금처럼 무기력한 삶을 살아가는 공작부인이 아니었어. 나는 위대한 가수였고, 노래뿐 아니라 연기도 했지. 그 밖의 일은 다 하찮을 뿐이었어. 많은 남자가 이 나라에서 저 나라로 나를 쫓아다녔지. 나는 내 인생으로 수많은 삶을 살아가고 있었어. 아이를 원치 않았지."

그녀의 어조에는 열렬한 자기변명이 담겨 있었다. 그녀는 온갖 선례를 자기 마음 밖으로 내던져버렸다. 선례라는 것은 그녀에게 구실이 되지 않았다. 그녀는 찾아낼 수 있는 가장 강렬한 말로 자신의 경험을 정당화하고자 했을 뿐이다. 그녀는 아들의 마음에서 일어날지 모를 비난에 그 마지막 말을 던진 것 같았다. 가만히 서서 그 말을 들어야 했던 아들은 코트 깃을 움켜잡아야만 물 위로 몸을 띄울 수 있는 듯이 꼭 잡은 채 피가 끓어오르는 듯한 기분을 느꼈다. 만일 범죄를 신성시하는 어떤 괴이한 종교의식을 거행하는 어머니를 보았다면 이처럼 흥분해서 피가 들끓었을 것이다. 어머니가 달리 더 할 말이 있을까? 그녀는 창백한 빛을 내뿜는 얼굴로 똑같이 격렬하게 말을 이었다.

"나는 결혼하고 싶지 않았어. 강제로 네 아버지와 결혼하게 되었지. 강제로. 내 아버지의 소망과 명령에 강요되었다는 말이야. 게다가 조금이나마 자유를 얻을 가장 좋은 방법이 그것이었어. 남편은 지배할 수 있지만, 아버지는 지배할 수 없었거든. 나는 자유로울 권리가 있었어. 내가 증오한 속박에서 자유를 추구할 권리가 있었어."

그녀는 다시 자리에 앉았다. 눈과 꾹 다문 입술이 미묘하게 움직이면서 억눌린 채 말을 이어가는 것 같았다. 데론다는 계속 서 있었다. 잠시 후 그녀는 그를 올려다보며 도전적인 어조가 조금 가라앉은 목소리로 간청하듯 말했다.

"그리고 나에 대한 속박을 증오했듯이, 너를 속박에서 벗어나게 해주고 싶었어. 한없이 사랑이 풍부한 엄마라도 그보다 더 나은 일을 할 수 있었을까? 너를 유대인의 태생적 속박에서 풀어준 거야."

"그럼 제가 유대인인가요?" 데론다가 나지막하고 힘차게 소리치자 어머니는 몸을 움츠려 쿠션에 등을 기댔다. "아버지도, 어머니도 유대인인가요?"

"그래, 네 아버지는 내 사촌이었어." 어머니는 뭔가 두려운 것을 본 듯이 낯빛이 달라지며 그를 지켜보았다.

"반가운 일입니다." 데론다가 충동적으로, 열정을 숨긴 목소리로 말했다. 지금까지 단 한 번도 인정하지 않았던 것을 자신이 어떻게 말할지 예전에 상상할 수 없었을 것이다. 그것이 어머니에게 반대하는 충동이 되리라고는 꿈도 꿀 수 없었을 것이다. 그는 어머니에 대한 착잡한 분노로 마음이 심란했고, 아직은 그런 감정을 억제할 만큼 깊은 성찰을 할 수 없었다. 어머니는 원치 않으면서 그를 낳았고, 자발적으로 그를 떼어놓았으며, 어쩌면 지금도 내키지 않는 마음으로 자신의 존재를 밝혔을 것이다. 이 마지막 의혹은 언뜻 어머니의 말을 설명해주는 것 같았다.

그러나 어머니는 달리 뒤섞인 분노에 마찬가지로 심란했고, 그녀의 몸은 감정의 억제를 버텨낼 수 없는 것 같았다. 확연히 몸이 떨리더니, 흥분으로 하얗게 질린 얼굴에서 눈이 휑하니 더 커보였다. 그녀는 맹렬한 어조로 말했다.

"어째서 반갑다는 거지? 넌 영국인 신사야. 내가 널 그렇게 만들어줬어."

"어머니는 제게 무엇을 주었는지 모르셨어요. 제 생득권을 어떻게 어머니께서 저를 위해 선택하실 수 있어요?" 데론다는 자기도 모르게 다시 의자에 비스듬히 주저앉아 팔을 등받이에 댔고, 어머니에게서 눈을 돌렸다.

그는 생전 처음으로 참을 수 없이 격앙된 감정을 느꼈다. 그렇지만 이제는 감정을 억누르고 입을 다물려고 애썼다. 절대로 되돌릴 수 없을 획기적 사건의 이 순간에 지나치게 가혹한 말을 할지 모른다는 두려움으로 분노를 억눌렀다. 잠시 후 어머니가 입을 열자 미묘하게 달라진 어조에 더 확고하게 저항적인 목소리가 흘러나왔다.

"나는 내가 얻고 싶었던 것을 대신 네게 주려고 선택했어. 네 속에 내 아버지의 정신이 들어있을 줄 내가 어찌 알았겠어? 내가 증오한 것을 네가 사랑하리라는 것을 어찌 알 수 있었겠어? 네가 유대인이라는 것을 진심으로 좋아한다면 말이지." 이 마지막 말은 너무나 빈정거리듯이 들렸기에, 이 이야기를 엿들은 사람이 있다면 모자간에 증오의 불길이 치솟았다고 생각했을 것이다.

그러나 데론다는 보다 온전한 자아를 되찾았다. 그는 어머니의 삶이 과거에 어떠했고 실제로 지금 어떠한지 다감하게 느껴보려 했다. 한창 젊은 때의 좋은 시절이 다 지나고 이제 고통의 흔적이 역력한 몸으로 그의 과거이자 그녀의 과거이기도 한 지난 시절에 대해 말해주려고 애쓰는 어머니를. 사건을 자기에게만 관련된 일인 양 받아들이는 편협한 태도를 늘 부끄럽게 여기던 마음이 여기서도 도움이 되었다. 어머니가 말을 마친 후, 말없이 어머니를 바라보면서 그의 얼굴은 평정한 통찰력을 조금 되찾았다. 그런데 이상하게도 그것이 어머니를 심란하게 만드는 것 같았다. 그녀는 매료된 듯이, 그렇지만 평온한 모성적 기쁨은 전혀 느끼지 못하는 눈으로, 그를 뚫어지게 바라보았다.

"제가 경솔하게 말했다면 용서해주세요." 그가 머뭇거리며 진지하게 말했다. "제게 알리지 않으려 애쓰신 사실을 왜 지금 밝히려고 결심하셨습니까? 왜 그러신 거죠? 제가 반갑게 여긴다고 화를 내시는 것 같으니."

"아, 우리가 행동을 하는 이유란!" 공작부인이 냉소적인 조롱기가 담긴 어투로 말했다. "네가 나만큼 나이가 들면, '당신은 왜 이렇게 했어요?'라는 질문이 그리 간단한 문제로 보이지 않을 거야. 사람들은 자신의 동기에 대해 딱 부러지게 말하지. 여자들이 다 똑같은 동기를 갖고 있다고 생각하고, 그렇지 않으면 괴물로 여겨. 난 괴물이 아니야. 그렇지만 난 다른 여자들이 느끼는 것, 아니, 남들과 다르다고 여겨질까 겁나서 그들이 느낀다고 말하는 것을 똑같이 느끼지 않았어. 넌 너를 떼어 보냈다고 속으로 비난하면서, 다른 여자들이 자식에 대해서 느낀다고 하는 것과 똑같은 말을 내가 해야 한다고 생각하겠지. 나는 그렇게 느끼지 않았어. 네게서 벗어나서 홀가분했어. 하지만 널 위해 공정하게 처신했고, 네 아버지의 재산을 네게 넘겨주었어. 지금 내가 모든 일을 되돌리려는 것 같니? 글쎄, 몇 가지 이유가 있지. 나는 이해할 수 없는 많은 것을 느끼고 있어. 작년에 불치병에 걸렸고 점점 심해져서 앞으로 1년을 넘기지 못할 거야. 내가 한 일은 그 무엇도 부정하지 않겠어. 사랑을 느끼지 않은 곳에서 사랑한 척하지 않을 거야. 하지만 망령들이 일어나서 나를 에워싸고 있어. 질병 때문이지. 내가 죽은 이에게 잘못을 저질렀다면, 내가 하지 않은 일을 할 시간이 조금밖에 남지 않았어."

그녀는 가장 뛰어난 여배우가 말하듯이 완벽하게 다양한 어조를 구사하며 말했다. 실로 이 말은 이른바 진지한 연기의 한 부분이었다. 이 여자는 모든 감정을, 진실한 감정뿐 아니라 비극적 감정이라면 더욱더, 당장 자의식적 표현의 문제로 만들어 버리는 천성을 갖고 있었다. 그래서 자신의 경험이 곧바로 연극이 되었고, 그녀는 자신의 감정을 연기했다. 이런 일이 사소한 정도로는 드물지 않게 일어난다. 하지만 공작부인의 연기는 완벽한 표정과 목소리, 몸짓을 보여주었다는 점에서 희귀한 것이었다. 그녀가 두 겹의 의식을 갖고 있기에 감정이 강렬하지 못하다고 말한다면 옳지 않을 것이다. 그녀는 더더욱 강렬하게 느꼈다. 다시 말해서, 그녀의 마음은 강렬하게 경험했다. 다만 차이점이 있었다. 근본적 고통이나 기쁨이 일으키는 흥분이나 정신적 도취의 깊은 정취는 감정을 고양시키는 동시에 누그러뜨린다는 것이다. 그러나 데론다가 이런 점에 대해 숙고한 것은 아니었다. 그는 오로지 어머니의 말이 전달하려는 의미에 집중했다. 어머니의 목소리와 경이로운 표정은 주목받지 못한 채 그의 흥분한 마음에 스며들었다. 그는 자신이 세상에 태어났을 때 벌어진 기이한 정신적 갈등에 대해, 어머니가 들려주는 한 가급적 많이 알 수 있기를 두려운 마음으로 간절히 바랐다. 그의 온정적인 성격은 어머니의 마지막 말에서 새어나온 고통과 고백을 주목하려 했다. 그래서 그녀가 말을 멈추고 이마를 찡그린 채 그에게서 고개를 약간 돌려 뭔가 비물질적인 것을 응시하듯 가만히 큰 눈으로 허공을 뚫어지게 바라보고 있었을 때 그는 아무 질문도 할 수 없었다. 어머니가 다시 말을 꺼내기를 기다려야 한다. 그녀가 갑자기 그에게로 눈길을 돌리더니 기이하게도 돌연히 말을 꺼냈고, 재빨리 말을 이었다.

"휴고 경이 너에 관해 많은 것을 써 보냈단다. 네가 훌륭한 마음을 갖고 있고, 모든 것을 이해하고, 60년의 세월을 살아온 자기보다 더 현명하다고 하더구나. 유대인으로 태어난 것을 알게 되어 반갑다고? 그 점에 대한 내 생각은 달라지지 않았다고 말하겠어. 너는 나와 상반된 감정을 갖고 있지. 내가 해준 것에 대해 고마워하지도 않고. 네가 네 엄마를 이해할 수 있을까 아니면 비난만 할까?"

"어머니를 이해하고 싶지 않은 마음은 털끝만큼도 없습니다." 데론다는 진지하게 어머니의 날카로운 눈길을 응시하며 말했다. "어머니를 비난하려는 생각은 제 갈망과 반대되는 견디기 괴로운 것이지요. 저는 15년간 무엇보다도 저 자신과 다른 사람을 조금이나마 이해하려고 애써왔어요."

"그렇다면 그 점에서는 네가 네 할아버지와 다르구나." 어머니가 말했다. "네 얼굴은 젊은 시절의 그분 모습을 꼭 빼닮았지만, 네 할아버지는 날 절대 이해하지 못하셨어. 아니, 혹시 이해하셨더라도 내게 족쇄를 채워 순종하게 만들 생각뿐이셨지. 나는 그분의 저주를 받지 않으려면 그분이 말하는 '유대 여자'가 되어야 했어. 내가 느끼지 않는 것을 느껴야 했고, 내가 믿지 않는 것을 믿어야 했지. 신명기 몇 구절이 적힌 문에 걸린 양피지 조각[9] 앞에서 경외감을 느껴야 했어. 버터가 고기조각에 닿을까봐 겁내야 했고, 남자들이 성구함[10]을 몸에 묶고 다니고 여자들은 그렇게 하지 않는 것을 아름답다고 생각해야 했어. 내 눈에는 아무리 어리석게 보여도 그런 율법의 지

---

9 신명기에 나오는 계명을 적은 양피지 문서로 문기둥에 박힌 금속판이나 나무판에 들어있었고, 방이나 집에 들어설 때 하나님의 계율을 상기하기 위해 만지도록 되어 있었다.

10 모세 5경의 일부가 적힌 양피지를 넣은 검은 가죽 상자 두 개로 가죽끈이 달려 있다. 아침 기도 시간에 신에 대한 의무를 상기하도록 유대인 남성의 팔과 머리에 묶었다.

혜를 숭배해야 했어. 그 추한 유대교 회당에서 진저리나게 이어지는 기도를 사랑해야 했고, 악을 쓰며 소리 지르고 기도문을 빨리 외워대야 했고, 끔찍한 단식과 지루하기 짝이 없는 축제를 좋아해야 했어. 내 귀에는 무의미한 우레처럼 들린, 우리 민족에 대한 아버지의 끝없는 설교를 좋아해야 했지. 과거의 이스라엘에 늘 관심을 기울여야 했어. 나는 전혀 관심이 없었어. 오로지 넓은 세상에 관심 있었고, 내가 그 안에서 연기할 수 있는 것에만 관심을 기울였지. 아버지의 엄한 그림자 밑에서 살아가는 것을 증오했어. '너는 이렇게 되어야 해.' '너는 저렇게 되어서는 안 돼.' 이런 가르침과 끝없이 이어지는 훈계는 내가 커갈수록 점점 조여드는 족쇄처럼 나를 압박했어. 나는 풍부한 삶을 살고 싶었어. 다른 사람들이 하는 일을 거리낌없이 하면서, 마음대로 큰 흐름에 휩쓸려가고, 관심을 기울일 필요 없이. 아!" 이 부분에서 그녀의 어조는 가시 돋친 듯이 더 신랄해졌다. "넌 유대인으로 태어난 것이 반갑다고? 그렇게 말했지. 그건 네가 유대인으로 키워지지 않았기 때문이야. 그런 독특한 방식이 즐겁게 보이는 건 내가 널 거기서 구해줬기 때문이야."

"어머니께선 그 결심을 하셨을 때 제 혈통을 알려주지 않을 생각이셨지요?" 데론다가 충동적으로 말했다. "적어도 그 점에서는 생각이 달라지신 모양이군요."

"그래, 그럴 생각이었어. 그 의도를 확고하게 지켜왔지. 내 생각이 달라졌다는 말은 옳지 않아. 나와 무관하게 상황이 달라진 거야. 나는 여전히 변함없는 리오노라야." 그녀는 집게손가락으로 가슴을 가리켰다. "여기 내 가슴에는 똑같은 욕망과 똑같은 의지, 똑같은 선택이 들어있어. 하지만," 그녀는 손바닥을 위로 하여 양손을 옆으로 내뻗고 입술을 꼭 깨문 채 말을 멈췄다가 목소리를 낮춰 웅얼거리듯이 빨리 말했다. "악마가 주문이라도 건 듯이 사건들이 밀어닥치지. 생각이나 감정, 어둠 속의 유령도 사건이라고 할 수 있겠지. 그렇지 않아? 나는 이 일에 동의하지 않아. 우리는 사랑하는 것에만 동의할 수 있어. 나는 압제적인 강요에 굴복하는 거야." 그녀는 다시 양손을 내뻗었다. "나는 어쩔 수 없이 시들었고, 통증을 느끼고, 서서히 죽어가고 있어. 내가 좋아서 그렇게 하겠어? 그래, 난 할 수 없이 죽은 아버지에게 순종하는 거야. 네게 유대인이라고 말해주고 네게 전하라고 아버지가 명령한 것을 전달하도록 강요당한 거야."

"어머니께서 어떤 심정에서, 제 말은 젊으셨을 때, 그 길을 선택하셨는지 말씀해주시면 좋겠어요." 데론다는 과거의 일을 언급함으로써 고통과 반항이 뒤섞인 비통하고 가련한 이야기에서 벗어나고자 했다. "예술가가 되려는 어머니의 결심에 할아버지께서 반대하셨다는 것은 알겠어요. 제 경험은 전혀 다르지만, 어머니의 극심한 갈등에 공감할 수 있습니다. 억지로 체념해야 할 때 얼마나 큰 고통을 느낄지 상상할 수 있어요."

"아니." 공작부인은 고개를 흔들고 단호하게 팔짱을 끼면서 말했다. "넌 여자가 아니잖아. 넌 아무리 애써도 절대로 상상할 수 없어. 남자 못지않은 뛰어난 재능을 갖고 태어나서 여자라는 노예 상태를 견디는 것이 어떤 건지. 언제나 주어진 방식대로 행동해야 하는 것이 어떤 건지. '유대 여자는 이래야 한다, 너는 이렇게 되어야 한다, 너는 이것을 위해 필요한 존재다, 여자의 마음은 그 정도여야 하고, 더 커서는 안 된다, 그렇지 않으면 중국인의 발처럼 작게 조여야 한다, 여자의 행복은 케이크처럼 정해진 조리법에 따라 만들어지는 것이다.' 내 아버지가 원한 것은 바로 그런 거였어. 내가 아들이기를 바라셨지. 나에 대해서는 일시적인 연결고리로 관심을 두셨던 거야. 아버지의 마음은 유대주의에 확고하게 뿌리박혀 있었거든. 아버지는 기독교인의 세계에서 유대 여자가 대중적 가수나 배우로 상품처럼 취급되는 것을 싫어하셨어. 그 때문에 우리가 더 부러움을 사는 것도 모르고! 그것이 속박에서 벗어날 기회지."

"외할아버지께서는 학식 있는 분이셨나요?" 데론다는 구체적인 사실을 알고 싶어서 이렇게 물었다. 그런 점에 대해서는 어머니가 돌아보지 않으리라는 염려가 든 것이다.

그녀는 손을 들어 올리며 참을 수 없다는 듯이 대답했다. "아, 그래. 유능한 의사셨어. 그리고 좋은 분이셨지. 좋은 분이라는 것을 내가 부정하는 건 아니야. 연극에 나오는 인물이라면 경탄할 만한 사람이었지. 기품 있고, 무쇠처럼 의지가 강하고. 용서하기 이전의 포스카리 영감[11] 같았어. 하지만 그런 남자는 자기 아내와 딸들을 모조리 노예로 만들어 버리거든. 할 수만 있다면 온 세상을 지배하

---

[11] 바이런의 시극 『두 명의 포스카리』(1821) 4막 1장. 이 시극은 베르디에 의해 오페라로 만들어졌고, 1848년에 런던에서 처음 상연되었다.

려 들 거야. 그런데 세상을 지배하지 못하니까 자기 의지를 다 쏟아서 여자들의 목과 영혼을 조르는 거야. 하지만 자연은 때로 그들의 의지를 꺾어놓기도 하지. 내 아버지에게는 외동딸밖에 없었는데, 그 딸이 본인과 똑같았거든."

그녀는 다시 팔짱을 끼었고, 곧 자신을 제압하려고 나타날 무언가에 맞서려는 듯한 표정이었다.

"네 아버지는 전혀 다른 사람이었어. 나와 달리 사랑과 애정이 풍부한 사람이었지. 난 네 아버지를 지배할 수 있다는 것을 알아차렸어. 그래서 그와 결혼하기 전에, 내가 예술가가 되는 데 절대 방해하지 않겠다고 은밀히 약속하게 했지. 우리가 결혼할 때쯤 아버지는 임종을 맞으셨어. 처음부터 아버지는 나를 사촌 에프라임과 결혼시키려고 작정하셨지. 한 여자의 의지가 그 여자를 지배하려는 남자의 의지만큼 강할 때 그 여자는 자기 의지를 숨기는 데 가진 힘의 절반을 써야 해. 나는 결국 내 뜻대로 할 생각이었지만 그렇게 하려면 우선은 순종하는 듯이 보여야 했지. 아버지가 두려웠어. 아버지에 대해서는 늘 경외심을 갖고 있었지. 그렇게 느끼지 않을 수 없었어. 하지만 두려움을 느끼는 것이 싫었지. 아버지에게 대놓고 반항할 수 있기를 바랐어. 그런데 절대로 그렇게 할 수 없었던 거야. 상상도 할 수 없는 일이었어. 아버지에게 대놓고 반항해서 이기는 것을 그려볼 수 없었지. 그래서 실패를 무릅쓸 일은 절대 하지 않았어."

그녀는 마지막 문장에서 돌연히 힘을 주었고, 그 말에서 떠오른 숱한 기억이 말을 가로막은 듯이 입을 다물었다. 그녀의 아들은 점점 더 희비가 엇갈리는 착잡한 감정으로 귀를 기울였다. 아들을 만난 어머니가 애정과 기쁨을 느끼리라는 선입견을 바꿔놓은 노골적인 냉대에서 처음 느낀 배척된 느낌, 그가 가장 소중하게 여기는 감정과 원칙이 충격적인 타격을 받고 처음 느낀 충동적 분노. 이처럼 빈번히 충돌하는 온갖 요소가 얼마간 가라앉으면서, 높은 것을 열망하며 과오를 범한 강렬한 성격의 소유자를 공정하게 받아들이고 찬탄하도록 애쓰려는 여지를 점점 더 넓히고 있었다. 그 상대가 어머니가 아니라 그의 공감에 호소한 낯선 사람이었다면, 그는 찬탄하며 받아들였을 것이다. 그렇지만 냉정해질 수는 없었다. 그는 이제 어머니가 지금까지보다 더 불쾌한 말을 쏟아낼까봐 몸을 떨었다. 어머니가 속마음을 꼭 털어놔야 한다는 기이한 압박감을 느끼는 것 같아 두려웠다. 그는 "꼭 필요한 말씀만 하세요."라고 말하고 싶었지만, 다른 한편으로는 무언가에 매료되어 어머니를 바라보고 열렬히 귀를 기울였다. 그는 구체적인 사실을 상기시키려고 이렇게 물었다.

"할아버지는 어디서 사셨습니까?"

"내가 결혼했을 때는 여기 제노바였어. 대대로 몇 세대가 여기서 살았지. 하지만 아버지는 여러 나라에서 사셨어."

"그럼 어머니는 영국에서 사신 적이 있겠군요?"

"내 어머니는 영국인이었어. 포르투갈계의 유대인이었지. 내 부모님은 영국에서 결혼하셨어. 결혼과 관련된 어떤 상황 때문에 내 인생이 완전히 달라진 거야. 결혼으로 인해 아버지 본인의 계획이 수포로 돌아갔지. 내 이모는 가수였는데 후에 여기 제노바에 있던 어떤 상사의 영국인 동업자와 결혼했고, 여기에서 11년간 살았어. 내 어머니는 내가 여덟 살 때 돌아가셨고. 그 후에 아버지는 내가 리오노라 이모와 함께 살면서 이모의 감시하에 교육을 받게 하셨지. 이모가 실제로 그랬듯이 가수가 되려는 내 소망을 부추길 위험을 전혀 개의치 않으신 듯이. 그런데 사실 아버지께서 그런 결과를 경계하지 않았던 것은 원하면 얼마든지 가로막을 수 있다고 믿으셨기 때문이야. 난 아버지의 그런 확신을 거듭거듭 보았지. 이모가 제노바를 떠나기 전에 나는 이미 타고난 가수이자 배우의 소질을 드러낼 만큼 교육을 충분히 받았어. 아버지는 어떤 일이 일어나는지 전부는 모르셨지만 내가 음악과 성악을 배운 것은 알고 계셨어. 내 성향을 알고 계셨지. 그렇지만 아버지에게 그건 아무것도 아니었어. 그분은 나를 본인의 뜻에 순종하게 만들 생각이셨지. 그리고 내가 사촌 에프라임과 결혼해야 한다고 결정하셨고. 아버지가 알기로는 그 사촌이 친계 쪽으로 남은 유일한 남자였으니까. 나는 결혼을 원치 않았어. 그것에 저항하려고 온갖 계획을 궁리해보았지만 결국에는 사촌을 내 마음대로 조종할 수 있다는 것을 알고 결혼에 동의했지. 우리가 결혼하고 3주 만에 아버지가 돌아가셨어. 그다음부터는 내 마음대로 해왔지!" 그녀는 거의 의기양양하게 말했지만 잠시 후 얼굴색이 달라지며 신랄한 어조로 덧붙였다. "그렇지만 끝까지 그런 건 아니야. 지금은 아버지가 본인 뜻대로 하고 계시니까."

그녀는 더 관조적인 시선으로 아들을 다시 바라보았고 곧 말했다.

"너는 그분과 닮았지만 더 부드러워. 네 아버지의 어떤 면이 네게 담겨 있어. 네 아버지는 내게 헌신하는 것을 자기 인생의 과업으로 삼았어. 자기가 하던 환전과 은행업을 그만두고 내 시중을 들었지. 나 때문에 자기 양심에 어긋나는 일도 했어. 내가 예술가의 삶을 사랑했듯이 그는 나를 그렇게 사랑했지. 손을 다시 보여주렴. 반지 낀 손을. 그건 네 아버지의 반지였어."

그는 의자를 어머니 가까이 끌어다놓고 손을 내밀었다. 우리는 그 손이 어떻게 생겼는지 알고 있다. 그녀의 손은 그보다 훨씬 작았지만 모양새가 똑같았다. 자기 손을 잡은 작은 손을 느끼고, 자기와 닮은 구석이 있는 얼굴을 가까이서 보자, 경건한 애정으로 나아가려는 그의 강한 성정이 다른 감정을 누르고 나섰다. 그는 더없이 열렬한 어조로 말했다.

"어머니! 우리 모두를, 살아있는 사람과 죽은 사람을 어머니 마음에 받아주세요. 과거에 어머니에게 상처를 준 모든 것을 용서하세요. 제 애정을 받아주세요."

그녀는 사랑으로 충만한 눈이라기보다는 경탄하는 눈으로 아들을 바라보았다. 그러고는 그의 이마에 입을 맞추고 서글픈 어조로 말했다. "나는 아무것도 거부하지 않아. 하지만 나는 줄 것이 없단다." 그녀는 그의 손을 놓고 쿠션에 등을 기댔다. 데론다는 거절된 애정의 고통을 감정이라기보다는 감각처럼 느끼며 얼굴이 창백해졌다. 그녀는 그의 고통스러운 표정을 알아차리고 여전히 감미롭고 우울한 목소리로 말했다.

“그편이 더 나아. 우리는 곧 다시 헤어져야 하고, 넌 내게 아무 의무도 없어. 나는 네가 태어나기를 바라지 않았어. 기꺼이 너와 헤어졌고. 네 아버지가 죽었을 때, 내 마음대로 벗어날 수 있는 것이 아니라면 어떤 인연도 맺지 않겠다고 결심했지. 내가 바로 알카리시였어. 너도 그 이름을 들어보았겠지. 그 이름은 어디서나 마술적인 힘을 발휘했어. 많은 남자가 내게 구애했어. 휴고 경은 나와 결혼하고 싶어 했지. 그는 열광적으로 나를 사랑했어. 어느 날 내가 그에게 물었지. ‘나에 대한 사랑으로 어떤 일을 해주고 그 대가로 아무것도 바라지 않을 사람이 있을까요?’ 그랬더니 그가 말했어. ‘당신이 원하는 것이 무엇입니까?’ 내가 말했어. ‘내 아들을 데려가서 영국인으로 키워주세요. 부모에 대해서는 아무것도 알려주지 마세요.’ 너는 두 돌이 갓 지났는데 그의 발 위에 앉아 놀고 있었지. 그는 그런 아기를 데리고 갈 수만 있다면야 오히려 돈을 내겠다고 주장했어. 그런 계획을 미리 심사숙고한 건 아니야. 그런데 그 말을 하고 나니 그렇게 하지 않으면 도저히 편해질 수 없을 듯이 그 생각에 사로잡혔어. 처음에 휴고 경은 진담이 아니라고 생각했지. 그렇지만 내가 그를 설득했고, 그는 그 무엇에도 놀라지 않더구나. 휴고 경은 그편이 네게 좋고 가장 나은 일이 될 거라는 내 말에 동의했어. 위대한 가수이자 배우인 여자는 여왕이지만, 자기 아들에게 왕권을 물려주는 건 아니거든. 이런 일이 나폴리에서 있었지. 그 후에 휴고 경에게 네 재산의 관리를 부탁했어. 내가 바로 그런 일을 했어. 그렇게 하면서 기쁨을 느꼈지. 내 아버지는 날 억압했지. 나보다도 앞으로 태어날 손자에 더 관심이 많으셨어. 나는 아무것도 아닌 존재로 여기셨지. 하지만 너는 내 아들이었고, 네가 무엇이 될지 내가 결정할 차례가 된 거야. 난 네가 유대인이라는 사실을 몰라야 한다고 결정했어."

"그런데 저는 지난 몇 달간 일어난 사건 덕분에 유대인이라는 사실을 기쁘게 받아들일 수 있게 되었어요." 데론다는 다시금 일어나는 반감을 느끼며 말했다. 그 문제는 그의 경험의 급소를 건드렸다. "진실을 알았으면 언제나 더 나았을 겁니다. 수치스럽게 여겨지는 비밀에 늘 저항해왔거든요. 유대인 부모가 있는 것은 부끄러운 일이 아닙니다. 그것을 인정하지 않는 것이 부끄러운 일이죠."

"그럼 내가 비밀에 부친 것을 부끄럽게 여겨야 한다는 거로구나." 그녀가 다시 발끈하며 말했다. "내 행동에 수치스러운 점은 전혀 없었어. 난 부끄러워할 이유가 없어. 우리를 본 사람들이 팔꿈치를 쿡쿡 찔러대면서 비웃는 유대인의 누더기와 횡설수설에서 벗어났어. 우리의 얼굴이 그들의 얼굴처럼 멀쩡해도 옷 아래에 문신이라도 있는 듯이 말이야. 나는 유대인의 분리주의에 붙어 다니는 시시한 경멸에서 널 구해줬어. 그렇게 한 것이 조금도 부끄럽지 않아. 그편이 널 위해 더 나았어."

"그런데 왜 지금 그 결정을 되돌리신 겁니까? 아니, 되돌리신 건 아니지요. 그 영향은 결코 되돌릴 수 없으니까요. 하지만 왜 이제 저를 불러서 유대인이라고 말씀하시는 겁니까?" 데론다는 비통한 심정으로 강력하게 반발했다. 어머니의 말을 듣자 그의 내면에 잠재된 종족의 완고함이 깨어난 것 같았다.

"왜냐고? 아, 그래, 왜냐고?" 공작부인이 재빨리 일어서서 방의 다른 쪽으로 걸어가더니, 그곳에서 몸을 돌려 천천히 다가왔다. 그도 일어섰다. 그녀는 더 목이 잠긴 소리로 다시 말을 이었다. "설명할 수 없구나. 다만 지금 내가 어떤 상태인지는 말할 수 있어. 난 내 아버지의 종교를 예나 지금이나 좋아하지 않아. 다시 결혼하기 전에 세례를 받았어. 나 자신을 주위 사람들과 똑같이 만들었지. 난 그렇게 할 권리가 있었어. 짐승처럼 내 무리를 따라가야 하는 건 아니니까. 나는 후회하지 않았어. 후회했다는 말은 하지 않을 거야. 그런데 하지만," 여기서 그녀는 아들에게 가까이 다가왔다가 걸음을 멈췄고 다시 약간 멀어지더니 어떤 압제적 영향력에 완전히 굴복하지 않으려고 결심한 듯이 제자리에 멈춰 섰다. 그러나 다시 말을 이었을 때는 두려움만 더 의식하며 목소리를 낮췄다. "병에 걸렸기 때문이야. 의심의 여지 없이 계속 악화되는 병 때문이었어. 내 마음이 되돌아갔지. 그런 일이 시작된 지 1년이 넘었어. 허옇게 센 머리칼과 수척한 얼굴이 보이지? 갑자기 그렇게 변해버렸어. 때로는 통증으로 몸부림치곤 해. 아마 오늘 밤에도 그럴 거야. 그럴 때면 내가 선택한 삶과 온갖 생각, 의지가 나를 저버리고 이런저런 기억에 나를 홀로 내버려두는 것 같아. 그런데 거기서 달아날 수 없어. 통증이 나를 기억에 붙들어 매 놓은 것 같아. 어린 시절과 소녀시절, 결혼하던 날, 아버지가 돌아가신 날, 그 후로는 아무것도 없는 것 같아. 그러고 나면 무서운 공포가 엄습하지. 내가 삶이나 죽음에 대해 대체 무엇을 알고 있는 걸까? 아버지가 '정의'라고 부른 것이 나를 붙잡고, 지금도 나를 움켜쥐고 있는 힘인지도 모르지. 그래, 그분의 소망을 들어드리겠어. 그분을 만족시키지 않고는 내가 어둠에 빠질 수 없으니. 나는 그분의 유품을 숨겼어. 한때는 태워버리려 했지. 태우지는 않았어. 다행히도 태워버리지 않은 거야!"

그녀는 다시 쿠션에 몸을 기댔고, 몹시 지친 기색이 역력했다. 데론다는 어머니의 고통에 가슴이 뭉클한 나머지 마음속의 다른 충동이 억제되어 다가가서 간청하듯 말했다.

"오늘 저녁은 그만하시지 않겠어요? 나머지 이야기는 내일까지 남겨 두시지요."

"아냐." 그녀가 단호하게 말했다. "이제 거의 다 말했으니 전부 다 고백하겠어. 종종 편안한 상태일 때는 그 기억이 희미하게 사라지고 내 온전한 자아가 재빨리 되돌아오지. 그렇지만 그 자아가 다시 침잠해버리고 다른 자아가 나오리라는 것을 알아. 그 무엇에도 저항하지 못하는 가엾고, 고독하고, 버려진 자아의 잔해가. 내 본성은 저항하고, '나는 저항할 권리가 있다.'고 말하는 것이었어. 그래, 내게 힘이 남아있을 때는 지금도 그렇게 말해. 내가 그렇게 말하는 것을 너도 들었지. 나는 그것을 철회하지 않아. 그런데 힘이 사라지면, 어떤 다른 권리가 냉혹한 손아귀에 들린 쇠뭉치처럼 강제로 나를 짓누르는 거야. 심지어 내가 편안한 상태일 때도 대낮에 유령들을 떠다니게 만들고 있어. 그런데 지금 넌 그 상황을 더 고약하게 만들어 놓았어." 그녀가 갑자기 다시 격렬하게 말했다. "하지만 할 이야기를 전부 끝내야겠지. 그런데 나를 비난할 게 뭐가 있어?" 그녀가 신랄하게 덧붙였다. “네가 유대인이라는 것을 기뻐하게 만들었는데? 요셉 칼로니모스는 나를 몹시 질책했어. 네가 유대인과의 접촉에 화를 내는 오만한 영국인이 되었다고 말했지. 네가 그랬으면 좋았을 텐데!” 그녀는 기이하게 오락가락하며 말을 맺었다. 마치 마음이 여러 갈래로 쪼개져서 그중 하나가 다른 것과 격렬하게 부딪히는 것 같았다.

“요셉 칼로니모스는 누구입니까?” 데론다는 프랑크푸르트의 유대인 회당에서 그의 팔을 잡았던 유대인을 순간적으로 떠올리며 물었다.

“아, 어떤 복수의 여신이 그를 동양에서 다시 불러왔더군. 그가 널 보고는 날 찾아와서 비난을 퍼붓도록 말이야. 그는 내 아버지의 친구였어. 그는 네가 태어난 것을 알고 있었지. 내 남편의 죽음도 알고 있었고. 그는 레반트로 떠나 있다가 20년 전에 한 번 나를 보러 와서 너에 관해 물었어. 네가 죽었다고 대답했지. 나는 어렸을 때 알았던 모든 사람에게 네가 죽은 것으로 얘기할 생각이었어. 네가 살아있다고 했다면 그는 내 계획을 방해했을 거야. 내 아버지의 대변인을 자처하면서, 내 행동을 되돌리려고 무진 애를 썼겠지. 그러니 네가 죽었다고 말하는 것 말고 무엇을 할 수 있겠어? 그 일은 이미 다 끝났는데. 만일 그에게 말했다면 시끌벅적한 분쟁과 비방이 이어졌겠지. 모두 나를 정복하려 했을 테고 나는 정복당하지 않았을 거야. 그때는 내가 강했으니까. 나를 제압하려는 힘겨운 싸움이 벌어졌어도 내 의지를 관철했을 거야. 나는 싸움을 벌이지 않고 내 뜻대로 할 수 있는 방법을 선택한 거야. 그때 실은 기만하는 게 아니라고 생각했어. 결국 동일한 결과에 이를 테니까. 동일한 결과가 아니라면, 더 나쁜 결과를 낳았겠지. 그분은 내 말을 믿었어. 그러고는 아버지께서 큰 손자에게 전하라고 나와 남편에게 맡기신 함을 양도해달라고 간청하더군. 나는 그 함에 무엇이 들어있는지 알고 있었어. 내가 말귀를 알아들을 무렵부터 귀에 못이 박이도록 들은 것이었지. 내 인생을, 나무처럼 성장하는 내 인생을 둘러싼 벽으로 느껴질 만큼 내 마음에 강제로 주입된 것이었어. 남편이 죽은 다음에 한번은 그 함을 태워버리려 했어. 그런데 태우기 어려웠어. 그리고 함과 서류를 함께 태우는 것이 어쩐지 부끄러운 일 같았어. 나는 부끄러운 일은 저지른 적이 없었어. 유대인들이 수치스러운 일이라고 부르는 것을 제외하고는. 그래서 그 함을 갖고 있다가 요셉 칼로니모스에게 넘겨주었지. 그는 슬픈 마음으로 떠나면서 말했어. '네가 다시 결혼한다면, 그리고 떠난 분에게 또 다른 손자가 태어난다면, 내가 그 아이에게 이 함을 전해주겠다.' 나는 말없이 고개를 숙였지. 나는 다시 결혼하지 않을 작정이었어. 지금처럼 결딴난 여자가 되지 않을 작정이었던 것처럼."

그녀는 말을 멈추고 고개를 뒤로 젖힌 채 망연히 앞을 바라보았다. 그녀의 마음은 여러 해의 세월을 거슬러 돌아보고 있었다. 다시 입을 열었을 때 그녀의 목소리는 논쟁적인 기세를 잃고 고통에 잠겨 나직이 가라앉아 있었다.

"그런데 몇 달 전에 칼로니모스가 너를 프랑크푸르트의 유대인 회당에서 보았다는 거야. 네가 호텔에 들어가는 것을 보고 네 이름을 알아보러 갔다더군. 그 이름에서 나와 관련된 사실을 알아낼 사람은 이 세상에 그 사람 하나뿐이었어."

"그렇다면 제 진짜 이름이 아닙니까?" 데론다는 자기 주위에 두른 위장의 소소한 부분에도 반감을 느끼며 말했다.

"아, 다른 이름들처럼 그것도 진짜 이름이야." 어머니가 대수롭지 않게 말했다. "유대인은 늘 이름을 바꿔왔거든. 내 아버지 쪽 친척은 카리시라는 이름을 써왔어. 내 남편도 카리시였지. 내가 가수로 데뷔했을 때 우리는 성을 알카리시로 정했어. 그런데 내 아버지가 오랫동안 만나지 못한 어떤 친척이 데론다라는 이름을 택했지. 네게 붙여줄 이름이 필요했을 때 휴고 경이 '이국적인 이름으로 합시다.'라고 말했고 그래서 내가 데론다를 생각해낸 거야. 그런데 요셉 칼로니모스는 데론다라는 분가에 대한 아버지의 말씀을 들은 적이 있었고, 그래서 그 이름에서 자신의 의혹을 확인했지. 그러고는 무슨 일이 있었는지 의심하기 시작했어. 공기 중의 무언가가 그에게 모든 사실을 속삭여준 것 같았지. 그는 내가 어디 있는지 알아냈고, 나를 만나러 러시아에 온 거야. 허약하고 형편없는 내 몰골을 보았지. 그 노인은 백발이 성성한 모습으로 나에 대한 엄청난 분노를 품고 찾아왔더구나. 내가 기만과 약탈의 옷을 입고 무덤으로 내려갈 거라고 하더군. 내 아버지를 기만했고 내 아이를 약탈했다고. 네게 혈통을 알려주지 않고 영국 신사의 아들인 양 키웠다고 비난했어. 그래, 그건 사실이야. 20년 전이었으면 내게 그렇게 할 권리가 있다고 주장했을 거야. 그런데 지금은 아무 주장도 못 하겠어. 마음속의 어떤 신념도 강력하지 않아. 내 아버지 편에 신이 있는지도 모르지. 이 노인의 말은 나를 물어뜯는 사자 이빨 같았어. 내 아버지의 위협은 통증을 일으키며 나를 서서히 좀먹어 들어갔고. 내가 모든 것을 밝힌다면, 내가 모든 것을 전달한다면, 그밖에 무엇을 더 요구할까? 결코 사랑하지 않았던 사람을 사랑하도록 나를 바꿀 수는 없어. 내가 사랑한 삶을 잃어버린 걸로 충분하지 않아?"

그녀는 몸을 약간 앞으로 내밀고 낮은 목소리로 탄원했다. 숨막혀 내지르는 비명 같았다. 그녀는 온 힘을 다해 간청하듯이 팔과 손을 바깥쪽으로 쭉 뻗었다. 데론다의 영혼은 고통스러운 연민에 빠져들었다. 앞서 자신이 배척되었지만 지금은 전혀 개의치 않았다. 연민의 정으로 인해 그의 마음에 용서가 넘쳐흘렀다. 그는 오로지 어머니 옆에 무릎을 꿇고 양손으로 어머니의 손을 부드럽게 감싸주려는 충동을 느꼈다. 고통받는 사람과의 일체감을 표현하는, 위안을 주는 섬세한 목소리로 말했다.

"어머니, 마음을 편히 먹으세요."

지금 그녀는 그를 배척하려는 기미 없이 그를 내려다보았고, 그가 자신의 두 손을 맞잡아 감싸도록 내버려두었다. 그녀의 눈에 서서히 눈물이 고였지만 그것을 손수건으로 누르고, 그녀는 서로의 얼굴을 바라보기 원치 않는 듯이 그의 이마에 뺨을 댔다.

"제가 종종 어머니 옆에서 위로해드릴 수 없을까요?" 데론다가 말했다. 스스로를 희생하도록 촉구하는 연민의 정이 넘쳐흘렀다.

"아니, 그럴 수 없어." 그녀는 고개를 들고 그가 멀어지기를 바라는 듯이 손을 빼며 대답했다. "내게는 남편과 다섯 아이가 있어. 그들은 네가 있다는 것을 몰라."

그는 고통스럽게도 입을 다물어야 한다고 느꼈고 일어서서 약간 떨어진 곳에 섰다.

"내가 왜 결혼했는지 궁금하겠지." 그녀가 새롭게 일어난 생각에 잠겨 곧 말을 이었다. "다시는 결혼하지 않을 생각이었어. 내 예술을 위해 자유롭게 살 생각이었지. 너와 헤어졌고, 어떤 속박도 없었어. 9년간 나는 여왕이었어. 내가 갈망한 삶을 누렸지. 그런데 어떤 시련이 닥쳤어. 일시적인 기억상실 같은 거였지. 곡조에 안 맞게 노래를 부르게 된 거야. 사람들이 그런 말을 해줬지. 그런데 내 자리에 밀치고 들어오려는 다른 여자가 있었어. 나는 실패하고 몰락할 앞날을 견딜 수 없었어. 내게는 무시무시한 일이었지." 그녀는 몸을 떨며 다시 벌떡 일어섰고, 날아오는 무기가 겁나는 듯이 손을 들어 눈을 가렸다. "그래서 어쩔 수 없이 결혼했어. 유럽의 가장 위대한 가수이자 여배우가 되는 것보다 러시아 귀족의 아내가 되는 것이 더 좋은 척했지. 그렇게 가장했고, 그런 역을 연기한 거야. 내 위대한 능력이 내게서 떨어져 나가고 있다고 느꼈기 때문에. 지금 내 생명이 떨어져나간다고 느끼듯이. '그 여자는 물러나는 게 좋겠어.'라고 사람들이 수군거릴 때까지 기다리지 않을 생각이었지."

그녀는 다시 털썩 주저앉았고 저녁 하늘을 바라보며 말을 이었다. "그러고는 후회했지. 그건 절망적 상태에서 내린 결정이었어. 그런데 노래가 곡조에 맞지 않았던 것은 그저 일시적인 발작 같은 것이었어. 그런 증상이 사라져버렸지. 난 후회했지만 너무 늦었어. 돌아갈 수 없었던 거야. 모든 것이 나를 가로막았어. 모든 것이."

그녀의 얼굴에 다시 초췌한 기색이 나타났지만, 그 아들은 남은 이야기를 다음 날까지 남겨두라고 다시 권유하지 않았다. 그녀가 예전에는 절대 토로할 수 없었을 속내를 쏟아내면서 심리적 안도감을 느낀 것은 분명했다. 그녀가 의식하지 못한 채 긴 침묵을 이어가는 동안 그는 가만히 서있었다. 불빛이 확연히 희미해지고 있었다. 마침내 그녀가 그를 바라보고 말했다.

"이제는 더 못 견디겠구나." 그녀는 손을 내밀었다가 재빨리 움츠리고는 말했다. "잠깐. 너를 다시 볼 수 있을지 어찌 알겠니? 고통을 겪는 내 모습을 보이는 것은 참을 수 없어."

그녀는 수첩을 꺼내고 그 안에서 편지 한 통을 끄집어내며 말했다. "이건 마인츠의 은행에 보내는 편지야. 네가 네 할아버지의 함을 찾으러 가야 할 곳이지. 그 편지는 요셉 칼로니모스가 쓴 거야. 그가 만일 그곳에 없으면, 이 편지에서 그가 지시한 대로 처리해줄 거야."

데론다가 편지를 집었을 때 그녀는 힘겹게, 하지만 전보다 더 부드럽게 말했다. "다시 무릎을 꿇고, 네게 키스하게 해주렴."

그는 그 말을 따랐다. 그녀는 두 손으로 아들의 머리를 잡고 엄숙하게 그의 이마에 키스했다. "보다시피 내게는 너를 사랑할 수 있도록 남은 생명력이 없단다." 그녀가 나지막하게 중얼거렸다. "하지만 네게 더 많은 재산이 있어. 휴고 경이 보관하고 있을 거야. 나는 네 아버지의 온 재산을 네게 물려주었어. 그 점에서는 절대로 약탈했다고 비난할 수 없어."

"어머니께 필요한 것이 있으면 저는 어머니를 위해 노력했을 거예요." 데론다가 갈망의 좌절을 의식하면서, 어렸을 때부터 오랫동안 애정을 품고 상상해온 꿈에서 영원히 단절되었음을 느끼며 말했다.

"인간의 재주로 만들 수 있는 것은 내게 전혀 필요하지 않단다." 어머니는 이렇게 말했지만 여전히 그의 머리를 잡고 음미하듯 그의 얼굴을 들여다보았다. "그렇지만 이제는 아버지의 소원을 들어드렸으니 아버지 얼굴 대신 네 얼굴이 나타날지 모르겠구나. 젊고 사랑스러운 네 얼굴이."

"그렇지만 저를 다시 만나주시겠지요?" 데론다가 근심스럽게 말했다.

"그래, 어쩌면. 기다려, 기다려봐. 지금은 나를 내버려둬 다오."

제52장

> 사랑에 저항하도록 하는 힘이 또한 사랑이 강렬히 지속되도록 만든다. 열정에 늘 흔들리는 나약한 사람은 열정에 충족되는 일이 거의 없다.
>
> 라로슈푸코[12]

데론다가 이튿날 아침에 받은 편지 가운데는 한스 메이릭이 4절판지 네 장에 메이릭 가족의 특징적인 작고 아름다운 필체로 써 보낸 편지가 있었다.

친애하는 데론다,

자네가 묘사한 이탈리아의 동정과 전반적인 세상사에 관한 의견에 대한 보답으로, 여기 고국에서 현재의 원인이 미칠 영향

---

[12] 프랑수아 드 라로슈푸코 공작(1613~1618). 도덕적 경구와 의견을 쓴 프랑스 작가. 이 제사는 그의 작품 『경구』에서 인용한 것이다.

에 관해 통용되는 가장 공정한 의견은 "시간이 지나면 알게 될 것이다."라고 말해주겠네. 과거의 영향에 관해 현재 밝혀진 원인에 관해서 말하자면, 작년의 가축 역병[13]이 얼마 전의 엉터리 전보 때문이었다고 요사이 알려졌다네. 그것은 철학이라고 잘못 이름 붙은 것에 대한 논박이고, 농부들에 대한 보상을 정당화하지. 장사꾼들 사이에 곧 역병이 돌 텐데 그 원인이 그들이 화가에게서 사들이는 걸 거절한 모든 그림을 다시 재빨리 사들이면 이후에 드러나리라는 내 의견은 믿을 수 없는 유추로 치부되었네. 하지만 인정받지 못하는 화가에게서도 망설이지 않고 그의 위안을 빼앗는 사람들이 있지. 내 느낌으로는 어떤 형편없는 감식가가 내 베레니스 연작에 높은 가격을 치를 테고, 내게 과분한 행운 때문에 상인들은 이미 벌 받은 것이나 다름없다는 생각은 대단히 아름다운 것일세.

그동안에 나는 히페리온이 떠났을 때 빛을 발한 헤스페루스[14]처럼 자네의 부재에서 이득을 얻으며 나 자신을 달래고 있다네. 우리의 유대 예언자가 자네와 함께 보내던 시간에 내가 함께 앉아서 그의 두상을 연구하고 있지. 나는 할 수만 있으면 유대인이 되었을 유식하고 젊은 이교도로서 그에게 점수를 따고 있네. 가장 훌륭한 것은 훌륭하다는 바로 그 이유 때문에 유대적인

---

[13] 조지 엘리엇은 1865년의 마지막 몇 달 동안 질병이 돌아 매주 6천 마리에서 8천 마리의 가축이 죽었다고 기록했다.

[14] 히페리온은 타이탄 중 하나이지만 태양신 헬리오스로 분류된다. 헤스페루스는 에오스의 아들로 창공에서 가장 빛나는 별로 묘사된다. 그러므로 한스는 태양인 다니엘이 없을 때 밝은 저녁별처럼 빛난다는 의미.

것이라는 일반적 원칙에 그와 동의한다네. 엄밀한 추론이 내 특기라고 생각한 적은 없었네만, 무엇이든 가장 훌륭한 것이 A이고 B가 우연히 최고라면, B는 A이어야 한다는 것을 알 수 있지. 예전에는 그런 것을 전혀 예상하지 못했어도 말일세. 그런 원칙을 바탕으로, 모든 훌륭한 예술은 프로테스탄트적이라는 주장을 입증하려는 전에 읽은 팸플릿의 설득력을 알 수 있었지. 하지만 우리의 예언자께서는 비범하게 흥미로운 모델이고, 렘브란트[15]가 자기 랍비의 모델로 쓴 사람보다 더 훌륭하다네. 그를 만나고 돌아올 때마다 늘 새로운 것을 발견하곤 하지. 그 일례로서, 그가 자기 민족과 전통에 대해 불꽃처럼 열렬한 감정을 갖고 있으면서도 엄격한 유대인이 아니라는 점은 늘 놀랍게 보이네. 그런 유대인은 기독교도라는 말만 들어도 침을 뱉고, 기독교도는 구운 해수[16] 한 조각도 얻지 못해 부질없이 침만 흘리는데 유대인은 더 달라고 거침없이 접시를 내밀 미래를 상상하며 즐거워하지. (정통 유대인에게서 무엇을 기대할 수 있는지 내가 연구를 통해 배웠다는 것을 자네는 잘 알고 있겠지.) 솔직히 고백하건대, 나는 모르디카이에 대한 자네의 묘사를 변명조로 듣고 가볍게 치부해왔네. 자네가 멸종한 나무늘보 종을 부당하게 평가하지 않으려고 대홍수[17] 이전의 관점을 취하려는

---

15 네덜란드의 화가이자 초상화 화가. 여기서 언급된 그림은 1844년에 《유대인 랍비》라는 제목으로 팔렸고 지금은 《모자를 쓰고 턱수염이 있는 남자의 반신상》이라고 불리는 그림을 뜻할 것이다.

16 성서에 나오는 바다 괴물. 「시편」에서 신이 황야에서 방랑하는 유대인들을 먹이기 위해 해수를 주었다는 묘사가 나온다.

성향의 한 부분일 뿐이라고 여겼지. 그런데 그의 특유한 성품에 귀를 기울이다 보니 그가 정말로 철학적이자 우화적이고 신화적인 신앙인이라는 것을 알게 되었네. 그러면서도 예리한 변증법적 관점을 갖고 있어서, 콩깍지의 콩들이 달각거리며 시끄럽게 논쟁하는 소리는 오래지 않아 그에게서 자극을 받아 침묵하게 될 걸세. 내가 알기로는, 그처럼 복합적인 특성의 혼합은 유대인의 특권 중 하나일세. 실로 그의 마음은 대단히 방대해서 내 정밀한 의견이 그 안에서 아주 편안히 있음을 알게 된다네. 그리고 내 의견이 어떻게 그 방대한 마음의 나머지와 조화를 이룰 것인지는 그의 문제이지, 내 문제가 아닐세. 나는 기본 원칙을 정하는 일은 그에게 맡긴다네. 그의 기본 원칙은 전부 다 세계를 떠받치는 코끼리와 같네. 그 코끼리는 꽤 강력하고 건사하는 데 비용이 많이 들기 때문에, 내 수단으로는 개인적으로 건사할 수 없을 걸세. 나는 대신 더 값싸고 더 오래가는 비법을 쓴다네. 그건 코끼리가 부패하면서 끊임없이 공급할 가스 같은 것이지. 어떤 의견이 좋아 보이면, 나는 의심쩍은 질문을 던지지 않고 공손하게 대접하지. 전체 기독교인의 4분의 3은 유대인이며, 알렉산더 대왕 시절부터 그 후로 가장 이해력이 넓은 마음은 유대인이었다는 모르디카이의 생각을 다분히 지지한다네. 아라비아 사람과 우발적으로 생긴 다른 종족을 별도로 치면, 사실 나와 마이모니데스 사이에는 차이점이 거의 없다고 미라에게

---

[17] 성서에 나오는 노아의 대홍수를 말함. 다니엘이 어떤 의견에 대해서도 불쾌감을 주지 않도록 대단히 광범위한 관점을 취한다는 의미.

말할 생각이기 때문이네. 그런데 나는 최근에 사랑을 고백하지 않으면 못 배기는 사람은 연인으로서 천박한 사람이라는 것을 알아냈지. 만일 미라의 태도가 내 마음을 덜 혼란스럽게 한다면, 그리고 그녀와 함께 있으면서 그녀를 바라보는 것이 그토록 행복한 천국이 아니라면, 나는 이미 오래전에 그녀의 발밑에 몸을 던지고 내가 총으로 머리를 쏴버리기를 바라는지 에두르지 말고 말해달라고 간청했을 걸세. 나는 교묘한 희망을 갖고 있다네. 그 희망은 상속인에게 다시 돌아가는 조건이 달린 재산 같은 것이라서, 내가 그것을 확고한 사실로 바꾸려는 유혹을 뿌리치지 못한다면 모든 것을 망쳐버리겠지. 내 희망은 과수원에 만발한 꽃들 사이를 돌아다니고 햇살 사이로 꽃잎에 떨어지는 따뜻한 눈을 느끼면서 아무런 의혹도 느끼지 않지만, 멀리서 얼핏 확실성이 보이면 추악한 두 얼굴을 가진 신[18]이 이쪽 얼굴로 수상쩍게 윙크하는 것을 보고는 급히 얼굴을 돌려버리지. 하지만 자네는, 지극히 합리적이고 스스로를 무가치하게 여기고 늘 최악의 사태에 대비하는 자네는, 희망에 대해서 아무것도 몰라. 바보들은 희망이라는 불멸의 유쾌한 처녀, 늘 구애받고 늘 호의적인 그 처녀가 기만적이라고 말하고, 실망의 잔을 안겨주는 것이 희망인 줄 알고 있지. 하지만 실은 실망을 주는 것은 그녀의 철천지원수인 확실성이고, 그녀는 탈바꿈을 통해서만 그 원수를 피할 수 있다네. (내가 새로운 비유를 쓰고 있다는 것을

18 머리가 두 개인 로마의 신 야누스.

알아차렸나?) 그렇지만 나는 진실이 승리할 것이고 편견은 진실 앞에서 서서히 사라질 것이며 미덕이 수반되는 다양성은 매력으로 보일 것이고 어떤 고결한 열망도 좌절하지 않을 거라고 진지하고 자유롭게 주장할 수 있어야 하네. 이 모든 주장은, 내가 잘못 아는 것이 아니라면, 그 종파의 신조이고, 내가 좋아하는 유대 여자가 나를 좋아하리라는 것을 암시하지. 멍청이들은 일반적 원칙을 인용할 뿐이지만, 마음이 탁월한 사람은 그 원칙이 나타나는 개별적 사례를 알아차릴 수 있다네.

모르디카이가 나와 교류하면서 자네의 부재에 대한 보상을 얻는지는 그리 확실하지 않네. 그렇지만 제이콥 코헨이라는 대체물이 이따금 찾아오곤 하지. 그가 그 놀라운 유형의 유대인 아이를 무릎에 앉히고 서글픈 인내와 경건하고 숭고한 표정으로 유대인의 영감을 쏟아낼 때 우리 예언자의 표정은 주목할 만한 가치가 있네. 때로 제이콥은 손바닥으로 귀를 막고 그렇게 해서 작게 들리는 훌륭한 소리를 따라하면 히브리어가 더 유익하다고 생각한다네. 모르디카이가 그 작은 주먹을 부드럽게 끌어내려 꼭 쥐고 있으면 제이콥의 얼굴은 특이한 활기를 띠고 마치 동물원을 걸어 다니며 갖가지 동물을 차례로 흉내 내는 것 같고 올빼미와 멧돼지 흉내를 가장 잘 내는 것 같지. 그렇지만 자네도 틀림없이 이런 광경을 보았겠지. 제이콥은 나를 더없이 친근하게 대하고, 대개 앞으로 값이 내려갈 기독교인의 중고품 정도로 여기는 것 같네. 미래에 구입할 의사를 내비치려는 듯이 솔직하게 내 불리한 조건에 대해 언급하더군. 그렇지만 미라가 우연히 들어오면 그 아이는 귀엽게 달라진다네. 갑자기 어린애가 되지. 그 애의 나이는 이스라엘인들이 사막에서 입은 옷처럼 대략 40년 가까이 되었지만 최근에 만든 옷처럼 보인다네. 그런데 미라와 함께 있으면 그 아이는 여자들이 키우고 여자들만 다룰 수 있는 강아지를 연상시키지. 그런데 그 강아지는 모르디카이도 좋아하고 과자를 가져와서 나눠먹는데, 자기 입은 거북할 정도로 꽉 채우고는 모르디카이가 더 적은 양을 어떻게 먹는지 지켜본다네. 여섯 살 먹은 이 현대의 야곱을 보고 판단하건대, 그의 민족이 오래전에 우리 모두를 사들여서 더 나약한 우리 세대를 주식과 차용증서로, 엄청나게 많은 노예의 소유재산권으로, 주머니에 넣지 않은 것이 놀라울 뿐일세. 나는 한 유대 여자에게는 노예가 되더라도 개의치 않겠네. 그런데 미라가 조금 슬퍼 보이고 그것을 계속 숨기려 든다는 느낌이 내 상상에 불과하기만 바라네. 서서히 죽어가는 오빠를 지켜봐야 하니 그것은 물론 아주 당연한 일이겠지. 그녀가 오빠를 너무나 사랑이 충만하고 경건한 표정으로 바라보고 숭배하기에, 내가 그의 자리에 대신 있었으면 하고 바랄 정도라네.

다른 점에서는 우리가 평소보다 더 명랑하게 지내고 있어. 기억하겠지만 내 스케치 중에서 자네가 경탄한 두상의 소유자로 윗입술이 멋지고 법학을 전공하는 렉스 가스코인이 지금 우리 집에서 멀지 않은 곳에 방을 얻었고 단정한 여동생(그녀의 윗입술도 멋지다네)이 지난 2주일간 함께 지냈다네. 내가 두 사람을 어머니와 여동생들에게 소개했는데, 가스코인 양이 자네의 반다이크 공작부인의 사촌이라는 것을 알게 되었다더군!!! 이렇게 감탄부호를 붙인 것은 내 연약한 이해력이 그 사실에 느낀 놀라움을 표시하려는 것이라네. 돌이켜 생각해보니 놀랄 이유가 전혀 없더군. 내가 알지 못하는 사이에 누군가 다른 이의 사촌이 될 수 없다고 철석같이 믿지 않는다면 말이야. 이런 놀람은 척추에 생기가 넘치고 두뇌가 좀 무력해지기 때문에 일어나는 현상일 걸세. 내가 로마에서 만나던 한 사람은 아주 단순한 사실을 접하고도 놀라서 흥분하곤 했지. 어떤 말을 해도, 가령 편안한 구두를 좋아한다고 말해도, 그는 늘 놀랍다는 듯이 힘주어 "아니! 그게 정말이오?"라고 말하곤 했어. 목가적인 시에서 브라운이 예언적으로 묘사한 바로 그런 친구였지.

너무나 공허한 가엾은 인간이라서
자연에서 가장 비어 있는 곳을 혹시 찾게 된다면
그것은 그 사람 안에 있을 것이다.[19]

이런 현상을 설명하자면, 그는 척추에 활기가 넘친 거라네.

어쨌거나 공작부인과 사촌이라는 말은 어느 날 미라가 그들과 함께 있을 때 맬링거 집안 이야기를 하다가 우연히 나오게 되었다네. 때마침 나는 아주 중요한 인물이 되어서 날짜가 겹치는 초대를 받았지. 가스코인은 8월에 자기 부친의 목사관에 함께 내려가서 주위 시골 풍경을 둘러보기 바란다네. 그렇지만 나는 내 이익을 잘 고려해서 토핑 애비로 가려 하고 있네. 휴고

---

[19] 윌리엄 브라운(?1590~1645). 『브리타니아의 목가』 2권 노래 1.

경이 초대했거든. 그리고 강둑에 앉은 세 딸의 초상화를, 그분 말씀으로는 게인스보로[20] 양식으로, 그려달라고 제안하셨네. 그분의 경솔함에 축복이 있기를! 휴고 경은 일전에 내 스튜디오에 오셔서 초상화에 전념하라고 권고하셨어. 물론 나는 그것이 무슨 뜻인지 알고 있네. '여보게, 자네가 역사적이고 시적인 주제를 다루는 것은 가련하기 그지없네. 자네의 붓은 잘 나가는 초상화 화가의 붓에 불과하거든. 진실은 조금밖에 없고 거짓에는 대단히 능숙하지. 자네의 이상주의는 신이나 여신, 영웅담을 그려내는 데는 쓸모가 없겠지만, 아첨을 떨어 비싼 값에 팔릴 그림을 만드는 데는 도움이 될 걸세. 운명은 자네를 뒷바퀴로 만들었다네, 여보게. 자네도 어쩔 수 없으니, 뒤에서 달려야 하지.' 우리의 벗들이 이런 솔직한 의견을 제시하려면 얼마나 큰 노력이 들겠나! 내가 아는 어떤 사람은 수고를 마다치 않고 일부러 찾아와서는 내가 내 주제를 다루는 데 판단력이 부족하다는 사실을 돌이킬 수 없이 드러냈다고 말해주더군. 그리고 내가 요청했으면 자신의 평가를 알려주었을 거라고 말했다네. 나는 고맙지도 않았고, 다시 그림을 그리고 싶었어. 그래서 그가 그렇게 말하는 동안 마음속으로 마지막 만찬을 스케치하면서 그 솔직한 친구의 얼굴을 왼쪽에 넣었지. 그런데 휴고 경 이야기에서 꽤 멀어졌군. 내 재능이 최고 수준이 아니라고 암시하는 휴고 경의 태도가 매우 온화하고 느긋해서 나는 최정상급의 가엾은 사람

---

20 이 초상화법은 1830년대에 소멸되었으므로 이 언급은 시대착오적인 면이 있다.

들 속에 끼지 않은 것이 오히려 장점이라고 느끼게 되었네. 그리고 나에 대한 휴고 경의 친절은 자네에 대한 사랑에서 나온 것이었기에 더더욱 향기로웠네. 휴고 경과 나누는 잡담은 유별나게 즐거웠지. 그런데 자네의 반다이크 공작부인이 남편과 함께 요트를 타러 지중해로 갔다고 하시더군. 요트에서 내려 땅에 오르거나 땅에서 요트에 오르는 것이 가능하다는 것을 알게 되었네. 자네는 그 아름다운 예정론자[21]와 신학 논쟁을 계속할 기회를 우연히 얻게 될 것 같은가? 그녀가 그런 교리를 믿고 있다고 자네가 말한 것 같네만? 알폰소 공작도 신학을 좋아하는 인물인가? 어쩌면 삼각관계에 반대하는 아리아인이겠지. (편지를 읽는 동안 D의 얼굴에 조롱기가 점점 더 뚜렷해지고 마침내 마지막 단어를 읽고 나자 편지를 내던지고 조각 같은 자세로 코트 깃을 움켜쥐고는 대체로 무시무시한 표정으로 '오, 밤이여, 오, 어둠이여, 기타 등등'의 독백이 이어지는 동안 가만히 서있다.)

이 간결한 편지를 용서하게나. 자네는 내게서 논평이나 여담도 없이 사실만 적나라하게 진술한 편지를 받아왔지. 그 이상의 편지에는 익숙지 않을 걸세. 한 가지 빠뜨린 사실이 있는데, 클레스머 부부가 출발하기 전날 저녁에 멋지게 처신했다는 거라네. 천재성과 재산의 운성(運星)의 결합에서 기대할 수 있듯이 찬란하게 빛났지. 미라는 반짝이는 재능을 풍부히 타고났다네.

내가 토핑 애비에 있는 동안 자네가 돌아와서 그곳에 온다면

---

[21] 인간의 타락 이전에 신이 개인의 구원 여부를 결정했다고 믿는 사람.

얼마나 좋겠나! 나는 그곳에서 매우 사려 깊게 처신해서 귀중한 평가를 받을 거라네. 하지만 이따금 런던에 올라와서 에덴 낙원을 들여다 볼 걸세. 자네는 내가 볼링브로크 경[22]과 더불어 히브리어 지식을 얻는 데 얼마나 진전을 이뤘는지 보게 될 걸세. 그는 히브리어를 전혀 몰랐지만 "그런 종류의 학식과 그것에 관해 쓰인 것을 이해했네." 만일 미라가 명령한다면 나는 셈어의 어근 밑으로 깊이 파들어갈 걸세. 그것으로 점수를 딸 수 있을지 없을지는 이미 내게 전혀 문제가 되지 않는다네. 하지만 그녀는 오빠가 살아 있는 동안에는 연인의 말에 귀를 기울이지 않을 것 같네. '길리어드 산[23]의 염소와 같은 머리칼'을 가진 자라도 말이지. 그 까다로운 비유에 내 머리칼보다 더 잘 들어맞는 것은 없다고 나는 우쭐해한다네. 그래서 희망을 품고 과수원의 꽃들 사이에 머물러 있지.

자네에게 헌신적인
한스 메이릭.

몇 달 전이라면 한스의 이 편지에 데론다는 초조하게 갈등을 느꼈을 것이다. 미라에 대한 사랑의 호소에는 불쾌한 구석이 있었고, 한스가 아마도 실연하게 되리라는 동정심으로 그런 불쾌함을 무마할 수도 없었을 것이다. 그러나 3월 이후로 상황이 달라졌다. 미라

---

[22] 헨리 세인트 존, 볼링브로크 자작(1678~1751)으로 앤 여왕 치하에서 토리당 수상이었다.

[23] 구약성서의 「아가」에 나오는 지명. 요르단 강 동쪽의 역사적 장소.

는 이제 메이릭 가족에게 전적으로 의지하는 처지가 아니었고, 데론다 자신의 처지도 달라졌으며 바로 얼마 전에 밝혀진 출생의 비밀로 그 변화의 정점에 이르렀다. 미래에 대한 확실한 전망을 믿은 것은 아니지만, 이제 새로운 미래가 열리자 불가피하게 새로운 눈으로 상황을 바라보게 되었고 과거와 현재에 대한 그의 감정도 영향을 받았다. 그러므로 한스가 희망이라고 부른 것이 이제 데론다에게는 분노를 일으킬 무분별한 장난기가 아니라 특이하게도 지속적인 과도한 환상의 날갯짓으로 보였다. 만일 한스가 고통을 느낄 수 있는 인물이라고 믿었다면, 그는 앞으로 친구가 겪을 고통을 동정할 수 있다고 느꼈을 것이다. 그러나 어머니에게서 다시 와달라는 부름을 받지 못한 채 기나긴 하루를 보내는 동안 연달아 떠오른 생각 중 한 가지는, 한스는 실망을 슬픔으로 바꾸는 마음속의 깊은 뿌리에 사랑이 닿을 인물이 아니라는 주장이었다. 그는 언제나 들떠있고, 새로운 것에 접하면 너무 쉽게 흥분했다. 자기 자신을 늘 기꺼이 상상의 질료로 바꿔놓고 슬픔을 멋진 옷처럼 걸치려 했다. '이미 그는 사랑을 연기하기 시작했어. 그 연애 사건을 희극으로 받아들이는 거지.' 데론다는 속으로 말했다. '한스는 자기에게 기회가 없다는 것을 아주 잘 알고 있어. 그 친구다워. 그는 미라에 대한 열정의 토로를 들으며 내가 반감을 느낄 수 있다는 것을 절대로 생각하지 않아. 가엾은 한스! 만일 우리가 세차게 내리치는 우박을 맞으면 그는 그리스인처럼 마구 고함을 질러댈 거야. 내가 자기처럼 고함을 지르지 않으면 내 형편도 자기처럼 고약한 상태라는 걸 알지 못할 위인이지. 하지만 그는 인정이 많고 선의를 갖고 있어. 그가 다른 사람의 마음에서 일어나는 일을 적극적으로 상상하지 못한다고는 말할 수 없겠지. 그렇지만 그는 늘 자기가 원하는 대로 상상하는 거야.'

이렇게 조금 신랄하게 빈정거리며 데론다는 한스의 순진하고 느긋한 말에 잠시 인 대수롭지 않은 분노를 해소했다. 궨덜린이 남편과 요트를 타러 갔다는 소식을 전하며 한스가 덧붙인 터무니없는 말은 다만 자신이 그녀와 기이한 작별을 나눈 이후의 심란한 결과를 연상시켰다. 그런데 당장 큰 걱정을 일으킨 문장이 편지에 있었다. 한스가 내비친, 미라가 슬픔을 숨기고 있다는 의혹은 그가 원치 않던 것이었다. 그래서 데론다는 한스의 말을 불신하지 않고 그 슬픔의 원인을 생각해보기 시작했다. 자신이 없는 사이에 어떤 사건이 일어난 것일까? 아니면 어떤 사건에 대한 걱정이 더 커진 걸까? 어쩌면 그녀의 위상이 달라지면서 생겨난, 해결될 수 있을 어떤 문제 때문일까? 아니면 모르디카이가 평소에 마음먹은 것과 달리 데론다에 대한 특별한 소망을 동생에게 알려주었고, 예민하고 섬세한 그녀는 오빠의 의지나 집요한 환상적 신념이 그들의 우호적인 관계에 위압적인 영향을 미쳤으리라고 생각하고 마음의 상처를 받은 것일까? 데론다가 모르디카이를 대등한 관계에서 존중하기보다는 동정심을 품고 자제하는 태도로 대했으리라는 우려에 상처를 입었을까? 분명 미라는 고요히 체념하는 자세로 모든 것을 수용하고 있지만 대등한 입장에서의 존중심을 목마른 영혼처럼 갈망하고 있었다. 자기 오빠에 대한 순수한 존경심과 배려로 여긴 것에, 친절을 베풀

의도가 섞여 있음을 안다면 그녀는 괴로워할 것이다.

데론다가 마지막 추측에서 전제로 삼은 미라의 성격에 대한 짐작은 틀리지 않았다. 그녀의 마음에는 데론다를 만나기 이전까지 자신이 받아야 했던 대접에 대한 항의가 잠재되어 있었다. 그녀는 그에게 큰 은혜를 입었음을 기회가 있을 때마다 반드시 남들에게 알려주었다. 다른 사람들이 자신을 대하는 데 적절하다고 여긴 태도와 예리하게 비교하면서 그처럼 감사하는 마음은 더욱 열렬해진 것이다. 데론다는 비슷한 감정을 겪었기 때문에 그 속마음을 꿰뚫어볼 수 있었다. 그러나 모르디카이가 특유의 과묵함을 저버렸으리라는 데론다의 추측은 사실과 멀었다. 모르디카이는 데론다 말고는 누구에게도 자신들의 관계를 발설하지 않았고, 데론다의 혈통에 관한 자신의 확신도 언급하지 않았다. 그에게는 이 주제가 너무나 성스러운 것이라서 중대한 이유가 없는 한 함부로 말할 수 없기도 했고, 데론다가 혈통에 대한 언급을 늘 회피한다는 것을 알기 때문이기도 했다. 그리고 코헨 가족의 사적인 문제에 관한 질문에 답하지 않았던 모르디카이의 엄격한 자제력이 이 문제에서는 한층 강력하게 작용했다.

"에즈라, 어찌 된 일일까요?" 미라가 어느 날 그에게 말했다. "나는 늘 데론다 씨에게 마치 그분이 유대인인 듯이 말하게 되거든요?"

모르디카이가 조용히 미소를 지으며 말했다. "그건 그가 우리를 친형제처럼 대하기 때문일 거야. 그렇지만 그는 출생의 차이에 대해 자세히 언급하는 걸 좋아하지 않아."

"그분은 부모와 함께 산 적이 없었다고 한스 씨가 말했어요." 미라가 말을 이었다. 자신이 존중하는 모든 사람에 관해 이 문제는 그녀에게 부득이 흥미로울 수밖에 없었다.

"한스 씨에게서 그런 것을 알아내려 하지 말아라." 모르디카이가 늘 하듯이 그녀의 곱슬머리에 손을 얹고 진지하게 말했다. "다니엘 데론다가 스스로에 관해 우리에게 알려주고 싶은 것이 있으면 직접 말해줄 거야."

데론다도 그렇게 느낀 적이 있었듯이 미라도 질책을 받은 느낌이었다. 그러나 이런 식으로 오빠의 질책을 받자 미라는 오히려 뿌듯한 느낌이었다.

"제 오빠처럼 위대한 사람은 없다고 생각해요." 미라가 하루는 집으로 돌아오는 길에 첼시의 메이릭 부인의 집에 들러서 말했다. 바랐던 대로 그 작은 어머니는 혼자 집에 있었다. "제가 주위에서 보던 사람들과 오빠가 같은 세계에 살고 있다는 것이 생각하기 어려울 정도예요. 그런 사람들을 보면 세상이 정신병원처럼 보인다고 전에 말씀드렸지요. 그런데 오빠와 함께 있으면 오빠의 삶이 위대한 선이라고 느껴져요. 오빠가 고생을 무척 많이 했지만요. 저와는 다르지요. 저는 조금, 그것도 잠시 고생했다고 죽고 싶어 했는데. 오빠의 영혼은 너무나 충만하기 때문에 저처럼 죽음을 바랄 수 없어요. 제가 오빠에게서 받는 느낌은 어제 제가 지친 몸으로 공원을 통해 집으로 돌아올 때 느낀 것과 같아요. 달콤한 비가 내린 후 풀과 꽃 위에 햇살이 반짝이고 있었어요. 하늘과 온 세상이 너무나 깨끗하고 아름답게 보여서 피로와 고민과 어리석음이 아주 하찮게 느껴졌고, 저는 더 참을성을 갖고 희망을 갖게 되었어요."

이 말에 담긴 유순하면서도 우울한 어조에 메이릭 부인은 미라의 얼굴을 다시 관찰하듯이 들여다보았다. 모자를 내려놓고 곱슬머리를 쓸어내린 다음 지친 기색으로 그녀는 평소처럼 양손과 양발을 엇갈리게 놓은 채 부인의 맞은편 의자에 앉아 있었다. 멀리서 보면 평온한 모습의 채색된 조각상처럼 보였을 것이다. 그러나 메이릭 부인은 그녀의 얼굴에서 전에 보지 못한 억누른 고통의 기색을 알아차렸다. 참을성과 희망을 더 가져야 한다는 암시와도 일치했다.

"새로운 고민이 생겼니, 얘야?" 메이릭 부인이 주의를 집중하려는 듯이 바느질거리를 내려놓으며 말했다.

미라는 주저하다가 말했다. "제가 고통스러운 일을 너무 쉽게 털어놓는 것 같아요. 고민거리를 다른 사람에게 알리는 것은 그렇게 해서 더 나쁜 일을 막을 수 있다고 확신하지 않는다면 친절하지 못한 일이지요. 제가 너무 성급하고 겁이 많아요."

"오, 얘야, 엄마들은 자식들을 위해 고통과 고민을 좋아하게 되어 있단다. 성악 레슨을 받는 사람이 너무 적고 사교철이 지나면 더 줄어들 것 같아서 그러니? 그런 일에서 성공은 단번에 찾아오지 않는단다." 메이릭 부인은 자신이 고민의 진짜 이유를 언급하고 있다고는 생각하지 않았다. 그러나 반박될 추측을 매개로 속내를 더 편안하게 털어놓을 수 있는 법이다.

"아, 그건 아니에요." 미라가 고개를 부드럽게 저으며 말했다. "많은 숙녀가 본인이나 따님의 레슨을 맡기고 싶다고 하셨는데 그 후로 다시 연락을 받지 못해 약간 실망한 것은 사실이에요. 하지만 어쩌면 휴일이 끝난 후에 몇몇 학교에서 가르칠 거예요. 게다가, 아시다시피, 저는 지금 공주처럼 부자예요. 클레스머 부인이 주신 100파운드에는 아직 손도 대지 않았어요. 그리고 에즈라에게 부족한 것이 있을까 하는 걱정은 하지 않을 거예요. 데론다 씨가 계시고, 그분은 '당신의 오빠가 무엇이든 나와 나눈다면 내 삶의 큰 명예입니다.'라고 말씀하시니까요. 아, 아니에요! 에즈라와 저는 음식이나 의복 같은 것은 걱정할 수 없어요."

"그런데 뭔가 다른 걱정이 있구나." 메이릭 부인이 이렇게 말했고 불현듯 어떤 예감을 떠올렸다. "뭔가 두려운 일이 있어서 마음의 평화를 깨뜨리는 모양이지? 네가 막아낼 수 있는 것이 아니라면 나쁜 일을 예상하지 마라, 얘야. 우리가 근심을 방어책으로 바꿔놓을 수 없다면 아무리 걱정해봐야 쓸모가 없거든. 하지만 일어날 수 있는 모든 일에 방어할 수는 없지. 한 달 전보다 지금 더 걱정할 이유라도 있니?"

"네, 그럴 이유가 있어요." 미라가 말했다. "오빠에게도 숨겼어요. 감히 말할 수 없었거든요. 제가 이렇게 부인께 말씀드릴 수밖에 없는 것을 용서해주세요. 정말로 걱정할 이유가 있거든요. 닷새 전에 있었던 일이에요. 제 눈으로 똑똑히 아버지를 보았어요."

메이릭 부인은 그 아버지라는 사람에 대해 가장 모멸적인 말을 퍼붓지 않으려고 양팔로 가슴을 감싸고 웅크리며 몸을 내밀었다.

"시간이 지나서 아버지가 달라지셨어요." 미라가 말을 이었다. "제가 아버지를 떠나기 전에도 이미 많이 달라지고 늙으셨어요. 아버지가 때로 우셨다고 말씀드린 것을 기억하시지요. 아버지는 이런 저런 식으로 늘 흥분상태였어요. 제가 부인께 말씀드린 것을 오빠에게도 말했는데, 오빠는 아버지께서 도박에 빠졌고 그런 사람들은 쉽게 비탄에 빠졌다가 곧 다시 의기양양해 한다고 하더군요. 그런데 이제, 제가 아버지를 본 것은 한순간에 지나지 않았어요. 얼굴이 더 수척해졌고 옷은 더 초라했어요. 뭔가를 들고 있는 더 초라한 사람과 함께 계셨는데, 승합마차를 타러 서둘러 달려가셨어요."

"저런, 얘야, 그분이 너를 보지 않았으면 좋으련만."

"네. 저는 레이몬드 부인의 집에서 막 나와 마블 아치 근처에서 길을 건너려고 기다리고 있었어요. 아버지가 곧 마차에 타시자 보이지 않았어요. 무시무시한 순간이었어요. 예전 생활이 다시 돌아온 것 같았는데, 전보다 더 나빴어요. 제가 거기 있는 것을 아버지가 모르고 가버리셔서 다시 구출된 듯한 기분을 느꼈거든요. 하지만 그런 감정을 느끼는 것이 괴로웠어요. 제가 가증스럽게 느껴졌고요. 전에 어떤 연극에서 읊은 대사처럼 '내 친족의 피로 내 손을 덥혔네.' 같은 심정이었어요. 아버지는 어디로 가시는 길이었을까요? 아버지가 어떻게 되실까요? 어떤 일이 있었든 아버지를 인정하는 딸이 있으면 최악의 상태에서 벗어날 수 있을 텐데. 삶에서 최선이어야 할 것이 최악으로 바뀐 것을 보는 일처럼 큰 고통이 있을까요? 이런 서로 다른 감정들이 부딪히는 바람에 온몸에서 힘이 다 빠져버렸어요. 누구도 그런 연기는 할 수 없을 거예요. 연기는 우리가 마음에서 겪는 것에 비하면 시시하고 허접하거든요. 제가 어떻게 마차를 불렀는지 모르겠어요. 아무튼 마차에 탔을 때 '에즈라에게는 말할 수 없어. 오빠에게 알려서는 안 돼.'라는 생각이 든 것만 기억해요."

"오빠의 마음을 아프게 할까봐 걱정이니?" 미라가 잠시 말을 멈추자 메이릭 부인이 물었다.

"네, 그리고 다른 이유도 있어요." 미라는 과감히 말을 꺼내기 전에 자신의 감정을 돌아보듯이 주저하며 말했다. "부인께는 말씀드리고 싶어요. 다른 사람에게는 말할 수 없으니까요. 친어머니에게도 말할 수 없었을 거예요. 어머니 앞에서도 숨겼을 거예요. 저는 아버지가 부끄러워요. 그런데 좀 이상한 것은, 이 세상 누구보다도 에즈라 앞에서 수치심이 더 커진다는 거예요. 오빠는 제 삶에서 일어난 일을 다 말해주기 바랐어요. 그래서 저는 얘기를 해주었어요. 그런데 아버지에 관한 갖가지 사건이 에즈라의 마음속에 있다고 생각하면 늘 쑤시듯이 마음이 아파요. 또 이런 것을 믿으실 수 있겠어요? 아버지가 찾아와서 우리 둘 앞에 모습을 드러내면 어떻게 될까 하고 생각해볼 때 살을 태울 듯이 제일 고통스러운 것은 에즈라 앞에서 위축된 아버지의 모습을 보는 거예요. 정말이에요. 그게 올바른 감정인지 어떤지는 모르겠어요. 하지만 아버지가 오빠를 만나지 않도록 막을 수만 있다면, 아버지에 대해 비밀을 간직하려고 애쓰는 편이 차라리 낫겠다는 생각이 들어요. 많은 고통을 겪더라도 말이에요.”

“그런 감정을 부채질해서는 안 된단다, 미라.” 메이릭 부인이 급히 말했다. “매우 위험한 일이 될 수도 있어. 그릇된 일일 거야. 그런 일을 숨겨서는 안 된단다.”

“그러면 아버지를 보았다고 당장 에즈라에게 말해야 할까요?” 미라가 그럴 일이 없기를 바라는 어조로 말했다.

“아니.” 메이릭 부인이 망설이며 말했다. “그럴 필요가 있는지 모르겠구나. 네 아버지께서 새처럼 가버리실 수도 있지. 그분이 너를 찾으러 여기 오셨는지도 확실하지 않고. 네가 다시는 보지 못할 수도 있어. 그러면 네 오빠에게 불필요한 걱정을 덜 수 있겠지. 하지만 약속해다오. 만일 네 아버지가 너를 보신다면, 어떤 식으로든 너를 다시 붙잡는다면, 우리 모두에게 알려주겠다고. 엄숙하게 약속해다오, 미라. 난 그것을 요구할 권리가 있단다.”

미라는 잠시 생각하더니 몸을 내밀어 양손을 메이릭 부인의 손에 올려놓고 말했다. “부인께서 요구하시니, 수치심을 견디겠다고 약속드리겠어요. 저는 고통스러운 수치심을 견뎌야 한다는 생각에 아주 오랫동안 익숙했어요. 그런데 아버지에 대한 수치심은 아버지가 에즈라와 만나는 것을 생각할 때 태울 듯이 강렬해져요.” 그녀는 잠시 가만히 있다가 갈망하듯 동정적인 어조로 말했다. “그런데 저희는 그분의 자식이에요. 그분은 한때 저희처럼 젊었고, 어머니는 그분을 사랑하셨어요. 아, 저는 그것을 생생하게 느끼지 않을 수 없고, 그것은 잔인한 일처럼 마음을 아프게 해요.”

미라는 눈물을 흘리지 않았다. 살아오는 동안 그런 식으로 감정을 표출하지 않도록 훈련을 받아왔기에 곧 강한 동기로 억제되었다. 그렇지만 더 강렬한 슬픔이 목소리로 표현되는 것 같았다. 메이릭 부인은 매우 예리한 판단력에 다정한 직관을 가진 사람이었지만 미라의 마음속에 있는 자식으로서의 감정을 완전히 이해하지는 못했다. 그 효심은 악랄한 범죄적 행위에 대한 분노 밑에 깊이 뿌리박혀서 활발히 작용하고 있었다. 하지만 메이릭 부인은 무뢰한 아들에 대한 어머니의 끈질긴 동정심과 수치심은 이해할 수 있지만, 이 아버지라는 사람에 대한 지나친 동정심으로 보이는 것은 참을 수 없었다. 그가 다시 나타났다는 말을 듣자, 그가 감옥에서 교도관의 감시를 받고 있으면 좋겠다는 생각이 들었다. 아무튼 미라가 약속했으므로 미라의 나약함을 막을 안전장치는 어느 정도 마련된 셈이었다.

한스가 알아차린 미라의 슬픈 기색에 대해 미라가 스스로 밝힐 수 있었던 한 가지 이유는 바로 이 사건이었다. 그녀는 자신의 기분을 변화시킨 다른 이유는 명확히 설명할 수 없었을 것이다. 그것은 다가오는 기후 변화처럼 어렴풋이 느껴졌고, 그것을 유발한 외적 자극도 거의 없었다. 우리가 전혀 애쓰지 않아도, 심지어 반발하고 있어도, 어떤 맹목적인 감정의 동요로 마음에서 활발히 일어나는 것을 변명하기 위해 그 이유로 내세울 것을 다 찾아보고는 부끄러움을 느낄 때와 같았다. 어쩌면 처음에 감정의 동요를 일으킨 것은 궨덜린이 찾아와서 보여준 행동이었을 것이다. 노래를 하겠다는 약속을 받으려고 궨덜린이 방문할 필요는 전혀 없었으므로, 그 방문의 목적은 흥분한 상태로 데론다에 대해 이상한 질문을 던지려는 것 말고는 달리 있을 수 없었다. 미라는 본능적으로 그 방문에 대해 누구에게도 말하지 않았지만, 그 기억이 생생히 떠오르며 내면에 새로운 감정을 일으켰다. 그리고 그녀가 속하지는 않았어도 자주 엿본 상류층 사회와 데론다의 관계에 대해 전에 없이 민감하게 느끼게 되었다. 남들과 다른 특이한 삶과 교육 때문에 그녀의 마음에는 비세속적인 성정과 세상의 악행에 대한 풍부한 지식이 놀랍도록 혼합되어 있었다. 이 지식에는 직접 관찰한 것과 책을 읽고 연극을 연구하면서 얻은 것이 희한하게 뒤섞여 있었다. 그녀는 열정적 상황이나 음모를 많이 기억했다. 그런 것에 감정적으로 동화된 적은 없었고, 주위의 현실생활에 대해서 늘 그랬듯이 반발감과 초연함을 느꼈다. 그런데 머릿속에만 들어있던 그런 지식 몇 가지가 이제 그랜코트 부인을 둘러싸고 엮이기 시작한 것이다. 미라는 데론다에 대한 존경심에 영향을 미칠 상황을 인정하지 않으려 했지만, 그의 전반적 생활이 자신의 세계와는 동떨어진 세계와 연결되어있음을 괴롭게도 생생하게 깨닫지 않을 수 없었다. 그 세계에서 데론다의 감정과 행동은 궨덜린 같은 여자와 관련되어 있을 것이다. 궨덜린을 보지 않게 된 후에도, 그녀가 점점 더 혐오스럽게 여겨졌다. 좋아하거나 싫어하는 감정은 생각 속에서도 직접 접촉할 때처럼 신속히 커질 수 있다. 데론다가 자신뿐 아니라 오빠에 대한 우정과도 동떨어진 다른 세계에 가장 깊은 관심을 기울일지 모른다는 생각으로 불안해지자, 그런 감정을 억누르려고 그녀는 이렇게 스스로를 질책했을 것이다. 자신은 그의 너그러운 친절을 나눠 받은 많은 사람 중 하나에 불과하지 않은가? 오빠에 대한 그의 애정은 느지막이 시작되었고 곧 끝나지 않을까? 데론다가 모르디카이와 인연을 맺기 전에도 다른 인연이 있었고, 시급히 다가오는 죽음으로 이 인연이 끊어진 후에도 다른 인연은 계속 남을 것이다. 그러나 그녀는 이 불안감이 데론다의 특별한 감정을 주제넘게 간접적으로 요구하는 것이라고 부끄러워할 만한 자기인식에는 이르지 못했다. 데론다가 자신의 애인이 될 수 있다고 그녀 스스로나 다른 사람이 생각하는 것은 꿈도 꿀 수 없는 일이었다. 사실 메이릭 부인이나 딸들도 그런 일은 생각조차 하지 않았다. 미라와 마찬가지로 그들은 데론다가 미라의 삶에 개입하게 된 것이 비범한 일이라고 생각했고, 그녀의 구원자이자 보호자로서 그의 소명에 깊은 감동을 받았으며, 그러므로 그가 그녀에 대해 다른 관계를 염두에 두고 있다는 암시를 들었다면 모욕으로 여겼을 것이다. 한스도 그런 관점을 쉽게 받아들였다. 어떤 남자가 누군가의 애인이 될 때 그가 우리의 눈에 영락한 인물로 비친다면 꽤 딱한 일이 아닐 수 없다. 그러나 미라의 무의식이 혼란에 빠지게 된 것은 바로 이처럼 순진한 메이릭 가족 때문이었다. 처음에는 더없이 사소한 일 때문에 일어났지만, 그 후에 일어난 일에서 그녀가 더 깊은 영향을 받도록 감정적 기반이 마련된 것이다.

그 일은 앤 가스코인이 메이릭 가족을 방문해서 궨덜린과 사촌이라고 이야기했을 때 일어났다. 앤은 미라를 만날 수 있을 시간에 찾아왔고 그 집안의 세 딸이 어머니와 함께 있었으므로, 여자들 여섯이 한자리에 모여서 으레 남자들의 왜곡된 관점에서 벗어난 이야기를 거침없이 나누었다. 앤 가스코인은 오빠의 존재가 어떤 것인지, 그리고 세상에서 대체로 비교적 하찮은 존재로 간주되는 것이 어떤 것인지를 잘 알고 있는 메이릭 집안의 딸들과 만나자 매우 편안한 느낌이었다. 그녀는 대학이 무척 멋진 곳이라고 생각한다고 렉스에게 말했는데, 오빠들이 대학에 가면 부유한 귀족은 아니더라도 (대학 못지않게) 매우 멋진 집안의 아들과 친구가 되기 때문이었다. 앤은 메이릭 집안의 여자들이 놀랍게 영리하다고 생각했기에 로타를 가르치는 방법에 관해 조언을 구했고, 자신이 자기 가족 중에 가장 영리하지 못하다고 털어놓았다. 나중에 미라가 들어왔을 때 젊은 얼굴들이 다탁 주위로 꽃다발처럼 동그랗게 모여 있었다. 약간 떨어진 곳에서 눈을 크게 뜨고 경계하고 있던 하피즈는 그 광경을 자기에게 우유를 공급할 장치로 간주하는 눈치였다.

"우리가 얼마나 놀랐을지 생각해봐, 미라." 케이트가 말했다. "데론다 씨와 맬링거 가족에 대해 이야기하고 있었는데 글쎄 가스코인 양이 그들을 안다는 거야."

"간접적으로 알고 있을 뿐이에요." 앤은 사랑스러운 유대 아가씨에 대한 얘기를 들었는데 이제 직접 보게 되자 놀랍도록 새로운 경험이라서 흥분한 나머지 얼굴을 조금 붉히며 말했다. "직접 뵌 적은 없어요. 그런데 몇 달 전에 사촌이 휴고 맬링거 경의 조카인 그랜코트 씨와 결혼했어요. 그분은 우리 집 가까이 있는 휴고 경의 디플로

저택에 머물고 계셨어요."

"아니!" 맵이 손뼉을 치며 소리쳤다. "뭔가 새로운 사실이 밝혀지겠어. 그랜코트 부인, 그 반다이크 공작부인이 사촌이라고?"

"아, 네, 내가 신부 들러리를 섰어요." 앤이 말했다. "우리 어머니들이 자매지간이에요. 이모님은 작년 이전에는 훨씬 부유했는데 어머니와 같이 재산을 모두 잃었어요. 우리 아버지는 아시다시피 목사님이니까 우리 집 형편은 많이 달라지지 않았어요. 마차를 몰지 못하는 것과 정찬 파티를 열지 못하는 것만 제외하면. 그리고 나는 그편이 더 좋아요. 그런데 가엾은 데이빌로 이모님께는 몹시 큰 타격이었어요. 이모님은 괜덜린 말고도 딸 넷이 있어서 우리와 함께 살 수 없었어요. 하지만 괜덜린이 그랜코트 씨와 결혼하고는 그분이 아주 부유해서 이모님의 어려운 형편은 그리 큰 문제가 되지 않았지요."

"아, 몰랐던 관계를 이렇게 찾아내다니 너무 재미있어!" 맵이 말했다. "다 함께 끼워 맞춰야 하는 중국식 퍼즐 같아. 여기서 뭔가 멋진 것이 나올 거라고 믿어. 그게 뭔지는 알 수 없지만."

"맙소사, 맵!" 에이미가 말했다. "친척 관계는 여러 갈래로 뻗어나가게 되어 있어. 여기서 차이점이 있다면 우리가 관련된 몇 사람을 우연히 알고 있다는 것뿐이야. 그런 일은 매일 일어나."

"그렇다면 에이미, 너는 왜 9라는 숫자가 그렇게 놀랍다고 주장하지?" 맵이 말했다. "그것도 매일 일어나는 일이라고 나는 믿어. 신경 쓰지 마세요, 가스코인 양. 이야기를 계속하세요. 그런데 데론다 씨는? 데론다 씨를 만난 적 있어요? 그분 이야기를 해주세요."

"아뇨, 그분은 뵌 적 없어요." 앤이 말했다. "그분은 사촌이 결혼하기 전에 디플로에 오셨어요. 이모님이 아빠에게 그분에 대해 말씀하시는 것을 들은 적이 있어요. 이모님 말씀은 여기서 그분에 대해 오가는 말과 똑같았어요. 다만 그리 많이 말씀하신 건 아니에요. 그러니까, 데론다 씨가 휴고 맬링거 경과 함께 살고 있다고 하셨고 아주 훌륭한 분이라고 생각하셨어요. 우리는 페니코트 근방에 오는 사람들에 대해 아주 많이 이야기해요. 새로운 사람이 오는 일이 아주 드물거든요. 그런데 제가 궨덜린에게 데론다 씨를 어떻게 생각하는지 물었더니, '그런 얘기는 꺼내지도 마. 그런데 머리칼이 검은색이었던 것 같아.'라고 말한 기억이 나는군요. 궨덜린은 그렇게 익살스럽게 대답해요. 늘 발랄하거든요. 렉스가 한스 씨를 알게 되고 그래서 제가 기쁘게도 여러분을 만나 데론다 씨 이야기를 많이 듣게 되다니 정말로 놀라워요."

"너를 알게 되어 우리도 기쁘단다. 그런데 네가 데론다 씨에 대해 아무 이야기도 듣지 못하고 우리 집에 왔으면 그것도 놀라웠을 거야. 그렇지 않겠니, 미라?" 메이릭 부인이 말했다.

미라는 긍정하듯이 미소를 지었지만 아무 대답도 할 수 없었다. 여러 이름과 이미지들이 뒤섞인 이야기에 귀를 기울이는 동안 왠지 모를 불만스러운 당혹감이 일었다.

"내 아들은 그랜코트 부인을 반다이크 공작부인이라고 부른단다." 메이릭 부인이 앤을 다시 바라보며 말을 이었다. "눈에 띄는 미인이라고 생각하더구나."

"네." 앤이 말했다. "퀜덜린은 늘 무척 아름다웠어요. 그녀를 지독히 사랑한 사람들도 있었고요. 그 사람들이 불행해져서 저는 유감스럽게 생각해요."

"그런데 행복을 잡은 그랜코트 씨는 어떻게 생각하니?" 메이릭 부인은 딸이 많은 미망인의 삶에 일어난 변화에 대한 암시에 맵과 마찬가지로 큰 관심을 느끼며 말했다.

"아빠는 퀜덜린이 그랜코트 씨를 받아들이는 것을 찬성하셨어요. 그리고 이모님은 그분이 매우 너그럽다고 하세요." 앤은 자신의 감정을 억누르려는 갸륵한 의도로 말을 시작했다. 그렇지만 속마음을 흘가분히 털어놓을 기회를 뿌리칠 수 없어 이렇게 덧붙였다. "그렇지 않았으면 저는 그분이 매우 훌륭한 사람이라고 생각하지 않았을 거예요. 좀 거만하고, 퀜덜린의 발랄한 면이 전혀 없다고. 저는 더 젊고 활기찬 사람이 퀜덜린에게 잘 어울릴 거라고 생각했어요. 하지만 누구보다도 훌륭해 보이는 오빠가 있으니 다른 사람들을 더 나쁘게 생각하는지도 모르죠."

"데론다 씨를 만날 때까지 기다려 봐요." 맵이 의미심장하게 고개를 끄덕이며 말했다. "그분을 보고 나면 그 누구의 오빠도 대단히 훌륭해 보이지 않을 테니까."

"우리의 오빠들 정도면 남편감으로 충분하다고 생각해야 해." 케이트가 퉁명스럽게 말했다. "데론다 씨를 남편으로 얻지 못할 테니까. 그분의 아내가 될 만큼 훌륭한 여자는 없을 거야."

"어떤 여자도 그와 결혼하기를 바라서는 안 돼." 맵이 화내듯이 말했다. "나라면 절대 그러지 않겠어. 그분이 한스처럼 양복점 청구서를 갖고 있고 구두 갈고리를 사용하는 것을 알게 되었다고 상상해봐. 그분이 결혼할 거라고 누가 생각하겠어?"

"난 생각해봤어." 케이트가 말했다. "『마음과 다이아몬드』의 권두 삽화로 결혼식 장면을 그릴 때, 신랑을 데론다 씨와 비슷하게 그렸거든. 그리고 그의 공작부인으로 어울릴 기품 있는 여자를 찾아보려고 애썼지. 그런데 그분 옆에 섰을 때 변변찮게 보이지 않을 여자를 찾지 못했어."

"그렇다면 그랜코트 부인을 봤어야 했는데." 메이릭 부인이 말했다. "한스 말로는 그녀와 데론다 씨가 나란히 서면 서로를 돋보이게 한다더구나. 그녀는 키가 크고 아름답다고. 그런데 그녀를 알고 있지, 미라? 너는 늘 묘사를 잘하는데, 그랜코트 부인은 어떻게 생각하니?"

"『돈 카를로스』의 에볼리 공작부인[24]과 비슷하다고 생각해요." 미라가 재빨리 열렬하게 대답했다. 그녀는 남들이 이해하지 못할 연상을 떠올리고 있었다. 어떤 여배우와 관련되었을 뿐 아니라 그 여배우가 맡은 역과도 관련된 연상이었다.

---

24 쉴러의 희곡 『돈 카를로스』(1787)에 등장하는 비도덕적 인물로 음모를 꾸미지만 나중에 양심의 가책에 시달린다. 이 희곡에 기초한 베르디의 오페라가 1867년 코벤트 가든에서 상연되었다.

"네 비유는 수수께끼 같구나, 얘야." 메이릭 부인이 미소를 지으며 말했다.

"그랜코트 부인이 키가 크고 아름답다고 하셨지요." 미라가 약간 창백해지며 말을 이었다. "전적으로 옳은 말씀이에요."

메이릭 부인의 예리한 눈과 귀는 뭔가 평소답지 않은 것을 알아차렸지만 즉시 자기 생각대로 해석했다. 귀부인들이 종종 변덕스러운 태도와 의도로 미라에게 상처를 주었을 것이다.

"그랜코트 부인은 미라에게 성악 레슨을 받을 생각이었단다." 그녀가 앤에게 말했다. "그렇지만 많은 귀부인이 레슨을 받겠다고 했다가 시간을 내지 못했어. 상류층 숙녀들은 할 일이 너무 많은 모양이야."

그러고 나서는 에볼리 공작부인을 더 이상 언급하지 않고 이야기가 이어졌다. 그 비유는 미라가 미처 느껴보지 못한 절실한 통증 때문에 입술을 빠져나온 것이었다. 이 대화는 처음부터 그녀에게 유쾌하지 않은 인상들을 되살려주었다. 데론다 옆에 선 궨덜린의 자태에 대한 메이릭 부인의 암시는 바깥에서 찔러대는 목소리처럼 들렸고, 키 크고 아름다운 이 여자가 데론다의 운명을 얼마쯤 지배하고 있다는 내밀한 확신을 확인해 주었다. 그러고도 오랫동안 그녀는 온몸을 뒤흔드는 충격이 지속되는 느낌이었다.

저녁 무렵 모르디카이가 숨쉬기 힘들어하며 침대에 기대앉아 있을 때 그녀는 옆에 앉아서 그의 어깨에 뺨을 대고 말했다.

"에즈라, 데론다 씨 생활의 아주 많은 부분이 오빠와 멀리 떨어진 곳에 숨겨져 있다면, 그분이 우리와 너무 다른, 아니 오빠와 전혀 다른 사람들 속에서 살아가고 그런 사람들에게 관심을 쏟는다면, 그분에 대한 오빠의 사랑이 상처를 입을까요?"

"아니, 물론 그렇지 않아." 모르디카이가 말했다. "오히려, 내게 부족했던 것을 그가 갖추고 세련된 이집트인이 되었다는 것은 내게 소중한 일이란다." 그러고는 누이동생이 아직 이해하지 못할 얘기를 했다는 것을 깨닫고 덧붙였다. "나는 그에게 줄 것이 더 많이 있어. 그의 보물은 내 것과 다르기 때문에. 그것이 우정의 축복이란다."

미라는 잠시 생각에 잠겼다.

"그렇지만 만일 그분 삶의 다른 부분이 많은 사람 속에 휩싸이는 것이라면, 그래서 그분이 오빠에게서 멀어져 다른 곳으로 이끌린다면, 내 말은 지금처럼 우리가 볼 수 없는 곳으로 이끌려가는 것뿐 아니라 그분의 생각에서도 그렇게 된다면, 잠시만이 아니라 계속해서 그렇게 된다면, 그분에 대한 오빠의 사랑은 큰 시련에 처할 거예요. 그걸 어떻게 견딜 수 있겠어요? 우리의 종교는 우리에게 참고 견디라고 명령하지요. 그렇지만 어떻게 참을 수 있을까요?"

"잘 견딜 수 없을 거야, 동생아. 잘 견딜 수 없겠지. 하지만 그런 일은 절대로 일어나지 않을 거란다." 모르디카이가 부드러운 미소로 그녀를 바라보며 말했다. 그는 자신 때문에 동생의 마음에 위안이 필요하다고 생각했다.

미라는 더 이상 아무 말도 하지 않았다. 자신과 오빠 마음의 다른 점에 대해서 생각해보았고, 오빠와 비교해볼 때 자신이 치졸하다고 느꼈다. 오빠가 더 넓은 판단력으로 만족스럽게 여기는 것을 자신은 왜 전적으로 만족스럽게 느낄 수 없을까? 이 물음에 그녀는 고통스럽게도 부적절하다는 느낌 외에는 이유를 충분히 댈 수 없었다. 무엇에 부적절하다는 것일까? 막연한 가능성. 선명한 윤곽을 그릴 수는 없었지만, 머릿속에 떠오른 그림에 하나의 이름과 하나의 자태가 떠돌면서 계속 얼룩을 남겼다. 한스가 감지했다고 말한 숨겨진 슬픔의 더욱 모호한 원인은 바로 여기에 있었다. 생전 처음으로 자유롭고 안전하다고 느끼면서, 비가 내린 후 새로 피어난 데이지 꽃이나 지저귀는 새의 청명한 노랫소리처럼 여겨졌던 그녀의 감미로운 평온함과 신속하고 즐겁게 반응하던 말과 미소가 약간 줄었던 것이다. 그녀는 자신의 편치 않은 마음이 새로운 생활에서 자신이 받은 크나큰 은혜에 대한 무감각과 배은망덕 같은 것이라고 생각했다. 그리고 평소보다 더 힘을 쏟아 노래를 부를 때마다 자신의 얄팍한 만족감에 대한 강렬한 분노를 표현했다. 이런 기분에서 그녀는 한 번 이렇게 말했다. "오빠와 나의 차이점이 무엇인지 말해줄까요, 에즈라? 오빠는 가뭄이 들어도 언제나 솟아나는 샘이지만, 나는 도토리 깍정이에요. 천상의 물이 나를 채우더라도 조금만 흔들리면 텅 비어 버려요."

"아니, 무엇이 그대를 흔들었을까?" 모르디카이가 말했다. 그는 동생과 코헨의 자녀들에게 이처럼 옛 대화체를 사용하는 버릇이 있었다.

“생각이에요.” 미라가 말했다. “생각이 산들바람처럼 불어와서 나를 뒤흔들어요. 나쁜 사람, 그릇된 일, 비참함, 이런 것이 우리의 삶에 어떻게 영향을 미치는가 하는 생각들.”

“우리는 우리의 운명을 받아들여야 한단다, 미라. 그 운명이 저기 있어. 우리가 거기서 벗어나려고 그것을 다른 사람의 어깨에 올려놓을 수 있을까?”

그녀가 마음속 근심을 스스로 드러낸 것은 이 어렴풋한 암시뿐이었다.

제53장

내 황량한 마음이 더 나은 삶을
만들어가기 시작하네.

셰익스피어『안토니와 클레오파트라』[25]

데론다는 어머니를 다시 만나러오라는 부름을 받기 전날 아직 몸이 좋지 않아 만날 수 없다는 전갈을 받았다. 그러나 3일째 되는 날 아침에 "오늘 출발한다. 즉시 나를 보러 와다오."라는 쪽지가 전달되었다.

그는 전과 같은 방으로 안내되었지만 블라인드와 커튼이 내려져 있어 더욱 침침했다. 그가 들어선 후에야 공작부인이 들어왔다. 흐릿한 오렌지색의 부드럽고 풍성한 실크 드레스를 걸치고 머리를 다시 검은 레이스로 휘감은 채 넓은 소매 밑으로 맨팔을 드러내고 있

25 5막 2장 1~2절. 셰익스피어의 희곡에서 이 말을 하는 사람은 클레오파트라이다.

었다. 어슴푸레한 빛을 받아 그녀의 얼굴은 더욱 인상적으로 보였고 눈은 더 크고 윤곽이 더 뚜렷해 보였다. 여러분이 그녀를 보았더라면, 남들을 위해서라면 회춘(回春)의 약을 만들려고 경이로운 손과 팔을 내뻗겠지만 자신은 대단히 젊기 때문에 자기를 위한 약을 만드는 것은 비웃을 여자 마술사 같다고 상상했을 것이다.

그녀는 즉시 아들의 어깨에 팔을 올려놓고 두 뺨에 키스하고는 처음 만났을 때의 변덕스러운 태도와 달리 자신감 넘치는 확고하고 품위 있는 태도로 쿠션에 앉아서 데론다에게 옆에 앉으라고 말했다. 데론다는 그 말에 따랐다. "이제는 아주 편안해지셨겠지요?"

"그래, 다시 편안해졌어. 내게 더 묻고 싶은 것이 있느냐?" 어머니라기보다는 여왕 같은 말투였다.

"어머니께서 외할아버지와 함께 사셨던 집을 찾을 수 있을까요?" 데론다가 말했다.

"아니." 그녀는 반대하듯이 팔을 내저으며 대답했다. "그 집은 허물어져서 찾을 수 없어. 그렇지만 우리 가족에 대해서나 내 아버지가 사셨던 여러 곳에 대해서는 그 함에 있는 서류에서 다 찾아볼 수 있을 거야. 내가 말해줄 수 있는 것보다 더 나을 게다. 이미 말했듯이, 내 아버지는 의사셨어. 어머니는 모르테이라 집안 태생이셨고. 나는 귀 기울이지 않아도 늘 그런 얘기를 듣곤 했지. 그 모든 사실을 찾아볼 수 있을 거야. 내가 그런 것들 사이에서 태어난 건 내 의지가 아니었어. 나는 가급적 빨리 그것을 몰아내버렸지."

데론다는 괴로운 감정을 숨기려고 애쓰며 말했다. "저는 어머니께서 조금이라도 흐뭇한 기분으로 말씀해주실 수 있는 것을 알고 싶을 뿐이에요."

"내게 요구할 수 있는 것은 다 말했다고 생각해." 공작부인이 생각에 잠긴 듯이 보이는 얼굴로 차갑게 말했다. 앞선 만남에서 그녀는 감정을 소진해버린 것 같았다. 사실 그녀는 속으로 '그 일을 다 끝냈어. 모두 다 고백했어. 그러니 두 번 다시 겪지 않을 거야. 흥분하지 않겠어.'라고 생각한 것이다. 그리고 그 생각에 따라 행동하고 있었다.

그러나 데론다의 다감한 성격에는 잔인하게 느껴지는 순간이었다. 자식으로서 도리를 다하려던 평생의 갈망은, 이제는 성물(聖物)이 존재하지 않는 신전을 낙심한 마음으로 찾아가는 것이 되고 말았다. 그가 떨리는 목소리로 이렇게 물었을 때, 그 어머니에게는 없는 여성성이 오히려 아들인 그의 내면에 존재하는 것 같았다.

"그럼 우리는 헤어져야 하고, 저는 어머니에게 아무것도 될 수 없을까요?"

"그편이 더 나아." 공작부인이 조금 부드럽고 감미로운 목소리로 말했다. "네가 내 아들로 행세한다 해도 고된 의무만 있을 뿐이야. 넌 나를 사랑하지 않을 거야. 부정하지 마." 그녀는 갑자기 손을 들어 올리며 말했다. "나는 진실을 알고 있어. 너는 내 과거 행동을 좋아하지 않아. 내게 화가 났지. 내가 네게서 뭔가를 빼앗았다고 생각하고. 너는 네 할아버지 편이야. 넌 언제나 마음속으로 나를 저주할 거야."

데론다는 침묵하라는 선고를 받은 기분이었다. 애정을 철저히 차단하는 전제적 명령에 따라야 한다면 차라리 서있는 편이 나을 것 같아 자리에서 일어섰다. 그러나 어머니는 이제 새로 감탄하는 시선으로 그를 올려다보며 말했다.

"네가 나에게 화를 내는 것은 옳지 않아. 내 선택 덕분에 너는 더 나아졌어." 잠시 말을 멈추었다가 그녀가 돌연히 말했다. "이제 네가 무엇을 할 건지 말해다오."

"지금 당장 말인가요?" 데론다가 말했다. "아니면 제 장래의 삶에 대해서?"

"장래에 대해서. 네 태생을 알게 되어 네 삶에 어떤 차이가 생길까?"

"대단히 큰 차이가 생길 겁니다." 데론다가 힘주어 말했다. "그보다 더 큰 차이는 생각할 수 없습니다."

"그렇다면 무엇을 할 생각이니?" 공작부인이 더 날카로운 어조로 말했다. "너 자신을 그저 네 할아버지처럼 만들 생각이냐? 그분이 바랐던 대로, 너 자신을 그분 같은 유대인으로 바꿔버릴 생각이냐?"

"그건 불가능합니다. 제가 받은 교육의 영향은 절대로 없어질 수 없으니까요. 제 마음을 키워준 기독교의 공감은 결코 사라질 수 없어요." 데론다가 점점 고집스러운 어조로 말했다. "하지만 저 자신을 대대로 이어진 제 민족과 가급적 동일시하는 것이 제 의무이고, 제 감정이 원하는 바라고 생각합니다. 그들을 위해 제 영혼과 손을 바쳐 할 수 있는 일을 찾는다면, 그 일을 선택할 겁니다."

어머니는 그를 뚫어지게 바라보며 의아한 듯 생각에 잠겼고, 그의 얼굴을 주의 깊게 살펴봄으로써 어려운 언어를 읽을 수 있다고 생각하는 듯이 찬찬히 들여다보았다. 그는 확고하게 대립하듯 버티며 어머니의 시선을 흔들림 없이 견뎌냈다. 그것이 그의 가장 충실한 자아의 표현이었다. 그녀는 그에게 몸을 약간 숙이고 단호하게 힘주어 말했다.

"유대 여자를 사랑하는구나."

데론다는 얼굴을 붉히며 말했다. "제 이유는 그런 사실과는 무관할 겁니다."

"난 잘 알고 있어. 남자들이 어떤지 봐왔거든." 공작부인이 오만하게 말했다. "솔직히 말해다오. 그녀는 유대인이 아닌 남자는 받아들이지 않을 유대 여자겠지. 그런 여자들이 일부 있기는 하지." 그녀가 조롱하듯이 덧붙였다.

데론다는, 자신의 고정된 판단을 너무나 확신하는 나머지 타인이 무슨 말을 해도 깨닫지 못할 사람에게 말하려 할 때 느끼기 마련인, 아무 대답도 하고 싶지 않은 반감을 느꼈다. 그것 말고도, 지금 언급되는 문제에 대해서는 부정이든 긍정이든 어느 쪽에 대해서도 반감을 느꼈다. 그가 입을 다물고 있자 그녀가 곧 말을 이었다.

"네 아버지가 나를 사랑했듯이 너는 그녀를 사랑하고 있어. 내가 네 아버지를 마음대로 이끌었듯이 그녀는 너를 이끌고 있지."

이 말이 그의 효성스러운 상상력을 자극했고, 약간 누그러진 그의 눈빛을 그의 어머니는 동의로 받아들였다. 그녀는 더욱 열렬히 말을 이었다. "하지만 난 네 아버지를 다른 쪽으로 이끌었지. 그런데 지금 네 할아버지가 복수를 하시는구나."

"어머니," 데론다가 항의하듯 말했다. "그 문제를 그런 식으로 생각하지 마세요. 저는 어머니께서 저를 위해 선택하신 교육에서 혜택을 받았다는 걸 인정하겠어요. 그 혜택을 고맙게 생각하고 소중하게 여기는 것이, 상처받은 것에 대해 분개하며 곰곰이 생각하는 것보다 더 나아요. 저는 유대인이라는 의식을 갖고 성장하는 것이 옳은 일이었으리라고 생각해요. 그렇지만 최대한 광범위한 교육과 공감을 받은 것은 제게 언제나 유익한 혜택이었음이 틀림없어요. 이제 어머니께서 제 유산을 돌려주셨고, 여러 가지 사건이 일어나면서 어머니께서 해주실 수 있는 것보다 더 충실하게 복원되었어요. 어머니께서는 제 민족에게서 제가 이바지할 수 있는 바를 빼앗지 않으셨고 제게서는 제 의무를 빼앗지 않으신 겁니다. 어머니의 온 영혼으로 여기에 동의하실 수 없을까요?"

데론다는 간청하다가 멈추었다. 어머니는 그의 운율적인 목소리에 홀린 듯 경청하며 바라보았지만 천천히 고개를 가로저었다. 그는 더 절박하게 말을 이었다.

"어머니께서는 저를 위해 최선의 길로 생각한 것을 추구하셨다고 말씀하셨어요. 어머니를 위해 최선으로 보인 것을 추구하신 할아버지께 마음을 열어 측은히 생각하사고 사랑하세요."

"나를 위해서가 아니었어. 그게 아니야." 그녀는 더 단호하게 부정하며 고개를 흔들고 팔짱을 끼며 말했다. "이미 말했듯이, 그분은 자신의 딸을 도구로밖에 생각하지 않았어. 나는 그분의 목적에 맞지 않는 소망을 갖고 있었기 때문에 틀에 갇혀서 고문당해야 했어. 그것이 세상을 위한 올바른 법이라도 나는 그것을 사랑한다고 말하지 않을 거야. 만일 내 행동이 잘못된 것이었다면, 넘겨주지 않은 것을 전달하라고 내게 요구하는 것이 신이라면, 아버지를 속였고 아버지의 신뢰를 기만할 거라고 미리 경고하지 않았기 때문에 나를 벌하는 것이 신이라면, 자, 이제 전부 다 말했어. 내가 할 수 있는 일을 다 했어. 그리고 네 영혼은 동의하고 있어. 그것으로 충분해. 결국 나는 내 아버지가 원한 도구가 된 거야. '나는 진정한 유대인의 마음을 가진 손자를 바란다. 유대인은 누구나 자기 가족에서 구원자가 태어나기를 간구하듯이 가족을 키워야 한다.'"

이 마지막 문장을 입에 올리며 공작부인은 눈을 가늘게 뜨고 고개를 끄덕이며 마지못해 인용하듯이 가슴에서 울리는 낮은 목소리로 천천히 말했다.

"할아버지께서 하신 말씀인가요?" 데론다가 말했다.

"그래, 그래. 그렇게 적힌 글을 보게 될 거야. 나는 아버지의 뜻을 훼방 놓으려 했지." 공작부인이 앞선 만남에서 드러냈던 격정을 갑자기 터뜨리며 말했다. 그러더니 좀 더 천천히 덧붙였다. "넌 내가 이만큼 컸을 때부터 증오한 것을 사랑하라고 말하고 있어." 이렇게 말하며 그녀는 바닥에서 1미터쯤 높은 곳을 왼손으로 가리켰다. "그건 절대 있을 수 없는 일이야. 하지만 그게 무슨 상관이지? 내가 사랑하든 하지 않든 아버지는 내게 멍에를 씌워 놓았어. 너는 그분이 원한 손자야. 너는 남자들이 흔히 그렇듯이, 스스로 현명하다고 느끼는 듯이 말하고 있어. 그게 다 무슨 의미가 있지?"

그녀는 퉁명스럽게 비웃는 어조로 말했다. 데론다는 괴로운 마음으로 그 엄숙하고 절박한 순간에 잔인한 말을 하지 않도록 자신들의 관계를 꼭 움켜잡고 기억해야 했다. 그는 나지막이 간청하는 목소리로 입을 열었다.

"어머니, 제가 스스로를 현명하게 여긴다는 말씀은 하지 마세요. 우리는 극히 어려운 난관에 빠져 있어요. 거기서 벗어날 방법은 진실한 것, 사실을 감추지 않는 것밖에 없을 것 같아요. 의무를 내포할, 아니, 의무를 내포해야 하고, 의무를 다하도록 나아가는 데 유일한 지침이 될 사실 말이지요. 그런 사실이 숨겨져 있었는데도 드러난다면 놀라운 일이라고 할 수 없지요. 몇 세대에 걸쳐 준비된 결과는 자아만족을 위해 그것을 굴복시키려는 책략에 승리를 거둘 테니까요. 어머니의 의지는 강했어요. 하지만 할아버지께서 어머니에게 맡기셨고 어머니가 거부하셨던 신뢰는, 어머니가 멍에라고 부르신 것은, 그보다 더 강한 것의 표현이었어요. 그것의 뿌리는 더 깊고 더 멀리 뻗어나가 엮이면서 모든 사람에게 성스러움의 토대를 마련했어요. 어머니는 저와의 관계를 끊었고, 지금도 저를 아들로 인정하지 않으시지요." 데론다의 목소리에 의도치 않게 분노의 기미가 스며들었다. "그렇지만 더 강한 무엇이 저로 하여금 더더욱 어머니가 지워버리려 하셨던 손자가 되도록 정해 놓은 겁니다."

어머니는 뚫어지게 그를 바라보았고, 또다시 찬탄하는 기색이 얼굴에 점점 확연히 드러났다. 잠시 입을 다물고 있다가 그녀는 설득하듯 낮은 소리로 말했다.

"다시 앉아라." 그는 순순히 어머니 옆에 앉았다. 그녀는 그의 어깨에 손을 올리고 말을 이었다.

"나를 질책하는구나. 그래, 난 패배했어. 그런데 내가 너를 멀리 밀어낸다고 너는 화를 내고 있지. 네가 날 위해서 무엇을 할 수 있을까? 기껏해야 네 참을성이 녹초가 되는 것 말고? 네 엄마는 산산이 부서져버린 여자야. 삶에 대한 내 의식은, 당장 통증을 느낄 때를 빼고는, 과거에 대한 의식과 거의 마찬가지야. 너와 헤어졌다고 너는 날 비난하지. 그때 나는 네가 없어도 아주 즐거웠어. 이제 네가 나에게 돌아왔는데, 나는 널 기쁨으로 받아들일 수 없어. 네 마음에 유대인의 저주의 정신이 살아 있니? 나를 용서할 수 없겠니? 네게 유대 엄마가 되어주지 않았기 때문에 내가 벌을 받는다고 생각하면 기쁘겠니?"

"어떻게 그런 질문을 하실 수 있어요?" 데론다가 항의하듯 말했다. "이제 마침내 어머니의 아들이 되고 싶다고 간청하지 않았어요? 제가 어머니를 위로할 수 없다고 단언하신 것이 슬플 뿐이에요. 어머니의 고통을 덜어드리기 위해서라면 제게 소중한 많은 것을 포기하겠어요."

"너는 아무것도 포기할 필요 없어." 어머니가 흥분해서 조급하게 말했다. "너는 행복해질 거야. 너는 행복하다고 내가 생각할 수 있게 해줘야 해. 나는 네게 해로울 일이라면 하지 않았을 거야. 너는 나를 저주할 이유가 없어. 죽은 자를 위해 기도하는 사람들이 느끼듯이 너는 나에 대해 그렇게 느낄 거야. 내가 모든 고통에서, 모든 벌에서 벗어나기를 바라겠지. 그리고 나는 늘 보이던 네 할아버지 대신 너를 보게 될 거야. 그분이 어둠 속으로 들어가신 다음에 내가 대명천지에서 그분의 기대를 어겼다고 해를 입을까? 나는 모르겠어. 카디쉬[26]가 내게 도움이 되리라고 생각하면 그 기도문을 읊으렴. 그렇게 해. 나와 죽은 사람 사이에 네가 들어설 거야. 내가 네 마음속에 있을 때, 너는 지금처럼 보일 거야. 늘 다정한 아들이었던 듯이. 언제나. 나는 다정한 엄마였던 듯이."

그녀는 흥분에 압도되어서는 안 된다고 결심한 것 같았다. 그러나 데론다는 어깨 위에서 떨리는 어머니의 손을 느꼈다. 깊고 깊은 동정심이 모든 말을 에워쌌다. 간청하는 얼굴로 그는 어머니의 목을 감싸 안고 어머니의 머리에 자기 머리를 올려놓고 부드럽게 눌렀다. 그들은 얼마간 그렇게 앉아 있었다. 그러고 나자 그녀는 다시 고개를 들고 긴 한숨을 내쉬며 자리에서 일어섰다. 그 숨결에 무거운 생각을 실어 보낸 것 같았다. 그녀의 앞에 선 데론다는 작별의 시간이 다가왔음을 느꼈다. 그러나 어머니는 신속한 변화를 일으켰다.

"아름답니?" 어머니가 갑자기 물었다.

"누구요?" 데론다가 얼굴을 붉히며 말했다.

---

26 고대 유대교의 기도문으로 망자의 기일과 그 후 열한 달간 암송된다. 공작부인은 자신이 거부한 신앙으로 다니엘이 자신을 위해 기도해주기를 바란다.

"네가 사랑하는 여자."

깊이 설명할 시간이 아니었다. 그는 "네."라고 대답해야 했다.

"야심적이지 않고?"

"네, 그렇지 않을 거예요."

"자기 나름의 길을 가야 하는 여자가 아니고?"

"위대한 것을 요구하는 성향은 아닌 것 같아요."

"그렇지 않다고?" 공작부인은 지갑에서 보석을 두른 조그만 초상화를 꺼내 아들 앞에 내밀었다. 젊음의 열정이 타오르는 그녀 자신의 얼굴이었다. 데론다가 찬탄과 슬픔이 어린 눈으로 초상화를 바라보고 있을 때 그녀가 말했다. "내게는 그저 딸이나 엄마가 아니라 그 이상의 무엇이 될 합당한 권리가 있지 않았을까? 내 목소리와 특별한 재능은 그 얼굴과 잘 어울렸단다. 그 밖의 무엇이 잘못되었든, 내게는 예술가가 될 권리가 있었다는 것을 인정해다오. 내 아버지의 의지는 그것에 반대했지만. 내 본성은 내게 특권을 준 거야."

"저는 진심으로 인정해요." 데론다는 초상화에서 눈을 들어 어머니의 얼굴을 보며 말했다. 초췌하고 창백했어도 그 얼굴은 연필로 그려낼 수 없는 생명력을 드러냈다.

"그 초상화를 갖고 싶니?" 공작부인이 더 다정하게 말했다. "그녀가 친절한 여자라면 나를 다정하게 생각하도록 가르치려무나."

"초상화를 감사히 받겠어요." 데론다가 말했다. "그런데, 이 말씀은 드려야 할 텐데, 제가 사랑하는 여자가 저를 사랑하리라는 확신은 없습니다. 아직 아무 말도 하지 않았거든요."

"그 여자는 누구고, 무엇을 하는 사람이지?" 어머니가 말했다. 그 질문은 명령처럼 들렸다.

"그녀는 무대의 가수로 키워졌어요." 데론다가 내키지 않는 마음으로 말했다. "그녀의 아버지는 그녀를 어린 나이에 어머니에게서 떼어내서 멀리 데려갔고, 그녀는 불행하게 살았어요. 아주 젊어요. 스무 살밖에 되지 않았어요. 그녀의 아버지는 유대 혈통을 싫어하고 무시하면서 그녀를 키우려 했어요. 그런데 그녀는 어머니에 대한 기억과 민족의 우애에 온 애정을 바쳐 매달렸지요."

"아! 너와 마찬가지구나. 그 아가씨는 자기가 전혀 알지 못하는 유대주의에 집착하는 거야." 공작부인이 경멸하듯이 말했다. "그건 시(詩)일 뿐이야. 하룻저녁에 오페라가 끝날 때까지만 적합해. 그녀가 가수 생활을 좋아하니? 노래는 들을 만한 가치가 있어?"

"그녀의 노래는 절묘하게 아름다워요. 그렇지만 목소리가 큰 무대에 적합하지 않아요. 가수 생활이 불행했을 거예요."

"아, 그렇다면 네게 적합한 여자로구나. 네가 가수가 되는 데 반감을 느낀다고 휴고 경이 말씀하신 적이 있어. 이제 보니 너는 네 아버지처럼 아내에게 푹 빠져서 스스로를 방기하는 일은 없겠구나."

"다시 말씀드리면," 데론다가 힘주어 말했다. "다시 말해서, 그녀가 저를 사랑하는지, 우리가 결합할 수 있을지, 확신하지 못하고 있습니다. 다른 문제나 괴로운 일이 제 앞날에 생길 수도 있고요. 저는 행복한 기대를 마음에 품을 것이 아니라 체념하도록 마음을 굳게

먹어야 한다고 늘 느껴왔어요. 행복에 대해서도 그렇게 느끼게 되겠지요. 행복이 찾아오든 그렇지 않든, 행복 없이 살 수 있도록 노력하고 준비할 겁니다."

"그런 식으로 느낀다고?" 어머니가 그의 어깨에 두 손을 올려놓고 그의 얼굴을 들여다보며 생각에 잠긴 어조로 나지막이 띄엄띄엄 말했다. "가엾게도! … 내가 널 데리고 살았으면 어땠을지 궁금하구나…. 네 마음이 옛날 것을 갈구했을지 아니었을지…. 내게 대립하면서…. 그럼 우리는 말다툼을 했겠지…. 네 할아버지가 네 안에 있었을 테고…. 그러면 너는 늙은 뿌리에서 새로 자라나는 네 젊은 힘으로 내 인생을 방해했겠지."

"말다툼을 했더라도 제 애정은 내내 변함이 없었을 거예요." 데론다가 더욱 서글픈 마음으로 말했다. "그리고 방해가 되지 않았을 겁니다. 틀림없이 어머니의 삶을 풍부하게 했을 거예요."

"그때는 아니야. 그때는 아니었어…. 난 그때 그런 것을 원하지 않았어…. 지금이라면 기뻐할지 모르지." 어머니가 씁쓸하고 우울하게 말했다. "내가 무엇에 대해서든 기쁨을 느낄 수만 있다면."

"하지만 어머니는 다른 자식을 사랑하시고, 그들도 어머니를 사랑하고 있겠지요?" 데론다가 근심스럽게 물었다.

"아, 그래." 그녀는 당연한 것을 묻는다는 듯이 대답하며 다시 팔짱을 끼었다. 그러고는 더 나지막한 소리로 덧붙였다. "그렇지만 나는 사랑이 풍부한 여자가 아니야. 그건 사실이야. 사랑을 하는 것은 재능이야. 내게는 그 재능이 부족했어. 다른 사람들이 나를 사랑했지. 나는 그들의 사랑을 연기했고. 사랑이 남자와 여자를 어떻게 만드는지 나는 아주 잘 알고 있어. 종속이지. 그것은 상대를 더 넓은 자아로 간주하고 이것을 에워싸는 거야." 그녀는 자신의 가슴을 가리켰다. "나는 어떤 남자에게도 기꺼이 복종한 적이 없었어. 남자들이 내게 복종했지."

"어쩌면 복종한 남자 쪽이 두 사람 중에서 더 행복했을 겁니다." 데론다가 어머니에게 결핍된 것을 침통하고 서글픈 마음으로 생각하며 미소도 띠지 않고 말했다.

"어쩌면 그럴지도 모르지. 하지만 나는 행복했어. 몇 년간 행복했지. 좌절과 실패가 두렵지 않았으면 계속 밀고 나갔을 거야. 그런데 오판을 하고 말았지. 그런 다음에는? 다 끝나버리고 말았어. 다른 삶을 살아가는 거야! 사람들은 '다른 삶'이 무덤 건너편에서나 시작되는 일처럼 말하지. 나는 다른 삶에 들어선 지 오래되었어." 이 말을 하며 그녀는 팔꿈치까지 맨살이 드러나도록 팔을 들었다. 찡그린 이마에 깊은 주름살 하나가 새겨졌고 눈은 감겨 있었으며 목소리는 숨이 막혀 나오지 않았다. 흐릿한 불꽃색 옷을 입은 그녀는 죽은 사람들의 영역에서 찾아온 꿈속의 망령처럼 보였다.

데론다는 살을 에는 듯한 아픔에 감정이 북받쳐서 더 이상 자제할 수 없었다. 그가 흐느끼는 소리가 들리자 어머니는 눈을 뜨고 다시 그의 어깨에 손을 올려놓고 말했다.

"잘 가라, 내 아들, 잘 가거라. 이제 서로에 대해 더는 듣지 못할 거야. 내게 키스해다오."

그는 두 팔로 어머니의 목을 끌어안고 키스했다.

데론다는 그 방에서 어떻게 나왔는지 알 수 없었다. 갑자기 폭삭 늙어버린 느낌이었다. 어머니에 대해 소년시절에 느낀 갈망과 불안감이 모두 사라졌다. 그는 비극적인 경험을 거친 것이다. 그의 인생을 언제나 엄숙하게 여기고, 스스로를 다른 사람들에게 얽매는 행위의 의미를 심화시켜줄 경험이었다.

제54장

반항적인 두뇌는
원치 않는 것을 종종 꾸며내고,
그러면 우리의 상상력은
감히 입에 올리지 못할 환영을 만들어낸다.
말 없는 환영이 일으키는 공포가
마음의 눈에 그것을 흐릿하게 드러낸다.

셸리[27]

마돈나 피아[28]의 남편은 아내 때문에 해를 입었다고 느끼고 마렘마의 습지에 있는 자기 성으로 아내를 끌고 가서 제거했다. 단테의 『연옥』에서 그녀는 마지막 순간에 회개하고 동포들이 자비롭게 기억해주기를 바라는 죄인 가운데 애처로운 인물로 남아 있다. 그 시에나의 부부가 서로에게 불만을 느낀 이유는 잘 알려져 있지 않다.

27 셸리의 시극, 『첸치 일가』(1819~1821).

28 단테의 『연옥』에 나오는 인물로, 그녀의 일생은 사랑이 없는 궨덜린의 결혼과 비슷하다.

그러나 우리는 그 남편이 결코 유쾌한 배우자였을 리 없고, 마렘마의 습지를 배경으로 그의 불쾌한 습성은 유감없이 발산되었다고 자신 있게 추론할 수 있다. 그래서 아내에게 극단적인 벌을 주려는 욕망에서 그는 자연의 섭리를 지나치게 어겼으므로, 아내를 제거하려 하면서 서로 제거되는 결과를 피할 수 없었다. 그러므로 오래전에 남편에게서 벗어난 가엾은 토스카나 숙녀를 가혹하게 생각할 마음은 없지만, 우리가 그녀보다 더 잘 아는 궨덜린에 대해 생각할 때 더 공감을 느끼는 것이 정당하다고 여길 수는 있다. 궨덜린은 지상의 과오에서 벗어나 연옥에서 그 결과를 깨끗이 씻어낸 것이 아니라 치명적인 그물에 얽혀 옴짝달싹할 수 없었으니 말이다. 그 그물은 바깥보다 안쪽이 더 촘촘히 짜여 있고, 외적 원인으로 보이는 것과는 비례하지 않는 엄청난 내적 고문을 종종 가하는 것이었다.

아내를 데리고 요트 여행을 떠났을 때 그랜코트에게 아내를 제거할 의도가 있었던 것은 아니었다. 오히려 아내를 자기 마음대로 할 수 있는 소유물로 더 확실하게 느끼고 그녀도 그렇게 느끼도록 만들 생각이었다. 더욱이 그는 요트 항해를 무척 좋아했다. 사회적 요구로 방해받지 않고 아무 일도 하지 않으면서 꿈결 같은 상태에서 전제적으로 군림하는 것은 그의 기질에 잘 맞았다. 그는 그것을 마렘마의 황량한 습지에 맞먹는 것으로 생각하지 않았다. 그가 궨덜린을 멀리 데려가려는 이유를 말로 옮겨보면 음흉하게 여겨질 만한 것도 아니었다. 그는 그녀의 내면에서 반감이 점점 커지고 있다고 짐작했다. 그녀가 데론다에 대해 드러낸 감상적 끌림에 대해서 그가 느낀 감정은, 다른 남자의 경우라면 질투심이라고 불릴 만한 것이었다. 그에게는 그저 그런 바보짓을 끝장내려는 결심으로 보였다. 그런 짓거리가 그가 예상하고 방해한 데론다의 예정된 방문에서 벌어진 것이다.

그랜코트는 아내가 자발적으로 받아들인 의무를 완수하도록 자신이 관심을 기울이는 것이 더없이 정당한 일이라고 항변했을 것이다. 외견상 결혼 계약을 통해 온갖 이득을 얻은 쪽은 그녀였다. 그녀가 해로운 일에 빠지거나 부적절하게 처신하지 않도록 남편이 애써 막아주는 것도 그 이득 중 하나일 뿐이었다. 그는 그녀가 자신을 한 인간으로 사랑해서 결혼한 것이 아니고 어떤 사실에 대한 혐오감을 극복하지 못했다는 것을 아주 잘 알고 있었다. 그는 그녀를 얻기 위해 높은 지위와 사치품을 제공해야 했고, 그녀는 그것을 얻었다. 그는 결혼계약의 자기 쪽 의무를 완수한 것이다.

궨덜린은, 우리가 알다시피, 그 상황을 철저히 인식하고 있었다. 자기 쪽에서는 그 계약을 암묵적으로 양해했다고, 즉 자신이 지배권을 휘두르며 마음대로 할 의도였다는 말로 변명할 수는 없었다. 어린 시절부터 남들을 지배하려는 성향을 마음껏 과시할 수 있었지만, 자신의 온갖 이기적 요구를 늘 권리로 여기고 자신에 대한 요구를 전부 권리 침해로 생각하는 편협한 여자는 아니었다. 그녀의 내면에는 양심이 뿌리를 내렸고, 이 초록빛 대지에서 그녀에게 연옥이 펼쳐지기 시작한 것이다. 그녀는 자신의 행위가 그릇된 것이었음을 잘 알고 있었다.

그러나 이제 자신을 세상에서 떼어 놓은 푸른 지중해를 눈앞에 두고 남편의 영역인 작은 섬 같은 요트 갑판에 앉아있는 이 젊은 여자의 영혼을 들여다보라. 그녀는 남편에게 자신을 팔았다고 느꼈고, 그 값을 정확하게 받았다고, 아니, 어머니를 넉넉히 부양해달라는 자신의 과감한 요구 이상의 대가를 받았다고 느꼈다. 그녀는 남편에게 자신의 진실성과 정의감을 팔았다. 그래서 그 남편은 그 목을 졸라 침묵시키고 목덜미를 잡아 질질 끌고 다녔고 그가 멋대로 하는 일을 한 마디 항의도 못하고 목격하게 했다.

그녀가 불평할 것이 뭐가 있을까? 요트는 더없이 아름다웠고 선실은 완벽하게 갖춰져 있었다. 삼목 냄새를 풍기고 푹신한 쿠션을 댔으며 실크가 걸려 있고 안은 거울로 더 넓어 보였다. 선원들은 세련된 장난감에 어울릴 차림새였고 그중 한 사람은 가무잡잡하게 그은 얼굴에 이가 멋질 뿐 아니라 곱슬머리였다. 러시 씨는 모든 설비를 갖춘 다음 곧바로 영국으로 돌아가서 거기 없었다. 더욱이 궨덜린 자신도 바다를 좋아했다. 그녀는 뱃멀미를 하지 않았다. 배의 장비를 관찰하고 필요한 것을 계획하는 것은 상상 속의 지배력을 즐기고 활동적인 그녀의 성향에 잘 맞는 즐거운 일이었다. 쾌청한 날씨에 그들은 연안을 따라 남쪽으로 항해했다. 배에서 바라보면, 육지의 빗물로 고랑 지고 열기에 갈라진 진흙도 자주색 베일이 덮인 보석 같았고, 두 눈을 뜬 채 세상에서 슬픔이 사라진 꿈을 꾸며 온통 푸르른 바다와 하늘 가운데서 표류할 수 있을 것 같았다.

그러나 아름다운 풍경을 바라보는 눈을 병들게 하고 달콤하게 향기로운 안락을 억압으로 느끼게 하는 마음의 굶주림을 무엇으로 달랠 수 있을까? 이슬람교의 낙원인들 도덕적 혐오감과 위축된 저항의 지독한 분노를 누그러뜨릴 수 있을까? 마음을 파고드는 고통이 점점 심해져 고문이 되듯이, 분노는 유독한 고통에 마음을 응결시킨다. 저녁나절에 여왕처럼 쿠션에 앉아서 궨덜린은 한없는 사랑으로 자신을 감싸듯 부드러운 색조로 변해가는 바다와 하늘의 장관을 바라보면서 그랜코트가 위아래로 오르내리다가 자기 옆에서 멈추지 않기를, 자기를 바라보거나 말을 걸지 않기를 바랐다. 그 시간에 연기 자욱한 하늘 아래 어딘가에서는 어떤 여자가 저녁식사를 준비하느라 달걀값을 따져보면서 자신이 미리 맛보는 기쁨을 무사히 가져다줄 음악 같은 발걸음 소리가 들려오는지 귀 기울이고 있었다. 어떤 부부는 고개를 숙이고 뺨을 맞댄 채 한쪽이 완성한 일거리를 다른 쪽이 기뻐하고 함께 내려다보며 바늘금작화가 무성한 히스 풀밭에서 휴일을 즐길 만큼 자신들을 부자로 만들어줄 수입을 셈해보고 있었다.

그랜코트가 아내의 가슴속에서 일어나는 일을 조금이라도 상상할 수 있었을까? 아내가 자기를 사랑하지 않는 것은 알고 있었다. 그러나 사랑이 과연 필요할까? 그녀는 그의 지배하에 있었다. 그리고 그는 쾌활한 사람들처럼 자신이 꽤 많은 사람에게 지극히 당연하게도 사랑받고 있다는 확신에서 위안을 얻는 데 익숙하지 않았다. 그런데 그가 꿈에도 생각하지 못한 것은, 아내가 자신에 대해 특별한 혐오감을 느낄 수 있다는 것이었다. 그녀가 어떻게 그럴 수 있겠는가? 그는 개인적 혐오감이 어떤 것인지 알고 있었다. 누구보다도 잘 알았다. 그의 마음의 많은 부분은 남자고 여자고 할 것 없이 주위 인간이 죄다 짐승이라는 의식으로 채워져 있었다. 인간은 몹시 불쾌하게도 허물없이 행동하고, 몹시 능글맞게 웃어대고, 손수건을 흔들어대고, 형편없는 옷을 입고 라벤더 향수를 뿌려대고, 눈이 튀어나오고, 기분 좋게 처신한다는 어리석은 생각으로 남이 원치 않는 말을 해댄다. 이렇게 인간을 비판적으로 본다는 점에서 결혼 전의 궨덜린은 그와 비슷한 점이 있었다. 그리고 그가 부정적인 의견을 세련되게 피력했기에 그녀가 끌리는 느낌을 받은 것을 우리는 알고 있다. 그러므로 그는 러시에 대한 그녀의 혐오감을 이해했다. 그러나 현재 헨리 그랜코트에 대한 그녀의 혐오감을 그가 어떻게 이해하거나 상상할 수 있을까? 어떤 남자는 외계(外界)의 비실재성을 말로만 주장하는 것이 아니라 실제로 믿는다. 소수의 사람은 어떤 여자가 자신을 혐오한다고 딱 부러지게 말하지 않아도 그렇게 믿는다. 그러나 그랜코트는 그런 괴짜 무리에 속하지 않았다. 그는 평생 자신의 매력을 우쭐해 할 이유가 있었다. 그리고 멋을 아는 여자에게 틀림없이 혐오스럽게 보일 남자라고 대번에 알 수 있는 사람들과 자신은 정반대라고 생각할 이유가 있었다. 그는 도덕적 혐오감을 이해하지 못했다. 내면의 가증스러운 것이 스스로를 과시하거나 거만하게 위세를 떨쳐도 외모는 아름다운 경우에 대한 격분으로, 분노와 혐오감이 차차 아름다움을 추함보다 더 가증스럽게 만든다는 말을 들었어도, 그는 믿을 수 없었을 것이다.

그렇다면 그랜코트가 퀜덜린의 가슴에서 일어나는 일을 어떻게 짐작할 수 있겠는가?

서로에 대한 이 부부의 태도를 목격한 사람은 누구도 충격을 받지 않았다. 뱃멀미를 하지 않는다고 보장된 외국인 하녀도, 경험이 많은 그랜코트의 시종도 그러했다. 그들을 상류층의 모범적인 부부로 간주한 그림 같은 선원들은 더더욱 그들을 괘씸하게 생각하지 않았다. 이 부부는 대개 점잖게 침묵으로 교류했다. 그랜코트는 퀜덜린이 웃어주지 않겠다고 작정할지 모를 익살스러운 이야기를 늘어놓지 않았고, 사소한 논란을 일으킬 잡담도 하지 않았다. 그는 흠잡을 데 없이 예의 바른 태도로 필요할 때마다 그녀에게 옷을 걸쳐주었고 그녀에게 필요할 물건을 건네주었다. 그녀는 그런 정중한 태도를 천박하게 받아들이거나 거절할 수 없었다.

그랜코트가 망원경을 들고 말했다. "저 바위 기슭에 사탕수수 농장이 있소. 보고 싶소?"

퀜덜린은 사적인 문제를 벗어나 사탕수수에 관심을 갖도록 애써야겠다고 생각하며 "네, 그래요."라고 말했다. 그러고 나면 그랜코트는 오랫동안 서성이며 담배를 피우다가 때로 멈춰 서서 수평선 위의 어떤 돛을 가리키고 마침내 자리에 앉아서 흔들리지 않는 가느다란 눈으로 퀜덜린을 마치 완벽한 요트의 일부인 양 바라보곤 했다. 그동안 그녀는 그의 시선을 의식하면서 눈이 마주치지 않도록 꾀를 짜내곤 했다. 저녁식사 때면 그는 과일이 상했으니 어느 항구에 들러서 과일을 더 사야겠다고 말하거나 그녀가 포도주를 마시지 않는 것을 보고 더 좋아하는 다른 포도주가 있는지 물었다. 숙녀라면 이런 말에 적절히 대꾸해야 했다. 그녀가 다른 이유로 말다툼을 피하지 않았더라도, 그랜코트와 말다툼을 벌이는 것은 애당초 불가능한 일이었다. 차라리 초대받지 않고 그녀의 선실에 들어와 멋지게 똬리를 틀고 있는 독사에게 화를 내며 말하는 편이 나을 것이다. 그리고 자존심과 품위가 있는 여자가 요트 위에서 어떻게 말다툼을 벌일 수 있겠는가?

그랜코트는 아내를 이런 식으로 감금해서 끌고 다니면서 대단히 만족스러웠다. 그들의 생활은 소규모로 재현한 공개된 왕족 생활 같았다. 그 안에서 익숙한 것은 전부 제거되었고, 누구든 속으로 어떤 항의를 품었더라도 자기에게 요구되는 일을 해야 했다. 그리고 (순전히 속으로 간직한) 항의는 독재의 짜릿한 맛을 더해준다.

자유로운 처녀시절에도 영웅다움이라든가 숭고함을 거의 알지 못한 궨덜린에게 그것을 실현할 수단으로서 이제 어디를 돌아봐도 눈에 들어오는 것은 이 남편이라는 사람과 자신과 그의 관계뿐이었다. 사랑을 통해서든 증오를 통해서든 우리에게 가장 가까운 사람은 실로 우리에게 세상을 설명해주는 존재가 된다. 더 나아가, 어떤 인간의 법적 보호자가 되기에는 유감스럽게 보이는 어리석은 신사나 숙녀는 그들과 함께 사는 사람의 마음에 인생의 우울한 원칙으로, 형체를 왜곡하고 색깔을 역겹게 만드는 노란 물결무늬의 유리창처럼, 작용할 수 있다. 그들의 천박한 말과 치졸한 기준, 저급한 의심,

사랑 없는 권태는 다른 사람의 삶을 기껏해야 추악한 우상의 신전을 거니는 것으로 만들 수도 있다. 궨덜린의 눈앞에 바로 그런 창이 있었고, 그것은 멀거나 가까운 풍경에 똑같이 영향을 미쳤다. 불행한 아내 중에는 어머니가 될 가능성에서 위안을 얻는 사람도 있다. 그러나 궨덜린은 아이를 바라는 것이 이미 저지른 권리 침해를 완결하는 데 동의하는 것이라고 느꼈다. 아이가 생길까봐 두려웠다. 단조롭고 혐오스러운 생활에서 구원의 이미지로 떠오른 것은 귀엽게 싹트는 새 생명이 아니었다. 전혀 다른 종류의 이미지였다. 불안하게 애태우며 절망의 여러 단계를 거치는 동안, 흐릿한 희망의 빛은 혹시 일어날지 모를 우연한 사고의 이미지로 떠올랐다. 자비로운 우발적 사고에 대해 곰곰 생각하는 것은 더 나쁜 유혹에서의 도피처였다.

지독한 증오는 점점 커지는 헌신적 사랑과 마찬가지로 제삼자에게 도저히 이해할 수 없는 것으로 보이곤 한다. 그런 증오는 그 이유로 내세우는 표면적 요인과 직접적인 관계가 없는 듯이 보일 뿐 아니라 실제로도 그러하다. 격렬한 감정은 씨앗의 속성이 있어서 그 안에서 양분을 얻고, 모든 흐름이 그 자체를 향하도록 결정하고 지배하며, 온 생명이 그것에 기여하도록 만든다. 강렬한 증오는 공포에서 시작되는데, 공포는 침묵을 강요하고 맹렬한 기세를 몰아 복수심을 일으키며 혐오하는 대상을 상상 속에서 소멸한다. 박해받은 자들은 이처럼 은밀한 보복(報復) 의식을 통해서 자신의 분노를 발산할 은밀한 배출구를 마련하고 고통을 달래 침묵시킨다. 궨덜린의 으슥한 마음속에서 이런 은밀한 의식이 일어나고 있었지만, 마음을 달래지는 못하고 오히려 겁에 질려 버둥거리게 했다. 남편에 대한 두려움과 더불어 스스로에 대한 두려움이 커지면서 그 두려움은 그녀로 하여금 자신의 억눌린 충동이 만들어낸 끈질긴 심상에서 달아나게 촉구했다. 과거의 그릇된 행위와 그것이 초래한 결과가 환영처럼 떠올라, 그녀가 결혼할 때 그랬듯이 자유를 얻으려고 경솔하게 시도하며 상상한 온갖 행위를 유령처럼 흐릿하게 밝혀주었다. 더욱이 그녀는 자신의 모든 행위를 데론다가 느낄 감정을 통해서 보게 되었다. 자신에게 아무리 위안을 주는 것이라도 데론다의 마음속에서 일어날 자신에 대한 판단과 떼어놓을 수 없었다. 그녀는 데론다와의 교류에서 자신에 대한 그의 억제력을 약화시킬 아첨이나 응석을 받아주는 말이나 혹은 자신을 지지하고 신뢰하는 말을 단 한 마디도 듣지 못했다. (스스로를 넘어서려는 데론다의 노력은 이런 식으로 보답을 받았다.) 엉망이 되어버린 참담하고 불확실한 삶에서 그녀의 유일한 희망은 그의 마음에 존재할 구원책, 아니, 그에 대한 그녀의 감정에 존재하는 구원책이었다. 그는 이마를 무섭게 찌푸린 천사처럼 여겨졌고, 그녀는 어떤 행위든 그에게 숨겨서 모르게 하고 존중을 받는 것은 생각할 수 없었다. 그들 관계의 속성상 그녀는 진실해야 했다. 그녀에 대한 그의 영향력은 스스로에 대한 불만을 일깨우는 데서 시작되었고, 그 불만은 진정한 변화에 의해서만 해소될 수 있기 때문이다. 그러나 그녀는 이제 무엇을 숨기는 것도 자신할 수 없었다. 그녀가 두려워한 것의 환영이 전보다 더 명확하게 맹렬하게 충동적인 행위의 형태를 띠었다. 꿈속에서 저지른 행위처럼, 즉시 깨어나 보면 그 환영은 거짓이었어도 그 결과가 현실처럼 생생하게 느껴졌다. 자신의 손 밑에서 죽음을 발견하곤 했다. 그러나 어둠 속에서가 아니라 환한 대낮에, 충족된 증오가 아니라 경악한 죄의식으로, 자유가 아니라 새로운 공포에 마비되어, 그녀는 죽은 사람의 시퍼런 얼굴에서 끊임없이 달아나려 했고 끊임없이 억류되었다. 그녀는 데론다의 말을 기억했다. 그 말은 그녀의 마음에서 끊임없이 되풀이되었다.

"두려움을 보호막으로 바꿔놓으세요. 너무나 쓰라린 가책이 더 커질 거라는 생각에 두려움을 묶어 놓으세요…. 두려움을 보호막으로 삼으세요. 그것은 예민한 귀와 같아서, 결과를 눈앞에 선명하게 보여줄 겁니다."

실로 그러했다. 궨덜린의 의식에서 유혹과 공포가 만나 흐릿한 두 유령처럼 서로를 응시했고, 각자 상대에게서 스스로를 보았고, 그 자체의 이미지에 의해 억제되었다. 그러는 동안 보다 풍부한 그녀의 자아는 그 유령들을 보고 거기서 구제되기를 바라며 흐느꼈다.

외마디 비명처럼 분명치 않고 모호한 기도가 이따금 그녀의 입술에서 새어나와 광막한 침묵에 휩쓸려 들어갔다. 그 침묵을 깨뜨린 것은 남편의 숨소리와 철썩이는 파도소리, 삐걱거리는 돛대 소리뿐이었다. 그러나 자신에게 확실히 도움이 될 것을 생각하면, 이는 데론다의 모습과 그의 말, 그가 보여줄 공감, 그가 일러줄 조언으로 나타났다. 때로는 시퍼런 입술에 눈길이 사나운 유혹이 살해하려는 손으로 악마처럼 찾아온 다음에야, 속으로 울면서 구원에 매달리는 최고의 순간이 다가오곤 했다. 그럴 때면 부릅뜬 눈에 축복 같은 눈물이 고인 채 누워 있곤 했다. '사악한 일을 피할 수만 있다면 어떻게 되든 괜찮아.'라는 생각이 모호한 기도에 대한 응답처럼 여겨졌다.

그렇게 여러 날이 지나면서 그들은 가벼운 산들바람에 실려 발레아레스 제도[29] 주위와 그 너머를 항해했고 다음에 사르데냐 섬으로 갔다가 기후가 조금 달라져서 다시 북쪽으로 코르시카를 향했다. 이처럼 유유히 떠도는 생활이 겉으로는 평화로움을 느끼게 해주었지만 궨덜린에게는 악몽처럼 견디기 어려워지고 있었다.

"얼마나 더 오래 요트를 탈 건가요?" 어느 날 아작시오[30]에 닿은 후 그녀가 용기를 내서 물었다. 뭍에 올라서는 것만으로도 어떤 생각에서 풀려나는 것 같았다. 그 생각은 배의 장비에 들러붙었고 붉은 실크가 걸린 선실 공기에 배어 바다 냄새를 역겹게 만드는 것 같았다.

"그럼 달리 뭘 해야겠소?" 그랜코트가 말했다. "나는 싫증나지 않았소. 바다에 언제까지라도 머물지 않을 까닭이 없소. 이런 식으로 지내면, 사람을 따분하게 하는 것이 별로 없으니까. 당신은 어디로 가고 싶소? 나는 외국에는 신물이 났소. 그리고 라이랜즈는 앞으

---

29 에스파냐령의 지중해 연안 섬들.
30 지중해에 있는 코르시카 섬의 중심 도시.

로 충분히 보게 될 거요. 라이랜즈에 가고 싶소?"

"아, 아니에요." 남편과 둘이 그 저택에서 지내는 것을 상상하자 어디든 다 달갑지 않다는 생각이 들어 궨덜린이 무심하게 말했다. "당신이 요트를 얼마나 더 타고 싶어 하는지 궁금했을 뿐이에요."

"요트 항해는 가장 싫증나지 않는 일이오." 그랜코트가 말했다. "그런 데다 작년에는 전혀 타지 못했지. 당신은 싫증난 모양이군. 여자들은 지독히도 변덕스럽지. 모든 것이 자기 뜻에 굴복하기를 기대하지."

"아, 아뇨." 궨덜린이 플루트 같은 목소리에 조롱기를 담아 말했다. "나는 당신이 굴복하기를 절대 기대하지 않아요."

"내가 그럴 이유가 어디 있소?" 그랜코트가 그녀를 쳐다보며 낮은 목소리로 말하고는 오렌지를 집었다. 그들은 식탁에 앉아있었다.

그녀는 끝없이 긴 요트 여행을 하게 되었다고 마음을 다잡았다. 그러나 이튿날 처음으로 멀미를 느끼게 한 돌풍이 지나간 후 그가 그녀에게 내려와서 말했다.

"간밤에 악마가 장난질을 쳤소. 선장 말로는 제노바에 일주일간 머물면서 장비를 정비해야 한다는군."

"당신은 싫으세요?" 궨덜린은 흰 주름에 감싸인 백지장처럼 창백한 얼굴로 누워 있었다.

"그렇소. 제노바에서 열기에 구워지는 걸 좋아할 사람이 어디 있소?"

"기분전환이 될 거예요." 궨덜린이 늘어져서 약간 조심성 없이 말했다.

"나는 기분전환을 바라지 않소. 게다가 참을 수 없는 곳이오. 걸어 다닐 수도 없고. 나는 전처럼 보트를 타고 나가서 직접 조종하겠소. 끔찍한 호텔에 갇혀 숨이 막혀 헐떡일 게 아니라, 그런 식으로 매일 몇 시간씩 날려 보낼 수 있소."

이 말에서 궨덜린은 희망을 품었다. 자신이 혼자 보낼 몇 시간을 생각했다. 그랜코트가 조금 전에 말한 보트에 자신을 태워 데려가지는 않을 테니까. 이 뜻밖의 구원에 너무나 기쁜 마음으로 그녀는 그 자유로운 시간에 무엇을 할지 무모하고도 상반되는 공상의 나래를 펼쳤다. 실제로 참고 견디는 것보다 더 나쁜 재앙이 될 거라고 이미 수없이 생각한 '도피행각'이 이제는 자신의 가장 나쁜 자아에서의 탈출이라는 새로운 논지를 펼쳤다. 또한 밤바람에 감옥 벽이 부서져서 필사적인 방법에 매달리지 않아도 되리라는 죄수의 공상과 비슷한 환상적 구원이 정당하게 바랄 수 있는 더 나은 대안으로 은근히 마음을 파고들었다.

새로운 기대감이 스며들자 그녀는 기운이 나서 매사를 쾌활하고 신속하게 받아들일 수 있었다. 남편이 알아차릴 정도로 두드러진 변화였다. 그녀는 저녁 불빛 사이로 기우는 달을 바라보며 두려움과 외로움을 평소보다 덜 느낄 수 있었고, 아니, 그녀를 구원하려고 무언가가 이 막강한 세상에 준비되고 있을지 모른다는 막연한 생각이 들었다. 그러면 안 될 이유가 있을까? 날씨도 그녀를 도와주었는데. 오랫동안 공포 속에서 요동친 후 나타난 이 희망의 가능성은 오랜 세월 점점 쇠약해진 환자가 처음으로 다시 느낀 식욕 같았다.

다음 날 아침 그녀는 제노바 항구에 닻을 내리는 소리에 잠에서 깨었다. 기이하게도 혼란스러운 꿈에서 깨었는데, 꿈속에서 자신은 몬트 시니스[31] 산길을 넘어 탈출하는 것 같았다. 눈 위에서 달빛을 받으면서도 따스한 느낌이 들어 이상하게 여기다가 갑자기 데론다를 만났는데, 그는 그녀에게 돌아가라고 말했다.

이 꿈에서 깨고 한 시간쯤 지났을 때 그녀는 실제로 데론다와 마주쳤다. 하지만 이탈리아 호텔의 화려한 계단 위에서였고, 그녀는 가벼운 모직 드레스를 입고 밀짚모자를 쓴 차림으로 훈훈한 공기를 느끼고 있었다. 그리고 남편이 옆에 서 있었다.

데론다는 깜짝 놀란 표정으로 모자를 들어 인사하고 지나갔다. 그 순간은 더 친밀한 인사를 나누기에 적절치 않았고, 그들이 마지막으로 만났을 때의 상황 때문에 그랜코트가 자신을 정중하게 대할지 의심스러웠다.

그 의혹은 틀림없이 불쾌한 확신으로 바뀌었을 것이다. 왜냐하면 그랜코트는 하고 많은 곳 중에서 하필 제노바에 데론다가 뜬금없이 나타나자 당장 그와 궨덜린 사이에 사전 계획이 있었을지 생각해보았기 때문이다. 그들이 방에 들어서기도 전에 사실 그랜코트는 그런 계획을 실현 가능하게 세우는 것은 극히 어려운 일이라고 결론을

---

31 프랑스에서 이탈리아로 넘어가는 주요한 고갯길 중 하나로 토리노의 북서쪽에 있다.

내렸다. 그는 매우 냉철한 머리를 가진 사람이었으므로, 궨덜린이 런던에 있을 때 요트 여행 계획을 급히 데론다에게 알려주었고 마르세유나 바르셀로나에서 그에게 편지를 보내어 제노바에서 만날 가능성에 대비하거나 다른 목적지를 알려줄 편지를 받을 수 있도록 제시간에 그곳에 도착하라고 알려주었다고는 믿을 수 없다고 판단했다. 그렇게 하려면 그녀에게 놀라운 예견력이 있어야 했고, 또한 데론다에게 새처럼 쉽게 날아다니다가 한가하게 내려앉는 능력이 있다고 가정해야 했다. 그럼에도 데론다는 제노바에 있었다. 그랜코트는 남들이 터무니없게 여길 허황한 이야기로 웃음거리가 될 생각은 없었지만, 그럼에도 데론다가 그 도시에 나타난 것이 궨덜린과 관련해서 순전히 우연일 뿐이라고 전적으로 인정할 생각도 없었다. 그것은 구역질 나는 사실이었다. 그것으로 충분했다. 물론 그녀는 기뻐하고 있었다. 화가 난 남자는 생물이든 무생물이든 자신에 대항하는 음모를 꾸미는 듯이 느껴지면 우선 차분히 기다리면서 증거를 찾지 않고 즉시 말에 채찍을 갈기거나 개를 발로 걷어찬다. 그랜코트는 궨덜린과 데론다가 자기에게 대항해서 꾸민 음모를 간파한 느낌이었다. 그리고 그들이 결탁해서 일으킨 사건이 여기서 벌어졌다. 그가 의심의 여지 없이 확신하는 바는, 궨덜린이 이제 남편이 등을 돌리자마자 데론다와 만나기를 고대하리라는 것이었다. 이 점에서는 그의 짐작이 옳았다.

그는 그녀를 관찰하기 편리한 각도에 앉아서 커피를 마시면서, 은밀한 기쁨 덕분에 달라졌을 무언가를 알아챘다. 움직이거나 말을 할 때의 편안한 생기발랄함, 무엇을 바라보든 그 눈길에 담긴 특별한 의미 같은 것이었다. 그녀가 겪은 고통이 아름다움을 훼손하지 않았음은 분명했다. 그랜코트 부인은 귄덜린 할레스보다 더 아름다웠다. 그녀의 우아한 자태와 표정은 내면의 더욱 다양한 경험으로 풍부해졌고, 얼굴 근육은 새롭게 움직였으며 움직이거나 쉴 때 새로운 자세를 취했다. 그녀의 육신과 분위기에는 결혼 전보다 결혼 후의 여자를 종종 더 흥미롭게 만들어주는, 뭐라 말할 수 없는 분위기가 감돌고 있었다. 매사를 자기 뜻대로 할 수 있다는 자신감은 줄었지만 사슴처럼 수줍은 기색도 줄어들어 더욱 온전한 인간으로서의 면모가 드러난 것이다.

이날 오전에는 항해의 장점이 전에 없이 민첩한 그녀의 태도에서 갑자기 드러난 것 같았다. 식탁에서 일어나 평소 습관대로 보석을 잔뜩 낀 두 손을 목 양쪽에 올려놓았을 때 그녀는 꾸밈없이 즐거운 기대감을 드러냈다. 외출하려는 사람이 집을 나서기 전 15분 동안 가족을 상냥한 태도로 대하는 것이 훨씬 쉽다는 것을 알게 되듯이, 그런 기대감은 현재를 더 잘 견딜 수 있게 만들어준다. 외출의 즐거움을 함께 누릴 테리어는 이런 기분 좋은 기색을 알아차리고 그 의미를 파악할 수 있다. 자기 주인이 왜 특이한 태도로 서있고 재빨리 말하며 눈빛을 특이하게 반짝이는지 알아차리고는 주인이 조금만 문 쪽으로 움직여도 놓치지 않으려고 종종걸음으로 달려갈 것이다. 강아지가 이렇게 알아차리듯이 그랜코트는 귄덜린의 기대감을 드러낸 조짐을 알아차렸고, 자신이 알지 못하는 감정의 세계를 제쳐놓은 편협하고 정밀한 시각으로 그 조짐을 해석했다.

"아, 벨을 누르시오. 그리고 깁스에게 3시에 정찬을 차리라고 하시오." 그랜코트도 자리에서 일어서면서 이렇게 말하고는 시가를 꺼내고 가까이 있던 모자에 손을 뻗었다. "우리가 타고 나갈 작은 보트를 찾아보라고 앵거스를 보내겠소. 당신이 키를 잡고 내가 노를 저을 보트를. 이처럼 맑은 날 저녁은 흔치 않게 쾌적하거든. 우리가 할 수 있는 일 중에서 가장 권태롭지 않은 일이지."

궨덜린은 등골에 소름이 끼쳤다. 잔인한 실망이 밀려왔다. 남편이 자신을 보이지 않는 곳에 내버려두지 않을 작정이라서 반드시 데려가려고 마음먹었다고 즉시 생각했다. 그는 보트에 단둘이 있는 것이 그녀에게 따분한 일이기 때문에 더 매력적으로 여길 것이다. 지금은 갑판 위가 아니었다. 그러니 지금은 말다툼을 벌일 수 있다고 그녀는 느꼈다. 그러나 은은히 빛나던 만족감은 사라져버렸고, 해가 지고 난 후의 빙하처럼 그녀의 모습이 달라 보였다.

"나는 보트를 타러 가고 싶지 않아요." 그녀가 말했다. "다른 사람을 데려가세요."

"좋소. 당신이 가지 않겠다면, 나도 가지 않겠소." 그랜코트가 말했다. "숨이 턱턱 막히는데 호텔에 머물 거요. 그뿐이오."

"나는 보트 타는 것을 참을 수 없어요." 궨덜린이 화가 나서 말했다.

"갑자기 달라졌군." 그랜코트가 조금 빈정거리며 말했다. "그렇지만 당신이 거부하니까 실내에 있도록 합시다."

그는 모자를 다시 내려놓았고 시가에 불을 붙여 방안을 서성이며 이따금 창밖을 내다보았다. 궨덜린은 화가 나서 계속 버티겠다고 생각했다. 자신을 데려가지 않고는 그랜코트가 가지 않으리라는 것이 이제 분명했다. 하지만 그가 폭군처럼 지배하려면, 그가 선택한 그런 방식으로 해서는 안 된다. 그녀는 그를 어쩔 수 없이 호텔에 머물게 할 것이다. 그녀는 다시 입을 열지 않고 옆 침실로 들어가서 화가 난 나머지 의자에 털썩 주저앉았다. 아무런 목적이나 결과도 이루지 못한 채, 자신에게 다시 밀어닥친 불행의 물결이 잠시 숨 돌릴 수 있었던 곳에서 자신을 떼어내어 멀리 밀어간다는 느낌뿐이었다.

곧 그랜코트가 모자를 쓰고 들어와서는 모자를 던져놓고 그녀 앞의 가까이 있는 의자에 비스듬히 앉아서 거드름을 피우며 느릿느릿하게 말을 꺼냈다.

"이제 생각이 달라졌소? 아니면 화를 내고 나니 기분이 좋소? 당신은 내게 몹시 불쾌한 상황을 만들고 있소."

"당신은 왜 내게 불쾌한 상황을 만들고 싶어 하나요?" 궨덜린이 다시 무력해지는 기분에 뜨거운 눈물이 고이는 것을 느끼며 말했다.

"자, 당신이 불평할 것이 뭐가 있는지 친절하게 말해주겠소?" 그랜코트가 그녀의 눈을 들여다보며 극히 낮은 목소리로 말했다. "당신이 실내에 있을 때 나도 함께 있는 것이 불만이오?"

그녀는 아무 대답도 할 수 없었다. 자신의 분노를 변명하기 위해 진실을 입에 올릴 수는 없었다. 절망감과 굴욕감의 갈등으로 그녀는 울음을 터뜨렸고, 눈물이 뺨에 흘러내렸다. 이렇게 동요된 상태를 전에는 남편 앞에서 드러낸 적이 없었다.

"이 말이 도움이 되면 좋겠소." 그랜코트가 잠시 후에 말했다. "내가 할 말은 지독히 불쾌하다는 것뿐이오. 여자들은 이런 수작을 부리면서 대체 뭘 노리는지 모르겠소. 물론 당신이야 무엇을 얻을지 알고 있겠지. 내가 알 수 있는 것은 우리가 기분 좋게 배를 탈 수도 있는데 여기 갇혀 있게 되리라는 것뿐이오."

"그렇다면 가요." 궨덜린이 충동적으로 말했다. "어쩌면 우리는 물에 빠져 죽을 거예요." 그녀가 다시 흐느끼기 시작했다.

분명 데론다와 관련 있을 이 특이한 행동 때문에 그랜코트는 더욱 명확하게 결론을 내렸다. 그는 의자를 그녀 앞으로 더 끌어당기고 낮은 목소리로 말했다. "조용히 하고 내 말을 들으시오."

그가 가까이 다가앉자 마술적 효과를 내는 것 같았다. 궨덜린은 움찔하더니 울음을 그쳤다. 그녀는 눈을 내리깔고 두 손을 꽉 움켜쥐었다.

"서로를 분명히 이해하도록 합시다." 그랜코트가 똑같은 어조로 말했다. "이 허튼짓이 무슨 의미인지 나는 아주 잘 알고 있소. 그러나 당신이 나를 웃음거리로 만들도록 내가 내버려둘 거라고 생각한다면, 그런 생각을 당신 마음에서 싹 지워버리시오. 당신이 내 아내로서 적합하게 처신할 수 없다면, 당신은 대체 뭘 기대하는 거요? 당신이 바라는 것을 얻으려 한다면 당신에게는 치욕이 있을 뿐이오. 그 밖의 다른 것은 모르겠소. 그리고 데론다에 대해서 말하자면, 그가 당신에게서 꽁무니를 빼고 있는 건 아주 분명하지."

"전부 틀린 말이에요." 귄덜린이 매섭게 말했다. "당신은 내가 무엇을 생각하는지 상상도 하지 못해요. 나는 그런 식으로 다가온 치욕을 충분히 보았어요. 그리고 당신은 누구든 내가 원하는 사람과 자유롭게 이야기하도록 나를 내버려두는 편이 나아요. 당신에게도 그편이 더 나을 거예요."

"그 점은 내가 판단하겠소." 그랜코트가 일어서서 창가로 걸음을 옮기며 말했다. 하지만 무언가를 기다리는 듯이 그 자리에 서서 구레나룻을 만지작거렸다.

귄덜린는 자신의 말에 너무나 명료하고 엄청난 의미가 담겨있었으므로 그랜코트에게 그 의미가 틀림없이 전달되었으리라고 생각했다. 그리고 그 말을 하자마자 그것이 미칠 영향이 두려웠다. 그러나 그랜코트의 영혼은 불길한 예감이나 공포에 잘 방비되어 있었다. 그는 지배력에 필요한 용기와 자신감을 갖고 있었고, 이 순간에는 아내에게 재갈을 물리고 고삐를 매었다는 완벽한 만족감을 느끼고 있었다. 결혼 후 1년쯤 지나면 그녀의 반항심은 완전히 사라질 것이다. 그는 무심한 태도로 계속 서있었고, 이윽고 그녀는 옮길 수 없는 장애물이 자신의 삶을 가로막고 있다는 예나 다름없는 느낌에 숨이 막힐 것 같았다. 드넓은 공간이 훤히 펼쳐져 있지만 그곳으로 가는 길을 모두 가로막은 단 하나의 형체를 바라보는 악몽 같았다.

"어떻게 결정했소?" 그가 곧 그녀를 보며 말했다. "내가 어떤 명령을 내려야겠소?"

"아, 가요." 궨덜린이 말했다. 그녀를 둘러싼 벽은 이미 감옥이었고, 이 남자는 숨이 남아 있는 한 그녀를 지배할 것이다. 그의 말은 엄지손가락을 죄는 고문도구처럼 강력했고 팔다리를 잡아늘리는 고문대처럼 차가웠다. 그의 말에 저항한다면, 결과를 예측할 능력이 없는 우둔한 동물처럼 행동하는 것이다.

이렇게 되어 보트를 준비하라는 명령이 내려졌다. 그녀는 정오가 되기 전에 보트를 살펴보러 그와 함께 부두에 내려갔다. 그랜코트는 차분한 기분을 완벽하게 되찾았고, 수리를 받으러 얼마 전에 정박한 멋진 요트의 주인인 신사 나리에게 선원들이 보여준 존경심에 경멸 어린 만족감을 느꼈다. 이 신사는 영국인이므로 바다에서 일어나는 일에 당연히 정통했고, 따라서 말을 다룰 때처럼 능숙하게 돛대를 다룰 수 있었다. 이제 궨덜린은 이날 아침에 그가 그녀에게서 본 기쁜 기색 같은 것을 그에게서 볼 수 있었다. 사실 그는 보트를 타고 나가겠다는 결심을 굳혔고, 사람들이 그에게서 예상하지 못할 그 목적을 실행에 옮기면서, 더 나은 대상에 발휘할 수 없는 강한 의지의 충동을 만족시켰다. 그는 놀라운 육체적 담력을 갖고 있었고 그것을 자랑스럽게 생각했다. 아니, 그보다는, 대체로 자기보다 담력이 떨어지는 거칠고 몸집이 큰 사람들을 몹시 경멸했다. 더욱이 그는 궨덜린이 자기와 함께 가도록 지배하고 있었다.

그들이 5시에 보트를 탈 준비를 갖추고 다시 내려왔을 때, 그 광경은 구경꾼들에게 연극의 한 장면처럼 보였다. 모국의 일반적 특성을 잘 보여주는 이 잘생기고 살결이 흰 영국인 부부는 둘 다 오만하고 창백하며 침착했고 미소를 전혀 띠지 않은 얼굴로 초자연적 운명을 실현하려는 인물처럼 움직였다. 그 광경은 일부러 나가서 구경할 만했고, 그림을 그려둘 만한 것이었다. 달라붙는 옷을 입은 남편의 가슴과 등, 팔이 아주 잘 드러났고, 아내는 조각처럼 아름답다는 의견이 분분했다.

풍향이 달라질지 모르고 그러면 진로를 바꿔 돌아오도록 주의해야 한다고 누군가 의견을 내놓았지만, 그랜코트의 태도는 수다스러운 사람들이 쓸데없이 참견하고 있고 자신은 그들보다 더 잘 알고 있다고 말하는 것 같았다.

물가에서 멀어지고 있을 때 가만히 무감각하게 서있던 궨덜린은 자신의 상상이 끈질기게 펼쳐지는 것을 느꼈다. 외적인 위험은 전혀 겁나지 않았다. 자신의 소망이 두려웠다. 그 소망은 뭉게뭉게 피어오르는 악마의 얼굴처럼 가능한 모습과 불가능한 모습을 만들어내고 있었다. 그녀는 자신의 증오가 두려웠다. 이날 그녀를 강제로 끌어낸 차갑고 강철 같은 냉혹함에 짓눌려 그 증오는 무섭게 맹렬해졌다. 남편의 감시를 받으며 키를 조정하고, 그가 시키는 대로만 행동하며 앉아 있을 때, 그녀의 내면에서는 자신에게서 달아나려는 투쟁이 벌어지는 것 같았다. 그녀는 데론다를 생각하며 매달렸다. 자신이 그곳에 있는 동안에는 데론다가 멀리 떠나지 않을 거라고, 자신에게 도움이 필요하다는 것을 그가 알고 있다고 스스로를 설득했다. 그가 거기 있다는 의식이 그녀를 구해서 내면의 악을 실행에 옮기지 못하도록 막아줄 것이다. 하지만 재빨리, 신속히, 사악한 이미지와 계획이 떠올랐다. 그것은 곧바로 보복할 행위를 준비하는 분노의 여신처럼 한밤중에 또다시 다가와 그녀를 덮칠 것이다.

그들은 항구에서 벗어나 부드러운 미풍에 실려 동쪽으로 나아갔다. 구름 몇 점이 햇살을 부드럽게 가렸고, 어둠이 짙어지면서 늘 저녁나절의 가장 아름다운 풍경을 만들어내는 시간이었다. 크고 작은 돛들이 민감한 생물처럼 달라진 모습으로 가까이서나 멀리서 유쾌한 동무가 되어 주었다. 장엄한 도시는 더 어렴풋이 빛났고, 그 너머의 산들은 도시를 굽어보았다. 어떤 고립된 성역(聖域)에 들어간 듯이 정적이 흐르고 있었다. 그때 갑자기 궨덜린이 양손을 떨어뜨리고 거의 들리지 않게 말했다. "하나님 도와주세요!"

"무슨 일이오?" 그 말을 알아듣지 못한 그랜코트가 물었다.

"아, 아무것도 아니에요." 궨덜린이 순간적 망각에서 깨어나 다시 밧줄을 잡으며 말했다.

"쾌적하지 않소?" 그랜코트가 말했다.

"아주 쾌적해요."

"이보다 더 나은 일은 없을 거라고 이제 인정하겠지?"

"그래요. 더 나은 일은 없어요. 우리는 『달아나는 네덜란드인』[32] 처럼 늘 계속 나아갈 거예요." 궨덜린이 거칠게 말했다.

그랜코트는 자세히 살펴보듯 눈을 가늘게 뜨고 그녀를 쳐다보며

---

[32] 영원히 바다를 떠돌아야 하는 한 유령선의 네덜란드인 선장에 대한 전설. 엘리엇은 1848년에 바그너가 작곡한 그 오페라를 잘 알고 있었을 것이다.

말했다. "당신이 원한다면 아침에 스페치아에 갈 수 있고, 그곳으로 배를 가져오라고 해서 승선할 수 있소."

"아뇨, 이것이 제일 좋아요."

"좋소. 내일도 똑같이 합시다. 그런데 곧 방향을 바꿔야겠군. 내가 진로를 돌리겠소."

제55장

과학을 보고 현명해져라.
완벽한 것일수록
더 큰 기쁨을 느끼고 더 예리한 고통에 한숨짓는다.

단테[33]

귄덜린과 그랜코트를 계단에서 마주쳤을 때 데론다는 진지한 생각에 빠져 있었다. 바로 그때 어머니를 두 번째로 만나러 오라는 전갈을 받은 것이다.

어머니와 작별하고 두 시간이 지난 후 그는 할름-에버쉬타인 공작부인이 호텔을 떠났음을 알았다. 그러므로 제노바에 온 목적으로 보자면, 이제 요셉 칼로니모스의 편지를 전하고 할아버지가 물려준 함을 찾으러 마인츠로 출발할 수 있을 것이다. 그러나 명확히 이유를 알 수 없는 심란한 마음이라서 그는 출발하지 못했다. 어머니와

---

33 『연옥』 칸토 6, 106~108.

작별하고 나서도 회고적인 감정에 짓눌려 한참 무기력하게 가만히 있었고, 새롭게 예리한 감정적 기억으로 흥미로운 장면을 다시 체험했다. 그 장면들은 그의 영혼에 실로 머물도록 준비되었다는 의미에서만 지나간 일로 느껴졌다. 홀로 남은 그는 자신의 삶과 그토록 가까우면서도 너무도 먼 어머니의 인생을 생각하며 여자들의 민감한 연민보다 더 예리한 감정으로 흐느껴 울었다. 혈연을 확인함으로써 자신에게 달라진 세상을 바라보았다. 혈연의 끈은 희망과 두려움의 균형점을 옮겨놓았고, 새로운 동료의식을 부여해주었다. 마치 어둠의 장막에 덮인 깜깜한 곳에서 방랑자들의 무리에 잘못 끼었다가 아침 해가 솟아 저 멀리 모여 있는 자기 친족의 텐트를 찾아낸 것 같았다. 그는 강렬한 충동과 고귀한 사상에 고무된 할아버지와의 친밀한 관계를 떨리는 상상으로 느꼈다. 이제 그 충동과 사상이 자신의 내면에서 긴 잠에서 깨어나고 있을 것이다. 이 열렬한 사색의 처음부터 끝까지 모르디카이와 미라가 말없이 서로 공감하며 그와 손을 맞잡고 함께 있었다.

데론다는 어린 시절에 아이의 힘을 쏟아내어 자제와 과묵함으로 스스로를 감쌌지만 그 밑에서는 매우 예민하게 반응하는 기질을 갖고 있었다.

벨 소리가 계속 울리며 시간을 알려주자 그는 브래드쇼[34] 철도

---

34 1839년부터 1961년까지 매년 발행된 기차 시간표로 발행자 조지 브래드쇼(1801~1853)의 이름이 붙었다.

시간표를 들여다보고 다음 기차 편으로 출발하도록 간단히 준비하려고 했다. 생각은 그렇게 했지만, 거기 맞춰 움직이지는 않았다. 그의 소망은 이미 마인츠와 거기서 받을 것으로, 런던과 자신의 인생에 가장 강력하게 붙어 있는 존재들에게로 나아갔다. 그러나 이 순간은 제노바에 붙어 있는 다른 소망도 있었다. 그 때문에 그는 지금 있는 그 자리에 머물 수밖에 없었다. 마지막 작별이나 어둡게 드리워질 슬픔을 예감하게 하는 만남을 두고 좀처럼 떠날 수 없게 하는 힘에 의해. 그가 '오늘 밤은 여기 머물겠어. 금요일이니까. 사람이 모두 모일 유대교 회당에 가서 저녁 예배를 보겠어. 게다가 그랜코트 부부를 다시 만날지도 모르고.'라고 본격적으로 중얼거린 것은 아니었다. 그게 아니라, 짐을 꾸리고 청구서를 달라고 벨을 누르거나 하지 않고 그저 가만히 앉아 있었을 뿐이다. 그동안 그의 마음은 유대교 회당에 가서 할아버지 시대와 그리 다르지 않을 얼굴들을 보았다. 이리저리 흩날리는 식물의 씨앗처럼 방랑한 여러 세대를 거쳐 지속되고 먼 이역 땅을 유랑자의 집과 비슷하게 만들어준 스페인식 히브리어 기도를 들었다. 그러면서 그의 마음은 궨덜린을 향해 나아가서 지난 일을 걱정스럽게 떠올리기도 했다. 분명 그랜코트는 싫어하겠지만, 지난번의 돌연한 작별 이후로 여전히 그녀에게 공감하고 있음을 분명히 알려주기 위해 아무 노력도 하지 않고 자진해서 즉시 떠나버린다면 무정한 소행이라고 인정하기도 했다.

이런 상태에서 그는 출발을 미뤘고, 아무 맛도 못 느끼며 저녁을 먹고는 유대교 회당을 찾아보려고 재빨리 식탁에서 일어났다. 지나는 길에 문지기에게 그랜코트 부부가 아직 호텔에 머물고 있는지, 어느 방에 머물고 있는지 물어보았다. 문지기는 호수를 알려주고 그들이 보트를 타러 나갔다고 덧붙였다. 이 말을 듣자 왠지 기운이 조금 나서 데론다는 머리에 간혹 숄[35]을 두른 가무스름하고 예리한 얼굴의 신자들 사이에서 일깨워진 기억을 떠올리며 생각을 이어갈 수 있었다. 이탈리아어에 물든 히브리어라고 일컬을 만한 친숙하고 편안한 언어로 엄숙한 기도와 기원을 이어가는 사람들을 보면서, 자신의 외할아버지는, 그분의 성품에 대해 어머니가 내비친 말에 의하면, 모르디카이처럼 비범한 유대인이었음이 거의 확실하다고 생각했다. 그러나 강한 열망과 원대한 희망을 품은 사람은 어디서나 비범하지 않았던가? 모르디카이가 말했듯이, 세상을 창조하고 성장시킨 비전을 가진 사람들, 그들은 피동적 생명체의 인격을 도야하고 떠받쳤다. 그들이 없었더라면 그 생명체는 쪼그라들고 오그라들어 자신의 촉각에 닿지 않는 사상에 흔들리지 않는 편협하고 고집 센 곤충이 되었을 것이다. 귄덜린에 대한 걱정(이제 자신이 당면한 근심에서 놓여나자 그녀에 대한 걱정이 더 커질 수밖에 없었다.)에 서글픈 초조함 같은 것이 더해지는 바람에 그는 서둘러 유대교 회당에서 나왔고, 부두 쪽으로 산책을 가야겠다고 생각했다. 그는 부

---

35 유대교 회당에서 남자들이 기도를 드릴 때 쓰는, 흰색 바탕에 술이 달려 있고 푸른 줄무늬가 있는 숄.

두에 가는 것을 늘 좋아했고, 지금은 보트 항해에서 돌아오는 그랜코트 부부를 때맞춰 볼 수 있을지 모르기에 더 마음을 끌었다. 이번에는 자발적으로 다가가서 그들에게 인사를 건네고 그 남편이 그가 눈앞에서 사라지기를 바라는 기미를 보이더라도 무시하겠다고 결심했다.

층층이 걸린 구름 너머로 해가 넘어갔고, 노르스름한 빛 한 줄기만이 세차게 불어오는 바람에 일렁이는 파도에 작별의 입맞춤을 하고 있었다. 데론다는 물가에서 일어나는 일이 잘 보이는 곳에서 천천히 어슬렁거리다가 사람들이 모여들어 한 척의 돛단배에 관심을 쏟는 것을 보았다. 두 사람이 노를 저어 그 보트를 신속히 뭍으로 몰아오고 있었다. 여러 나라 언어로 요란하게 말이 오가고 있어서 데론다는 질문을 하지 말고 가만히 있어야 사실을 보다 정확하게 알아낼 수 있을 거라고 생각했다. 하지만 지금 일어나는 일을 시야가 막히지 않은 곳에서 목격하려고 사람들을 밀치고 앞으로 나아갔다. 망원경으로 살펴보던 사람들이 보트 안에 물에 빠진 사람이 실려 있다고 큰 소리로 말했다. 누군가는 그것이 돛단배를 타고 나간 신사 나리라고 말했고, 다른 사람은 엎어져 있는 형체를 보았는데 마님이라고 주장했다. 망원경이 없던 한 프랑스인은, 그 민족의 관행에 걸맞게, 그 신사가 아내를 물에 빠뜨려 죽이려고 데리고 나갔다고 말했다. 그러자 한 영국인 선장은 즉시 우리의 모국어로 그것이 터무니없는 말이라고, 사실을 뒤집는 말이라고 반박했고, 더 나아가, 누워있는 형체는 여자라고 결론을 내렸다. 데론다는 요동치는 공포에 무섭게 흥분해서 보트를 바라보았다. 다가오는 보트의 노가 바닷물을 내리칠 때마다 가능하거나 불가능한 사건의 환영이 재빨리 떠올랐다. 이런 결과를 일으켰을, 아니면 결과의 더 나쁜 절반은 드러내지 않은 채 이 부서진 파편을 일으켰을 사건을. 분명 바닷물에서 건져낸 저 여자가 정말로 그랜코트 부인이라면.

그러나 오래지 않아 더 이상 의혹에 시달릴 필요가 없었다. 보트를 뭍으로 끌어올리자, 두껍게 덮인 방수포와 선원들의 모직 상의 밑에서 두 손을 짚고 스스로 애써 몸을 반쯤 일으킨 궨덜린의 모습이 보였다. 수의에 감싸인 시신처럼 시퍼렇게 질린 얼굴에 젖은 머리칼이 늘어진 채 몸을 떨고 있는 그녀의 눈에는 마치 심판이 임박한 세상에 깨어난 듯, 주위에 보이는 사람들이 자기를 붙잡으려고 몰려든 양 깜짝 놀라 거칠게 날뛰는 의식이 담겨 있었다. 제일 먼저 땅에 뛰어내린 노 젓던 사람도 물에 흠뻑 젖었기에 즉시 달려가 버렸다. 선원들이 보트를 둘러싸고 있어서 데론다는 다가가지 못하고 그저 바라볼 수밖에 없었다. 젖은 옷이 달라붙어 무력한 몸을 움직이기 더 어려웠을 그녀를 구릿빛의 억센 남자들이 튼튼한 팔로 조심스럽고 부드럽게 부축해서 배에서 내리고 이끌어가는 동안 궨덜린은 공포에 질려 움츠리고 겁에 질린 눈길로 주위를 돌아보았다. 이리저리 떠돌던 그녀의 눈길이 갑자기 앞에 서 있던 데론다에게 닿았다. 그러자 그 즉시, 마치 그가 올 것을 예상하고 찾고 있었던 양, 부축한 사람들에게 잡힌 팔을 내뻗으며 잠긴 목소리로 말했다.

"왔어요, 올 것이 왔어요! 그는 죽었어요."

"쉬, 쉬!" 데론다가 권위 있는 어조로 말했다. "진정하세요." 그리고는 그녀를 부축한 사람들에게 말했다. "나는 이 숙녀의 남편과 연고가 있는 사람입니다. 이 숙녀를 가급적 빨리 이탈리아 호텔로 데려다주시면, 내가 나머지를 맡아서 처리하겠어요."

그곳에 남은 그는 거기 있던 다른 사공에게서 그녀의 남편이 물에 가라앉아 찾을 수 없었고 그의 보트가 텅 빈 채 떠 있었다는 이야기를 들었다. 그 사공과 그의 동료는 비명을 듣고 그 보트에 가까이 갔는데 때마침 남편을 찾아 물에 뛰어드는 숙녀를 보았고 그녀가 큰 해를 입지 않도록 재빨리 건져냈다는 것이었다.

이 말을 듣고 데론다는 급히 호텔로 돌아갔고, 최고의 치료를 받을 수 있도록 조치했다. 이 일을 확실히 처리한 후에 휴고 경에게 전보를 쳐서 사고를 알렸고 곧 와달라고 간청했다. 또한 가스코인 씨에게도 전보를 보냈다. 목사관 주소로 전보를 보내야 궨덜린의 어머니에게 가장 빨리 전달될 거라고 생각했다. 예전에 궨덜린이 한 말이 영감처럼 선명하게 떠오른 것이다. 흥분해서 고백하던 순간에 그녀는 어머니가 옆에 있으면 도움이 될 거라고 말했었다.

제56장

그들이 죽어갈 때의 고통과 저주는
절대로 사라지지 않았지.
나는 그들의 눈에서 눈을 뗄 수 없고
눈을 들어 기도를 올릴 수도 없었네.

콜리지[36]

이날 밤 데론다는 잠옷을 갈아입지 않았다. 궨덜린은 침대에 들기 전에 그를 다시 봐야겠다고 고집을 부린 후 죽은 듯이 잠잠해졌고, 아침에 그를 부르러 사람을 보내면 와주기로 약속해달라고 가라앉은 간절한 목소리로 속삭이듯 요청했다. 그러나 그녀의 몸에 이상이 생길 수도 있고, 그러면서 열이 오를 위험도 있으며, 이미 일어난 참사 때문에 흥분한 상태로 헛소리를 할 수도 있다는 생각이 불길

36 새뮤얼 테일러 콜리지(1772~1834). 영국 낭만주의 시인이자 비평가, 철학자. 이 제사는 "늙은 수부의 노래"(1798)에서 인용한 것으로, 신천옹 새를 쏜 죄에 대한 벌로 끝없이 악몽 같은 항해를 해야 하는 선원에 관한 노래이다.

한 예감처럼 떠올랐다. 그는 놀라운 변화가 일어나면 언제든 달려오도록 준비하겠다고 간호사에게 말했다. 또한 관련된 사람들에게 자신이 영국에 있는 그녀의 친지와 연락을 취하고 있고 그동안에는 그녀를 위해 모든 것을 처리해야 한다고 이해시켰다. 그가 이런 역할을 한결 수월하게 맡을 수 있었던 것은, 요트 여행에 따라온 유일한 늙은 하인, 그랜코트의 시종이 그를 잘 알기 때문이었다.

그러나 그날 하루의 기이하게도 혼란스러운 감정에 지쳐서 마침내 깜빡 잠이 들었을 때 데론다는 새벽녘의 꿈을 제외하고는 아무 방해도 받지 않고 잤다. 그 꿈은 뒤엉킨 거미줄처럼 혼란스럽게 어제 일어난 사건들을 보여주었고 마침내 절박한 근심에서 끌어낸 이미지로 그를 깨웠다.

아직 이른 아침이었고, 그를 부르러 온 사람이 없었다. 이 희망적인 전조에 기운을 얻어 그는 세수를 했고, 안부를 물어보러 사람을 보내기에는 너무 이르다고 생각했다. 나중에 그는 그녀가 간밤을 거의 뜬눈으로 새웠음을 알았다. 그렇지만 격렬하게 흥분한 기미는 보이지 않았고, 마침내 잠에 들었다는 것이다. 그는 공포에 지나치게 민감한 이 여자의 내면에 있는 강력한 힘에 경탄했다. 그녀가 극도의 육체적 충격을 받았으면서도 은폐하려는 결의로 스스로를 통제하고 있다는, 억누를 수 없는 인상을 받은 것이다. 그는 자기 자신에 대해서 어머니와 만나면서 겪은 감정으로 말미암아 감수성이 무뎌졌다고 생각했다. 자신은 지금 주어진 요구에 따르고 있을 뿐이고, 더욱 열렬한 공감은 차단되었다고 생각했다. 최근에 귄덜린의 운명과는 너무나 동떨어진 것을 가슴에 사무치게 경험했으므로, 지금 그녀에게 기울이는 관심은 과거에 친숙했던 풍경을 다시 찾아가는 것 같았다. 그 풍경을 보고 내면에서 일어나던 반응은 아직 완전히 되살아나지 않았다.

그동안 그는 궨덜린을 구한 어부들에게서 법적으로 인정되는 공식진술을 받는 데 전념했다. 밝혀진 사실이 거의 없었다. 그랜코트가 타고 나간 보트는 돛이 풀린 채 표류하다가 발견되어 인양되었다. 어부들은 그랜코트가 진로를 바꾸려다가 펄럭이는 돛에 부딪쳐서 배 밖으로 떨어졌고 수영을 할 줄 몰랐을 거라고 생각했다. 그들은 그 보트 가까이 있기는 했지만, 조난당한 남자가 외치는 듯한 소리가 들리는 바람에 처음 관심을 갖게 되었다. 급히 노를 저어가는 동안 숙녀의 비명이 들렸고 물에 뛰어드는 그녀를 보았다는 것이다.

호텔로 다시 돌아왔을 때 데론다는 궨덜린이 일어났고 그를 만나기를 바란다는 전갈을 받았다. 그는 블라인드와 커튼이 내려진 어두운 방으로 안내되었다. 그녀는 흰 숄로 몸을 두른 채 불안하게 기다리는 사람처럼 열린 문을 바라보며 앉아있었다. 그러나 긴 머리카락을 모아 섬세하게 감아올렸고, 이 모든 일이 벌어졌어도 그녀의 귓불에 달린 푸른 별은 여전히 제자리를 지키고 있었다. 흰 숄에 감싸인 그녀가 충동적으로 벌떡 일어섰을 때 눈 밑의 자주색 선을 제외하면 얼굴과 목은 숄처럼 하얗고, 입술은 비난받는 무기력한 사람처럼 특이하게 약간 벌어져 있었다. 데론다가 예전에 본, 도박판에서 돈을 잃고는 입을 꼭 다물고 오만하고 침착하게 고개를 돌린 궨덜린 할레스의 불행한 유령처럼 보였다. 그 모습을 보자 동정심이 마음을 찔렀고, 예전에 그들의 관계가 미친 영향이 그의 내면에서 되살아나기 시작했다.

"제발 편안히 쉬세요. 서있지 말고." 데론다는 그녀에게 다가가며 말했다. 그녀는 순순히 앉아서 다시 의자의 등에 기댔다.

"내 옆에 앉으시겠어요?" 그녀가 말했다. "아주 작게 말하고 싶어요."

그녀는 큰 안락의자에 앉아 있었고 그는 작은 의자를 끌어다 그녀의 옆에 놓았다. 그 행동은 그녀에게 특이한 영향을 미친 것 같았다. 창백한 얼굴을 돌려 가까이 있는 그의 얼굴을 정면으로 보면서 그녀는 간신히 들릴 정도로 나지막하게 말했다. "내가 죄를 지었다는 것을 아세요?"

데론다의 얼굴은 더 새하얗게 질렸다. "저는 아무것도 모릅니다." 감히 그 이상은 말할 수 없었다.

"그는 죽었어요." 그녀는 여전히 나지막한 목소리로 확고하게 말했다.

"네." 데론다는 음울한 긴장감에 마지못해 대답했다.

"그의 얼굴이 다시는 물 밖으로 나오지 않을 거예요." 궨덜린이 더 크지는 않지만 억눌린 열렬한 어조로 말했고 양손을 꼭 쥐었다.

"네."

"누구도 볼 수 없어요. 나 말고는. 죽은 얼굴. 난 그 얼굴에서 절대로 벗어날 수 없을 거예요."

필사적으로 감정을 억누르려는 낮은 목소리로 마지막 말을 하면서 그녀는 데론다에게서 시선을 돌려 멀리 떨어진 바닥 위의 무언가를 향했다. 그녀가 흥분과 공포로 인해 자신의 행위를 포함한 사건 전체를 과장해서 보고 있는 것일까? 환각 상태에 빠져들어 은닉과 자기 억제의 필요성 같은 의식이 스며든 것일까? 이런 생각이 희망처럼 데론다의 머리를 스쳤다. 그러나 그의 입을 다물게 만든 감정의 갈등을 상상해보라. 그녀는 고백하려고 마음먹고 있었고, 그는 그녀의 고백을 듣기가 두려웠다. 자신의 더 나은 의지와는 반대로, 그는 자신에게 주어진 임무에서 몸을 사렸다. 그녀가 자신의 비밀을 자기 가슴속에 묻어두기를 바랐고, 그러면서도 그렇게 바라는 것은 비겁하다고 꾸짖었다. 그는 성직자가 아니었다. 그는 애원하고 의존하면서 자신의 영혼에 던져 놓을 이 여자의 영혼의 무게가 두려웠다. 그러나 그녀는 그를 바라보며 다시 급히 말했다.

"내가 세상에 고백해야 한다고 하시진 않겠지요? 내가 치욕을 당해야 한다고 하시지는 않겠지요? 난 그렇게 못 할 거예요. 견딜 수 없을 거예요. 엄마에게도 말할 수 없어요. 내가 죽더라도 안 돼요. 엄마에게 알려줄 수 없어요. 당신에게는 말해야 해요. 그렇지만 당신은 다른 사람들도 알아야 한다고 말하진 않겠지요."

"부인을 돕고 싶다는 것 외에는, 아무것도 모르는 상태에서 어떤 말도 할 수 없습니다." 데론다가 서글프게 말했다.

"난 처음부터 당신에게 말했어요. 그런 말을 할 수 있었을 때. 나

스스로가 두렵다고 당신에게 말했어요.” 나지막하게 중얼거리는 소리에는 가련한 간청이 담겨 있었고 데론다는 그 간청에 그저 귀를 기울였다. 그녀의 얼굴을 쳐다보면 너무나 고통스러웠다. “내 속의 증오가 늘 악령처럼 날뛰고 있다고, 뭔가를 꾀하고 있다고 느꼈어요. 나를 자유롭게 풀어놓기 위해 할 수 있는 온갖 일이 머리에 떠올랐고, 그건 점점 더 나빠졌어요. 모든 것이 더 나빠졌어요. 그래서 런던에서 나를 찾아와달라고 부탁한 거예요. 그때 나에 관한 가장 나쁜 것을 당신에게 말하려 했어요. 나는 노력했어요. 그런데 다 말할 수 없었어요. 그리고 그가 들어왔지요.”

그녀는 몸서리를 치며 말을 멎었다가 곧 다시 이었다.

“이제 당신에게 모두 다 말하겠어요. 자신에게서 구원받도록 울고 기도하고 몸부림친 여자가 살인자가 될 수 있다고 생각하세요?”

“제발!” 데론다가 깊이 동요된 목소리로 말했다. “저를 불필요하게 괴롭히지 마세요. 부인은 그를 죽이지 않았어요. 그를 구하려는 충동으로 물속에 뛰어들었어요. 그 나머지는 나중에 얘기하세요. 이 죽음은 부인이 막을 수 없는 사고였어요.”

“내게 화내지 마세요.” 떨리는 목소리로 어린애처럼 간청하는 이 말에 데론다는 고개를 돌려 그녀의 얼굴을 바라보았다. 안쓰럽게도 바들바들 떨리는 입술로 말이 이어졌다. “당신이 말했어요. 말하곤 했어요. 당신은 나쁜 일을 저지르고 비참하게 느끼는 사람들에게 더 동정심을 느꼈다고. 그들이 나아질 수 있다고 당신이 말했어요. 응징을 받아서 더 나은 사람이 될 수 있다고. 당신이 그런 식으로 말하지 않았으면, 전부 다 더 나빠졌을 거예요. 나는 당신의 말을 모두 기억했어요. 그 말이 늘 떠올랐어요. 마지막 순간에도 떠올랐어요. 바로 그 때문에 내가 … 하지만 이제, 당신에게 다 털어놓을 때 당신이 나를 참아줄 수 없다면, 당신이 고개를 돌리고 나를 저버린다면, 나는 어떻게 해야 할까요? 당신이 나를 처음 보고 내가 더 좋은 사람이 되기를 바랐을 때보다 지금의 나는 더 나쁜 사람인가요? 그때는 내가 저지른 나쁜 일이 모두 내 속에 있었어요. 그리고 더 많은 … 당신이 내게 와서 참아주지 않았으면 더 많은 일을 저질렀을 거예요. 그런데 이제, 당신은 나를 저버릴 건가요?"

몇 분 전만 해도 꼭 쥐었던 손이 이제 무력하게 풀어져 의자 팔걸이 위에서 떨리고 있었다. 떨리는 입술은 말을 마친 후 벌어져 있었다. 데론다는 대답을 할 수 없었다. 그는 시선을 돌려야 했다. 그는 그녀의 한 손을 잡고 함께 산책을 나가려는 두 아이처럼 손을 꼭 잡았다. '당신을 버리지 않을 겁니다.'라고 대답할 방법은 그것뿐이었다. 그러면서 무시무시한 것으로 채워질 빈 종이에 자기 이름을 적어 넣는 느낌이었다. 갑자기 그곳에 들어와서 그들을 본 사람이 있다면, 그들의 자세와 괴로움을 받아들이겠다고 엄숙하게 결심한 표정을 띤 채 옆으로 돌린 그의 얼굴에서 그 상황의 진실을 절반은 알 수 있었을 것이다.

이렇게 손을 꼭 잡힌 것이 궨덜린에게는 전혀 새로운 경험이었다. 그녀는 예전에 어떤 남자에게서도 자신이 원하는 애정의 표현을 받은 적이 없었다. 그녀는 그 손길에서 느낀 강력한 인상을 무한히 참아주고 영원히 변하지 않으리라는 약속으로 해석했다. 이렇게 해서 새로 기운을 얻자 그녀는 처음에 시작한 대로 발작적으로 끊어지거나 옆길로 새기도 하면서 고백을 이어갈 수 있었다. 시간에 대해서나 사건이 일어난 순서에 대한 의식이 다 사라져버린 듯이 동일한 경험의 고백이었다. 그녀는 다시 단편적으로 말을 꺼냈다.

"온갖 계략이 마음이 떠올랐어요. 그렇지만 모두 다 너무 어려웠어요. 그리고 나는 그것에 대항해서 싸웠어요. 그런 계략이 겁났어요. 그의 죽은 얼굴을 보았어요." 이 부분에서 그녀의 목소리는 데론다의 귀에 속삭이듯이 가라앉았다. "실제로 보게 되기 오래전에. 그리고 나는 그가 죽기를 바랐어요. 그렇지만 그런 생각을 하면 겁이 났어요. 내가 둘로 나뉜 것 같았어요. 아무 말도 할 수 없었고 … 죽이고 싶었고 … 갈증처럼 간절했어요 … 그러고 나면 당장 … 돌이킬 수 없는 끔찍한 일을 저질렀다고 전부터 느꼈어요 … 그것이 날 악령처럼 만들 거라고. 그런데 그것이 닥쳤어요 … 그것이 온 거예요."

그물눈이 제각각 나머지를 끌어당기는 뒤엉킨 그물망에 기억이 빠져버린 듯 그녀는 잠시 입을 다물었다.

"우리가 토핑 애비에 있을 때, 내가 처음 당신에게 말을 걸었을 때, 그것이 전부 내 마음에 있었어요. 나는 그때 무언가를 했어요. 당신에게는 그 말을 할 수 없었어요. 그때 딱 한 번 생각을 실행에 옮기려고 했어요. 그런 생각은 모든 것을 넘나들었지만 전부 다 무시무시한 꿈같았어요. 한 가지 말고는 전부 다. 나는 한 가지를 행동에 옮겼어요. 그리고 되돌리지 않았어요. 그것은 아직도 남아 있어요. 오래전 우리가 라이랜즈에 있었을 때. 그것이 남아 있어요. 내 방 캐비닛의 아름다운 장난감들 사이에. 내 손가락이 열망하던 것. 은제 칼집에 들어 있는 긴 버드나무 이파리처럼 작고 날카로운 것. 그것을 화장대 서랍에 넣고 잠갔어요. 그것을 어떻게 사용할까 하는 생각에 끊임없이 사로잡혀 있었어요. 그것을 내 베게 밑에 넣는 것을 상상했어요. 하지만 절대 그렇게 하지 않았어요. 그것을 두 번 다시 보지 않았어요. 그 서랍을 감히 열 수 없었어요. 그 서랍에는 열쇠가 달려 있었어요. 그리고 얼마 전에, 요트에 타고 있을 때, 그 열쇠를 깊은 물 속에 빠뜨렸어요. 그것을 빠뜨리고 나를 구원할 수 있기를 바랐어요. 그 후에는 어떻게 해야 열쇠 없이 그 서랍을 열 수 있을지를 생각했어요. 제노바에 머물게 되리라는 것을 알았을 때 호텔에서 은밀히 그것을 열 수 있겠다는 생각이 들었어요. 그런데 그때, 계단을 올라가다가 당신을 보았지요. 그래서 당신과 단둘이 이야기를 하고 그것에 대해, 런던에서 말할 수 없었던 것을 전부 말해야겠다고 생각했어요. 그런데 억지로 보트를 타러 나가야 했던 거예요."

말을 마치고 처음으로 그녀는 의자에 파묻혀 흐느끼기 시작했다. 날카로운 실망의 기억이 그 후에 일어난 일을 잠시 지워버린 것 같았다. 데론다는 그녀를 바라보지 않았지만 끈덕지게 말했다.

"그것은 전부 부인의 상상에 남았습니다. 부인의 생각 속에서만 일어난 일이에요. 마지막까지 사악한 유혹을 뿌리치셨겠지요?"

침묵이 이어졌다. 눈물방울이 그녀의 뺨에 흘러내렸다. 그녀는 손수건으로 눈물을 훔치고 똑바로 앉았다. 그녀는 결의를 모으고 있었다. 데론다의 귀 가까이 몸을 숙이면서 다시 속삭이듯 말했다.

"아뇨, 아니에요. 하나님이 알고 계신 대로 모든 것을 말하겠어요. 당신에게는 어떤 거짓도 말하지 않겠어요. 진실을 정확히 말하겠어요. 달리 무엇을 할 수 있겠어요? 나는 내가 결코 사악한 인간일 수 없다고 생각하곤 했어요. 사악한 사람은 내게서 멀리 떨어져 있다고 생각했어요. 그 후로 나는 사악해졌어요. 사악한 감정을 느껴왔어요. 그리고 모든 것, 내가 바라곤 했던 모든 것이 내게 벌이었어요. 그것은 시뻘겋게 타오르는 불 같았어요. 햇빛도 내게는 종종 벌이었어요. 왜냐하면, 아시다시피, 내가 결혼하지 않았어야 했기 때문이에요. 그게 시작이었어요. 나는 다른 사람에게 해를 입혔어요. 약속을 깨뜨렸어요. 내 쾌락을 얻을 작정이었어요. 그러고 나서 모든 것이 고통으로 변한 거예요. 나는 다른 사람의 손해에서 내 이익을 얻으려 했어요. 기억하시죠? 룰렛 게임과 마찬가지였어요. 그리고 그 돈이 내 속으로 타들어갔어요. 나는 불평할 수 없었어요. 누군가가 잃고 내가 따기를 기도한 것 같았어요. 그리고 나는 땄어요. 나는 다 알고 있었어요. 내가 죄를 지었다는 것을 알고 있었어요. 바다에 떠 있을 때 한밤중에 선실에 누워 깨어 있으면서 내가 저지른 모든 일이 변명의 여지 없이 다 드러났다고 이따금 느꼈어요. 아무것도 숨겨지지 않은 채. 어떤 일을 어떻게 나 혼자만 알고 있겠어요? 나 혼자만이 아니라 하나님이 알고 계신 것이 내 속을 파고들었어요. 그리고 모든 것이, 정적조차도, 내게는 벌이었어요. 당신을 제외한 모든 것이. 당신은 내가 벌 받는 것을 원치 않을 거라고 늘 생각했어요. 당신은 내가 나아지도록 애쓰고 도와주었을 거라고요. 그 생각만이 나를 도와주었어요. 당신은 달라지지 않겠지요. 당신은 지금 나를 벌주고 싶어 하지 않겠지요?"

다시 흐느끼는 소리가 터져 나왔다.

"절대로 그럴 리 없습니다!" 데론다가 신음하듯 말했다. 그러나 그는 꼼짝도 하지 않았다.

양심의 가책에 시달리는 가엾은 존재가 이토록 오래 자신의 과거를 이리저리 되돌아보는 것을 듣자니 몹시 견디기 어려웠다. 하지만 다시 질문을 던져 재촉할 엄두가 나지 않았다. 그녀의 마음이 스스로의 요구에 따르도록 내버려두어야 한다. 그녀는 과거를 돌아보면서 무의식적으로 간격을 두었고, 자신이 말한 것과 마음속에 떠오른 내적 환영을 명확히 구분하지 않았다. 그러한 간격이 지나고 말이 이어졌다.

"억지로 보트에 타야만 했을 때 그 모든 상황이 너무 견디기 어려웠어요. 당신을 보았을 때 뜻밖의 기쁨을 느꼈고 당신에게 모든 것을 이야기할 수 있다고 생각했기 때문이에요. 잠긴 서랍과 예전에 당신에게 말하지 않았던 것에 대해서. 당신에게 말했더라면, 그래서 그것이 당신 마음에 있다는 것을 알았으면, 그것이 나를 지배하는 힘이 약해졌을 거예요. 나는 그러기를 바랐고 믿었어요. 왜냐하면 내가 아무리 몸부림치고 울부짖어도 그런 다음에는 증오와 분노,

무시무시한 유혹, 두려워한 것에 대한 갈망과 갈증이 늘 되돌아왔기 때문이에요. 그런데 당신에게 말을 할 수 없도록 완전히 가로막혀서 그 보트로 끌려갔을 때의 실망이 온갖 악을 되살려놓았어요. 악과 함께 감옥에 갇혔고 거기서 벗어날 길이 전혀 없는 듯이. 아, 그 보트에 발을 올려놓은 것이 너무나 오래전의 일 같아요! 그 순간 갈래진 번개를 무기 삼아 그를 내리쳐서 죽일 수 있었다면 가진 것을 모두 내놓았을 거예요."

그녀가 회고하던 억눌린 사나운 기세가 나지막한 말에 일부 파고든 것 같았다. 잠시 입을 다물고 있다가 그녀가 흥분한 기색으로 서둘러 말했다.

"만일 남편이 다시 여기 오면 난 어떻게 해야 하죠? 그가 여기 있는 건 바랄 수 없어요. 하지만 그의 죽은 얼굴은 견딜 수 없어요. 나는 비겁했어요. 사람들의 경멸을 견뎌야 했어요. 멀리 떠났어야 했어요. 악마 같은 심정으로 여기에 머무느니 차라리 멀리 떠나서 거지처럼 방랑했어야 해요. 그러나 어디를 둘러봐도 도저히 견딜 수 없는 것이 있었어요. 내가 그의 의지에 저항하면 그가 날 죽일 거라는 생각도 때로 들었어요. 그러나 지금, 그의 죽은 얼굴이 거기 있고, 그걸 견딜 수 없어요."

갑자기 그녀는 데론다의 손을 놓고 벌떡 일어나더니 양팔을 위로 쭉 뻗고 신음하듯이 말했다.

"난 잔인한 여자였어요! 도움을 청하며 소리치는 것 말고 무엇을 할 수 있겠어요? 나는 떨어지고 있어요. 죽어 … 죽어 … 넌 버림받았어 … 내려가, 암흑으로 내려가. 버림받고 … 동정도 받지 못하고 … 나는 버려질 거예요.”

그녀는 다시 의자에 주저앉아 울음을 터뜨렸다. 그 순간 그녀는 데론다도 의식하지 못하고 있었다. 그는 침착한 기색을 완전히 잃고 말았다. 그가 예상했듯이 최근에 겪은 경험으로 말미암아 새로운 감정을 받아들일 감수성이 마비되기는커녕, 화사하고 경솔한 처녀 시절부터 지금 그가 무력하게 바라봐야 하는 이 회한의 고뇌에 급히 빠져든 이 젊은 여자의 운명은 서글프게 밝혀진 또 다른 정신적 갈등과 가까운 것이었기에 더 깊이 그의 마음을 파고드는 것 같았다. 그는 매우 고통스러운 열렬한 연민으로 인해 더는 기쁨을 추구하지 않고 오로지 불행에 휩싸여 고통받는 자들을 위해 살겠다고 선택하게 되는 그런 순간에 처해 있었다. 그는 무시무시하게 터져 나온 격정을 지켜보며 자리에서 일어섰다. 그녀가 지극히 흥분한 상태에서도 은밀히 고백하는 억제된 목소리를 잃지 않았기에 더욱 무섭게 여겨졌다. 마침내 그는 그녀에게 등을 돌리고 약간 떨어진 곳으로 옮겨야겠다고 생각했다.

그러나 곧 고요해졌다. 그녀의 마음은 그가 멀어졌다는 느낌에 눈을 뜬 것이다. 데론다가 다시 그녀에게 다가가려고 몸을 돌렸을 때, 눈을 크게 부릅뜨고 입을 벌린 채 그가 있는 쪽으로 얼굴을 돌리는 그녀가 보였다. 겁을 먹고 외롭게 간청하는 모습이었다. 너무나 위축된 나머지 그가 멀리 떨어져 있는 동안에는 간청도 할 수 없었다. 그가 지금, 벌써, 자신을 저버린 것일까? 그러나 그는 슬픈 눈으로 그녀를 보았고, 그녀가 "알다시피 나는 죄를 지었어요."라고 말한 후 처음으로 그녀의 눈을 똑바로 바라보았다. 강렬한 슬픔에 잠겨 직시하는 그 눈길은 "알고 있어요. 그렇지만 그래서 더욱 당신을 저버리지 않을 거예요."라고 말하는 것 같았다. 그는 같은 자세로 다시 그녀 옆에 앉았고, 그녀에게로 얼굴을 돌리지 않았고 다시 그녀의 손을 잡지도 않았다.

궨덜린은 토핑 애비에서 그의 슬픈 얼굴을 보고 그랬듯이 양심의 가책을 느꼈다. 그녀로 하여금 심경을 고백하도록 촉구한 것보다는 덜 이기적인 가책이었다. 그녀는 애정과 회한이 담긴 어조로 말했다.

"내가 당신을 무척 불행하게 만들고 있군요."

데론다는 그저 몸을 움츠리고 자세를 약간 바꾸면서 모호하게 "아!" 소리를 냈다. 그러고는 마음을 굳히고 분명하게 말을 꺼냈다. "행복이나 불행은 문제가 되지 않습니다. 이 순간에 제가 가장 바라는 것은 부인께 도움이 되는 것입니다. 얘기를 해서 위안이 될 것 같으면 모두 말씀하세요."

헌신적이기는 했지만 그와 그녀의 정신적 거리를 더 넓혀 놓은 말이었다. 그래서 그녀는 말을 하기가 더 어려웠다. 우월함의 후광에 싸여 자신을 바라보는 듯한 동정심에 좀 더 가까이 다가가고 싶은 막연한 욕구를 느꼈고, 그 욕구는 자신을 더욱 낮추려는 충동으로 바뀌었다. 그녀는 그의 앞에 몸을 던져 무릎을 꿇고 싶은 심정이었다. 그런데 아니, 경이롭게도 여러 갈래로 나뉜 의식이 그런 충동을 억제했다. 그녀는 상반되는 욕구들의 압력에 꼼짝 않고 입을 다물었다. 아무 말도 없자 이윽고 데론다가 말했다.

"너무 지치신 모양이군요. 제가 갔다가 부인께서 원할 때 다시 올까요?"

"아뇨, 아니에요." 궨덜린이 말했다. 그가 떠난다는 두려움에 말을 할 기운이 되살아났다. 그녀는 나지막하게 열렬히 말을 이었다. "보트에서 나를 압도한 것이 무엇이었는지 당신에게 말하고 싶어요. 어쩔 수 없이 보트에 타야 했기에 분노가 들끓었어요. 미칠 듯이 화가 났어요. 노예선의 노예처럼 꼼짝 못 하고 앉아있어야 했어요. 그러고 나서 우리는 출발했어요. 항구에서 벗어나 깊은 바다로. 사방이 고요했어요. 우리는 서로를 결코 바라보지 않았어요. 그는 내게 명령을 내릴 때만 말했어요. 주위의 빛도 나를 포로로 붙잡아 거기 앉아 있으라고 강요하는 것 같았어요. 어렸을 때 싫은 사람과 같이 살라는 강요를 받지 않을 곳으로 배를 타고 떠나는 상상을 하던 생각이 났어요. 나는 의붓아버지가 집에 오는 게 싫었어요. 그런데 정반대의 일이 벌어졌다고 생각했어요. 나는 보트에 발을 올려놓았고, 내 삶은 바다 위에서 멀리 떠가고 있었어요. 어떤 도움도 없이, 언제나 그와 단둘이 있는 곳으로, 구원에서 점점 멀어지는 곳으로 미끄러지듯 나아가고 있었어요. 전보다 더 무력한 심정이었기에 내 생각은 다시 더 나쁜 곳으로 나아갔어요. 더 나쁜 것을 바랐어요. 잔인한 것을 소망했어요. 불가능한 방법을 상상했어요. 내가 죽는 건 바라지 않았어요. 우리가 함께 물에 빠져 죽을까봐 겁이 났어요.

조금이라도 소용이 있었다면 빌었을 거예요. 그에게 어떤 일이 닥치기를 기도했을 거예요. 그가 내 눈앞에서 사라져서 날 내버려두기를 빌었을 거예요. 그곳에서 그를 죽일 수 있는 다른 방법은 몰랐어요. 하지만 내가 죽였어요. 내 생각 속에서 그를 죽였어요."

그녀는 어떤 말로도 표현할 수 없는 무거운 기억에 잠겨 잠시 침묵에 빠져들었다.

"그동안 내가 점점 사악해지고 있다고 느꼈어요. 그토록 자주 떠올린 것이 바로 그때 떠올랐어요. 내 그릇된 행위와 회한이 커지는 것을 두려워해야 한다는 당신의 말이. 그러면 나는 아무것도 바라서는 안 돼요. 그 말은 내 속에 불로 새겨진 것 같았어요. 사악해지는 것은 비참한 일이고, 당신을, 더 나은 삶을 알지 못하도록 영원히 차단되는 거예요. 한창 나쁜 생각이 들 때는 그 말이 늘 다시 떠올랐어요. 그때도 되살아났어요. 그렇지만 절망감과 함께. 그 말이 아무 소용도 없다는 느낌, 사악한 욕망이 너무나 강렬하다는 느낌과 함께. 그때 내가 키를 놓고 '하나님 도와주세요!'라고 외친 기억이 나요. 그렇지만 다시 키를 잡고 계속 나아가야 했어요. 그러자 사악한 갈망과 사악한 기도가 되돌아와서 모든 것을 흐릿하게 뭉개놓았어요. 그러다가 그 와중에 … 어떻게 된 일인지 모르겠어요 … 그가 돛의 방향을 돌리고 있었어요 … 돌풍이 불었고 … 그가 부딪혔어요 … 아무것도 모르겠어요……다만 내가 바랐던 일이 내 마음 밖으로 나왔다는 것을 알았어요."

그녀는 다급하게 더욱 작은 소리로 속삭이기 시작했다.

"그가 가라앉는 것을 보았어요. 그러자 심장이 튀어나오기라도 할 듯이 펄쩍 뛰었어요. 나는 움직이지 않았을 거예요. 두 손을 꽉 붙잡고 있었어요. 기쁨을 느꼈지만 그래봐야 소용이 없다고, 그가 다시 올라올 거라고 생각할 만한 시간이 지났어요. 그는 정말로 올라왔어요 … 더 멀리 떨어진 곳에서 … 보트가 움직인 거예요 … 마치 번개가 치는 것 같았어요. '밧줄!'이라고 그가 소리쳤는데 그건 그의 목소리가 아니었어요. 지금도 그 소리가 들려요. 나는 밧줄을 집으려고 몸을 굽혔어요 … 그래야 한다고 느꼈어요 … 그가 헤엄을 칠 줄 안다고, 어떻게든 돌아올 거라고 믿었어요. 그리고 나는 그가 두려웠어요. 그 생각이 내 마음에 있었어요 … 그가 돌아올 거라는. 그런데 그가 다시 가라앉았어요. 나는 밧줄을 손에 잡고 있었고 … 아니, 그가 다시 올라왔어요 … 물 위에 얼굴이 … 그가 다시 소리쳤어요 … 그런데 나는 손을 꽉 잡고 내 마음은 '죽어!'라고 말했어요 … 그리고 그는 가라앉았어요. '끝났어. 나는 사악한 인간이고, 나는 파멸한 거야!'라고 느꼈어요 … 내 손에 밧줄이 들려있었어요 … 내가 뭘 생각했는지 모르겠어요 … 나 자신에게서 달아나려 했어요 … 그때라면 그를 구했을 거예요 … 내 죄에서 달아나려 했는데, 그게 거기 있었어요 … 내가 떨어졌을 때 내 옆에 … 죽은 얼굴이 있었어요 … 죽은, 죽은 얼굴이. 그건 결코 돌이킬 수 없어요. 이런 일이 일어났어요. 그게 바로 내가 저지른 일이에요. 당신에게 모든 것을 말했어요. 그건 절대 달라질 수 없어요."

그녀는 흥분한 상태로 기억을 떠올리며 말하느라 기진맥진한 나머지 의자 등받이에 몸을 파묻었다. 데론다는 자신의 영혼을 짓누른 짐이 앞서 두려워한 것보다는 덜 무겁다고 느꼈다. "죄를 지었다"는 말은 실제로 일어난 일보다 더 나쁘게 해석될 가능성이 있다. 그리고 궨덜린이 양심의 가책으로 인해 자신의 사악한 생각이 미칠 수 있는 결정적 영향력을 더 강조했다는 바로 그 이유 때문에, 그녀의 더욱 선한 의지가 나쁜 생각을 몰아내려고 처음부터 끝까지 고투를 벌였다고 그는 더욱 확신하게 되었다. 그녀의 살의(殺意)는 외적 영향을 전혀 미치지 못했다. 그것과는 전혀 별개로, 그 죽음이 불가피한 사고였다는 정황은 거의 확실해 보였다. 그렇지만 우발적 행동을 일으킬 만큼 강력한 범죄적 욕망이 외적 효력을 갖는가 하는 물음을 토대로 그 욕망에 대한 우리의 판단이 바뀔 수는 없다. 데론다는 무엇보다도 그런 물음을 입 밖에 내지 않으려 했다. 궨덜린이 양심의 가책 때문에 내면의 죄의식을 더 심화시켰고, 극히 미미한 순간적 욕망의 눈길을 결정적 행동으로 간주했을 가능성이 있다고 생각했다. 양심의 가책이란 본성이 회복될 수 있음을 보여주는 귀중한 징표였고, 그녀의 내면에서 새로운 삶을 일깨운 자기부정이 도달한 최고점이었다. 그렇기 때문에 그녀는 오로지 사악한 욕망을 실현하지 못한 것을 후회하는 범죄자들과 달랐다. 데론다는 그녀가 자신의 나쁜 자아에 대해 느끼는 고귀한 혐오감을 덜어줄 말은 한 마디도 할 수 없었고, 더 나쁜 자아로 인해 괴로워하는 슬픔에 찬 더 나은 자아에 면류관을 씌워줄 때 그 속에 끼어있을 수밖에 없을 가시로 압박할 수도 없었다. 이런 여러 가지 생각과 감정이 교차하는 가운데 그는 침묵할 수밖에 없었다. 단 한 마디의 말에도 너무나 중대한 의미가 담겨 있으므로, 경솔하게 과감한 말을 내놓을 수는 없었다. 위로해주려는 말에는 신성모독적인 의미가 조금은 담기지 않을 수 없었다. 그가 말을 하려고 입을 열면, 그저 '그건 달라질 수 없어요. 앞으로도 변하지 않고, 다른 것들도 달라지지 않을 겁니다.'라고 되풀이할 수밖에 없었을 것이다. 그러나 그는 입을 다물고 꼼짝하지 않았다. 얼마나 시간이 지났는지 알지 못한 채 침묵하며 가만히 있다가 고개를 돌려 그녀를 보았다. 그녀는 폭풍우에 시달려 지치고 길을 잃어 혼자 힘으로 일어나 갈 수도 없는 흰 사슴처럼 녹초가 되어 눈을 감고 있었다. 그는 일어서서 그녀 앞에 섰다. 그 움직임에 그녀는 정신을 차리고 두려운 듯 몸을 떨며 눈을 떴다.

"이제 쉬셔야 합니다. 쉬도록 애쓰세요. 잠을 자도록 해보세요. 오늘 저녁이나 내일, 부인이 좀 쉰 다음에 다시 뵐 수 있을까요? 지금은 더 이상 말하지 마세요."

눈물이 흘러내렸다. 그녀는 그저 고개를 조금 끄덕이기만 했다. 데론다는 간호사를 불러 그녀가 쉬어야 한다고 급히 말하고는 그녀를 두고 나왔다.

제57장

익지 않은 포도, 익은 포도, 말린 포도. 모든 것은 변한다. 무(無)가 아니라 현재 존재하지 않는 것으로.

마르쿠스 아우렐리우스[37]

행위는 시간의 맥박, 고동치는 생명이다.
옳은 일이든 옳지 않은 일이든 끝나서
고동이 멈춘 후 진동하다가 마침내 시간이
정적에 잠기면, 우주는
떨리는 숨결을 더는 거울에 내뿜지 않는다.

저녁이 되어 그녀는 그를 부르러 다시 사람을 보냈다. 전날 그녀가 바다에서 실려 온 시간이 거의 다 되어가고 있었다. 블라인드를 내려 어둑한 빛이 감돌고 창문은 열려 있었다. 그녀는 한 손으로

---

[37] 마르쿠스 아우렐리우스(121~180). 로마의 황제이자 스토아학파의 철학자로서 자아의 포기와 인간의 형제애를 강조했으며 『명상록』 12권을 저술했다. 여기 실린 제사는 11권 35항에서 인용.

턱을 괴고 뚫어지게 바다를 응시하며 앉아있었다. 데론다가 그녀를 두고 갔을 때처럼 넋이 나간 표정은 아니었지만 몹시 침울해 보였다. 데론다가 다가가자 그 얼굴은 근심스럽게 겁먹은 표정으로 바뀌었다. 그녀는 손을 내밀지 않고 말했다. "무척 오래전 일 같군요!" 그러고는 "잠시 옆에 앉으시겠어요?"라고 말했다.

그는 앞서 그랬듯이 그녀의 옆에 앉았다. 그녀가 무언가를 말하고 싶은 마음이 담긴 뭐라 말할 수 없는 표정으로 자신을 바라보고 있었기에 그녀가 말을 꺼내기를 기다렸다. 그러나 그녀는 말없이 다시 창가를 바라보았고 그러고는 똑같은 표정으로 얼굴을 돌렸지만 말을 꺼내지 않았다. 어떤 두려움이 그녀를 가로막고 있었다. 데론다는 그녀의 두려움을 풀어줄 수 있기를 바라며 얼굴을 돌렸다. 곧 그녀가 애원하듯 소리치는 말이 들려왔다.

"다른 사람에게도 알려야 한다고 하시지는 않겠지요?"

"물론 아닙니다." 데론다가 말했다. "결과를 책임져야 할 행동이 없습니다. 그런 식으로 바로잡을 해를 끼친 것도 아니고요. 인간이 공정하게 내릴 수 있는 징벌이 없습니다."

그녀는 잠시 숨을 죽인 듯이 가만히 있다가 말했다.

"하지만 내게 살의가 없었더라면, 그 순간에 즉시 밧줄을 던졌더라면, 어쩌면 죽음을 막을 수 있었을까요?"

"아니오. 저는 그렇게 생각하지 않습니다." 데론다가 천천히 말했다. "그가 실로 수영을 할 수 있었다면, 틀림없이 경련을 일으켰을 겁니다. 부인이 최대한 빨리 애썼더라도, 그를 구할 수는 없었을 겁니다. 순간적으로 살의를 느꼈다고 그것이 사건의 흐름을 바꿔놓을 수 있다고는 생각하지 않습니다. 그것이 미치는 영향은 부인 마음속의 동기에 제한되어 있어요. 사악한 의지는 우리 마음속에서 엄청난 것이고, 때로 우리 밖으로 나오기도 합니다. 사악한 행동을 일으키는 재난에 있을 수도 있지만 또한 보다 나은 노력을 바치도록 우리를 찔러대는 자기혐오에도 있을 수 있어요."

"이제는 다른 사람의 것을 빼앗지 않게 되었어요. 다른 사람이 있거든요. 그들이 전부 다 가질 거예요. 그들이 가져야 하는 것을 갖게 될 거예요. 런던을 떠나기 얼마 전에 그것을 알았어요. 당신은 내가 물질에 대한 그릇된 욕망을 갖고 있다고 의심하시지 않겠지요?" 그녀가 주저하며 말했다.

"그런 생각은 해본 적이 없습니다." 데론다가 말했다. "저는 다른 생각을 많이 하고 있었어요."

"어쩌면 이 모든 일이 어떻게 시작되었는지 잘 모르시겠지요." 궨덜린이 내키지 않는 마음을 극복하려는 듯이 천천히 말했다. "그가 결혼했어야 하는 다른 여자가 있었어요. 나는 그 사실을 알게 되었고 방해가 되지 않겠다고 그녀에게 말했어요. 그러고 나서 떠났어요. 그때 당신이 나를 처음 보았지요. 그런데 그러고 나서 우리 집이 갑자기 가난해졌고 나는 무척 불행했어요. 그래서 유혹을 받았어요. '내가 하고 싶은 대로 하면서 모든 일을 올바로 바로잡겠어.'라고 생각했어요. 그렇게 스스로를 설득했어요. 그런데 전혀 달랐어요. 온통 끔찍했어요. 그러자 증오와 사악한 생각이 일어났어요. 이렇게 된 거예요. 내 자신이 두렵다고 당신에게 말했었죠. 나는 당신이 말한 대로 했어요. 내 두려움을 방어막으로 삼으려고 노력했어요. 만일 내가 … 어떤 일이 일어날지 생각했어요. 어떤 일이 닥쳐올지 느꼈어요. 아침을 두려워하고 … 늘 밤이기를 바라면서 … 그래도 어둠 속에서 늘 무언가를 보고 … 죽음을 보았어요. 내가 얼마나 불행했는지 당신이 알지 못한다면 당신은 아마도 … 하지만 이제는 모두 소용없게 되었어요. 다른 사람들이 모르게 하는 것에만 관심을 두게 되었어요. 가엾은 엄마, 엄마는 평생 행복한 적이 없었어요."

다시 침묵이 이어진 다음 그녀가 울음을 참으며 말했다. "당신은 나를 쳐다보는 것도 더 이상 견딜 수 없을 거예요. 내가 너무 사악하다고 생각하시죠. 당신은 내가 조금이라도 나아질 수 있다고 … 조금이라도 가치가 있다고 … 꽤 가치 있는 인물이 될 수 있다고 믿지 않아요. 나는 언제나 아주 사악할 거라고 …." 목소리가 힘없이 끊어졌다.

이 말이 데론다의 마음에 사무쳤다. 그는 가엾게도 애원하는 그녀의 얼굴을 바라보며 말했다. "저는 부인이 지금까지보다 더 가치 있는 사람이 될 수 있다고 믿습니다. 축복이 될 삶을 살아갈 가치가 있다고요. 우리가 악을 사랑하고 계속 그 안에 머물기를 바라고 거기서 빠져나오려는 노력을 하지 않을 때만 아니라면 그 어떤 악도 우리를 절망적인 운명에 빠뜨릴 수 없습니다. 부인은 노력을 해왔어요. 앞으로도 계속 노력하실 겁니다."

"하지만 내가 그렇게 하도록 처음 만든 사람은 당신이었어요. 당신은 나를 버려서는 안 돼요." 궨덜린은 움켜쥔 손을 의자 팔걸이에 올려놓고 그를 바라보며 말했다. 그녀의 얼굴에는 지난 24시간에 집중된 인생 경험의 애처로운 흔적이 담겨 있었다. 범죄적 욕망을 채우는 행위의 반대쪽에 있는 새롭고 무시무시한 인생이. "나는 어떤 고행이라도 참겠어요. 당신이 일러줄 어떤 삶이라도 살겠어요. 하지만 당신은 나를 버려서는 안 돼요. 당신은 가까이 있어야 해요. 당신이 내 옆에 있었더라면, 내가 당신에게 모든 것을 털어놓을 수 있었다면, 나는 달라졌을 거예요. 당신은 나를 버리지 않겠지요?"

"당신을 저버리려는 충동은 결코 느낄 리 없습니다." 데론다가 즉시 말했다. 의도치 않게 그 목소리는 그의 눈과 마찬가지로 그의 표현한 공감을 실제보다 더 사적이고 특별한 것으로 느껴지게 했다. 이 순간 그에게 그런 헌신적인 노력을 어느 정도 바칠 거라는 예감이 전혀 없는 것은 아니었다. 그는 고통에 빠진 이 여자에게 강렬한 동정심을 느끼기는 했어도 앞으로의 곤경에 대한 예상이 몰려드는 것은 막을 수 없었다. 말을 하면서 그는 호소하는 그녀의 눈을 계속 바라보았고, 자신의 말이 언젠가는 이룰 수 없을 것을 약속한 것으로 그녀의 귀에 들릴 수 있겠다고 괴로운 마음으로 의식했다. 그는 막연한 희망에 막연한 약속을 하고 있었다. 현재와 먼 앞날에 대한 걱정이 머릿속에 밀려들었고, 그런 부담감 때문에 그는 잠시 입을 다물고 있다가 말했다.

"휴고 맬링거 경이 적어도 내일 밤까지는 도착하실 겁니다. 그리고 데이빌로 부인이 뒤따라 곧 오시리라고 기대합니다. 어머니께서 옆에 계시면 부인께 가장 큰 위안이 되겠지요. 어떤 동기가 될 겁니다. 어머니께서 불필요한 고통을 겪지 않으시도록."

"네, 네, 노력할 거예요. 그런데 당신은 떠나지 않겠지요?"

"휴고 맬링거 경이 도착하실 때까지 떠나지 않을 겁니다."

"그렇지만 우리 모두 영국으로 가겠지요?"

"가급적 빨리 돌아갈 겁니다." 데론다는 구체적인 일을 말하고 싶지 않아 이렇게만 말했다.

궨덜린은 차차 정신을 차리고 새로운 것을 깨닫는 듯한 표정으로 다시 창가를 바라보았다. 땅거미가 확연히 짙어졌지만, 데론다는 그녀의 눈과 손에서 기절한 사람에게 감각이 돌아올 때 일어나는 움직임 같은 것을 볼 수 있었다.

"이제 당신은 늘 휴고 경과 함께 살 건가요?" 그녀는 곧 그를 보며 말했다. "언제나 토핑 애비에서, 아니면 디플로에서 지낼 건가요?"

"제가 어디에서 살 것인지는 전혀 분명치 않습니다." 데론다가 얼굴을 붉히며 말했다.

그의 붉어진 얼굴에 그녀는 자신의 말이 경솔했음을 깨닫고 입을 다물었다. 잠시 후 그녀는 다시 멀리 바라보며 말했다.

"어떻게 살아가야 할지 생각할 수 없어요. 이제는 가난하고 일을 해야 하는 처지가 되는 편이 더 나을 것 같아요."

"하루하루 지나면서 새로운 동기가 생길 겁니다. 다시 친지들과 함께 지내면서 새로운 의무를 알게 될 겁니다." 데론다가 말했다.

"이제는 가급적 편안하고 평온하게, 가급적 부인답게 되는 것을 해야 할 일로 생각하세요. 이전에…" 그가 망설였다.

"엄마가 오시기 전에." 궨덜린이 말했다. "아! 옷을 갈아입어야겠어요. 내 모습을 보지 않았어요." 그녀가 그에게 얼굴을 돌리며 덧붙였다. "당신이 지금 나를 보았다면 나를 알아볼 수 있었을까요? 레브론에서 만난 사람으로 알 수 있겠어요?"

"네, 알아보았을 겁니다." 데론다가 슬프게 말했다. "외모는 많이 달라지지 않았어요. 바로 부인이라는 것을, 그리고 부인이 큰 슬픔을 겪었다는 것을 즉시 알아보았을 겁니다."

"이제 나를 본 적이 없었기를 바라지 마세요. 그건 바라지 마세요." 궨덜린이 애원하듯이 말했고 눈물이 고였다.

"그런 것을 바란다면 스스로를 경멸할 겁니다." 데론다가 말했다. "제가 무엇을 바랐는지 어떻게 알 수 있겠어요? 우리는 우리에게 다가오는 것에서 우리의 의무를 찾아야 합니다. 그렇지 모른다고 상상하는 것에서가 아니라. 만일 제가 그런 어리석은 소망을 품게 된다면, 저는 바랄 겁니다. 부인을 만나지 않은 것이 아니라, 부인을 이런 상황에서 구해줄 수 있었기를."

"당신은 나를 더 나쁜 상황에서 구해주었어요." 궨덜린이 흐느끼는 목소리로 말했다. "당신이 없었으면 나는 더 나빠졌을 거예요. 당신이 선량하지 않았다면 나는 지금보다 더 사악해졌을 거예요."

"저는 이제 가는 것이 좋겠습니다." 데론다가 이 만남으로 지속된 긴장감에 정신이 피로해져서 이렇게 말했다. "부인의 의무에 대해 우리가 말한 것을 기억하세요. 다른 친지들이 오기 전에 건강하고 평온해지는 것.”

그는 이렇게 말하며 일어섰고, 그녀는 순순히 손을 내밀었다. 그러나 그가 그녀를 두고 방을 나서자 그녀는 털썩 무릎을 꿇고 발작적인 울음을 터뜨렸다. 그들 사이의 거리는 너무 멀었다. 그녀는 스스로 죄를 짓고 쫓겨나서 자신이 살아갈 수도 있었을 삶을 바라보는 추방된 영혼이었다.

그녀는 이렇게 바닥에 널브러진 채 발견되었다. 이런 극심한 비탄은 자기 눈앞에서 남편이 익사한 가엾은 아내에게 당연한 것으로 여겨졌다.

제8부

열매와 씨앗

Daniel Deronda

제58장

공연한 소동이 벌어졌음을 신은 알고 있다,
그는 사랑을 원하고 그녀는 원하지 않았음을.

니콜라스 브레튼[1]

알다시피 넓이는 사물을 측정하는 단위로서 매우 결함이 많다. 태양이 이동하는 거리는 인생이 얼마나 진척되었는지 알려줄 수 없고, 마찬가지로 들판의 면적은 그 안에서 어떤 생물이 활발히 자라고 있는지 알려주지 못한다. 인간은 남쪽으로 가다가 어떤 뼈에 걸려 넘어지는 바람에 뼈에 대해 골똘히 생각하다가 해부학의 새로운 시발점을 찾을 수도 있고, 혹은 동쪽으로 가다가 인류의 새로운 민담을 보여주는 언어의 새로운 실마리를 발견할 수도 있다. 아니면 대륙의 새로운 길을 개척하려고 탐험대를 이끌다가 불구의 몸이 되

---

1 니콜라스 브레튼(1555~1626). 다양한 주제에 관한 시와 산문을 쓴 작가. 이 제사는 H. E. 롤린스가 편집한 엘리자베스 시대의 시 선집 『영국의 헬리콘』(1614)에 실린 '필리다와 코리돈'에 나온다.

어 영웅시에서 묘사되는 확고한 결의와 인내를 경험할 수도 있다. 그리고 몇 달 후에 돌아오면 예전과 똑같이 교구의 불미스러운 일에 투덜거리는 이웃을 보거나, 길을 걸으며 혼자 중얼거리고 예전과 똑같이 부딪히며 돌아다니는 푸줏간 집 아들을 보고 고개를 저으며 똑같은 가게 창문 앞에 멈춰 서서 똑같은 인쇄물을 읽는 예전의 노신사를 보게 된다. 만일 가장 신속히 전개되는 사고(思考)가 그레이하운드 사냥개의 속도를 낸다면, 가장 느린 사고는 한참 지나고 나서야 조금 나아갔음을 알 수 있는 꽃양산 조개처럼 표면에 들러붙어 움직인다고 생각해야 할 것이다. 그런 차이는 내적, 외적 삶을 새롭게 만드는 혁명적 변화의 쇄도에서부터, 기근의 시대와 천국의 시대 말고는 별다른 시대 없이 익숙한 것이 소리 없이 반복되는 데 이르기까지, 이른바 인간 경험의 강렬한 변수에서 분명히 드러난다.

이러한 극명한 대조는 궁술클럽에서 화려하고 자신만만했던 궨덜린 할레스가, 가치 있게 여겨졌더라면 그녀에게 행복이 될 수도 있었던 곳에서 후회하면서 무가치한 자신을 고백해야 할 정도로 만신창이가 된 경험을 한 해에 확실히 드러났다. 그동안 페니코트에 사는 그녀의 가족에게는 큰 변화가 없었다. 그저 눈에 띄는 습관을 몇 가지 바꾸고, 줄어든 수입에 따라 기대와 의도를 약간 조절하고, 방문을 줄이고, 인사치레를 줄였을 뿐이다. 목사관은 예전과 다름없이 쾌적했다. 잔디밭에 피어난 울긋불긋한 작약과 산울타리 옆에 늘어선 접시꽃은 예년과 다름없이 올해도 만발했다. 목사는 쾌활한 마음으로 후원자들의 호의를 신뢰했고, 후원자들의 귀에 들어가든

말든 자신의 의무를 부지런히 수행함으로써 그 호의에 값하려는 결심을 잊지 않았다. 교회에 관한 논문 두 편을 제외하면, 오로지 승진만 염두에 두고 일하지는 않았다. 그 논문에 저자명이 없어서 다른 사람의 글로 여겨졌지만, 특별 사본을 받은 후원자들에게는 예외였다. 그들은 저자가 누구인지 분명히 알고 있었지만 논문을 읽지 않았다. 그렇지만 목사는 이 점에 관한 불쾌한 의혹을 곰곰이 되씹지 않았다. 그는 자신의 사본이 더욱 흥미롭고 이국적인 맛을 풍기도록 여백에 주석을 써넣었고, 자기 주장의 전반적인 취지에 대해 부감독이나 다른 권위자들이 반박할 여지가 없을 거라고 흐뭇해했다. 평온한 저술가여! 들판과 구릉지의 탁 트인 대기에 살고 있으니 숨 가쁜 비평의 숨결도 느끼지 않고, 단테처럼 여위지도 않으며, 오히려 만족감으로 자양분을 얻어, 『신곡』[2] 전편을 창작한 것보다 더 충만한 성취감을 느낄 것이다. 그런 데다 그는 아버지로서 사랑하는 아들에게서 기쁨을 되찾았다. 그것은 연 1800파운드의 손실을 능가하는 행복이었다. 첫사랑에 실망한 렉스의 마음속에서 어떤 변화가 일어나 숨어있는지 몰라도, 가족에게 닥친 불행한 사건으로 촉발된 더욱 진지한 야심에 비추어보면 그것은 분명 부차적인 것이었다. 실로 가스코인 씨는 작년에 큰 근심거리였던 사소한 연애사건이 남아도는 수분을 증발시킨 과정이라고 생각하려 했다. 인간이라는 반죽으

---

[2] 단테의 가장 위대한 작품으로 지옥편과 연옥편, 천국편.

로 빵을 구울 때 필요한, 일종의 마무리 손질이었던 것이다. 최근 렉스는 여름방학을 맞아 앤과 목사관에 내려왔고, 형제자매들과 어울릴 때는 거의 예전처럼 활기차 보였지만 휴일에도 열성적인 학생의 습관을 이어가며 아침에 일찍 일어나고 저녁이면 정해진 대로 공부하려고 일찌감치 자기 방에 들어갔다.

"법학을 전문직으로 선택하고 후회하지 않느냐, 렉스?" 아버지가 말했다.

"그보다 더 선호하는 직업은 없습니다." 렉스가 말했다. "저는 훌륭한 판사로 제 삶을 마감하고 법전을 편찬하는 데 기여하고 싶습니다. 유명한 격언[3]을 뒤집어서 이렇게 말할 수 있겠지요. '법을 만드는 데 내 할 일을 달라. 원하는 사람에게는 노래를 만들게 하라.'"

"엄청난 쓰레기를 파헤쳐야 할 거야. 그게 가장 고약한 부분이지." 목사가 말했다.

"법이 쓰레기 같더라도 다른 쓰레기보다는 덜 고약할 겁니다. 사람의 마음을 질식시키는 쓰레기 문학만큼 나쁘지도 않고, 사람을 그렇게 멍청하게 만들지도 않습니다. 재기가 가장 넘치는 사람이 법률가가 되는 경우도 종종 있었어요. 사물을 사건과 증거로 질서정연하게 바라보는 방식이, 딱히 아무 관계 없이 끊임없이 흘러드는 잡동사니보다 더 나은 것 같습니다. 더 높은 관점에서 볼 때, 법의

---

3 솔타운의 앤드류 플레처(1655~1716)는 이렇게 말했다. "민요를 만들 수만 있다면, 누가 국가의 모든 법을 만드는지 신경 쓸 필요가 없다."

토대와 발전은 철학과 역사의 가장 흥미로운 부분이지요. 물론 골치 아프고 단조롭고 짜증스러운 일이 많을 겁니다. 그러나 인생에서 큰 상은 쉽게 얻을 수 없겠지요. 이제는 그것을 알고 있습니다."

"아, 그래. 사람이 선택한 직업에서 성공하리라는 것을 알려주는 가장 좋은 전조는 그가 그 직업을 세상에서 제일 훌륭한 일로 생각하는 거란다. 그러나 사람이 의지를 갖고 어떤 일에 뛰어들면, 대부분 그 일이 훌륭하다고 생각하지. 대장장이 브레윗이 얼마 전에 자기 도제가 하는 일에 마음이 없다고 말하더구나. '그런데 목사님, 젊은이가 대장장이 일을 좋아하지 않는다면, 대체 무엇을 하고 싶단 말입니까?' 하더군."

목사는 아버지의 기쁨을 소중히 간직하며 그 감정을 조금씩만 내비쳤다. 그는 인도로 떠난 워럼과 헤어지는 것을 쉽게 견딜 수 있었다. 하지만 렉스는 아버지들이 자기보다 우수하다고 인정하는 아들에게서 때로 발견하는 말년의 꿈같은 존재였다. 유명한 실제 사례를 떠올리고 아들의 걸출한 장래 모습을 마음속에 그려보면서 말이다. 목사는 아내에게만 확고한 어조로 말했다. "렉스는 뛰어난 사람이 될 거요, 낸시. 나는 확신하고 있소. 페일리[4]의 아버지가 자기 아들에 대해 확신했듯이."

"페일리가 총각으로 늙었어요?" 가스코인 부인이 말했다.

---

4 윌리엄 페일리(1743~1805). 작가이자 신학자. 공리주의자였으며 『기독교와 자연신학의 증거』를 저술했다.

"그건 요지에서 무관한 말이오, 여보." 목사는 그처럼 지엽적인 시시콜콜한 일을 기억하지 못했다. 가스코인 부인은 좀 아둔한 말을 했다고 느꼈다.

퇴락한 기품이 흐르는 오펜딘을 떠나 목사관에서 1마일도 떨어지지 않은 나지막한 흰 집으로 옮겨온 가족도 이처럼 목사관에서 조용히 흘러가는 시간을 함께 나눴다. 마을사람들은 상록수로 둘러싸인 그 집을 "조슨"네 집이라고 불렀다. 데이빌로 부인의 섬세한 얼굴은 지난해에 겪은 시련으로 우울한 기색이 조금 더 깊어졌고 흰 머리칼이 몇 가닥 더 늘었다. 네 딸은 그늘에서 벗어나자 약간 화사하게 피어났다. 선량한 조코사는 세상의 쾌락과 영광이 "어려운 형편"에 처하지 않은 사람을 위한 것이라고 여기며 편리하게 중립적인 태도를 취하고 있었다.

낮고 좁은 거실은 고풍스러운 창문 두 개가 바깥으로 튀어나와 있어 넓게 보였고, 6월의 오후에 격자창을 활짝 열어젖힌 창문을 통해서 만개한 6월의 장미 향기와 정원의 희미한 속삭임이 흘러들어왔다. 간혹 듣기 힘든 말발굽 소리와 바퀴 소리가 들려오면 이어지는 정적이 더욱 두드러졌다. 그 거실에 평소 모이는 여섯 명에 렉스와 앤이 합류하자 다소 복잡하고 활기찬 광경이 펼쳐졌다. 어린 사촌들이 늘 좋아하는 앤은 런던에서 새로 경험한 것과 만난 사람에 대해서 들려줄 이야기가 많았다. 처음에 혼자 왔을 때 앤은 그로스버너 스퀘어에 있는 궨덜린의 집에 대해서나, 궨덜린이 뭐라고 말했고 다른 사람들이 궨덜린에 대해 뭐라고 말했는지 많은 질문을 받았다. 궨덜린이 요트 여행을 떠난다는 것을 알고 그녀를 보러 갔었느냐는 질문에 아니라고 대답하자, 그 흥미로운 미지의 배에 관한 온갖 추측이 무성했다. 궨덜린은 그랜코트 씨와 지중해로 요트 여행을 떠난다는 편지를 출발 직전에 보냈고, 또 마르세유에서 보낸 편지에서 요트 항해가 틀림없이 즐거울 것이고 선실이 대단히 우아하며 자신은 "위와 동일함"이라는 말로 오랫동안 일기를 채울 때까지 편지를 다시 보내지 못할 거라고 썼다. 또한 그랜코트 부부의 동정은 신문에 나오기도 했다. 그러므로 요컨대 궨덜린의 상류생활의 새로운 면모는 동생들의 공상에서 특별한 부분을 차지하게 되었고, 책을 탐독하는 이사벨은 해적선[5] 한두 척을 끼워 넣어 행복한 결말에 이르는 모험담을 꾸미기도 했다.

그러나 렉스가 함께 있을 때면 아가씨들은 이미 언질을 받은 대로 이 매력적인 주제에 대해 입을 다물었다. 그러므로 이날은 메이릭 가족과 그들의 각별한 유대인 친구 이야기가 활기차게 이어졌을 뿐이었다. 아가씨들은 책에 나오는 인물이 아니라 실제로 살아 있는 유대인에 대한 얘기가 나오자 플리니우스의 『자연의 역사』[6]에 등장하는, 자기 귀를 덮고 잠을 잔다는 기이한 종처럼 엄청난 생물학적 차이를 떠올리고 깜짝 놀라 질문을 던졌다. 버사는 유대인이 현재 무엇을 믿는지 도무지 상상할 수 없었고, 구약성서가 신약성서의

---

5 바이런의 『해적선』(1814) 덕분에 당시 해적들의 모험담이 유행하게 되었다.
6 가이우스 플리니우스 세쿤두스(23-79)는 로마의 작가이고 자연 역사가.

진실성을 입증했으므로 유대인이 구약성서를 거부했으리라고 막연히 생각했다. 메리 양은 미라와 그 오빠가 "적절한 논의를 할 상대가 결코 될 수 없다."고 생각했다. 앨리스는 유대인이 무엇을 믿든 상관없이 "그들을 도저히 참아줄 수 없다."고 생각했다. 데이빌로 부인은 런던과 파리의 상류층에 속한 위대한 유대 집안은 조금도 나무랄 데 없는 매너를 보여준다고 말하며 앨리스의 생각을 바로잡아주었지만, 개종하지 않은 일반적인 유대인은 불쾌한 사람들이라고 인정했다. 이사벨은 미라가 자기들과 똑같은 방식으로 말하는지, 그녀를 보고 유대인이라는 것을 알아내지 못할 수도 있는지를 물었다.

이스라엘 민족을 열성적으로 지지하지 않았던 렉스는 고대 유대 역사의 시시콜콜한 사실을 "주입식"으로 암기하며 힘들게 익혔으므로 아가씨들의 의견을 농담 삼아 과장하며 재미있어 하고 있었고, 앤은 렉스의 말이 농담일 뿐이라고 알려주려 했다. 바로 그때 데이빌로 부인에게 편지가 전달되는 바람에 웃음이 그쳤다. 목사관에서 보낸 심부름꾼이 편지를 갖고 몹시 급하게 달려온 것이다. 그 편지에는 전보가 들어 있었다. 데이빌로 부인이 말없이 동요된 기색으로 그것을 반복해 읽는 동안 모두 그녀를 걱정스럽게 바라보았지만 아무도 감히 말을 꺼내지 못했다. 이윽고 부인은 눈을 들어 "두려운 기색으로 도배된"[7] 젊은 얼굴들을 보고는 그들이 사실보다 더 나쁜 일을 상상하고 있으리라 짐작했다. 처음에 자신도 엄청난 공포에 질려 거기 적힌 글자를 이해할 수 없었듯이. 그녀는 한편으로는 안

도하면서도 울음을 터뜨렸다.

"애들아, 그랜코트 씨가 …" 그녀는 순간 멈추었다가 다시 말했다. "그랜코트 씨가 익사했단다."

갑자기 방안으로 무기가 날아든 듯이 렉스가 벌떡 일어섰다. 그 자신도 어쩔 도리가 없었다. 앤은 제일 먼저 오빠를 쳐다보았다. 데이빌로 부인이 동봉한 목사의 편지를 읽는 동안 그는 자제력을 약간 되찾고 말했다.

"제가 무슨 일이든 할 수 있을까요, 이모님? 아버지께 말씀을 전해드릴까요?"

"그래. 내가 곧 준비를 마치겠다고 말씀드려다오. 네 아버님은 정말 좋으신 분이야. 나와 함께 제노바에 가주시겠다는구나. 6시 반에 이리 오실 거야. 조코사와 앨리스는 내 준비를 도와다오. 그 애는 무사해. 귄덜린은 무사해. 하지만 몸이 아프겠지. 분명히 병에 걸렸을 거야. 렉스, 아니, 렉스와 앤은 내가 준비를 마칠 거라고 아버님께 말씀드려다오. 무슨 일이 있어도 지체하지 않겠어. 오늘 하룻밤도 넘기지 않겠어. 그렇게 빨리 준비하시다니 네 아버님께 축복이 있기를. 거기 도착할 때까지 쉬지 않고 밤낮으로 여행해야겠어."

렉스와 앤은 갑자기 장엄해 보이는 햇볕을 받으며 아무 말 없이 급히 집으로 돌아갔다. 앤은 렉스의 상처가 다시 도질지 모른다는

---

7 아마도 『맥베스』 3막 4장 61행의 "이것이 네 공포를 그린 것이다."를 모방한 부분.

걱정에 사로잡혔고, 그는 자신의 더 나은 자아를 공격하러 떼 지어 몰려드는 생각과 갈등을 벌이고 있었다. 목사관 대문에 이르렀을 때도 압박감이 전혀 줄지 않았으므로 그는 이렇게 말했다.

"내니, 네가 아버지께 말씀드리렴. 아버지께서 나를 당장 찾으시면 알려주고. 관목 숲에서 10분간 거닐게. 딱 10분만."

다른 사람의 불행이나 슬픔, 혹은 죽음에 직면했을 때 그것이 자신의 미래에 미칠 바람직한 결과를 그려보는 상상력의 이기적 일탈에서 완전히 벗어난 사람이 과연 있었을까? 지위 상승이나 유산 상속에 대한 기대는 흔히 느낄 수 있는 유혹이다. 그렇기 때문에 말하거나 기도를 드릴 때 끈질기게 떠오르는 그런 생각을 피하려 애쓰고, 때로는 수치심이나 자기혐오를 느끼기도 한다. 그런 감정은 다른 식으로 불쾌한 친숙한 감정보다 더 고약하다. 렉스의 마음속에서 그런 수치심이 일어나자마자, 이는 궨덜린이 다시 자유롭다는 생각과 더불어 재빨리 끼어든, 장래에 일어날 수 있는 사건의 환영을 추악한 빛인 것처럼 덮어버렸다. 어쩌면 더 현실적인 장애 때문에 희망적인 환상이 금세 부서져버렸기에 더 고집스럽게 덮어버렸을 것이다. '자유로운 궨덜린'의 이미지를 떠올리면, '부유하고 신분이 높고 구애받는 궨덜린'의 넘을 수 없는 이미지가 그 앞에 떠올랐다. 예전에 둘 다 풋풋했던 시절에 궨덜린이 그의 사랑에 반감을 느끼며 거부했다면, 그녀가 앞으로 그에게 더 마음을 열어줄 거라고 생각할 근거가 어디 있겠는가?

억눌러 끊어버리고 싶은 이런 생각은 서로 부딪히며 요란스럽게 울려대는 종소리처럼 어디로 달아나도 피할 수 없었다. 지난해에 스스로 차분한 결의를 다져왔는데, 이제 "그랜코트씨가 익사했다"는 짧은 문장이 그 힘겨웠던 노력을 다 망쳐놓고, 그의 마음을 어지럽히고, 불가능하다고 스스로 인정한 지독한 갈망의 동요에 다시 빠뜨릴 것 같았다. 게다가 이 순간에 그런 갈망이 일어나는 것은 적절하지 않았으므로, 그의 더 나은 자아는 그 갈망에 혐오감을 느꼈다. 가엾은 렉스를 너그럽게 봐주도록 하자. 그가 그의 화살에 좀처럼 가시지 않는 미묘한 독을 묻힌 궁수[8] 때문에 몸져누운 후 열여덟 달밖에 지나지 않았다. 젊은이의 실연은 천연두처럼 예측할 수 없는 결과를 낳는다. 어떤 사람은 못난 천재로, 다른 이는 그리 못나지 않지만 더 어리석은 사람으로, 또 다른 사람은 여전히 어리석지만 못난 사람으로 바꿔놓지만, 대다수의 경우에는 뚜렷한 변화가 일어나지 않는다. 실연 그 자체가 아니라, 그로 인해 타격을 받은 사람이 어떤 성격을 갖고 있는지, 그것이 얼마나 강한 타격이었는지에 따라서 모든 것이 달라진다. 좋은 성품을 타고난 렉스에게 희망을 품은 시간은 아주 짧았지만 열정적인 동요가 깊이 파고들었고, 그래서 실연의 경험은 예전의 미덕을 대부분 간직한 새롭고 유익한 질서를 끌어내기는 했어도 급격한 변화를 일으켰다. 어떤 점에서 보면 실연의 경험이 자기 인생의 진로와 성격을 궁극적으로 결정했

---

8 사랑의 화살을 쏜다는 큐피드에 대한 언급.

다고 그는 믿었다. 하지만 지금 그의 내적 평화는 피렌체 공화국처럼 불안정하게 보였고, 그의 심장은 경종이 울려 일이 정체되고 떠들썩한 소동이 벌어진 상태나 다름없었다.

렉스의 사랑은 옛날 사람들이 경험하고 노래한 갑작스럽게 마음을 파고들어 들러붙는 그런 속성을 가진 것이었다. 불길처럼 맹렬히 타오르는 악마적인 사랑을 경험해보지 못한 현대인들은 그런 노래들 가운데서 유행하는 표현을 만들어냈다. 의식이 갑자기 다른 존재에 깊이 몰두하고, 가장 강렬한 성향이 어떤 이미지에 사로잡히고, 변화에 아랑곳없이 또 가치와 무관하게 그 이미지에 계속 지배되고, 아니, 잔인하고 무가치하다고 인정되는 이미지가 가한 비극적 고통에 더 단단히 고착되는 열정을 느끼는 것. 나약하고 평범한 사람들에게 이런 사랑은, 도덕적 친화력이나 거룩한 찬탄의 더 고상한 영향력에 둔감한 맹목적 동물성과 비슷하게 불쾌하기 그지없다. 그러나 이런 강렬한 애착이 융통성 없고 야만적인 사람이 아니라 안전하게 위험을 무릅쓸 인간적 품위가 있는 사람에게 존재할 때, 그것은 옛날보다 더 숭고한 의미에서 성스럽다고 일컬어질 헌신을 낳을 수도 있다. 냉담하고 합리적인 사람은 도무지 이해할 수 없는 이런 애착을 뻔히 쳐다보고 고개를 젓는다. 그러나 이런 감정은 바람과 파도처럼 부정할 수 없이 존재하고, 여기서는 난파를 일으키고, 저기서는 성공적인 항해를 하게 한다.

이런 열정이 다정한 성격의 강인한 렉스에게 깃들었다. 그는 무한히 소중하고 말 못하는 무력한 대상인 양 그 열정과 벗하기로 마음먹었고, 미래의 모든 애정을 과거의 그림자로 바꿔버렸다. 그러나 한 가지 기쁨을 포기해야 했기에 빈곤한 삶을 살지는 않겠다고 마음을 먹기도 했다. 오히려 자신에게 남아 있는 보물을 다시 세어보면서 인생을 새롭게 시작했고, 자신의 고충에 대한 걱정을 떨쳐버림으로써 솟아날 수 있는 힘을 느끼기도 했다.

그런데 지금 그는 스스로에게 분노한 채 여기 관목 사이에서 걷고 있었다. 합리적으로 판단하면, 자기 운명에서 이미 돌이킬 수 없는 일에 대해 전처럼 확고한 의식이 있어야 하지만, 자신에게 아무 변화도 일으키지 않을 상황의 변화에 흔들린 것이다. 그는 그 진실을 꽤 거칠게 스스로에게 들려주었다.

"궨덜린은 나를 절대로 사랑하지 않을 거야. 그건 문제도 아니야. 그녀의 현재 지위에 나는 연인으로 접근할 수도 없을 테니까. 엄밀히 말해서 나는 보잘것없는 인간이고, 머리가 하얗게 셀 때까지도 그리 중요한 인물이 되지 못할 거야. 하지만 무슨 상관이겠어? 그녀는 어떤 조건에서도 나를 택하지 않을 테고, 나는 그녀에게 청혼하지 않을 텐데. 지금 그런 생각을 하는 것은 비열한 짓이야. 전쟁터에서 몰래 숨어 다니며 죽은 자들의 옷을 벗기는 거나 마찬가지지. 그처럼 쓸데없는 죄도 없어. 여기서 나는 아무것도 얻을 수 없어. 정말로 아무것도 없어…. 그럼 나는 왜 사실을 직시하고 사실이 요구하는 대로 처신할 수 없을까? 이대로라면 아버지께서 부탁하실 일이 있어도 내게 말할 수 없다고 생각하시게 될 거야."

이 마지막 생각에 렉스는 충동적으로 확고한 걸음을 옮겨 집으로 돌아갔고, 열려 있는 서재 문으로 들어섰다. 아버지는 여행용 손가방을 꾸리고 있었다.

"제가 도와드릴 일이 있을까요?" 렉스가 용기를 내서 말하자, 아버지가 그를 올려다보았다.

"그래, 아들아. 내가 떠나거든 내게 오는 편지를 맡아서 필요한 곳에 답장을 보내고 내게 모든 상황을 알려다오. 다이목이 교구 일을 잘 처리할 거야. 너는 어머니와 함께 지내도록 해라. 아니면 런던에 올라갔다가 다시 내려오든지. 언제일지 모르지만 내가 돌아올 때까지."

"오래 걸리시지는 않겠지요." 렉스는 기차여행용 무릎덮개를 끈으로 묶으며 말했다. "사촌을 영국으로 데려오시겠지요?" 그는 애써 용기를 내서 처음으로 궨덜린을 언급했고, 목사는 그 중요한 사건에 주목하며 흐뭇하게 여겼다.

"두고 봐야지." 목사는 그 주제가 당연히 나눌 이야기인 듯이 대답했다. "네 이모님이 그곳에서 그 애와 함께 머물고 싶어 할지도 모르고. 나는 빨리 돌아올 거야. 이 전보로는 분명히 알 수 없어 걱정이지만. 최근에 작성된 유서에서 만족스럽게 조정되었겠지. 앞으로 후계자가 태어날지도 모르고. 어떤 경우든 궨덜린이 풍족하게, 아니 근사하게, 재산을 물려받을 거라고 믿는단다."

"그녀에게는 엄청난 충격이었을 거예요." 렉스는 첫 번째 고비를 견딘 후 더욱 결연히 말했다. "그는 헌신적인 남편이었을 테고요."

"의심할 바 없지." 목사는 더없이 단호한 어조로 말했다. "그만한 지위의 사람치고 그런 상황에서 그렇게 결혼하려고 나서는 사람은 거의 없을 게다."

렉스는 그랜코트를 본 적이 없었다. 그에 관한 이야기를 가족에게 듣지도 못했고, 궨덜린이 구혼자에게서 달아나 레브론에 갔다는 사실도 알지 못했다. 그가 아는 것은 그랜코트가 궨덜린을 몹시 사랑해서 그녀의 집안이 갑자기 몰락한 바로 그 주에 그녀에게 청혼했으며 어머니와 동생들에게 아주 관대하게 처신했다는 것뿐이었다. 그것은 지극히 당연한 일이었고, 렉스도 그렇게 하고 싶었을 것이다. 그랜코트는 운이 좋은 작자였고, 익사하기 전에 꽤 행복하게 지냈을 것이다. 하지만 렉스는 궨덜린이 구혼에 성공한 그 남자를 사랑했는지, 아니면 사랑받는 것이 혐오스럽다는 말을 그에게는 하지 않았을 뿐인지 무척 궁금했다.

제59장

내가 가장 행복한 때는
내 영혼이 좋은 친구들을 기억할 때.

셰익스피어[9]

휴고 맬링거 경은 가스코인 씨처럼 제노바로 급히 출발하지 않았다. 데론다는 아무튼 준남작을 만나기 전까지는 출발하지 않을 생각이었다. 자신의 가장 오랜 벗이 그랜코트의 죽음뿐 아니라 자신의 삶에 최근에 일어난 중요한 사건에 관해 허심탄회하게 이야기를 나누고 싶어 할 테고, 제노바에 유령처럼 왔다가 가버린 어머니에 대해서 편지로는 자세히 말할 수 없다고 느꼈기 때문이었다. 닷새째 저녁이 되어서야 데론다는 휴고 경이 전보에서 알려준 대로 8시에서 9시 사이에 도착할 기차를 기다렸다. 기억에 남아 있는 가장 어린 시절의 한 부분인 친절하고 친숙한 얼굴을 기다리는 동안 그의

9 『리처드 2세』 2막 3장 46-7.

눈가와 입술에는 최근에 겪은 비극적 경험에도 불구하고 미소 같은 것이 떠올랐다. 휴고 경은 이제 자기 사유지의 명실상부한 주인으로서 재산을 딸들에게 물려줄 수 있고, 아니면 적어도 (최근에 데론다의 상상력에 강한 인상을 남긴 상속과 관련된 관념에 따라) 흡족한 후계자인 손자를 낳아줄 매개자로서 딸을 선택할 수 있을 것이다. 만일 벗이 느낄 기쁨이 우리가 갖고 있는 올바른 분배에 대한 지론과 인간적 선에 대한 최고 이상과 일치하지 않는다고 함께 기뻐해 주지 못한다면 우리는 비열한 인간일 것이다. 우리의 입꼬리는 얼마나 비뚤어지고 우리의 눈은 얼마나 냉랭한 빛을 띠겠는가? 그런 반면에 우리의 소유물과 욕망이 우리의 이상에 엄밀히 들어맞는 것도 아니다. 우리는 불완전한 것에 어느 정도 아량을 가져야 한다. 큰 해를 미친 과오가 있더라도 다행히 고마움은 느낄 수 있다. 그런 과오를 저지르게 한 것은 평생을 친절하게 임무를 수행하도록 한 다정한 마음이었기 때문에 데론다의 감정과 판단력은 스스로 기만을 대행해온 휴고 경의 처신을 강하게 비판했다. 그래, 그것은 기만이었다. 사실을 은폐한 채 자신을 키워준 것은 너그럽게 생각할 수 없었다. 그러나 준남작은 어머니가 할아버지의 신뢰를 어긴 것에 대해서는 잘 알지 못했을 테고, 삶을 가볍고 안이하게 받아들이는 그 나름의 태도로, 아들을 영국 신사로 만들려는 어머니의 의도를 합리적인 선택이라고 여겼을 것이다. 어머니가 괴짜라서 자식과 헤어지는 것이나 자식이 어머니가 없는 듯이 살아가는 상황을 그리 개의치 않았으므로. 데론다는 휴고 경에 대한 깊은 애정과 감사하는 마음으로 비판보다는 변명의 여지를 찾으려 했다. 엄격한 원칙을 갖고 있어도 비난하는 데 있어서는 다정하게 배려할 수 있기 때문이다. 어떤 물건이 잘못 매달린 광경을 보고 고통을 느끼면서도 그것을 잘못 매달아놓은 사람을 참아줄 수 있듯이. 만일 총각시절의 휴고 경이 자식은 대개 어른의 인생을 더 유쾌하게 만들기 위한 존재라고 생각하고 자식을 키우는 데 어른의 편의만 고려해야 한다는 잘못된 생각에 빠져 있었다면, 글쎄, 그런 생각은 공식적으로 인정되지는 않았어도 세계사의 그 시점에 막대한 영향을 미친 가정이었다. 데론다는 소년시절에 겪은 괴로운 갈등을 예리하게 기억하면서, 자신이 경험한 고통을 휴고 경이 꿈에도 생각해보지 못했다는 많은 증거를 기억할 수 있었다. 무지한 친절은 잔인한 결과를 초래할 수 있다. 그런데 그것을 노골적으로 잔인한 처사인 양 분개한다면 무지하고 매정한 소치일 뿐 아니라 다른 사람을 대하는 데론다의 넓고 감상에 빠지지 않는 아량과는 거리가 멀었다. 이제 지난 열흘간 막이 올라 마음을 파고든 여러 장면에서 자신과 다른 인생의 비밀을 엿보게 된 후, 응징하려는 욕구와 불쾌하게도 비슷한 조급한 분노와 원한을 억제하려는 마음이 더 커졌다. 객차에서 내리는 휴고 경의 친숙한 모습을 보았을 때 그의 마음에는 용서에 늘 익숙했던 평생의 애정이 밀려들어와서, 새로운 비난거리로 보였을 새로운 사실을 모두 덮어버렸다.

"자, 다니엘." 휴고 경은 데론다의 손을 잡으며 진지하고 열렬하게 말했다. 그는 다른 인사말은 하지 않았다. 공동의 의식이 너무도 강렬하게 밀려든 것이다. 시중꾼에게 지시를 내리고 난 후 준남작은 서둘러 호텔에 갈 이유가 없었으므로 따뜻한 밤공기를 마시며 천천히 걷자고 제안했다.

"여행은 편안했네. 건강도 아주 좋고." 데론다와 밖으로 나왔을 때 그가 말했다. 어스레한 빛이 아직 남아있어서 별빛이 흐릿해 보였다. "이런저런 일을 좀 알아보려고 서둘러 출발하지 않았네. 그래서 출발하기 직전에 자네가 레이디 맬링거에게 보낸 편지를 볼 수 있었지. 그런데 미망인은 어떤가?"

"안정을 찾고 있습니다." 데론다가 말했다. "물에 뛰어들었고 무서운 동요를 겪었기에 병에 걸릴까봐 염려했는데 그럴 위험은 피한 것 같습니다. 이모부와 어머니가 이틀 전에 오셔서 잘 보살펴주시고 있습니다."

"후계자가 태어날 가능성은 있나?"

"가스코인 씨 말씀으로는 그럴 가능성이 없다고 합니다. 미망인이 영지를 평생 소유할 수 있을지가 문제인 듯이 말씀하셨어요."

"이렇게 남편을 잃어서, 아마, 미망인의 애정이 모진 타격을 받은 것은 아니겠지?" 휴고 경이 데론다를 돌아보며 말했다.

"갑작스러운 죽음이 엄청난 타격이었어요." 데론다가 질문을 회피하며 조용히 말했다.

"그랜코트가 유서에 담긴 조항을 알려주었는지 궁금하군." 휴고 경이 말했다.

"어떤 내용인지 아십니까?" 데론다가 대답했다.

"그래, 알고 있네." 준남작이 재빨리 말했다. "당치 않아! 적법한 후계자가 태어날 가능성이 없으면 글래셔 부인이라는 여자가 낳은 아들에게 모든 것을 물려주겠다고 되어 있네. 자네는 그 혼외관계에 대해 전혀 모르겠지. 그 여자는 꽤 오랫동안 그의 아내 역할을 해왔어. 큰 아이가 셋인데 모두 딸이야. 그 소년이 자기 아버지의 이름을 물려받을 걸세. 이미 아이 이름이 헨리라네. 그가 헨리 맬링거 그랜코트가 되는 거지. 맬링거라는 이름은 그 아이에게 아무 소용도 없을 거야. 이렇게 말할 수 있어서 기분 좋네. 그렇지만 미성년자로 열네 살밖에 되지 않은 어린 강아지가 충분한 정도가 아니라 엄청난 재산을 물려받을 걸세. 그 아이가 상속받지 못할 디플로를 확보하려고 내가 5만 파운드나 들여서 구멍을 메울 필요가 없었어. 그런데 젊은 미망인인 그 미인은 연 2천 파운드의 형편없는 돈과 개즈미어의 집을 받는 게 고작이야. 그녀를 멋지게 유배하는 거나 다름없지. 그녀가 그곳에 갇혀 살 생각이 있으면 말이야. 그녀가 그럴 거라고는 생각하지 않네만. 그 소년의 엄마가 최근에 그곳에서 살았지. 정말이지 그랜코트에게 완전히 정떨어졌네. 익사했으니 이제는 더 좋게 생각해야 하는지 모르겠네만. 내 일과 관련해서 보자면, 그의 인생에서 가장 그다웠던 것은 인생을 하직하며 저지른 짓이야."

"그가 이 아내와 결혼했을 때 재산을 그 아들에게 물려주지 않은 잘못을 저지른 것 같군요." 데론다가 다소 냉담하게 말했다.

"그랜코트가 그 소년에게 땅을 물려주는 것에 대해서는 이의가 없네." 휴고 경이 말했다. "그렇지만 이 아가씨와 결혼했으니, 자기가 끌어올린 신분의 품격에 걸맞게 살아갈 수 있도록 재산을 제공했어야지. 연 4~5천 파운드를 지급하고 런던 저택을 평생 소유할 수 있게 조치해야 했어. 나라면 그렇게 했을 걸세. 그녀가 무일푼이었기 때문에 그녀의 친지들은 혼인 시에 재산 증여 문서[10]를 작성해 달라고 주장할 수 없었을 걸세. 그렇게 하지 않고, 결혼한 다음에 작성할 유서를 믿은 게 잘못이지. 현명한 사람도 유서를 작성할 때는 대체로 어리석은 생각에 사로잡히기 마련이야. 내 아버지도 그러셨네. 앙심을 품었거나 포악한 성질을 가진 사람은 그런 것을 끄집어내서 유서에 집어넣을 걸세. 그랜코트는 자신이 죽을 경우에 아내의 권리를 전부 없애버릴 의도가 있었던 게 분명해. 그녀가 후계자를 낳지 않으면 말이지."

"그럼, 반대였다면 모든 것이 뒤바뀌었겠군요. 사생아의 권리가 전부 사라졌겠지요." 데론다가 약간 조롱하듯 말했다.

"맞는 말이야. 개즈미어와 2천 파운드를 받는 거지. 이상야릇한 일이야. 한 가지 성가신 일은 그랜코트가 나를 유언집행인으로 지정했다는 걸세. 그가 내 유일한 동생의 아들이라는 것을 고려하면, 그 임무를 거절할 수 없네. 미망인에게 조금이라도 도움이 된다면 그 일이 그리 성가시지 않을 텐데. 그녀가 그 숨겨진 가족과 유서의 취지를 모르는 건 아니라고 러시가 말하더군. 또 그 부부 사이가

---

[10] 대체로 상류층에서 혼인 전에 재산의 양도와 상속에 관한 협약을 맺는 것.

썩 좋지는 않았다고 내비쳤네. 하지만 그랜코트 부인이 무엇을 느꼈고 느끼지 않았는지는 자네가 제일 잘 알겠지. 어떤가, 댄?" 휴고 경은 평소처럼 익살맞은 어조가 아니라 흥미롭게 조사하듯이 낮은 목소리로 물었다. 데론다는 어떻게든 대답을 회피하다가는 오해를 받겠다고 느꼈다. 그는 진지하게 대답했다.

"그녀는 행복하지 않았음이 분명합니다. 그들은 서로 맞지 않았어요. 그렇지만 재산의 처분에 관해서는, 제가 봐온 것으로 판단하자면, 그녀가 불만스러워 하지 않으리라고 예상할 수 있습니다."

"그렇다면 여느 여자와 다른 사람이군. 그렇게 말할 수밖에 없겠네." 휴고 경은 어깨를 약간 으쓱하며 말했다. "아무튼, 특이한 여자인 것은 분명해. 그리고 자네의 별자리와 그녀의 별자리는 서로 뒤엉켜있음이 분명해. 그렇지 않나? 그 어이없는 전보가 왔을 때 레이디 맬링거가 처음 한 말이 무언지 아나? '이 전보를 보낸 사람이 다니엘이라는 게 너무 이상해요!'라고 하더라고. 그런데 나는 과거에 비슷한 경험을 한 적이 있었어. 한번은 외국의 호텔에 머물고 있었는데 그곳에 있던 어떤 숙녀의 남편이 돈도 남기지 않고 아내를 두고 달아나버렸네. 내가 그 얘기를 듣고 그녀를 도와주러 가봤더니 바로 내가 젊었을 때 정염을 불태운 여인 아니겠나? 어리석게도 그녀는 콧수염이 길고 애정은 모자란 오스트리아 남작과 결혼했지. 그런데 내가 그곳에 간 것은 내 일이 있어서였지, 기사도 정신을 발휘하려던 것이 아니었거든. 자네가 제노바에 온 것이 그랜코트 부부와 아무 상관도 없었던 것처럼."

잠시 침묵이 이어졌다. 휴고 경은 데론다와 나눠야 할 괴로운 이야기 중에서 그래도 수월한 것으로 그랜코트 부부 이야기를 먼저 꺼냈다. 이제 그들은 서로의 관계와 관련된 사건에 대해 주저하는 마음을 넘어 흉금을 터놓고 싶었다. 데론다는 어머니를 처음 만난 후 휴고 경에게 보낸 편지 때문에 서먹서먹한 관계가 풀어지기는커녕 더 악화되었다고 느꼈다. 그래서 휴고 경이 먼저 이야기를 꺼내기를 기다려야 한다고 생각했다. 항구가 더 이상 보이지 않는 곳에 이르자 준남작이 마지막으로 바라보려는 듯이 몸을 돌리고 멈춰 서서 더 진지한 감정이 담긴 어조로 말했다.

"그런데 자네가 제노바에 온 목적은 어떻게 되었나, 다니엘? 자네가 알게 된 사실로 큰 상처를 받지 않았으면 좋겠네. 자네의 처지를 어떻게든 바꿔야 한다고 느끼지는 않겠지? 알다시피, 자네에게 일어나는 일은 무엇이든 내게 언제나 중요한 일이니 말일세."

"준남작님의 호의에 완벽한 신뢰로 보답하고 싶습니다." 데론다가 말했다. "하지만 그 질문에 대해서는 단순한 긍정이나 부정으로 답할 수 없습니다. 제가 알게 된 과거의 많은 사실에서 고통을 느꼈습니다. 그리고 병에 걸려 고생하시는 어머니와 만나고 어쩔 수 없이 헤어지는 것도 고통이었어요. 하지만 제 혈통을 알게 된 것은 괴롭지 않았습니다. 오히려 의혹이 말끔히 해소되어 감사하게 생각합니다. 제 처지에 미친 영향에 대해서는, 준남작님이 아버지처럼 늘 관심과 애정을 쏟아주신 것에 감사하는 마음은 변함없을 것입니다. 그렇지만 제가 유대인으로 태어났다는 것을 알게 된 이상 그 사실은 제 인생에 중대한 영향을 미치겠지요. 그에 대해서는 현재 뭐라고 말씀드릴 수 없습니다."

데론다는 굳은 결의로 망설임을 억누르며 마지막 문장을 입에 올렸다. 그는 휴고 경과 자신의 성격 차이가 전보다 더 선명하게 서서히 드러나리라고 생각했다. 준남작은 그를 흘끗 쳐다보고 몸을 돌려 걸음을 옮겼다. 몇 분간 침묵 속에서 데론다의 말을 이해하는 데 도움이 될 기억 속의 자료를 모두 검토한 후에 그가 말했다.

"나는 오랫동안 자네에게 놀라운 일이 일어나길 기대해왔네, 다니엘. 그렇지만 제발, 엉뚱한 일에 빠져들지 말게! 나는 누구의 의견이든 다른 의견도 수용할 수 있어. 하지만 내 앞에서 그 의견을 토로하는 사람이 스스로를 미치광이로 보이게 해선 안 되지. 요즘 같은 세상에서 자기 의견이 진지하게 받아들여지기를 원하는 사람은 멜로드라마에서 벗어나야 해. 내 말을 오해하지 말게. 자네 스스로 정신 나간 짓을 꾸미고 있다고 의심하는 건 아니야. 다만 자네가 미치광이와 팔짱을 끼고 함께 가도록 쉽게 이끌릴 수 있다고 생각하는 걸세. 자네는 공격받는 사람에 대해, 특히 변호해줄 필요가 있는 사람에 대해, 열렬한 감정을 느끼지. 나도 그들에 대해 안쓰럽게 느낀다네. 그렇지만 그런 감정을 기반으로 자신과 교제할 사람을 선택하는 것은 좋지 않아. 하지만 내게 말해야 할 어떤 문제에서든 내키지 않는 것까지 말하라고 하지는 않겠네. 앞으로 돈이 들어갈 일을 하기로 마음먹는다면, 자네가 이자를 받던 돈 말고 만 6천 파운드쯤 자네 앞으로 저축된 돈이 있네. 그런데 이제 내가 왔으니 자네는 가급적 빨리 영국으로 돌아가고 싶겠지?"

"제 할아버지가 물려주신 함을 찾으러 먼저 마인츠에 가야 합니다. 어쩌면 그분의 친구를 뵐 수 있을 거예요." 데론다가 말했다. "그 함은 근 20년간 거기서 잠자고 있었지만, 그것을 빨리 찾아서 보관해야겠다는 터무니없이 초조한 불안감이 듭니다. 그 함이 어떻게 될 가능성이 예전보다 더 커진 것처럼 말이지요. 어쩌면 어머니가 떠나신 후 즉시 출발하지 못하고 꾸물거리고 있었기에 더 불안한지도 모르겠어요. 하지만 제가 여기 있었던 것은 후회하지 않습니다. 그렇지 않았더라면 그랜코트 부인을 위해 일을 처리할 사람이 하인들밖에 없었을 테니까요."

"그래, 그래." 휴고 경은 더 진지한 말에 숨겨져 있던 분노가 약간 새어나온 듯 경솔하게 말했다. "죽은 유대인을 살아 있는 기독교인보다 더 높이 두지 않으면 좋겠구나."

데론다는 얼굴을 붉혔고, 말대꾸를 하고 싶은 마음을 억눌렀다. 그들은 막 모퉁이를 돌아서 이탈리아 호텔에 들어서고 있었다.

제60장

하지만 이번에는 이것에 대해 더 말하지 않겠다. 이것은 느껴야 할 것이지 말로 할 것이 아니므로. 이것에 손가락을 대보지 못한 사람은 속으로 은밀히 비웃을 것이고, 더 현명해지지 못할 것이다.

제레미 테일러[11]

전해 오는 이야기에 따르면 로마 황제는 요셉을 그의 형제들이 팔아넘긴 행위에 보복하려고 이스라엘의 학자 열 명을 사형에 처했다. 그런 성질을 가진 사람은 언제나 상당수 존재한다. 그들은 벌주는 것을 경건하게 생각하고, 원한의 응보는 알아보지만 고마움의 응보는 보지 못한다. 우리는 감정이 더욱 강렬하다고 그 이유가 더 강렬한 것은 아니라는 사실을 설득할 수 없고, 사랑이 없는 사람에게는 사랑을 할 만한 타당한 근거가 있다고 믿으려는 마음을 일으킬 수 없다. 단어가 만들어진 순서에서 알 수 있듯이, '사랑'이라는 단어는 '사랑스러운'이라는 단어에 앞선다.

---

11 제레미 테일러(1613~1667). 성직자이자 작가로서 가장 유명한 저서는 『성스러운 삶』(1650)과 『성스러운 죽음』(1651)이다.

마인츠의 슈스터 가에 있는 은행에 가서 편지를 보여주고 요셉 칼로니모스를 찾자, 데론다는 곧 내실로 안내되었다. 작년에 프랑크푸르트의 유대교 회당에서 본 흰 수염의 노인이 탁자에 앉아서 펼쳐진 편지들을 정리하고 있었다. 노인은 모자를 쓰고 있었는데, 전에 본 낡은 펠트모자 같았다. 옆에는 큰 여행용 가방이 꾸려져 있고 그 위에 무릎덮개와 외투가 걸쳐져 있었다. 노인은 데론다를 보자마자 일어섰지만 앞으로 걸어나오지 않고, 손을 내밀지도 않았다. 백발이 성성한 누르스름한 얼굴 가운데 검은 보석처럼 빛나는 작고 날카로운 눈으로 데론다를 쳐다보며 독일어로 말했다.

"잘 됐군! 이제야 자네가 날 찾아왔군, 젊은이."

"네, 할아버님의 친구이신 노인장께 감사하는 마음으로 찾아왔습니다." 데론다가 말했다. "저 때문에 많은 수고를 해주셨으니 큰 신세를 졌습니다." 그는 여러 가지 이상한 억양을 넓은 품으로 받아들이는 독일어를 전혀 어렵지 않게 구사했다.

칼로니모스는 이제야 손을 내밀고 친절하게 말했다. "그래, 자네가 영국인이 아니라는 것에 이제는 화내지 않는군."

"그 반대입니다. 제가 혈통을 모르는 채 살아가지 않도록 도와주시고 할아버지께서 남기신 함을 보관해주셔서 진심으로 감사드립니다."

"앉게나, 앉게." 칼로니모스는 앉아서 옆 의자를 가리키며 재빨리 나지막하게 말했다. 그러고는 천천히 모자를 벗어 백발이 무성한 머리를 드러내고는 턱수염을 쓰다듬다가 꽉 쥐기도 하면서 눈앞의 얼굴을 조사하듯이 세밀히 살펴보았다. 이 순간 데론다의 상상력과 감수성은 강렬한 영향을 받았다. 할아버지와의 열렬한 우정으로 아직도 결합되어 있는 사람 앞에 있자, 자기 조상의 전기 사슬에 손을 댄 듯한 느낌이었다. 그 할아버지는 태어나지 않은 손자에 대한 희망과 갈망을 품었고, 비록 몸은 죽었지만 밀턴의 표현[12]대로 "그 기록을 낳은 영혼처럼 활발하고 강력한 생명을 담은" 문서로 이제 그와 대화를 나누려는 것이다. 그래서 데론다는 오래전에 일어났지만 오늘날의 삶에도 여전히 뚜렷한 영향을 미치는 행위를 엄숙히 기념할 때 느낄 법한 즐거운 경외감으로 유심히 바라보는 칼로니모스의 시선을 견뎌냈다. 성격이 둔감한 사람, 상상력을 널리 펼치면서 애정을 두루 퍼뜨릴 준비가 되지 않은 사람은, 데론다의 이런 감수성을 이해하거나 믿지 못한다. 그러나 그들이 믿지 못하더라도 그런 감수성은 그들의 둔감함과 마찬가지로 존재한다. 그런 감수성이 그의 얼굴에 떠올린 표정에 노인은 매우 만족한 것 같았다.

노인은 유대 기도문의 아름다운 찬송가 하나를 히브리어로 인용했다. "당신의 선함은 앞선 세대에게 크나큰 것이었듯이 뒷세대에도 그럴지어다." 그러고 나서 그는 잠시 쉬었다가 말을 꺼냈다. "젊은이, 내가 아직 여행을 떠나지 않아서 기쁘군. 자네가 때맞춰 찾아온 덕분에 친구의 젊은 시절 모습을 볼 수 있어 기쁘네. 이제는 자기

12 밀턴의 『아레오파지티카』(1644)에서 인용된 부분으로 여기서 밀턴은 언론의 자유를 옹호한다.

민족과의 친교에서 멀리 벗어나 있지 않고, 자네를 유대인이라고 주장하는 사람과 접촉해서 오만하게 분노하며 웅크리지도 않고 말일세. 자네는 사악한 계략이 자네에게서 빼앗으려 한 혈연과 유산을 감사하는 마음으로 되찾으러 왔네. '나는 다니엘 카리시의 손자입니다.'라고 선언하려고 자발적인 영혼으로 온 것이지. 그렇지 않나?"

"그렇습니다." 데론다가 말했다. "하지만 제가 유대인을 유대인이라는 이유만으로 무례하게 대할 생각은 없었다고 말씀드리고 싶습니다. 제가 낯선 분에게 '제 어머니가 누구인지 모릅니다.'라고 말하고 싶지 않은 심정을 이해해주시겠지요."

"그건 죄야, 죄일세!" 칼로니모스는 혐오스럽다는 듯이 손을 들어 눈을 가리며 말했다. "우리의 젊은이들과 처녀들이 로마 에돔[13]을 위해 양육된 시절처럼 우리 민족을 약탈한 거라네. 그렇지만 좌절되었어. 내가 좌절시켰지. 다니엘 카리시, 그의 주님과 구세주께서 그를 지켜주시기를! 다니엘 카리시가 어린나무만 하고 내가 그의 어깨를 조금 넘는 소년이었을 때 우리는 영원한 친구가 되기로 엄숙하게 맹세했다네. '같은 어머니에게서 태어난 친형제처럼 서로에 대한 의무로 서로를 묶자.'고 그가 말했지. 그의 성향은 처음부터 끝까지 그러했네. 그의 말대로, 자신의 영혼을 결합의 유대로 강화

13 현재 팔레스타인의 사해와 아콰바 사이의 땅으로 에사우의 아들 에돔의 후손이 살던 곳이다. 이들은 이스라엘 종족에 적대적이었다.

하려 했어. 그는 이렇게도 말했네. '사랑을 의무로 묶자. 의무는 율법의 사랑이고, 율법은 하나님의 본성이니까.' 그래서 우리는 서로를 묶었네. 우리가 나중에 꽤 오래 떨어져 지내기는 했어도, 그 유대는 결코 끊어진 적이 없었어. 그가 죽었을 때 사람들이 그의 것을 뺏으려 했지만 그에게서 나를 뺏을 수는 없었어. 나는 그가 소중하게 여겼고 자손을 위해 보존한 그의 유물을 구했네. 그리고 그가 빼앗긴 자손을 다시 찾아서 그에게 돌려주었네. 곧 그 함을 갖다 주지."

칼로니모스는 몇 분간 나가있더니 서기와 함께 돌아왔다. 서기는 함을 들고 들어와서 바닥에 내려놓고 가죽덮개를 벗긴 후 도로 나갔다. 그 함은 꽤 크지는 않지만 장식적인 꺾쇠와 도금된 쇠 손잡이가 붙어 있어 육중했고 아랍 글자가 나무에 아름답게 새겨져 있었다.

"자!" 칼로니모스는 자기 의자로 돌아가며 말했다. "여기 묘하게 생긴 열쇠가 있네." 그는 작은 가죽 가방에서 그것을 꺼내며 덧붙였다. "조심해서 사용하게. 자네는 꼼꼼하고 신중하리라 믿네." 그는 나이 든 사람이 젊은이에게 어떤 물건을 간직하라고 맡길 때 좀 의심스러운 표정으로 훈계하듯이 바라보았다.

"어떤 재산보다도 더 소중하게 간직하겠습니다." 데론다가 미소를 띠고 열쇠를 앞가슴 주머니에 넣으며 말했다. "저에 대해 이처럼 소중한 희망을 품고 공들인 징표를 전에는 받은 적이 없습니다. 그리고 그 노력에 노인장께서 동참하셨다는 것을 결코 잊지 않겠습니다. 제 할아버지에 대해서 더 말씀해주실 시간이 있으십니까? 제가 잠시 더 여기 있으면 염치없이 시간을 빼앗게 될까요?"

"조금 더 있게나. 1시간 18분 후에 트리에스테로 출발한다네." 칼로니모스가 시계를 보며 말했다. "곧 내 아들들이 들어올 걸세. 그 애들이 내 친구의 손자를 기쁘게 환대할 수 있도록, 자네를 소개해도 되겠나? 나는 방랑하는 삶을 선택했지만 애들은 여기 정착해서 편안하고 호사스럽게 살고 있네."

"언젠가 앞으로 기회가 있을 때 친분을 맺도록 해주시면 기쁘겠습니다." 데론다가 말했다. "제가 영국으로 돌아가야 할 긴급한 사정이 있습니다. 제 친구들이 제가 오기를 간절히 바라고 있어서요. 뜻밖의 사정으로 너무 오래 돌아가지 못했습니다. 하지만 노인장과 가족 분과의 친분을 맺기 위해서라면 얼마든지 마인츠에 다시 올 수 있습니다."

"좋네! 자네는 나를 다시 보기 어려울 걸세. 나는 일흔이 넘은 데다, 수의를 몸에 감고 다니는 방랑자이니 말일세. 그렇지만 내 아들들과 그 자식들은 여기서 유복하게 단합하며 지내고 있네. 우리 민족이 대규모로 세례를 받지 않으면 대규모로 학살된 이후에 마인츠의 유대인은 상황이 달라졌어. 카를 대제[14]가 거친 독일인 형제들에게 지식 한 줌이라도 나눠주려고 이탈리아에서 우리 조상을 데려

14 아마도 프랑크 왕국의 왕이자 800년부터 814년까지 신성 로마 제국의 황제였던 샤를마뉴에 대한 언급.

온 후로 상황이 달라졌지. 나와 내 동료들도 지식을 위해 싸워야 했지. 우리의 젊은 시절은 불행한 날들이었어. 하지만 우리는 이것을 얻어냈네. 우리는 안전하게 재산을 늘렸고, 독일의 모든 학문은 유대인의 두뇌에서 양분을 얻고 비옥해졌다네. 그들이 유대인의 마음을 언제나 간직한 것은 아니었지만. 자네는 자네 민족의 삶에 대해 아는 바가 전혀 없는가, 젊은이?"

"아뇨," 데론다가 말했다. "최근에, 제가 제 혈통을 올바로 짐작하게 되기 전에, 유대인의 역사에 관해서 다른 주제보다 더 많은 관심을 갖고 연구하게 되었습니다. 결과적으로 제 할아버지를 조금 이해할 수 있도록 준비를 해온 셈입니다." 그는 이렇게 지엽적인 이야기를 나누다가 가장 관심 있는 주제로 나아가기 전에 시간이 가버릴까 걱정이었다. 나이 든 사람은 자신이 말해야 할 것과 젊은이가 알아야 할 것을 쉽게 구별하지 못한다. 많은 시간이 흐르면서 기억의 대상이 모두 동등하게 보이기 마련이다. 요셉 칼로니모스는 예리하고 활력이 넘치는 사람이기는 했지만, 잉크스탠드가 제자리에 놓여있지 않았다면 그의 상상력은 베이루트로 나아가지 못했을 것이다. 그는 끊임없이 여행을 하면서 늘 세밀하게 관찰하곤 했다. 그러나 데론다의 마지막 말은 목적한 바를 이뤄냈다.

"그래, 자네의 교육이 방해를 받지 않았더라면 아마 자네는 조부 같은 사람이 되었을 걸세. 자네의 용모가 그를 닮았거든. 완전히 똑같지는 않지만. 그의 얼굴에는 철석같은 의지가 담겨 있었네. 그래서 주위 사람이 모두 분발하게 되었지. 꽤 젊었을 때도 이마에 이미

세로 주름이 깊이 파였어. 자네 얼굴에는 그런 것이 전혀 보이지 않는군. 다니엘 카리시는 이렇게 말하곤 했어. '잘못된 의지라도 망설임보다 낫다. 불확실한 친구보다는 확실한 적이 낫다. 믿음이 없는 것보다 그릇된 믿음이 더 낫다.' 그는 무관심을 가장 경멸했네. 내가 다 열거할 수도 없이 많은 이유를 들었지."

"하지만 할아버지의 지식의 폭이 좁은 것은 아니었지요?" 데론다는 우유부단함에 대한 통상적인 변명, 즉 아는 것이 너무 많으면 우유부단해진다는 속설을 은연중 떠올리며 물었다.

"폭이 좁다고! 아닐세." 칼로니모스는 자비로운 미소를 띠고 고개를 저었다. "그는 어렸을 때부터 식물이 물을 빨아들이듯 지식을 쉽게 흡수했네. 그렇지만 일찌감치 생명과 건강에 대한 이론과 의학에 몰두했지. 많은 나라를 여행했고, 재산을 많이 쓰면서 직접 보고 경험했어. 인류의 힘과 번영은 분산과 소통의 균형에 달려있다고 주장하곤 했지. 그리고 우리 민족이 이교도 사이에서 자기 정체성을 잃는 것에 매우 비판적이었어. '그것은 많은 종류의 곡물이 다양성에서 동일성으로 되돌아가려는 것보다 나을 게 없다.'고 말했지. 그는 모든 분야의 학식을 결합했는데, 그 점에서는 황금시대의 아라비아계 동포 작가들 같았네. 우리는 함께 연구했고, 그가 늘 나를 앞서 갔지. 우리는 막역한 친구였네. 그는 내게 속마음을 토로했지만 우리는 사발의 안과 바깥처럼 서로 달랐어. 나는 내 의견을 주장한 적이 없었네. 나무의 모양새를 받아들이듯 카리시의 말을 받아들였어. 그의 말은 그냥 존재하는 것이지, 왈가왈부할 것이 아니었네.

그것은 우리 둘의 내면에 있는 동일한 것에 호소했어. 우리는 둘 다 충실한 유대인이었고, 이교도가 아닌 것을 감사하게 여겼네. 성장해서 어른이 되어서도 나는 변함이 없었고 지금의 나와 똑같았네. 물론 나이만 제외하고. 나는 떠돌아다니기를 좋아했고, 상거래를 좋아했고, 사물을 관찰하기 좋아했네. 곤경이 닥쳐도 전혀 개의치 않았지. 카리시는 늘 우리 민족의 미래에 대해 생각했어. 온 영혼을 바쳐 우리 신앙의 그 부분을 파고들었네. 나는 그렇지 않았어. 그렇게 우리는 자유로웠고, 나는 만족한다네. 우리 민족은 쫓겨나기 전에 방랑했지. 젊은이, 나는 동양에 있을 때 종종 갑판에 누워 큰 별들을 바라보곤 하지. 별들을 보고 있노라면 흐뭇해진다네. 별들이 하나씩 떠오를 때마다 그것을 알아보고, 그 이상을 알려고 갈망하지 않는다네. 카리시는 보는 것으로 만족하지 않았어. 어떤 것을 보면 이전에 있었던 것과 이후에 올 것을 결합하려 했지. 하지만 우리는 서로를 사랑했네. 그가 말했듯이 우리는 우리의 사랑을 의무로 묶었지. 마지막까지 서로를 돕고 지켜주자고 엄숙하게 맹세했어. 나는 내 맹세를 지켰네."

"노인장께서는 제 할아버님께 약속을 지키시면서 제게 정의로운 일을 베풀어주셨습니다. 할아버지께서 물려주신 유산을 알지 못했더라면 저도 약탈당한 것이 되었겠지요. 온 마음으로 감사드립니다."

"자네 조부에게 걸맞은 손자가 되게, 젊은이. 자네의 직업은 뭔가?" 느닷없이 이런 질문이 나오자 데론다는 당황했다. 법학 공부를 직업이라고 말한다면 정직하지 않다고 느꼈다. 그는 대답했다.

"아직은 직업이 있다고 말씀드릴 수 없습니다."

"직업을 갖도록 하게. 유대인은 부지런해야 하네. 자네는 스스로를 유대인이라 부르고 자네 조상의 종교를 믿는다고 공언하겠지?"

"저 자신을 유대인이라고 말하겠습니다." 데론다는 노인의 예리한 눈앞에서 얼굴이 약간 핼쑥해지며 천천히 말했다. "그러나 조상들이 믿은 대로 똑같이 믿는다고 공언하리라고는 말씀드릴 수 없습니다. 조상들께서는 스스로 신앙의 지평을 옮기고 다른 종족에 대해서도 배우셨지요. 하지만 저는 할아버지의 분리와 소통의 개념을 주장할 수 있다고 생각합니다. 종족에 대한 의무가 제게 첫 번째 의무라고 생각합니다. 제 민족의 일상적 삶을 복구하거나 개선하기 위해 해야 할 일이 있으면 그것을 제 직업으로 삼겠습니다."

다른 사람들에게도 종종 이런 일이 있듯이, 이 순간 데론다는 말을 해야 할 필요성 때문에 획기적인 결심을 하게 되었다. 노인에 대한 존중심 때문에 대답하지 않을 수 없었고, 대답해야 할 필요성 때문에 진실을 스스로 찾아낸 것이다.

"아, 자네는 논리적으로 주장하고 앞날을 생각하는군. 다니엘 카리시의 손자답네." 칼로니모스는 이렇게 말하며 히브리어로 축복해 주었다.

이렇게 그들은 헤어졌다. 데론다가 런던에 도착할 때쯤 노인은 다시 갑판 위에 있었고 열렬한 호기심을 느끼지 않으며 친숙한 별들을 반가이 맞이했다.

제61장

> 사랑은 다정한 가슴 속에 그를 품어준다,
> 초록 덤불의 그늘 속에 새들을 감싸듯이.
> 자연의 설계에서, 다정한 가슴 이전에는 사랑이 없고,
> 사랑 이전에는 다정한 가슴이 없다.
>
> 구이도 구이니첼리[15] (로제티의 번역)

그랜코트의 사망 소식에 극도로 흥분해서 흥분을 억누르려고 애쓴 곳은 페니코트의 흰 집 말고도 다른 집이 있었고, 렉스 가스코인 말고도 다른 가슴이 있었다.

한스 메이릭은 어머니가 읽도록 《타임스》를 보내거나 직접 들고 오곤 했다. 부인은 광범위한 영향을 미치는 정부 정책에서부터 혼사에 관한 소식에 이르기까지 온갖 뉴스를 꼼꼼히 읽었다. 혼사에 대한 뉴스를 보면 유행하는 소설을 읽지 않아도 소설을 다 읽은 듯이 즐겁다고 부인은 말했다. 남녀 주인공이 얼마나 한심한 인물인지

---

15 칸조네 "다정한 가슴에 대하여" 1~4행.

알지 못하면서 그들의 행복한 모습을 보는 즐거움을 느낄 수 있다는 것이었다. 한스는 수요일마다 신문을 가져왔는데 자기 나름의 이유가 있기 때문이었다. 미라가 일주일에 한 번씩 맵을 가르치는 시간이 거의 끝날 때쯤 들어와서는 미라의 노래를 듣고 싶어 시간에 맞춰 왔다고 인정했다. 그러나 지금 문제 되는 특정한 수요일에 그는 평소처럼 바깥문을 열쇠로 열고 조용히 집에 들어선 후 응접실에 들어와서는 《타임스》를 딱딱 소리가 나도록 흔들어대면서, 선생의 노래를 형편없이 흉내 내며 "나를 울게 내버려두오"[16]를 부르려던 맵을 사정없이 방해했다. 피아노와 노랫소리가 즉시 중단되었다. 반주를 하던 미라는 자기도 모르게 벌떡 일어나 뒤돌아보았다. 이따금 기교적인 목소리가 들린 후 딱딱 소리가 나자 우레처럼 들린 것이다. 맵이 말했다.

"아니, 한스! 왜 내 노래보다 더 끔찍한 소리를 내고 있어?"

"대체 무슨 놀라운 소식이 있니?" 방에는 그들 외에 메이릭 부인만 있었다. "이탈리아에 관한 새로운 소식이라도 있니? 오스트리아인들이 베네치아를 포기[17]한다니?"

"이탈리아에 관한 소식은 전혀 없고, 이탈리아에서 온 소식이 있어요." 한스가 특이한 어조와 태도로 말하자 어머니는 무슨 일일지

---

16 조지 프레데릭 헨델(1685~1765)이 작곡한 곡으로 리날도가 불렀다.

17 오스트리아는 사도바 전투에서 프로이센에 패한 후 베네치아를 이탈리아에 양도해야 했다.

즉시 짐작해보았다. 어떤 불쾌하지 않은 사건이 우리의 은밀한 추측을 입증하고 실현한 듯이 보일 때 우리가 어떻게 느끼고 행동하는지 상상해보라. 우리가 알아낸 것에 관심도 없고 우리가 알려주는 정보를 따분하게 생각하는 무지한 사람에게 우리는 의미심장한 어조로 "어떻게 생각하세요?"라고 묻는다.

"나쁜 일은 아니겠지?" 메이릭 부인이 즉시 데론다를 떠올리며 불안한 어조로 말했다. 미라의 마음도 이미 같은 생각에 사로잡혀 있었다.

"우리가 관심을 둔 사람에게는 나쁜 소식이 아니에요." 한스가 재빨리 말했다. "오히려 희귀하게 운 좋은 일 같아요. 전에는 누군가 이처럼 편리하게 죽는 것을 본 적이 없었는데. 내가 얼마나 사랑스러운 가젤[18]인지 생각하면, 내가 살아있다는 것이 늘 놀라울 따름이죠."

"아, 제발, 한스!" 맵이 조급하게 말했다. "자기 얘기를 하려면 아무도 없는 데서 하도록 해. 대체 무슨 일이 일어난 거야?"

"알폰소 공작이 익사했고, 공작부인은 살아있어. 그뿐이야." 한스는 신문을 메이릭 부인에게 내밀며 손가락으로 한 문단을 가리켰다. "그런데 그것 말고, 데론다가 그 부부와 같은 호텔에 머물렀고, 어

---

[18] 아프리카의 영양. 토머스 모어의 『랄라 루크』 중 "배화교 신자"에 나오는 구절, "나는 부드럽고 검은 눈으로 나를 기쁘게 할/사랑스러운 영양을 키우지 못했네." 참조. 찰스 디킨스도 『데이비드 카퍼필드』의 38장에서 이 노래를 언급했다.

부들이 그 부인을 바다에서 데리고 나오는 것을 보았다는군. 어부들은 그녀가 해를 입지 않도록 적시에 바다에서 건져냈고. 그녀가 남편을 좇아서 물에 뛰어드는 것을 보았다네. 그건 공작부인에 대한 내 기대에 미치지 못하는 분별없는 행동이었어. 아무튼 데론다가 그곳에서 그녀를 돌볼 수 있었으니, 운 좋은 녀석이야."

미라는 피아노 의자에 다시 주저앉았고 눈을 내리깔고 양손을 꼭 쥐었다. 메이릭 부인은 맵에게 신문을 내밀면서 말했다.

"가엾게도! 남편을 따라 뛰어들다니, 남편을 무척 좋아했나 보구나."

"그건 실수예요. 얼이 좀 빠졌겠지요." 한스는 악동처럼 얼굴을 찡그리며 미라에게서 멀지 않은 곳에 털썩 주저앉았다. "등골을 오싹하게 하는 냉랭한 눈길에다 늘 혼잣말을 중얼거리는 질투심 많은 남자를 누가 좋아할 수 있겠어요? 정말이지, 그 남편이 한 일은 그것뿐이었어요. 그가 익사하는 것보다 더 멋진 일은 있을 수 없을 거예요. 공작부인은 이제 부드러운 머리칼에, 등골을 오싹하게 하는 것이 아니라 마음을 녹일 눈빛을 가진 남자와 마음대로 결혼할 수 있어요. 나는 그 결혼식에 초대받을 테고요."

이 말에 미라가 벌떡 일어서더니 분노가 번뜩이는 눈으로 한스를 똑바로 바라보며 노기를 띠고 몹시 떨리는 목소리로 말했다.

"한스 씨, 그런 식으로 말씀하시면 안 돼요. 데론다 씨는 그런 말씀을 좋아하시지 않을 거예요. 왜 그분이 운이 좋다고 하세요? 삶과 죽음이 걸린 일에서 한 사람은 살고 다른 사람은 죽었는데, 왜 그런 말을 사용하세요? 데론다 씨가 그랜코트 부인을 사랑한다면, 그것이 운이 좋은 일인지 어떻게 아세요? 그분에게는 큰 불운일 수도 있어요. 그 부인은 그분을 제 오빠에게서 멀리 데려갈 거예요. 그럴 거라고 생각해요. 데론다 씨는 그것을, 제 오빠의 마음을 찢어놓는 것을, 운 좋은 일이라고 말하지 않을 거예요."

거기 있던 세 사람은 이 갑작스러운 변화에 깜짝 놀랐다. 한스에게서 멀지 않은 곳에 있던 그녀의 얼굴은 이슈리얼[19] 천사에게나 어울릴 법한 노기 어린 눈빛에 평소 붉은색이었던 입술까지 새파랗게 질려 있었다. 한스는 꼼짝 못 하고 미라의 말에 여자애처럼 얼굴을 붉히며 당황해서 말했다.

"내가 바보처럼, 야만인처럼 굴었어요. 내 말을 모두 취소할게요. 이제 가서 유다처럼 내 목을 매달겠어요. 그 이름을 입에 올려도 괜찮다면." 슬픔을 느낀 순간에도 한스의 즉흥적인 답변에는 변함없이 익살기가 섞여 있었다.

그러나 미라는 화가 풀리지 않았다. 그 분노가 어떻게 풀릴 수 있겠는가? 그녀는 극심한 고통에 처했을 때 고통을 견딜 수 있도록 자기 이빨로 자기 살을 물어뜯는 동물처럼 격분해서 말을 토해낸 것이다. 그녀는 더 이상 아무 말 없이 피아노에 앉았고, 다시 연주를

---

19 에덴동산에서 아담을 보호하는 임무를 맡은 천사 중 하나. 밀턴의 실낙원(4권 788~790)에서 이슈리얼은 다른 천사 제프곤과 함께, 사탄이 꿈속에서 이브를 유혹한 후 사탄을 가브리엘에게 데려간다.

시작하려는 듯 앞에 놓인 악보를 눌렀다.

메이릭 부인의 얼굴에도 한스의 불편한 심정이 일부 반사된 것 같았다. 맵이 말을 꺼냈다.

"미라가 오빠를 야단친 게 전적으로 옳아, 한스. 오빠는 늘 데론다 씨의 이름을 공연히 끌어들이니까. 데론다 씨가 그랜코트 부인과 결혼할 거라고 그런 식으로 농담하다니 너무 심했어. 남자들의 마음은 음흉하기 짝이 없는 게 분명해." 맵이 몹시 경멸하듯이 말을 맺었다.

"전적으로 옳은 말이야." 한스가 낮은 목소리로 말하고는 뒤쪽 창문으로 가려고 몸을 돌렸다.

"노래를 계속하는 것이 좋겠어요, 맵. 레슨 시간이 끝나지 않았으니." 미라가 평소보다 더 높은 목소리로 말했다. "이 노래를 다시 해보겠어요? 아니면 내가 부를까요?"

"아, 노래를 불러줘요." 조금 전에 벌어진 사건에서 벗어나게 되어 맵이 즐겁게 말했다.

미라는 즉시 "나를 울게 내버려두오"를 시작했고, 감미로운 흐느낌과 비명이 어우러진 그 노래를 더 풍부하고 강렬하게 불렀다. 한스는 어머니의 눈길을 조심스레 피하며 걸음을 멈추고 벽난로에 기댔다. 미라는 마지막 곡절을 부르고 마지막 곡조를 연주한 다음 일어서서 말했다. "이제 집에 가야겠어요. 오빠가 기다리고 있어요."

그녀는 메이릭 부인에게 말없이 손을 내밀었고, 평소처럼 키스를 하지 않고 감히 쳐다볼 엄두를 내지 못하며 약간 뒤로 물러섰다.

그러나 작은 어머니는 미라의 얼굴을 끌어당기고 위로하듯 말했다. “하나님의 축복이 있기를.” 미라는 격분한 마음에 한스를 비난함으로써 메이릭 부인에게 잘못을 저질렀고, 감사할 줄 모르는 오만한 마음을 드러냈으며, 어울리지 않게 우월감을 주장했다고 다른 고통스러운 생각과 더불어 느끼고 있었다. 그리고 그녀의 벗은 이 양심의 가책을 짐작한 것이다.

그동안 한스는 정신을 차리고 문을 열어주려 했다.

“자, 한스,” 맵이 진정 누이의 다정한 마음을 교묘히 숨기며 말했다. “미라를 집에 데려다주려고 하지 마. 미라는 원치 않을 거야. 오빠가 오늘 몹시 불쾌하게 굴었으니까.”

“미라가 거절하지 않는다면 바래다주겠어.” 한스가 문을 열면서 말했다.

미라는 아무 말도 하지 않았다. 바깥문을 열어주고 나와서 문을 닫았을 때 그녀가 막지 않았으므로 그는 그녀 옆에서 걸었다. 그녀는 그에게 다시 말을 꺼낼 용기가 없었다. 자신이 어울리지 않게 너무 가혹한 말을 했을지 모른다는 생각이 들었지만 그 뒤에 가슴속에 남은 말은 더 가혹한 것이었다. 게다가 수많은 생각이 몰려와 아직 스스로에게도 말하지 않고 남아 있는 의식을 해석하려고 덤벼들었다.

한스도 자기 나름대로 머릿속이 복잡했다. 미라의 격분으로 인해 새로운 의식이 눈을 떴고, 그것을 미처 알아차리지 못했다니 멍청하기 그지없었다는 불쾌한 자각이 더불어 밀려왔다. 만일 미라의 마음이 자신과 오빠의 은인으로서가 아니라 다른 의미에서 데론다에게 사로잡혀 있다면. 이런 가정을 해보자 한스의 마음에는, 그를 공정히 평가하자면, 순전히 이기적이지는 않은 걱정이 떠올랐다. 그는 데론다와 그랜코트 부인 사이에 진지한 애정이 존재한다고 굳게 믿었다. 그것은 반대를 입증하는 구체적인 증거가 있어야 깨질 수 있을 확신이었다. 그는 자신이 단편적으로 관찰한 여러 사실과 조금씩 알게 된 사실을 결부시켜보았다. 누이들이 앤 가스코인에게 들은 이야기를 통해서, 그랜코트 부인이 데론다에게 열정을 품고 있고, 엄격한 자제력이 있음에도 그녀에 대한 그의 민감한 감성은 숨겨진 사랑의 징후라는 확신이 굳어졌다. 그러나 한스는 천성적으로 장난기를 섞어 말하는 경향이 있었고, 장난삼아 친구들의 화를 돋우면서 살아 있는 동물을 대상으로 일종의 실험을 해보는 것을 좋아했다. 그 실험을 통해 결국 그는 자신이 그럴듯하다고 생각한 것이 진실이라는 확신을 얻었다.

다른 한편, 자신이 미라에게 연인으로 드러낸 관심에 데론다가 분명 민감하게 반응한 것은 이미 이유로 내세웠듯이 미라의 의존적인 처지 때문이었다고 충분히 설명할 수 있을 것 같았다. 왜냐하면 자신이 구하거나 보호해준 사람들에 대해 데론다가 순전히 이타적인 마음으로 염려하리라고 한스는 믿었기 때문이었다. 그리고 미라가 유대인이 아닌 사람과 절대 결혼하지 않으리라는 데론다의 주장은 부득이 그 스스로도 배제하는 것 같았다. 한스 역시 데론다가 휴고 맬링거 경의 아들이라는 일반적인 의견을 받아들였고, 그런 의견을 부정할 만한 사실을 전혀 알지 못했다.

그러므로 그는 데론다의 감정 상태를 정확히 알고 있다고 느꼈다. 그런데 지금, 그가 보기에는 데론다와 그랜코트 부인의 바람직한 결합에 기여하는 사건이 미라에게서 번뜩이는 뜻밖의 사실을 끌어낸 것이다. 데론다에 대한 미라의 열정적인 감정이 드러나자 한스는 자신뿐 아니라 그녀 때문에도 우울해졌다. 하지만 전체적으로 볼 때 데론다가 미라에게 마음을 두었다고 생각했다면 느꼈을 우울함에는 미치지 않았다. 한 남자가 자신이 사랑하는 여자가 자기 경쟁자에게서 행복을 얻을 때보다, 그 경쟁자가 다른 여자를 사랑하기 때문에 그 여자가 불행할 때를 더 잘 견딜 수 있고 질투심을 덜 느낀다는 것은 숭고하진 않아도 흔히 있는 일이다. 적어도 변덕스러운 한스에게는 그러했다. 그는 상반된 감정 사이에서 동요하고 있었다. 미라가 상처를 입었기 때문에 자기도 상처를 입은 느낌이었고, 데론다가 다른 여자를 사랑하기 때문에 거의 고마운 심정이었다. 미라의 분노를 이해한다고 직접 드러내놓고 말할 수는 없었다. 그렇지만 말없이 동무하면서 웅변적으로 회개하는 마음과 다정한 공감을 드러낼 수 있기를 바랐다. 이것은 상처받은 마음에 구애하는 방법으로서 봐줄 만한 것이다.

그리하여 두 사람은 우리 귀에는 들리지 않는 곳에서 재빨리 진동하는 두 개의 현처럼 흥분 상태로 소통하듯이 나란히 걸었다. 그러나 미라의 집 앞에 이르러 한스가 "잘 있어요."라고 말하면서 회개하고 호소하는 표정으로 손을 내밀자 미라는 우울하면서도 부드러운 얼굴로 말했다. "들어오셔서 오빠를 만나시지 않겠어요?"

그는 이 초대를 용서의 신호로 여기지 않을 수 없었다. 미라의 성격이 어린 시절의 경험으로 어떻게 형성되었는지를 잘 알지 못했기에, 바로 조금 전의 흥분이 매우 강렬했기 때문에 고통을 더 빨리 단호하게 받아들였음을 이해하지 못했다. "그렇게 해주신다면." 이렇게 말하며 미라와 함께 집에 들어섰을 때 그의 슬픔은 절반이 사라졌고, 데론다가 다른 여자에게 헌신하는 만큼 자신도 헌신함으로써 미라에게 없어서는 안 될 인물이 되리라는 작은 환상을 꿈꾸었다. 이렇게 되는 것이 어느 모로 보나 공정했다. 그의 친구는 가슴으로 진정 바라는 바를 얻었기 때문이었다. 그리고 유대주의 문제를 보더라도 한스는 확실하게 용기를 얻은 느낌이었다. 민담이나 역사에서 자신의 민족과 종교에 따라 사랑을 선택한 여자의 이야기를 누가 들어보았겠는가? 이슬람과 유대 처녀는 언제나 기독교인에게 끌렸다. 이제 미라가 데론다에게 줄달음치듯 이끌렸다면, 이것이 그 사실을 보여주는 또 하나의 사례이다. 한스는 자기 나름의 논리를 전개하면서 즐거워하는 경향이 있었고, 스스로를 혐오스러운 기독교인이라고 부르며 정반대로 대조되는 것이 사건을 풀어갈 유일한 실마리라고 말하곤 했다. 그렇지만 자신이 비웃는 것을 약간 믿기도 했다. 그리하여 가장 가벼운 원칙에서 태어난 새처럼 가벼운 희망은 암울한 상황에도 불구하고 다시 솟아올랐다.

모르디카이는 특히 행복한 표정으로 접힌 편지를 들고 있었다. 그의 눈에서 타오르는 고요한 승리감 때문에 그의 초췌한 얼굴은 죽음의 공격을 정복한 사람처럼 보였다. 그와 한스가 인사를 나눈 후 미라는 오빠의 목을 팔로 감싸 안고 그의 손에 들린 편지를 내려다보았다. 그 편지 때문에 행복한 기분일 거라고 짐작했지만 물어볼 엄두가 나지 않았다.

"다니엘 데론다의 편지란다." 모르디카이가 그녀의 표정에 답하며 말했다. "짧은 편지야. 곧 돌아오기를 바란다고만 썼구나. 예상치 못한 일 때문에 지체되었다고. 그를 다시 만날 것을 생각하면 구름 속에 무지개가 뜬 것 같소." 모르디카이가 한스를 바라보며 말을 이었다. "당신에게도 즐거운 일이겠지요. 그런 친구가 어디 다시 있겠소?"

한스가 대답하는 동안 미라는 살짝 자기 방으로 들어갔다. 하지만 내면에서 터져 나오는 격정에 마음껏 빠지려는 것은 아니었다. 여자들의 몸단장을 지켜본다는 천사들이 그녀와 함께 작은 방에 들어갔다면, 방문을 닫은 후 그저 모자를 벗고 앉아서 머리가 아프다는 것을 갑자기 깨달은 듯 양손으로 관자놀이를 누르는 그녀를 보았을 것이다. 그러고는 일어나서 눈과 이마, 머리칼에 찬물을 끼얹자 뒤쪽의 곱슬머리에 수정 같은 물방울이 매달리는 것을 보았을 것이며, 이마를 닦은 그녀의 모습은 이슬이 매달린 삼단 같은 머리칼 사이에 갓 피어난 숲의 꽃처럼 보였을 것이다. 그런 다음에 그녀는 안도감으로 숨을 깊이 내쉬고 작은 슬리퍼를 신고 가만히 2분간 앉아 있었다. 앞으로 일어날 일에 대한 생각에 잠겨 아주 긴 시간이 지난 듯 여겨지자 그녀는 불현듯 뭔가를 떠올린 듯 일어서서 차를 준비하러 내려갔다.

예전과 비슷한 생활이 돌아왔다. 과거에 그녀는 맡은 배역을 익히고 리허설에 가고 저녁에는 연기하고 노래하고 아버지에게 자기 감정을 숨겨야 한다는 것을 늘 기억하곤 했다. 생활이 힘들어질수록 그녀는 더 많은 것을 숨겨야 했다. 그녀의 성격은 오랫동안 굳건히 인내하는 데서 힘을 발휘하곤 했다. 오늘 처음으로 분노를 터뜨리게 한 격렬한 감정은 고통의 차분한 직시로 재빨리 바뀌었다. 어렸을 때의 그녀에게 친숙한 동무와 다름없는 습성이었다. 그러나 평소처럼 움직이며 말하는 그녀를 면밀히 관찰한 사람이라면 자제력의 결과인 이 표면적 고요함이, 어린 시절의 행복이 다시 찾아왔다고 느낀 첫 몇 달간의 감미롭고 진정한 고요함과는 다르다는 것을 알아차렸을 것이다.

행운을 마음껏 누리면서 재앙은 다른 사람에게나 일어나는 것이라고 언제나 생각하는 사람들은 자신의 운명이 반전될 때 쉽게 믿지 못하고 맹목적 분노를 느낀다. 거칠게 소리를 내질러서 모진 비바람의 방향을 바꿀 수 있으리라고 믿기도 한다. 미라는 친숙한 슬픔이 잠시 떠났다가 되돌아왔을 때 그런 놀라움을 느끼지 않았고, 그저 예전의 습관대로 스스로를 억눌렀다. 이처럼 기쁨보다는 고통을 예감하는 습성 때문에, 한스가 암시했을 뿐 아니라 자신이 은밀히 알고 있는 사실과 점점 뚜렷해진 예감이 뒷받침하는 가능성을 부정하거나 정반대로 믿지 않았다. 데론다와 그랜코트 부인의 애정이 결국 결혼으로 맺어지리라는 것은 확실한 사실로 보였다. 그에게는 아무 잘못도 없었다. 미라 자신과 에즈라와 다른 세계에 속한 이 여자가 데론다와 맺어지도록 상황이 결정된 것이다. 그 여자는 데론다와도 다른 부류의 사람 같았고, 그의 삶과 어우러지지 않고 혼란스럽게 휘저을 이질적인 존재로 보였다. 글쎄, 에즈라가 살아 있을 동안만 아무 변화도 없도록 미룰 수 있다면! 그녀는 데론다와 오빠의 중요한 관계를 잘 알지 못했지만 그 관계가 그랜코트 부인과의 친밀한 관계와는 어울리지 않는다고 예감할 수 있었고 본능적으로 그렇게 느꼈다. 미라가 처음에 극심한 반감을 느낀 이유로 든 것은 적어도 그것이었다. 그러나 고요하지만 신속히 펼쳐지는 의식 속에서 어떤 생각이 이어졌다. 습관적으로 행동하는 동안에도 끊이지 않고 변화하는 감정처럼. 오래지 않아 이 내면의 언어는 에즈라가 우정을 잃지 않더라도 이 극심한 반감은 계속 남으리라고 명확히 속삭였다.

'내가 지금껏 읽어오고 노래로 부르고 무대에서 봐온 것이 내게 일어나고 있어. 내가 느끼는 이것은 질투를 일으키는 사랑이야.' 이처럼 공정하게 미라는 스스로에 대한 책망을 요약했다. 그러나 이 고통이 다른 사람에게 무슨 문제가 되겠는가? 그것은 어렸을 때 느낀 잃어버린 어머니에 대한 갈망이나 헌신적 애정과 마찬가지로 순전히 자기만의 감정으로 숨겨야 한다. 그러나 헌신적 애정과 달리 이 감정은 자신의 불순한 성격에서 비롯되었다고 느꼈다. 순수한 감사와 존경심이어야 할 감정이 이기적 고통에 빠져들고, 지금껏 즐겁게 발설한 감정이 밝히기 부끄러운 것으로 추락한 것이다. 모든 것을 받기만 하고 아무것도 주지 않은 자신이 하찮은 존재에 불과한 곳에서 중요한 존재가 되기를 터무니없이 갈망하고, 자기에게 부족한 장점을 가진 여자에 대해 분노하다니. 그런데 어떤 생각이, 어떤 헛된 믿음이 마음속에 몰래 숨어 있다가 이제 실망과 질투심으로 드러나 타오르는 것일까? 그녀의 영혼은 깊은 잠결에 떠올랐다 잊힌 꿈에 의해 유독한 열정에 젖어들었고, 이제 이 설명할 수 없는 비참한 괴로움 속에서 활활 타오르는 것 같았다. 깨어 있을 때의 온전한 마음은 데론다가 자신을 사랑할 수 있으리라는 무모하고 부적절한 생각을 품을 수 없기 때문이었다. 그녀가 전에 느낀 불안감은 비교적 모호했고, 데론다가 그녀와 오빠의 세계를 방문한 손님에 불과하다는 전반적인 아쉬움 때문이라고 쉽게 설명할 수 있었다. 그가 사는 세계와 그들의 세계는, 불이 환히 밝혀지고 제복을 입은 하인들이 늘어선 주랑 현관과 도무지 닿을 길 없는 신비로운 별빛만 비치는 천막 입구처럼 엄청난 차이가 있었다. 그러나 이제 그녀의 감정은 모호하지 않았다. 데론다의 옆에서 그를 더 멀리 끌어가는 그랜코트 부인의 모습이 살을 꼬집는 집게처럼 명확한 아픔을 주는 고통의 원인이었다. 사람들이 때로 경솔하게 클레오파트라처럼 대단한 인물에게 꼭 필요하다고 가정하는 열렬한 감정이 미라의 영혼의 집에 자리 잡고 있었다. 그녀의 감정은 절대적이고 끈기 있는 것이라서 처음 선택한 열정적 감정을 평생 지속될 정조(貞操)로 만든다. 그런데 이제 확고한 선택이 이루어진 것이고, 그것은 사랑을 괴로운 질투심으로 만들어놓았다. 그녀는 자신을 둘러싼 어떤 대상에 강한 반감을 느끼곤 했고, 그것이 그녀의 의식에 영향을 미치더라도 속으로는 초연함을 유지하는 데 익숙했다. 그런데 지금의 반감은 그랜코트 부인에게 집중되었고, 자기도 모르게 그 부인을 실제로 알고 있는 것보다 더 나쁘게 생각했다. '예전에는 무엇이든 참을 수 있었어. 그런데 이건 더 나빠. 더 고약해. 이런 지독한 감정은 느끼지 않았어!' 이 가엾은 아이는 베갯머리에서 이렇게 소리 내어 중얼거렸다. 데론다와 관련된 어떤 감정에든 반감을 느끼며 기도를 올리다니 야릇한 일이었다!

그러나 이런 결론에 이른 것은 어느 날 모르디카이를 보살피며 저녁시간을 보내던 중이었다. 그는 친구를 다시 만날 기대에 신이 나서 여러 가지 생각을 미라에게 들려주고 있었다. 하지만 그가 생기 도는 눈으로 말없이 입술을 달싹거리면서 분명 속으로 말을 하느라 그 대화는 여러 차례 중단되었다. 그는 특히 한 가지 생각에 몰두하고 있었다.

"자, 보렴, 미라." 그가 한참 침묵한 후 말했다. "우리가 신의 단일성을 간결하게 고백하는 셰마[20]가 유대인에게는 중요한 예배란다. 이로 인해 우리 종교는 전 세계의 근본적인 종교가 되었지. 신의 단일성은 결과적으로 인류의 궁극적인 단일성을 내포하기 때문이야. 그렇다면 보렴. 분리주의로 인해 비웃음을 받은 나라가 인류에

---

[20] 유대교의 원칙을 선언하는 기도문으로 구약성서의 신명기 6장 4절~9절, 11장 13절~21절, 민수기 15장 37절~41절로 구성되어 있다.

게 서로를 하나로 묶는 원리를 제공한 거야. 완전한 단일성을 이루면 전체가 한 부분을 소유하듯이 한 부분은 전체를 소유한단다. 이런 식으로 인간의 삶은 궁극적 단일성을 향해 나아가는 거야. 우리의 삶이 사고 능력에 의해 점점 영적으로 변하고 그 안에서 기쁨을 누리면, 소유는 상스러운 물질적 접촉과 무관하고 만인이 공동으로 누리는 것이 된단다. 그래서 단 하루의 짧은 시간에도 인간의 영혼은 과거와 현재의, 아니, 앞으로 다가올 선을 더 풍부하게 알 수 있을 거야. 인간이 감각의 길을 따라 기어 다녀야 했을 때 평생에 걸쳐 얻을 수 있었던 것보다 더 많이. 이 순간 나는 다른 이들의 미래에 느낄 기쁨을 내 속에 품고 있단다, 미라. 이 눈으로는 보지 못할 미래, 그때 내 영혼이 내 것으로 알아보지 못할 미래를. 나는 지금 그것을 알아보고 무척 사랑하기에 그 제단에 보잘것없는 이 생명을 내려놓고 '타올라라. 알아볼 수 없이 타올라 앞으로 존재할 것이 되어라. 내가 사랑하는 그러나 내가 아닌 것이 되어라.'라고 말할 수 있단다. 내 말을 이해하겠니, 미라?"

"조금은요." 미라가 힘없이 말했다. "그런데 내 마음이 너무 미천해서 그렇게 느끼지 못했어요."

"그렇지만 여자는 특히 체념을 통해 소유를 느끼는 사랑을 하도록 만들어졌단다." 모르디카이가 다소 끈덕지게 말했다. "그래서 내가 말하려는 이미지에 적합하지. 나중에 나온 미드라쉬[21] 어딘가에 이교도 왕을 무척 사랑한 유대 처녀의 이야기가 나올 거야. 그 처녀는 이렇게 행동했단다. 감옥에 들어가서 왕이 사랑한 여자와 옷을 바꿔 입었어. 그 여자 대신 죽음을 맞아 그 여자를 죽음에서 구해주고 그래서 자신을 사랑하지 않는 국왕이 사랑하는 여자와 행복할 수 있게 해주었지. 이것이 사랑하는 대상에게 자기를 바치는 초월적 사랑이란다."

"아뇨, 에즈라, 아니에요." 미라가 낮은 목소리로 강렬하게 말했다. "그게 아니에요. 그녀는 죽음을 통해서 왕에게 자기가 무엇을 했는지를 알리고 자기가 다른 여자보다 더 낫다는 것을 알려주고 싶었던 거예요. 그녀로 하여금 죽음을 선택하게 만든 것은 왕의 사랑을 얻으려는 그녀의 강한 자아였어요."

모르디카이는 잠시 입을 다물고 있다가 말했다.

"그럴 수도 있겠지, 미라. 하지만 왕이 그 사실을 절대로 모를 거라고 믿으면서 그렇게 했다면?"

"오빠는 그런 이야기를 만들 수 있어요, 에즈라. 오빠는 위대한 사람이고, 일어날 수 있는 가장 위대한 일을 상상하기 좋아하니까. 그렇지만 나는 이야기가 그렇지 않았을 거라고 생각해요. 그 유대 아가씨는 질투심을 품었을 테고, 어떻게든 왕의 마음속에서 첫 번째 자리를 차지하고 싶었던 거예요. 그러기 위해서 그녀는 죽었을 거예요."

---

[21] 성서의 주석 장르. 이스라엘에서 70~400년에 융성했으며, 다양한 논평과 설명, 해석, 영적이거나 법적, 윤리적인 지침을 포함한다. 한때 유대인 생활과 신앙을 총체적으로 포괄한 토라(구약 성서 권두의 5편)에서 유래했다.

"동생아, 네가 극본을 너무 많이 읽은 모양이구나. 작가들이 인간의 열정을 영혼의 연민과 경건함이 섞이지 않고, 악마가 머무는 곳으로 즐겨 묘사하는 연극을. 너는 네 마음에 의해서가 아니라 연극을 기준으로 판단하는 거야. 네 마음이야 우리 어머니 마음과 같지."

미라는 아무 대답도 하지 않았다.

제62장

행운은 품행이 단정치 못한 여자 같아서,
한곳에 오래 머물기를 좋아하지 않는다.
그녀는 당신의 머리칼을 이마 위로 쓸어 넘기고
재빨리 키스하고는 서둘러 사라진다.

반면 불행은 당신을 가슴에 꼭 끌어안고,
서둘 일이 없다고 말하며
당신의 침대 옆에 앉아 뜨개질을 한다.

하이네[22]

최근에 미라는 어떤 두려운 일이 일어날까봐 경계해왔다. 이제는 그것이 얼마 전에 되돌아온 익숙한 슬픔으로 계속 찾아왔고 더불어 무거운 짐을 가져온 것 같았다.

어느 날 아침에 그녀는 클레스머가 추천해준 어느 부유한 집의

---

22 하인리히 하이네(1797~1856)의 『역사, 히브리 운율과 애도』 세 권 중 두 번째 작품인 『로만제로의 애도』에 붙인 제사.

자선 음악회에서 노래를 불렀다. 그 집 밖에는 떠나는 인파를 보려고 늘 그렇듯 사람들이 무리 지어 모여 있었다. 나이츠브리지를 돌아섰을 때 그녀는 자기 걸음과 같은 보조로 뒤따라오는 발소리를 알아차렸다. 그녀는 음악회 의상으로 수수한 검은색 드레스를 입고 그 위에 먼지 방지용 덧옷을 걸친 차림새였기에 불쾌하게 이목을 끌 수 없었고, 길을 걷는 것도 신중치 못한 행동은 아니었다. 그러나 당장 떠오른 생각은 그런 것이 아니었다. 전혀 다른 불안감이 마음을 스쳤다. 그녀는 즉시 아버지를 생각했다. 유령이 뒤따라온다고 느낄 때처럼 주위를 돌아볼 수도 없었다. 몸을 돌릴 때 아버지의 얼굴이 보인다면 참을 수 없는 감정의 분출을 자초할 것이다. 만일 뒤따라오는 사람이 아버지라면 그는 자신을 밝힐 테고 억지로 대면하게 만들 것이다. 강제로 대면할 때까지 기다려야 한다. 그녀는 계속 걸었고, 발을 더 빨리 옮기지도 않았다. 그래봐야 무슨 소용이 있을까? 이제는 뒤에 있는 남자가 아버지라고 확신한 것처럼 어떤 일이 일어날 것인지 그려보았다. 그러면서 아버지와 관련된 일을 조금도 숨기지 않겠다고 메이릭 부인에게 약속한 일을 떠올리고 후회했다. 그것을 후회하다가 마침내 오빠에게 불필요한 충격을 주지 않도록 적어도 갑자기 사실을 밝히지는 않겠다는 결심에 이르렀다. 이런 이유로 부담을 받았기에 그녀는 집 앞에 이르기 전에 돌아서기로 마음먹었다. 그 만남에 그저 순종하지 않고 굳건하게 자기 의지로 대면하겠다고 결심했다. 집 근처의 작은 광장 입구에 들어서서 이제 돌아서겠다고 결심했을 때, 그녀가 예감한 존재가 가까이 다가

오는 것이 느껴졌다. 그 사람은 미끄러지듯 옆에 와서 그녀의 손목을 잡고 설득하듯이 은근한 어조로 말했다. "미라야!"

그녀는 전혀 놀라지 않고 즉시 걸음을 멈췄다. 예상한 목소리였고, 예상한 눈이 그녀를 바라보고 있었다. 그녀의 얼굴은 사형집행인을 바라보는 듯이 침통했고, 반면에 그는 그녀를 달래고 비위를 맞추려는 의도에 어울리는 표정이었다. 한때 혈색 좋고 잘생긴 얼굴이었지만 지금은 주름살이 깊게 파인 데다 누르스름했고, 남들의 무례한 태도에 아랑곳하지 않고 호의를 베풀어달라고 아첨하듯이 특이하게 뻔뻔스러우면서 정중했다. 그는 몸이 가볍고 활동적이며 어딘지 젊음의 활기가 숨겨져 있어서 노쇠한 기색이 변장처럼 보였다. 실제로 쉰일곱도 넘지 않은 나이였다. 전에 보았을 때처럼 그의 옷차림은 초라했다. 이제 존경하지 않는 이 아버지를 보자, 수치심과 슬픔, 혐오감과 동정심이 뒤섞인 고통이 전보다 더 강하게 밀려왔다. 전과 달리 그녀의 세계는 그가 조롱과 경멸을 받지 않도록 막아줄 동료들이 없는 곳이었기에 그런 감정이 더 강렬했다.

천천히, 떨리는 슬픈 목소리로 그녀가 말했다. "아버지이시군요."

"왜 아버지에게서 달아난 게냐, 얘야?" 그는 간결한 수화법을 쓰듯이 여러 몸짓을 섞어 다정하게 항의하듯 재빨리 말을 꺼냈다. "무엇 때문에 겁을 먹은 게냐? 내가 네 뜻에 어긋나는 일을 시킨 적이 한 번도 없는 걸 알고 있잖아. 나는 널 위해서 포르쉬타트트의 약속을 어겼어. 네게 적합한 일이 아니라고 생각해서 그랬지. 그런데 너는 그 보답으로 날 버리고 달아나서 결과적으로 날 곤경에 빠뜨렸지.

네가 편한 역을 맡을 수 있도록 드레스덴의 포르쉬타트 극장과 계약을 맺었는데. 너를 놀래주려고 그 말을 미리 하지 않았던 거야. 그런데 너는 날 거기 두고 달아나버렸지. 나는 계약을 깼기 때문에 얼굴을 내밀 수 없었어. 내게는 몹시 가혹한 일이었지. 나는 네게 큰 자산이 될 교육을 위해 모든 것을 포기했는데 말이야. 나처럼 자기 딸에게 헌신한 아버지가 어디 있겠니? 나는 네 목소리에 실망을 견디고 그래도 최선을 다해보려고 애썼단다. 내게는 너밖에 없으니까. 머리를 써서 살길을 찾아야만 하는 사람들이 그렇듯 낙심하고 있을 때, 바로 그때 네가 날 버렸지. 내가 아니면 누구 덕에 네가 이렇게 되었겠니? 그런데 그 보답으로 감사하는 마음이 네겐 전혀 없었어. 내 딸이 보살펴줄 거라고 믿고 의지했다가는 시궁창에서 죽었을 거야."

라피도스는 이 부분에서 말을 멈췄다. 말을 꾸며낼 재주가 부족해서가 아니라, 서글픈 감정의 정점에 이르렀기 때문이었다. 그는 여자처럼 갑자기 울음을 터뜨리며 재빨리 누런 실크 손수건을 꺼냈다. 그는 실로 딸이 몹시 고약하게도 자기를 푸대접했다고 느꼈다. 모든 일이 자기 덕분이라고 생각하지 그 반대로 생각하지 않는 파렴치한 사람은 당연히 그런 감정을 강렬하게 느낄 것이다. 그녀는 지금까지 아버지를 질책하지 않았지만 이번에는 확고하게 대답했다.

"제가 왜 달아났는지 알고 계시잖아요, 아버지. 아버지를 믿을 수 없었어요. 아버지가 어머니를 속였다고 확신했으니까요. 아버지를 신뢰할 수 있었다면, 아버지와 함께 살면서 아버지를 위해 일했을 거예요.”

“나는 네 엄마를 속이려 한 적이 한 번도 없었어, 미라야.” 라피도스는 손수건을 치우면서, 그렇지만 더욱 솟구치는 흐느낌을 억제하려는 듯이 말했다. “너를 네 엄마에게 데려다줄 생각이었어. 그런데 그때 우연히 어떤 일이 일어나는 바람에 돌아가지 못했고, 그런 다음에는 네 엄마가 죽었다는 소식이 들려왔지. 그러니 내가 있던 곳에서 계속 지내는 편이 네게 더 나았어. 네 오빠는 스스로 알아서 살아갈 수 있으니까. 내게 뭔가를 요구할 권리가 있는 사람은 너밖에 없었어. 네 엄마의 사망 소식을 전해준 사람은 각별한 친구였는데 날 위해 일을 도맡아 처리해줬지. 장례비용으로 쓰라고 그에게 돈을 보냈단다. 물론 그럴 가능성도 있지.” 라피도스는 그럴 법하지 않지만 그래도 혹시 모르니 주의해야 한다고 재빨리 생각했다. “그가 내게서 돈을 뜯어내려고 거짓말을 써 보냈을 수도 있어.”

미라는 아무 대답도 하지 않았다. ‘아버지의 말은 한 마디도 믿지 않아요.’라는 단 하나의 진실한 말을 도저히 입에 올릴 수 없었다. 그래서 그녀는 가만히 서있으면 불편하게 남들의 이목을 끌 수 있으니 걸음을 옮기자는 의도를 드러냈다. 그들은 함께 걸었다. 두 사람의 모습을 본 사람이 있다면 지나다가도 뒤돌아보았을 것이다. 영국 숙녀처럼 차분하고 검소한 드레스 차림으로 눈에 띄게 아름다운 미라의 모습은 현란한 몸짓을 해대는 외국인 같은 초라한 남자와 기묘한 쌍을 이루었다. 더군다나 그 남자에게는 반백의 숱 많은 곱슬머리와 작은 손발, 그리고 가벼운 걸음걸이 때문에 어딘지 모르게 경쾌한 분위기가 감돌았다.

"너는 잘 지낸 것 같구나, 미라야. 전혀 궁핍하지 않은 모양이야." 아버지는 그녀의 모습을 이모저모 뜯어보며 말했다.

"좋은 벗들이 어려움에 처한 저를 구해주고 일거리를 얻도록 도와주었어요." 그녀는 이제 무슨 말을 해야 좋을지 생각하느라 정신이 팔려서 실제로 뭐라고 말하는지도 잘 몰랐다. "저는 가르치고 있어요. 가정집에서 노래를 불렀고요. 지금 막 개인 음악회에서 노래를 부르고 오는 길이에요." 그녀는 말을 끊었다가 의미심장하게 덧붙였다. "제게 아주 좋은 벗들이 있는데 그들은 저에 대해 모든 것을 알고 있어요."

"그런데 그들이 이렇게 초라한 아버지를 보게 되면 부끄럽겠구나. 놀랄 일도 아니지. 나는 널 우연히 만날지 모른다는 희망 말고는 아무 기대도 없이 영국에 왔어. 정신 나간 듯이 찾아다녔지. 하지만 아버지의 마음은 미신적이라서, 천연자석처럼 어디엔가 끌리는 것을 느낀단다. 난 여기 오지 않았으면 잘 지냈을 거야. 너를 돌볼 필요가 없었으면 공처럼 이리저리 편하게 굴러다니거나 어딘가에 머물 수 있었겠지. 그렇지만 기운이 빠지기 시작할 때 세상에 홀로 남겨지면 괴롭단다. 그리고 내 어린 딸 미라가 지난날을 돌아보며 아버지를 저버린 것을 후회하리라고 생각했지. 나는 일을 해서 돈을 벌려고 무진장 고생했어. 앞으로 얼마나 더 초라해질지 모르겠구나. 내 재능은 이 나라에서 쓸모가 없거든. 팔꿈치에 구멍이 숭숭 난 옷을 입고 다니는 가난한 사람은 누구도 믿어주지 않아. 그러니 이런 차림새로는 근사한 일자리를 구할 수 없지. 동전 한 푼을 벌기 위해 꽤 비천한 일을 해야 했단다."

미라는 더 비천한 상태에 빠진 아버지를 재빨리 상상하며 걱정스러웠다. 할 수만 있다면 막아야 했다. 그러나 그는 달달 외우기라도 한 듯이 입심 좋게 줄줄이 꾸민 말을 늘어놓다가 미라가 대답도 하기 전에 물었다.

"어디에 살고 있니, 미라야?"

"이 광장에 살아요. 여기서 멀지 않아요."

"세를 들어 사는 게냐?"

"네."

"너를 돌봐주는 사람이 있어?"

"네." 미라는 자기를 향한 예리한 얼굴을 똑바로 바라보며 말했다. "오빠예요."

아버지의 눈꺼풀이 번개라도 스친 듯 파르르 떨렸고 어깨도 약간 움찔했다. 그러나 그는 간신히 알아챌 정도로만 멈칫하더니 말했다. "에즈라? 어떻게 알아냈니? 그 애를 어떻게 찾았어?"

"긴 사연이 있어요. 여기가 바로 저희 집이에요. 오빠는 제가 아버지를 들어오시지 못하게 문을 닫아버리는 것을 바라지 않을 거예요."

미라는 벌써 현관에 올라서서 아버지 쪽을 바라보았다. 그는 아래쪽 보도에 서 있었다. 그녀는 에즈라와 대면할 때 어떤 일이 벌어질지 생각하며 심장이 두근거렸다. 지금껏 순종해온 아버지에게 이처럼 허락해주는 자세로 올라선 그녀는 밑에서 아버지가 에둘러 간청한 허락을 받고 눈에 띄게 움츠리는 모습을 보면서 동정심과 굴욕감이 뒤섞인 특이한 수치심으로 고통을 느꼈다. 지극한 효심을 가진 사람이 존경심을 잃었을 때 느끼는 아픔이었다.

"잠깐만, 어린 아가씨." 라피도스가 낮은 목소리로 말했다. "에즈라는 어떻게 되었니?"

"좋은 사람이요. 훌륭한 사람이 되었어요." 미라는 천천히 힘주어 말했고, 흥분으로 더욱 떨리는 목소리를 억제하려고 애썼다. 아버지에게 곧 그를 속속들이 꿰뚫어볼 시선을 받으리라고 알려줘야 한다고 느꼈다. "하지만 제 벗들이 저를 위해서 오빠를 찾아주었을 때 오빠는 무척 가난했어요. 가난한 노동자였어요. 한때, 12년 전에, 오빠는 튼튼한 몸과 행복한 마음으로 동양으로 가고 있었어요. 동양에 갈 생각으로 기대에 부풀어 있었어요. 그런데 그때 어머니가 오빠를 불러 돌아오게 했어요. 어머니가 저를 잃었기 때문에요. 그래서 오빠는 어머니에게로 돌아갔고, 몹시 고생하면서 어머니를 돌봐드렸고, 어머니가 돌아가실 때까지, 비탄으로 돌아가실 때까지, 어머니를 위해 일했어요. 그러면서 에즈라도 건강과 원기를 잃었어요. 어머니가 버림을 받았기 때문에 어머니에게 돌아가다가 독감에 걸린 거예요. 그러고 해가 갈수록 점점 더 쇠약해졌고요. 늘 가난했고, 늘 노동을 해왔어요. 하지만 오빠는 지식이 풍부하고 위대한 마음을 갖고 있어요. 오빠에게 가까이 가는 사람들은 모두 그를 존경해요. 오빠 앞에 서면 하나님의 예언자 앞에 서는 것 같아요." 미라는 두

근거리는 가슴으로 어렵게 말을 맺었다. "거짓말은 아무 소용도 없어요."

그녀는 말을 맺으면서 아버지를 보지 않으려고 눈을 내리깔았다. 그의 얼굴에서 점점 확연해지는 좌절감의 비열한 표정을 견딜 수 없었다. 그러나 그럼에도 그는 재빨리 묘안을 생각해내고 단호하게 말했다.

"미라야, 어린 아가씨," 그가 예전처럼 달래듯이 말했다. "내가 아들을 만나기 전에 좀 더 점잖게 보이면 좋지 않겠니? 돈이 조금만 있으면 네 아버지로 손색없이 차려입고 네 집에 갈 수 있을 거야. 그러면 더 그럴듯한 일거리를 알아볼 수 있을 텐데. 좋은 셔츠와 코트를 입으면 사람들이 기꺼이 나를 고용하려 할 거야. 형편없는 사기꾼처럼 보이지 않으면, 시중꾼도 될 수 있을 거야. 나는 자식들과 함께 지내면서 모든 것을 잊고 용서하고 싶단다. 하지만 내가 이렇게 구질구질한 차림인 건 본 적이 없지? 10파운드만 있으면, 아니면 약속을 정해서 네가 어딘가로 돈을 갖고 올 수 있으면, 모레 버젓이 차려입고 다시 올 수 있어."

미라는 유혹을 받고 있다고 느꼈고, 그것을 극복해야 했다. 그녀는 억지로 눈을 들어 그를 다시 바라보며 대답했다.

"저는 아버지 요청을 거절하고 싶지 않아요. 하지만 아버지를 위해 뭔가를 몰래 하지 않기로 약속했어요. 아버지의 딱한 사정을 보고 있으려니 정말 괴로워요. 그렇지만 얼마간은 그것을 견뎌야 해요. 그러고 나서 새 옷을 마련하고 우리가 돈을 낼 수 있을 거예요."

현실적인 분별력으로 이제 그녀는 메이릭 부인이 약속을 강요한 것이 현명한 일이었음을 알 수 있었다.

라피도스는 기분이 상해서 빈정거렸다. "냉정하고 말만 번지르르하게 하는 아가씨가 되었구나. 아주 쓸모 있는 미덕을 배웠어. 너는 실크 드레스를 사 입을 만큼 돈을 잘 벌면서 아버지에게는 1~2파운드도 주지 않겠다는 약속을 지킨다는 말이지. 너를 우상처럼 떠받들면서 널 먹여 살리느라 가장 좋은 시절을 바친 네 아버지에게."

"잔인하게 보이지요. 저도 그렇다는 걸 알아요." 미라는 지금 이 순간이 물에 빠져 죽으려던 순간보다 더 고약하다고 느꼈다. 그녀의 입술이 갑자기 새파래졌다. "그렇지만 아버지, 사람들이 믿는 약속을 깨뜨리는 것은 더 잔인한 일이에요. 그 때문에 어머니가 절망하셨고, 에즈라의 삶이 파탄에 이른 거예요. 아버지와 저는 과거에 있었던 쓰라린 일을 받아들여야 해요. 그걸 참아주세요. 지금 모습 그대로 들어오셔서 보살핌을 받도록 참아주세요."

"그렇다면 내일 오마." 라피도스는 떨고 있는 창백한 딸에게서 거의 몸을 돌렸다. 이제 자신에게는 성가시게도 딸을 지지해주는 세상이 있는 것 같았다. 그러나 그는 재빨리 돌아서면서 호주머니를 불안하게 뒤적이더니 다시 호소하는 어조로 말했다. "이 일로 나는 좀 마음이 아프단다, 미라야. 내일이면 기분이 나아질 거야. 네 호주머니에 잔돈이 있으면, 담뱃값으로 한두 푼 주더라도 네 약속을 깨는 것은 아닐 거야."

미라는 다른 질문을 할 수 없었다. 떨리는 차가운 손을 호주머니에 넣어 지갑을 찾아 꺼낼 수 있을 뿐이었다. 라피도스는 즉시 지갑을 움켜쥐고 그녀의 손을 누르더니 "잘 있어라. 내 딸아. 그럼 내일 보자!"라고 말하고는 걸어갔다. 몇 걸음도 옮기지 않아 그는 지갑 갈피를 찬찬히 뒤져보았고, 10실링 금화 두 개와 은화 몇 개, 그리고 접힌 덮개에 붙어 있는 종잇조각을 보았다. 어머니의 이름과 생일, 결혼일과 사망일, 그리고 "미라를 악에서 구해주소서."라는 기도문이 에즈라의 아름다운 히브리어 글자체로 적혀 있었다. 미라는 이 짧은 문장을 자기가 사용하는 많은 물건에 붙여 놓기 좋아했다. 그 아버지는 그것을 읽었고, 결혼 당시의 명랑하고, 질책받을 일이 없던 젊은이를 잠시 떠올렸다. 그는 많은 것을 가르쳤고 글을 써서 차차 더 쉽게 돈을 벌 수 있으리라 기대했으며 아름다운 아내 사라를 무척 좋아했다. 그녀가 울기를 바라면 울었고, 그녀의 섬세한 감정을 민감하게 받아들이며 모방하곤 했다. 라피도스는 그 젊은 시절의 자아에서 멀리 떠나왔고, 그 쪽지에 담긴 의미를 감정이 섞이지 않은 무감각한 기억으로 떠올렸다. 감각을 잃은 사람이 촉각을 시각으로 인지하듯이. 아니면 미각을 잃은 입에 음식물이 닿은 듯이, 형태와 질감은 느낄 수 있지만 맛은 전혀 느끼지 못했다. 나태하고 이기적인 삶을 살아갈 때 우리는 연민이나 양심의 가책, 사심 없는 후회를 느끼는 능력을 잃을 수 있다. 서서히 죽어가는 사람이 한때 의식이 있었던 곳의 여백이 점점 넓어지는 것을 깨닫기보다 찢어진 상처를 느낄 수 있기를 갈망하듯이, 우리는 그런 능력을 갈망하게 될 수 있다. 미라의 지갑은 멋졌고, 선물로 받았기에 남에게 주는 것은 생각도 할 수 없는 것이었다. 그러나 라피도스는 곧 공상에서 벗어나 지갑 속의 돈뿐 아니라 지갑으로 무엇을 얻을 수 있을지 생각했다. 그리고 어떻게 하면 무시무시한 아들 앞에서 회개하는 모양새를 취하지 않고 딸에게서 더 많이 얻어낼 수 있을지 생각했다. 이런 문제에서는 그의 감성이 여전히 활발하게 돌아갔다.

그동안 미라는 집에 들어섰고, 무서운 고통에 자제력을 잃고 말았다. 그녀의 오빠는 데론다에게 건네줄 생각인 자신의 옛 원고를 조용히 읽으며 분류하고 있었다. 미라는 감정을 자제하려고 꽤 오래 무진장 애쓰고 나서 그 반작용으로 오빠 앞에 털썩 주저앉아서 그의 무릎을 끌어안고 흐느끼며 외쳤다. "에즈라, 에즈라!"

그는 아무 말도 하지 않았다. 동생이 이처럼 격한 감정을 드러낸 적이 없었기에 더욱 두드러진 이 비탄의 원인이 무엇일지 놀란 마음으로 생각했다. 미라는 그 이유를 말할 수 있기를 바랐고, 이내 손을 올리고 계속 흐느끼며 띄엄띄엄 말했다.

"에즈라, 아버지! 우리 아버지! 아버지가 날 따라왔어요. 아버지에게 들어오시라고 했어요. 오빠가 아버지를 집에 받아들일 거라고 말했어요. 그런데 아버지가 아니라고, 들어오지 않겠다고, 지금은 아니고, 내일 오시겠다고 했어요. 그리고 내게 돈을 달라고 했어요. 그래서 내가 지갑을 드렸더니 갖고 가셨어요."

미라는 이 말로 자신이 느낀 고통을 모두 표현한 것 같았다. 오빠는 예상보다 괴로운 일이 아니라고 생각하고는 부드럽게 말했다. "진정하려무나. 미라. 전부 다 얘기해주렴." 그는 동생의 모자를 벗기고 머리에 부드럽게 손을 올려놓았다. 그녀는 마음을 달래주는 위안을 느꼈다. 몇 분 지나자 조금 전에 일어난 일을 가급적 정확하게 말할 수 있었다.

"아버지는 내일 오시지 않을 거야." 모르디카이가 말했다. 그들은 아버지가 밖에서 미라가 나오기를 기다리다가 다시 구걸하리라고 생각했지만 둘 다 그런 말은 하지 않았다.

"자, 보렴." 그가 곧 덧붙였다. "우리 운명은 이스라엘의 운명이란다. 슬픔과 영광은 연기와 불꽃처럼 뒤섞여 있어. 우리, 자손들이 선을 물려받았기 때문에 우리가 악을 느끼는 거야. 우리 아버지가 우리 어머니와 결혼했기에, 우리에게 이런 것들이 결합되어 있는 거란다."

브롬프턴 근방에 앉은 사람이 말하는 목소리여도 그 목소리는 과거의 금언을 후세에 전한 랍비에게서 나온 것일 수 있었다. 바블리라는 짧은 애칭으로 불린 방대한 바빌로니아 탈무드[23]에 기록될 수 있을 정도로 말이다. "어디에나 존재하시는 분은 혼사를 맺는 데 몰두하신다."고 어떤 랍비가 말했다. 이 말이 경박하게 들린다면, 듣는 사람의 귀가 그렇게 듣기 때문이다. 여기서 혼사의 뜻은 우리의 선과 악을 낳는 우주의 온갖 경이로운 결합이기 때문이다.

---

[23] 탈무드는 고대 유대의 법률을 충실히 기록한 것으로서 초기에는 모세의 율법에서 이어졌다. 그러나 엘리엇이 여기서 언급한 것은 서기 500년경에 나온 더욱 권위 있는 바빌로니아 문서로서, '학식'을 뜻하는 미쉬나와 그 학식을 보완하는 게마라로 구성되어 있다.

제63장

모세는 예술에 적의를 품고 있었으면서도 위대한 예술가였으며, 당대 이집트 시민들과 마찬가지로 파괴될 수 없는 거대한 것에 주안점을 둔 진정한 예술 정신을 갖고 있었다. 그러나 돌과 화강암으로 예술품을 만들어낸 이집트인과 달리 그는 인간 피라미드를 세웠고 인간 오벨리스크를 조각했다. 그는 가난한 농부와 노예로 몇백 년간 이어질 민족을 만들었다. 그는 이스라엘을 만들었다.

하이네 『고백』[24]

영국으로 돌아왔을 때 데론다의 마음이 영국을 떠날 때와 어떻게 달라졌을지 상상해보라. 제노바를 향해 출발했을 때는 실제로 마음속에서 끌리는 소망과 애정이 어느 정도나 격려를 받을지 전혀 확신하지 못했다. 그에게 밝혀질 사실이 자신을 얼마나 멀리 새로운 길로 이끌지도 알지 못했다. 최근에 그가 불확실하기에 위험한 욕구에 동의하며 추구해온 길에서 얼마나 멀어질지도. 그러나 그는 자신

[24] 하이네의 『잡다한 글』의 1권(1854).

의 야심이 갈구한 상속권을 보장하는 발굴된 헌장 같은 것을 갖고 돌아온 것이다. 자유보다 더 나은, 의무적 유대를 얻었고, 그간의 경험을 통해 그의 마음은 그런 유대를 기꺼이 받아들일 준비가 되어 있었다. 아직은 희망을 키워가도록 허락받지 못한 은밀한 열정적 갈망을 충족시킬 수 있으리라는 전망이 그 유대에 뒤따르지 않았더라도. 그러나 이제 그는 용기를 내어 은밀히 선택한 사랑을 스스로에게 고백했다. 첼시의 집에서 작별할 때 미라의 표정과 말에 가슴이 벅차올라 아무 말 못 하고 떠났을 때부터 — 그녀의 표정과 말에 담긴 절묘한 호소력이 그가 어릴 때부터 느낀 여성에 대한 깊은 배려를 자극했으므로 — 그녀가 그의 감정을 사로잡았기에 그는 우리가 본 그 어려운 상황에서도 말이나 행동에 비난받을 소지 없이 처신할 수 있었다. 구애하는 것이 당치 않은 관계를 통해 소중한 사람이 된 그녀에게 그가 혹시라도 구애할 가능성은 전혀 없어 보였다. 하지만 그녀는 사랑스러운 여자로 그의 영혼에 각인되었고, 다른 여자의 매력을 떨어뜨리며, 그 매력의 다른 점을 결핍으로 느끼게 했다. 미라의 영향력은 계속 커졌다. 그것은 가엾은 궨덜린의 운명을 방해하고, 데론다의 마음에 자기에게 의지하는 궨덜린에 대한 인간적 사랑이 아니라 자기희생적 동정심의 열정을 일으켰다. 그리고 보다 자연스러운 애정은 모든 점에서 궨덜린과는 다른 이미지를 향해 더 풍부하게 흘러갔다. 더욱이 모르디카이와의 관계 덕분에 미라와 새롭게 가까워졌는데, 그녀에 대한 그의 입장에는 외적인 변화가 없었지만 그럼에도 마음을 들뜨게 했다. 그녀의 오빠를 실망시킬 문제를 피하려는 그의 모든 생각에는 그녀가 불가분 엮여 있었다. 데론다의 마음에서 이런 과정이 무의식적으로 진행된 것은 아니었다. 그는 우리가 탐욕을 의식하듯이 그것을 의식했다. 스스로에게 고집스럽게 고백하기보다는 다른 생각을 조장함으로써 아무것도 아닌 듯이 넘기는 편이 더 나을 탐욕처럼. 그러나 한스의 허황한 주장을 들었을 때는 질투의 불길이 타올랐고, 어머니가 유대 여자를 사랑한다고 나무랐을 때 대답을 얼버무리면 배신과 다름없다는 생각이 퍼뜩 스쳤다. 요셉 칼로니모스가 그에게 확고한 결의를 표명하도록 다그쳤듯이, 어머니는 그에게 사랑을 분명히 인정하도록 몰아갔다. 이렇게 해서 새로이 결정을 내리자 그의 감정에 미친 영향은 스스로도 놀랄 정도로 강력했다. 의심스러운 상황 때문에 오랫동안 자제하고 억누르는 데 쓰인 힘이 모두 풀어져버린 것이다. 마인츠에서 돌아오면서 영국에 가까워질수록 남은 거리가 더욱더 장애물처럼 느껴졌을 때, 자신의 조급한 심정을 비웃고 싶을 정도였다. 조상을 찾게 되면서 그는 자신에게 덧붙여진 영혼을 발견한 기분이었다. 그의 판단력은 더 이상 공평한 공감의 미로에서 방랑하지 않았다. 인간에게 가장 큰 힘을 주는 고귀한 편애로, 공감을 실천하게 해주는 더 가까운 우애를 선택한 것이다. 편애를 피하려고 높이 날아올라 갖가지 특성을 느끼지도 못하며 내려다보는 합리성을 버리고, 비슷한 유산을 물려받은 사람들과 어깨를 맞대고 협력할 수 있는 너그러운 합리성을 택한 것이다. 그는 이제 모르디카이와 함께 있을 때 감정을 억제하지 않고 열렬히 토로하며, 동의하는 의견을 받아들이고, 반대의견을 견지하고 싶었다. 그러면서 곤혹스러운 마음으로 미라를 찾아보려고 유별나게 애쓰지 않고 그녀 옆에 있고 싶었고, 새로운 가능성에 비춰 그녀를 바라보고 그녀의 표정과 말을 새로운 기준에서 해석해보고 싶었다. 한스의 관심이 그녀에게 미칠 영향은 그리 염려하지 않았다. 하지만 자신에 대한 그녀의 감정은 애초에 사랑으로 쉽게 바뀌지 않을 곳에 바탕을 두었다고 생각했다. 어떤 여자가 당신을 대법관으로만 생각하고 있는데 갑자기 그녀의 애인이 되겠다고 나서서 그녀를 놀래주는 것은 당연히 피하고 싶은 일이다. 그는 더 수월하게 달라질 수 있을 방법을 찾으려 고심했다.

데론다가 런던 기차역에 내렸을 때 곧바로 브롬프턴의 작은 광장에 있는 셋집으로 가는 길만 생각했다고 놀랄 까닭이 있을까? 어느 모로 봐도 당장 그들을 만나러 가는 것이 편리했다. 이튿날은 레이디 맬링거를 만나러 토핑 애비에 내려가기로 약속했고, 이미 해가 저물고 있었다. 그리고 그 소중한 함을 모르디카이에게 맡기고 싶었다. 모르디카이는 그와 함께 그 내용물을 검토하고, 그가 없을 때는 혼자 검토할 것이다. 또한 뜸 들이지 않고 곧장 찾아가면 모르디카이가 진심으로 기뻐할 것이다. 이런저런 이유로 데론다도 그렇게 하는 것이 기뻤다. 그의 본성의 가장 강한 성향들이 하나의 흐름이 되어 세차게 흐르고 있었다. 가까운 사람의 소망을 충족해주며 즐거움을 느끼는 열정적 다정함과 직접적이고 일상적인 행동의 지평을 여는 어떤 원대한 관계에 대한 상상의 욕구가. 이처럼 고전적이고 낭만적이며 세계사적인 위상으로, 물려받은 갑옷과 투구를 사실상 숨겨진 곳에서 찾아온 그가 동시대인들과 똑같은 여름옷 차림새였다는 점은 인정해야 한다. 그렇지만 셈족이든 야벳족[25]이든 고대 영웅의 차림새도 대체로 그랬으리라고 가정해야 할 것이다. 그는 충충한 갈색이 어울릴 거라고 생각하지 않았고, 실은 그런 생각을 하며 신경 쓰는 일도 거의 없었다. 그러나 그 집에 무슨 일이 있었을지 궁금해하며 들어섰을 때 그의 짙은 얼굴색 덕분에 옷 색깔이 잘 어울렸고, 눈의 광채가 더해졌으며, 살갗에 윤기가 돌았다. 그는 가급적 조용히 들어섰다.

미라가 아버지와 마주쳐서 이야기를 나눈 바로 그 날 저녁이었다. 모르디카이는 동생의 비탄과 그 사건으로 일깨워진 슬픈 기억 때문에 가슴이 아파서 문서를 다시 분류하지 못했다. 처음 불안감을 느꼈을 때 문서 몇 개가 바닥에 떨어져 흩어졌는데, 그도 미라도 정리할 생각조차 못 하고, 시간이 얼마나 지났는지도 알지 못한 채 가만히 앉아 있었다. 그동안 벽난로 위의 시계가 계속 째깍거렸고 빛이 서서히 사라져갔다. 미라는 이미 끝냈어야 할 저녁식사도 생각하지 못하고 먼지 방지용 외투를 벗은 채 모르디카이 옆에 앉아서 그의 손을 잡고 가만히 있었다. 반면에 눈을 감고 고개를 젖힌 채 힘겹게 숨을 이어가는 모르디카이의 모습을 보면서 미라는 그의 영혼이 더는 그 고생스러운 집에서 살 수 없을 것 같다고 생각했다. 이렇게

25 노아의 맏아들 셈에서 이어진 종족은 노아의 둘째 아들 야벳에게서 이어졌다는 종족과 적대적이었다.

생기 없는 오빠의 얼굴을 볼 때마다 죽음이 멀지 않으리라는 생각이 들곤 했다. 그런데 이제 자신이 격한 감정의 분출을 억제하지 못해 오빠의 마음을 어지럽혔다는 후회가 이전의 슬픔에 더해졌다. 그녀는 가만히 앉아 그를 지켜보았다. 달걀처럼 갸름하고 창백한 뺨에 슬픔을 담은 눈이 새로 고인 눈물에 반짝이고 곱슬머리는 갓 깨어난 아이처럼 엉클어진 채 그녀는 쇠약한 얼굴을 바라보았다. 기쁨이 사라지면서 슬픔 속에서 목숨을 부지할 정도의 힘만 남은 듯이, 그녀의 얼굴에는 결코 걷히지 않을 베일이 드리워졌다고 상상할 수 있을 것이다. 그 순간 미라 앞에 펼쳐진 삶은 과거 슬픔의 반복에 그치지 않았다. 아버지의 그림자가 그늘을 드리웠고, 그보다도 한 사람의 죽음과 살아있는 한 사람과의 이별로 두 겹의 상실이 기다리고 있었다.

그런데 바로 그때 문이 열리더니, 들어온 사람은 없지만 친숙한 목소리가 들려왔다. "다니엘 데론다입니다. 들어가도 될까요?"

"들어오게, 들어와!" 모르디카이가 갑자기 눈을 뜨고 환한 얼굴로 즉시 일어서며 말했다. 아침에도 데론다를 보았고 저녁에 찾아오리라 예상했던 듯이, 전혀 놀라지 않은 표정이었다. 반면에 미라는 깜짝 놀라서 혼란스럽고 걱정스럽기도 한 기대감으로 얼굴을 붉히며 일어섰다.

하지만 데론다가 들어섰을 때 그의 모습은 비가 그친 후 청명한 하늘 같았다. 앞으로 구름에 덮이더라도 그 순간의 소중한 빛은 가로막을 수 없을 것이다. 그는 오빠의 왼쪽에 붙어선 미라에게 오른 손을 내밀고 모르디카이의 오른쪽 어깨에 왼손을 올려놓고 두 사람을 동시에 잡은 채 말없이 잠시 서있었다. 그러다가 그들의 얼굴을 찬찬히 들여다보고는 걱정스럽게 미라에게 말했다. “무슨 일이 있었어요? 걱정거리가 생겼어요?”

“지금은 근심에 대해 말하지 말게.” 모르디카이가 동생이 대답하지 않아도 되도록 말을 꺼냈다. “자네 얼굴에 기쁨이 어려 있으니 그 기쁨을 우리와 나누세.”

미라는 ‘그 기쁨은 우리에게 말할 수 없는 일일 거야.’라고 생각했다. 그들은 자리에 앉았고, 데론다는 모르디카이 앞으로 의자를 가까이 끌어당겼다.

“맞습니다.” 그가 힘주어 말했다. “아무리 고통스러운 시절이라도 사라지지 않을 기쁜 일이 있습니다. 내가 외국에 간 이유를 말하지 않았지요, 모르디카이. 실은 내 혈통을 알아내러 갔기 때문입니다. 당신이 옳았어요. 나는 유대인입니다.”

두 남자는 모르디카이의 눈에서 번쩍인 섬광처럼 재빨리 손을 맞잡았고, 그 섬광이 전기 충격처럼 미라의 온몸을 꿰뚫고 흘렀다. 데론다는 마음에서 우러나오는 대로, 또한 모르디카이의 마음에서 우러나올 듯이, 쉬지 않고 말을 이었다.

“우리 조상은 같습니다. 우리 영혼은 같은 사명이 있어요. 우리는 살아서든, 죽어서든 헤어지지 않을 겁니다.”

모르디카이는 히브리어로 속삭이듯 대답했다. 예배드릴 때 종교적 유대감을 표현하는 구절, “우리의 하나님, 우리 조상의 하나님.”

이었다.

너무나 강렬한 감정에 압도된 나머지, 열정이 일 때마다 대개 신속히 따라나오는 기지 넘치는 말도 이어지지 않았다.

미라는 오빠 옆에서 무릎을 꿇었고, 조금 전만 해도 죽은 사람처럼 파리했던 얼굴이 이제 환하게 빛나는 것을 올려다보았다. 절망감에서 기쁨으로 격렬하게 뒤바뀐 감정을 풀어놓기 위해 그녀는 무릎을 꿇을 수밖에 없었다. 마치 어떤 종교의식을 바라보듯이 엄숙한 기쁨에 압도되었다. 그 순간 그녀는 그 기쁨이 오빠에게 준 영향을 통해서만 자기 삶에 미칠 영향을 생각했다.

"그리고 유대인이기만 한 게 아니에요." 우리의 갈망과 행위가 완벽하게 일치할 수 있고 우리가 바라보는 실재가 우리의 이상적인 선과 일치하는 진귀한 순간에 큰 기쁨을 느끼며 데론다는 말을 이었다. "나는 우리 민족의 유대를 열렬히 주장해온 혈통을 물려받았습니다. 많은 학자와 실용적 능력을 갖춘 인물을 배출한 스페인계 유대인 혈통이었어요. 그리고 조상과 친교를 맺게 해줄 유물을 찾았습니다. 내 조부이신 다니엘 카리시는 손자에게 전해지기를 소원하시면서 오래전 과거에서 이어지는 가족 기록과 원고를 보존하셨어요. 내 혈통을 내게 숨김으로써 그 소원을 좌절시키려는 시도가 있었지만 그럼에도 이제 그분의 소망이 이루어졌습니다. 할아버지께서 직접 작성하신 문서와 다른 기록이 담긴 함을 받았고, 지금 이 집의 아래층에 있습니다. 그 문서를 검토하는 데 당신의 도움을 받을 수 있도록 여기 맡길 생각입니다, 모르디카이. 그중 몇 가지는 스페인어와 이탈리아어로 쓰여 있어서 내가 쉽게 읽을 수 있지만, 히브리어와 아랍어로 쓰인 것이 있어요. 라틴어로 적힌 것도 있는 것 같고요. 마인츠에 있는 동안 급히 훑어보았을 뿐이에요. 함께 검토해 봅시다."

데론다는 밝은 미소를 지으며 말을 맺었다. 늘 진지한 그의 얼굴에서 빛나는 미소는 (끊임없이 웃어대서 어떤 표정도 믿을 수 없는 얼굴과는 반대로) 계시처럼 보였다. 그러나 이 행복한 눈길이 모르디카이를 지나 미라에게 머물자 그녀는 너무 강한 햇살을 받은 듯이 몸을 움직였다. 무릎을 꿇었을 때는 사사로운 당혹감이 전혀 개입되지 않은 충동에 휩싸여 있었고, 특히 그랜코트 부인이 이처럼 새롭게 전개된 사태에 어떻게 관련될 것인지를 전혀 생각하지 않았다. 그러나 불현듯 그런 생각이 떠오르자 그녀는 데론다의 시선을 받으며 얼굴을 붉혔고, 일어나서 다시 자리에 앉아 평소처럼 손을 포개고 발을 엇갈리게 놓은 채 가급적 차분하게 보이려고 애썼다. 그녀 못지않게 민감한 데론다는 자신이 느끼는 감정이 자신의 눈빛에 너무 역력히 드러나 그녀에게 혐오감을 주었으리라고 상상했다. 자신이 의도치 않게 감정을 드러낸다면 자신에 대한 그녀의 감정을 상하게 할 것이고 그러면 이 남매와 자신의 소중한 관계가 훼손될 거라고 믿었다. 만일 미라가 자신을 사랑할 수 없다면, 그가 구애할 경우에 그녀는 어쩔 수 없이 그와 계속 접촉하면서 견딜 수 없이 괴로울 것이다.

데론다와 미라의 마음속에서 이런 감정이 급히 요동치는 동안,

모르디카이는 벗의 얼굴과 말에서 오로지 축복받은 기대의 실현만을 보면서 예전처럼 넓은 의식으로 말을 꺼냈다.

"다니엘, 처음부터 내가 말했지. 우리가 모든 길을 다 아는 것은 아니라고. 그 길들이 서로 조우하지 않던가? 한 영혼 속에서 어떤 생각이 태어나 숨 쉬고 여러 요소를 끌어들여 자양분을 얻어 성장하는 작용처럼 말일세. 사물은 어디에나 존재하시는 분 안에서 서로 엮여 있다네. 그분은 온 세계의 집이자 존재하는 곳이지. 사건이란 거울과 같아서 그것을 통해 우리의 눈은 그 길을 일부 볼 수 있다네. 그리고 과오를 저지르고 사랑할 줄 모르는 인간의 의지가 자네에게, 모세에도 그랬듯이, 우리 민족에게 더 잘 봉사하기 위해 준비하도록 도와준 것 같다면, 그것은 우리의 발걸음을 이끌어야 할 계율과는 다른 이치에 달려있다네. 왜냐하면 인간의 사악한 의지는 인간의 올바른 의지를 일깨우지 않고는 한 종족의 선을 이룰 수 없기 때문이지. 우리의 생각이 영원하신 분을 암운으로 둘러싸고 있지만 그 아래에서 이것은 명백하다네. 즉 한 종족은 정의와 사랑의 법칙에 순응하여 행하려는 의지를 갖춘 지도자와 대중이 있어야만 축복을 받을 수 있다는 걸세. 자, 보게. 큰 길을 만들고 악의 영향력에 저항한 것은 바로 사랑에 충만한 자네의 의지였네. 내 동생에게 형제애의 의무를 다하고 오라버니의 실제 육신을 찾아주려고 노력함으로써, 자네의 영혼은 '네 무수한 형제를 돌아보라.'는 하나님의 전갈을 기쁘게 받아들일 준비가 된 것이지."

"실은 당신과 미라가 내게 가르침을 주었습니다." 데론다가 말했다. “두 분을 알기 전에 출생에 관한 사실이 밝혀졌다면, 내 마음은 반발했을 겁니다. 어쩌면 ‘내가 선택할 수 있었다면 유대인이 되지 않았을 거야.’라고 느꼈을 테지요. 지금 나는 온 마음으로 흔쾌히 받아들입니다. 그러나 당신의 마음과 내 마음이 서서히 일치하게 되었기에 이처럼 온전히 받아들일 수 있는 거지요.”

이렇게 말하면서 데론다는 서점에서 모르디카이를 처음 만난 저녁을 떠올렸고, 그때 그의 예언자적 확신을 보고 초연한 입장에서 느낀 갈등을 모두 기억했다. 천성적으로 그는 열렬한 기대에 차 있는 영혼을 최대한 만족하게 해주면서 기쁨을 느꼈다. 그 영혼이 오랫동안 참고 기다리다가 마침내 봉화대에 오르는 불꽃 신호를 바라보는 사람처럼 눈앞의 얼굴에서 내다보는 것 같았다. 데론다는 더욱 가슴이 벅차 열렬하게 말을 이었다.

“당신의 영감을 통해서 나는 내 삶에서 해야 할 일이 무엇인지 알 수 있게 되었어요. 바로 당신이 대대로 이어진 열망, 수많은 조상이 마음에 품은 열정적 사상의 결과이자, 내 할아버지의 내면에 강력하게 존재한 사상에 구체적 형태를 부여했습니다. 어떤 산에 사는 부족의 아이를 훔쳐다 평원의 도시에서 키웠다고 상상해보세요. 혹은 그림의 재능을 물려받은 사람이 맹인으로 태어났다고 상상해보세요. 그들의 내면에서 조상의 삶은 알지 못하는 대상과 감각에 대한 어렴풋한 갈망으로 남을 겁니다. 그들이 물려받은 체질적 습성은 주문에 걸려 결코 울리지 않는 정교한 악기 같아서, 적합한 사람의 손이 닿으면 울릴 그 복잡한 악기는 계속 떨리며 불안하게 신비로운 신음을 내는 것이지요. 내가 지금껏 겪어온 경험은 그와 비슷했어요. 책을 읽고 사물을 인식하게 된 이후 나는 늘 이상적인 과업을 갈망했습니다. 나 자신을 대중의 머리이자 심장으로 느낄 수 있는 과업, 개인적 영달을 얻으려고 애쓰는 게 아니라 일종의 의무로 다가올 사회적 통솔력 같은 것 말이지요. 당신은 그런 과업의 표상을 세워 내게 보여주었어요. 이론(異論)이 있어도 우리 민족을 함께 묶어야 한다는 것을. 당신은 이렇게 말했지요. '우리의 종교는 우리를 분열시키기 전에 우리를 결합했다. 우리의 종교는 라바나이트와 카라이트[26]를 만들기 전에 우리를 한 민족으로 만들었다.' 나는 그 결합으로 내가 할 수 있는 일을 시도할 생각입니다. 당신의 정신으로 일할 작정입니다. 실패는 비열한 것일 수 없습니다. 내가 시도하지 않는 것이 비열한 일이지요."

"내 어머니의 젖을 먹고 자란 친형제처럼." 모르디카이는 고된 노력을 마친 듯이 큰 기쁨과 평안을 얻은 표정으로 의자에 등을 기댔다.

데론다의 이처럼 열렬한 토로가 어떤 영향을 미쳤는지 평가하려면, 우리는 그가 예전에 과묵했고 섣부른 동의나 기만적인 고무를 신중하게 피해왔음을 기억해야 한다. 그래서 이처럼 확고한 언약은

---

26 10세기의 종파 분리에 대한 언급. 라바나이트는 탈무드의 구전 전통을 수용하고 그것에 속한 가르침과 지시를 모두 따랐지만, 카라이트는 성서의 탈무드적 해석을 배격하고 성서의 어구에 충실한 해석만 받아들였다.

그에게나 모르디카이에게 엄숙한 성찬식처럼 여겨졌다. 미라에게도 똑같이 강렬한 영향을 주었지만, 거기에는 약간 차이가 있었다. 데론다가 자신들과 가까운 사이라는 사실이 갑자기 밝혀지자 그녀는 오빠의 마음속에는 전혀 존재하지 않는 놀라움과 충격을 느꼈다. 주위가 차차 밝아오면서, 어둠 속에서 느낀 불길한 예감과는 전혀 다른 사실이 드러나는 것 같았다. 잠시 입을 다물고 있던 모르디카이가 다시 말했다.

"이미 시작되었네. 우리의 영혼의 결합은. 이 육신이 떠나기를 기다리는 일만 남았지. 그러면 이미 약혼한 두 영혼이 더 완전한 유대로 결합될 테고, 내 것은 자네 것이 될 걸세. 내가 작성한 기록을 내 것이라고 하지 말게, 다니엘. 우리의 스승들께서는 무엇이든 인용할 때 그 말을 한 사람의 이름으로 언급해야 한다는 올바른 가르침을 내려주셨고 그분들의 원칙은 훌륭한 것이지. 그렇지만 그 원칙은 한 영혼이 다른 영혼에 녹아들어 사상이 더욱 풍부해지는 의도적인 결합을 배제하지 않는다네. 맑은 물결이 결합되어 더 풍부해질 때 거기에서 풍부함을 나눌 수 없고 청명함을 나눌 수 없듯이. 나는 내가 쓴 것을 평가해왔고, 이 육신이 사라지면서 내 생각을 쏟아 넣은 형체도 사라지기를 바란다네. 자네의 영혼으로 불릴 보다 충만한 우리의 영혼에서 그 생각이 다시 태어나도록 하게."

"그런 약속을 하라고 내게 요구해서는 안 됩니다." 데론다가 미소를 지으며 말했다. "우선 그 글에서 그렇게 해야 할 특별한 이유를 확신할 수 있어야 하니까요. 그리고 나는 아직 너무 뒤떨어진 제자

일 뿐이에요. 우리는 혼합되어 있는 것을 취사선택하지 말고 계속 전달해야 합니다. 우리가 가로막을 수 없는 것을 선택의 기준으로 삼아서는 안 되지요. 우리의 의무는 전통에 충실한 것이고 그 안에서 의무에 도달할 수 있다고 생각해요. 그리고 당신은 자신만 빼고 누구에 대해서든 그렇게 주장할 겁니다. 내가 타고난 혈통을 인식하면서 내 삶의 실마리를 찾아가고 있는 이 마당에 내 정신적 혈통을 부정하라고 요구하지 마세요."

"자네가 그 이유를 알게 될 때까지는 약속을 요구하지 않겠네." 모르디카이가 말했다. "자네 말은 옳은 말이네. 다른 사람들에 대해서는 스승들의 원칙을 따를 걸세. 그러나 나는 여러 해 동안 희망을, 아니, 믿음을 간직해 왔네. 그것은 천국의 원형을 바라보고 전율하면서 그 환영을 모방한 젊은 조각가의 꼴사나운 작품 같은 내 사상의 불완전한 표상이 살아남아야 한다는 것이 아니었어. 그게 아니라, 내 비전과 열정이 자네에게, 그래, 자네의 비전과 열정에 스며들어야 한다는 것이지. 내가 멀리서 갈망해온 사람, 그 사람이 바로 자네 아니었나? 자네가 가까이 다가왔을 때, 내 영혼이 바로 자네를 알아보았으니까. 그렇지만 자네가 판단하게 될 걸세. 내 영혼은 충족되었으니." 모르디카이는 말을 멈췄다가 앞서 데론다가 얼핏 암시한 얘기로 되돌아가서 다른 어조로 말을 꺼냈다. "자네 부모님은 왜……?" 그러나 그는 얼른 자제하고 덧붙였다. "아니, 내키지 않으면, 다른 사람과 관련된 이야기는 청하지 않겠네."

"나중에, 차차, 모두 알려드릴게요." 데론다가 말했다. "그런데 지금은 당신들 얘기를 해주세요. 내가 떠난 후 시간이 어떻게 지났는지. 뭔가 걱정거리가 있었던 것 같군요. 미라는 무슨 일인지 고민이 있었고요."

그는 미라를 바라보았지만, 그녀는 즉시 오빠를 바라보며 그 어려운 답변을 해달라고 호소했다. 오빠가 바로 이날 저녁에는 아버지에 대해 이야기할 필요가 없다고 생각하기를 바랐다. 데론다가 아주 가까운 인물로 다가와서 스스로를 오빠와 동일시한 바로 그 시간에 자신들에게 들러붙은 치욕을 들려주려니 몹시 가슴 아팠다. 어느 정도는 그도 그 치욕을 당하게 된 것 같았다. 답답한 마음을 풀기 위해 자기 방에 가려고 그녀는 모자와 외투를 집으러 일어섰다. 두 사람을 내버려두면 더 편하게 이야기를 나눌 것이다. 그러나 모르디카이는 즉시 입을 열었다.

"오늘 슬픈 일이 있었다네. 멀리 사라져버린 줄 알았던 의무가 돌아와서 우리에게 얼굴을 내밀었어. 그러고는 즐거운 마음이 아니라, 우리가 감수해야 할 두려움을 일깨웠네. 하지만 지금 이 순간은 눈앞에 보이는 어떤 멍에에서도 벗어났네. 그 이야기는 차차 하기로 하세. 어둠이 내리는 이 저녁에 기쁨의 첫 열매를 바치는 축제가 시작하듯이, 거기에 슬픔을 뒤섞지 말기로 하세."

데론다는 슬픈 일이 무엇일지 짐작했지만 더 말하지 않았고, 미라가 일어서는 것을 보고 따라 일어서며 말했다. "나갈 건가요? 나도 곧 가야 합니다. 그 귀중한 함을 애덤스 부인과 올려다놓고 모르디카이에게 열쇠를 맡긴 다음에. 아니, 에즈라에게. 이제 에즈라라고 불러도 될까요? 당신이 그렇게 부르는 것을 들은 후 에즈라로 생각하게 되었어요."

"에즈라로 불러주세요." 미라는 데론다가 가까이 있다는 사실과 그의 눈길에 전에 없이 소심한 기분으로 힘없이 말했다. 그에게 어딘가 달라진 점이 실제로 있었을까 아니면 그가 달라졌다고 그녀만 느끼는 걸까? 지난 몇 시간 동안 기이하게도 복잡다단한 감정이 교차하는 바람에 그녀는 지쳤다. 피곤한 데다 음식도 먹지 못해 기운이 없었다. 데론다는 떨고 있는 그녀의 창백한 얼굴을 보며 더욱 연민의 정을 드러내고 싶었지만 감히 그러지 못했다. 그녀는 미소를 지으려고 애쓰며 손을 내밀었고, 그래서 그는 그녀가 나갈 수 있게 문을 열어주었다. 그것이 전부였다.

섬세한 자존심이 있는 남자는 어떤 여자에게 연인으로 접근하고 싶을 때 그 여자의 재산이나 신분 때문에 자신이 건방지거나 비열한 동기를 감춘 것으로 보인다면 접근을 피한다. 그러나 데론다는 겉으로 볼 때 정반대의 처지에서 더 미묘한 어려움을 느끼고 있었다. 그렇지만 열렬하고 경건한 사랑을 품은 남자는 사랑하는 여자에게 큰 재산과 높은 신분이 있는 듯이 구애하는 상황을 극도로 민감하게 느낀다. 데론다가 느끼는 어려움은 관대한 남자라면 누구나 어느 정도 느낄 법한 것이었다. 그러나 그는 고마움을 느끼는 마음을 공감하고 상상하면서 각별히 어렵게 느끼고 있었다. 미라가 깊은 은혜를 입었다고 느낀다는 것을 잘 알고 있었다. 그래서 그녀는 그의 소망이라면 무엇이든 당연한 요구로 여길 것이다. 그 요구를 들어줄 수 없다면, 에즈라를 함께 돌보느라 어쩔 수 없이 데론다와 부딪히면서 끊임없이 되살아나는 고통을 느낄 것이다. 데론다는 자존심뿐 아니라 지극히 다정한 마음으로 이런 점을 우려했다. 요컨대 그의 불안한 마음에, 자신이 은인이라는 사실은 사랑을 고백할 수 없게 만든 넘을 수 없는 장벽으로 보였다. 미라의 마음이 이미 자신을 받아들였다는 것이 믿을 수 없이 놀라운 방식으로 밝혀지지 않는 한. 그리고 자기 자신 때문에 느끼는 동요도 작지 않았다.

여자에게 구애하는 데 너무나 익숙한 나머지 자신의 유창한 말을 믿지 않는 사람이라도 결국에는 사랑의 경외감에 압도될 수 있다. 그는 떨거나 말을 더듬을 수도 있다. 그리고 감각이 마비된 후에 핀이나 바늘의 자극을 느끼듯이 자신이 습득한 재주에 더는 들어있지 않은 감수성이 회복되는 다른 징후를 보일 수도 있다. 내면의 역사를 통해 감수성이 무뎌지지 않고 소중히 간직된 사람이라면, 열정의 언어를 봄철 언덕의 아름다운 나뭇잎처럼 신선하고 뿌리 깊게 간직해온 사람이라면, 그런 사람은 열렬한 소심함에 더욱더 사로잡히지 않을까!

그날 밤 베개에 얹힌 미라의 사랑스러운 머리에는 예전에 품은 의혹이 형체는 일그러졌어도 아직 남아있었다. 믿을 수 없다고 판명되었지만 그렇다고 완전히 흩어져버리지는 않은 사악한 소문 같았다. 그녀가 데론다에 대해 확신할 수 있는 사실은, 예전에 생각했듯이 그가 족쇄에 채워진 것은 아니라고 주장하는 듯했다. 그의 말과 태도를 보면, 자신의 미래를 결정하는 데 조금이라도 영향을 미칠 은밀한 유대는 전혀 없다고 암시하는 것 같았다. 그러나 이처럼 명백히 합리적인 추측에도 불구하고, 미라의 마음에는 여전히 불안감이 남았다. 데론다는 질책을 받을 이유가 없지만 그래도 그는 그랜코트 부인에게 중요한 인물이었고 그러므로 부인은 그를 어느 정도 장악할 수 있으리라. 그들 사이에 친밀한 신뢰 관계가 있다는 생각만 하면 미라의 부드러운 가슴에서 오랫동안 해롭지 않게 똬리를 틀고 있던 작은 뱀이 꿈틀거리며 물어뜯으려 했다.

그러나 이날 저녁에 그녀는 그 질투심이 자신의 일신상의 가능성과 전혀 관계가 없다고 예전처럼 확고하게 느꼈을까? 자신의 인간 영혼이 데론다가 사냥꾼들에게서 구한 새끼 사슴의 몸속에 있는 거나 마찬가지라고? 아마도 그렇지 않을 것이다. 뭐라 말할 수 없는 일이 일어났고, 그래서 변화가 일어났다. 부드럽고 따뜻한 꽃비가 바로 그녀가 있는 곳에 내렸다. 실로 그녀가 거기 있어서 내린 것이었을까? 나뭇가지들 사이에 어떤 정령이 있었을까?

제64장

> 이 산은 저 밑에서 처음 오를 때는 극도로 힘들지만
> 높이 오를수록 수월해지는 특징이 있다.
>
> 단테 『연옥』[27]

어머니가 도착한 후 여러 날이 지나자 궨덜린은 제노바에 머물지 않으려 했다. 그 보석 같은 바다에서 달아나고 싶어 기운과 용기를 내려고 애썼다. 어디를 가든, 꽃이 만발한 에나[28]의 골짜기라도, 그녀의 내면 의식은 그곳을 처형장으로 여기지 않을까? 만발한 꽃은 발바닥을 태우려고 날름거리는 수많은 불꽃과 다르지 않을 것이다.

"두 번 다시 지중해를 보고 싶지 않아요." 궨덜린이 어머니에게 말했다. 그녀는 암암리에 죽은 남편에 대한 명확한 언급을 피했지만 어머니는 딸의 감정을 이해한다고 생각했다.

---

27 4편, 88~90행.

28 그리스 신화에서 지하세계의 신 하데스는 시칠리아에 있는 이곳에서 페르세포네를 처음 보고, 그녀를 납치하여 죽은 자들의 세계로 데려간다.

사실 데이빌로 부인은 겉으로는 가혹한 불행이 덮친 시간으로 여겨야 했지만 실제로는 딸의 결혼 이후 어느 때보다도 즐겁게 지내고 있었다. 사랑하는 딸이 예전의 애정을 그대로 간직한 채 자기에게 돌아왔을 뿐 아니라, 어머니와 함께 있는 것을 소중하게 여기는 것 같았다. 우리가 잃어버릴 뻔한 소유물을 소중히 생각하듯이.

"거기 있어요, 엄마?" 귄덜린은 한밤중에 잠에서 깨면 두려운 듯이 소리를 질렀는데 (그녀의 방에 어머니의 침대가 마련되었다.) 그것도 소녀시절과 똑같았다.

"그래, 얘야. 뭐 필요한 것 있니?"

"아니, 괜찮아요. 엄마가 거기 있는지 알고 싶었을 뿐이에요. 엄마를 깨워도 괜찮아요?" (어릴 때는 이런 질문을 하지 않았다.)

"이미 깨어 있었단다, 얘야."

"엄마와 함께 있는 것이 실감나지 않아요. 그걸 확인하고 싶었을 뿐이에요. 엄마와 함께 있으면 잘 견딜 수 있어요. 그렇지만 엄마가 나 때문에 걱정하느라 깨어있으면 안 돼요. 이제 엄마는 행복해야 해요. 이제는 내가 엄마를 행복하게 해드릴게요. 그밖에 내가 할 일이 뭐가 있겠어요?"

"하나님이 너를 축복해주시기를. 네가 그토록 마음 써줄 때 나는 한없이 행복하단다."

그러나 이튿날 밤에 귄덜린이 한숨을 쉬며 뒤척이는 소리를 듣고 데이빌로 부인이 말했다. "수면제를 갖다 줄게, 귄덜린."

"아니, 엄마, 괜찮아요. 잠을 자고 싶지 않아요."

"잠을 더 자는 편이 네게 좋을 거야."

"내게 무엇이 좋을 거라고 말하지 마세요, 엄마." 궨덜린이 사납게 말했다. "엄마는 뭐가 좋을지 모르니까. 엄마와 이모부는 내 말에 반대만 하면서, 내가 좋지 않다고 느끼는 것을 내게 좋다고 말해서는 안 돼요."

데이빌로 부인은 입을 다물었고, 이 가엾은 아이가 짜증을 부리는 게 당연하다고 생각했다. 곧 궨덜린이 말했다.

"난 엄마에게 늘 버릇이 없었어요."

"아냐, 얘야. 그렇지 않아."

"아니, 그랬어요." 궨덜린이 고집을 부리듯 말했다. "내가 늘 악하게 굴었기 때문에 지금 비참한 꼴이 된 거예요."

그녀는 울음을 터뜨리더니 소리를 지르며 울었다. 결혼생활과 그 결말에 관련된 사실을 발설하지 않겠다는 결심이 이처럼 이해하기 어려운 흥분으로 터져 나온 것이다.

그러나 딸의 기이한 행동을 설명해줄 흐릿한 빛이 어머니의 마음에 스며들고 있었다. 휴고 경이 가스코인 씨에게 전해주고 가스코인 씨가 몇 가지를 생략해서 그녀에게 들려준 사실을 통해서. 호인인 준남작은 조카의 사망과 시신의 인양 가능성에 관련된 모든 일을 품위 있게 처리하면서 현재 목사와 접촉할 기회를 이용해서 그랜코트가 작성한 유서의 내용을 가급적 완곡하게 알려주는 것이 친절한 행동일 거라고 생각했다. 목사가 환상을 품고 고국에 돌아갔다가 결국에 더 큰 충격을 받지 않도록 해주기 위해서였다. 어쩌면 그런 친절한 동기가 없더라도 이야기했겠지만 그는 실로 그런 동기를 느꼈고 그에 따라서 행동했다. 그 불쾌한 소식을 조금씩 목사에게 털어놓았다. 처음에는 미망인에게 제공된 재산이 가스코인 씨가, 아니, 준남작 자신도 기대하는 만큼 많지 않으리라고 걱정스레 내비쳤을 뿐이다. 그러고 나서 그랜코트가 갚아야 할 거액의 빚을 모호하게 언급했고 그런 다음에야 마침내 적법한 상속자가 없을 불행한 경우에 모든 재산이 다른 쪽으로, 혼전 관계로 넘어가도록 결정되어 있음을 밝혔다.

목사는 몹시 마음이 상했다. 자신에 대한 죽은이의 태도가 얼마나 불쾌하게 거만하고 혐오스러웠는지 전보다 더 생생히 기억했다. 또한 디플로에 새로운 사람이 살러 오기 직전 흥미진진하던 시절에 그의 과거에 방탕하고 복잡한 관계가 있고 지나치게 쾌락에 탐닉한다는 소문을 직접 들은 것도 기억했다. 그 당시에 목사는, 이를테면, 말끔히 쓸어내서 몰래 쓰레기더미에 던져버린 그 쾌락이 점잖은 사람들의 신선한 고기에 치명적으로 해로운 살아 있는 유충으로 성장해서 등장하리라고는 예상하지 못했다. 그렇지만 그는 과거에 들은 소문을 휴고 경에게 들려주지 않았고, 순전히 개인적 차원의 분노를 표출해서 자신의 품위를 떨어뜨리지도 않았다. 그는 양심적인 성직자로서 세상살이를 잘 아는 사람답게 처신했다. 그는 이렇게 말을 꺼냈다.

"건강한 젊은이가 유서를 작성할 때는 대개 자신이 오래 살 거라고 가정합니다. 그랜코트 씨는 그 유서가 현재와 같은 효력을 일으키리라고 예상하지 않았겠지요." 잠시 후 그는 덧붙였다. "그 효력이 괴롭게 느껴지는 이유는 한두 가지가 아닙니다. 사생아에게 이처럼 특별한 혜택과 지위가 주어진다면, 여성의 도덕성은 심각하게 손상될 테니까요."

"자, 사실로 보자면," 휴고 경은 예의 여유 있는 태도로 말했다. "그 소년이 있어서, 실은 그것이 저택들을 처리하는 가장 좋은 대안이었소. 그랜코트에게는 가장 가까운 친척이 사촌뿐이었으니까. 세상을 하직하는 마당에 사촌에게나 혜택을 준다면 썰렁한 기분일 거요. 사람은 유서를 작성하면서 그것이 자기와 같은 곱슬머리에게 이익을 줄 때 기쁨을 느끼게 되지요. 자기처럼 이미 늙어빠진 사람이나 눈곱만큼도 관심이 없는 사람에게 유산을 넘겨주려면 불쾌하기 그지없소. 그것은 자기 재산에 대한 종신 소유권만 갖는 것 다음으로 고약한 일이지. 그러니 그랜코트의 유서에서 그 부분에 대해서는 용서하겠소. 그러나 우리끼리 얘기지만, 내가 그를 용서하지 못하는 부분은 당신의 조카딸, 아니 우리의 조카딸이라고 해야겠지, 미망인에게 인색하게 굴었다는 점이오. 한낱 의사의 미망인보다도 못한 대접을 받았소. 죽은 후에 자기 아내에게 인색하게 구는 것처럼 불쾌한 일도 없소. 남자는 자기 미망인에 대해서 어느 정도 자부심과 애정을 느껴야지. 나도 그래야 한다는 것을 알고 있소. 자기가 죽은 후 아내와 딸들이 편안히 살아간다고 생각할 수 있을 때 자신의 죽음을 더욱 편안하게 받아들이는 것이 남자를 판가름하는 기준이라고 생각해요. 크림 전쟁이 발발했을 때 미망인의 여생이 보장된다면 기꺼이 바다 밑바닥으로 들어갈 각오가 된 사람들의 이야기가 마음에 들었소."

"확실히 그것은 뜻밖의 충격입니다." 가스코인 씨가 말했다. "조카딸에게 아버지와 다름없는 사람으로서 저는 사전에 조카딸의 권리를 요구하지 않음으로써 돈 문제에서는 너그럽게 보인 그랜코트 씨를 신뢰하고 있음을 보여주었기에 더욱 놀라웠지요. 어쩌면 제가 잘못했다고 생각하시겠지요."

"정확히 말하면 질책받을 일은 아니지요. 나는 다른 사람을 신뢰하는 사람을 존경합니다. 하지만 내 충고를 들으십시오. 만일 또 다른 조카딸을 결혼시킨다면, 그 남편감이 캔터베리 대주교라 하더라도 그를 꼭 붙들어 묶어 놓으세요. 당신 조카딸의 초혼은 일생에 단 한 번뿐이니까요. 그 남편감이 괜찮은 사람이라면 기꺼이 묶이려 할 겁니다. 그랜코트 부인이 제대로 대우받지 못했다고 생각하기 때문에 나는 그녀와의 관계를 더 가깝게 느낀다고 말할 수밖에 없군요. 벗으로 내게 의지하라고 그녀에게 말씀해주시기 바랍니다."

기사도 정신이 강한 휴고 경은 맬링거 그랜코트가 젊고 아름다운 미망인에게 고작 연 2천 파운드와 탄광 지역의 집 한 채만 달랑 남겼다는 사실에 혐오감을 느끼며 이렇게 말했다. 당연히 목사에게는 그 수입이 그리 초라해 보이지 않았고 수치스럽도록 궁핍한 생활로 여겨지지 않았다. 그러나 이 대화를 나누면서 그는, 조카딸의 남편이 글래셔 부인과의 관계를 만천하에 공개함으로써 조카딸과 그녀의 가장 가까운 친지를 모욕했다는 사실에서 준남작보다 훨씬 더 예리하게 굴욕감을 느꼈고 그것을 삼켜야 했다. 그리고 선량한 남편이자 아버지인 남자들이 그렇듯이 그는 그것에 가장 큰 영향을 받을 여자들의 마음에 비추어서 굴욕감을 느꼈다. 그래서 처음 그 사실을 알게 되었을 때보다도 그 사실을 데이빌로 부인에게 전하면서, 그리고 어머니가 적절한 시점에 딸에게 알려줄 때 궨덜린이 느낄 감정을 예상하면서, 더욱 큰 고통을 느꼈다. 선량한 목사는 조카딸이 글래셔 부인의 존재를 알지 못하리라고 순진하게 믿었다. 남성의 건전한 상식에 따라 처녀들과 아내들이 무엇을 알고, 무엇을 행하고, 무엇을 겪을 것인지를 주장하면서, 문제의 이 특정한 처녀와 아내에 대해서는 극히 조금밖에 알지 못한 것이다. 궨덜린의 어머니는 그렇지 않았다. 그녀는 이제 딸이 약혼 전후의 행동과 말에서 드러낸 많은 수상쩍은 부분을 이해할 수 있다고 생각했고, 경위는 모르지만 궨덜린이 내연 관계와 아이들의 존재를 이미 알고 있었다는 결론에 이르렀다. 그리고 영국으로 돌아가기 전이나 여행 도중에 다정하게 속내를 털어놓는 순간이 있을 거라고 생각했다. 차차 그런 기회에 궨덜린이 실제 상황을 어느 정도나 분명히 알고 있는지를 확인하고 실망스러운 상황에 대비하도록 할 것이다. 그러나 부인은 이 문제에 묘안을 짜내지 않아도 되었다.

"내가 부유하고 화려하게 살 거라고 엄마가 기대하지 않았으면 해요." 목사가 그 사실을 알려주고 얼마 지나지 않았을 때 궨덜린이 말했다. "어쩌면 난 아무것도 받지 못할 거예요."

궨덜린은 옷을 차려입고 조용히 생각에 잠겨 한참 앉아있었다.

데이빌로 부인은 깜짝 놀랐지만 잠시 생각한 후에 말했다.

"오, 아니야, 얘야. 뭔가 받을 거야. 휴고 경이 유서에 대해 다 알고 계신단다."

"그건 결정된 게 아니에요." 궨덜린이 갑자기 말했다.

"확실하단다, 얘야. 휴고 경은 네가 연 2천 파운드와 개즈미어의 집을 받을 거라고 하시더구나."

"내가 갖게 될 것은 내가 무엇을 받아들이는가에 달려있어요." 궨덜린이 말했다. "엄마와 이모부는 이 문제에서 내 생각에 반대하면서 나를 설득하려고 해선 안 돼요. 난 엄마가 행복하도록 할 수 있는 모든 일을 하겠어요. 하지만 남편과 관련된 일에서는 간섭받지 않겠어요. 연 800파운드의 돈이면 엄마에게 충분한가요?"

"충분하고도 남지, 얘야. 내게 그렇게 많은 돈을 주려 해서는 안 돼." 데이빌로 부인이 잠시 멈추었다가 물었다. "그 저택들과 나머지 돈을 누가 받게 되는지 알고 있니?"

"네." 궨덜린이 그 화제를 접으려는 듯 손을 내저으며 말했다. "모두 알고 있어요. 전부 다 괜찮아요. 그리고 그 이야기를 다시는 꺼내지 않으면 좋겠어요."

어머니는 입을 다물고 고개를 돌렸다가 섬세한 두 뺨이 약간 붉어진 채 송풍망을 가져오려고 일어섰다. 의아한 마음으로 무언가를 상상하면서 딸의 눈길과 마주치지 않으려 했고, 어떤 서글픈 압박감에 다시 자리에 앉았다. 딸이 얼마나 참담한 심정을 겪었을지는 지금까지도 그랬듯 앞으로도 서로 입에 올리지 않고 묻어둘 주제일 것이다. 그러나 궨덜린은 경험을 통해 얻은 직관력으로 어머니를 쳐다보았고, 다정한 마음으로 자신의 거만한 말을 후회하며 말했다.

"이리 와서 옆에 앉으세요, 엄마. 그리고 슬퍼하지 말아요."

데이빌로 부인은 그 말에 따랐지만, 따끔거리며 솟아오르는 눈물을 억누르려고 부질없이 애쓰며 입술을 깨물었다. 궨덜린은 위로하듯이 어머니에게 몸을 기대고 말했다. "나는 아주 현명해질 생각이에요. 정말이에요. 그리고 착해지고요. 아, 엄마에게 아주 착하게 굴 거예요, 사랑하는 상냥한 엄마. 엄마는 나를 몰라볼 거예요. 다만, 울지 마세요."

궨덜린은 남편의 돈을 조금이라도 받아야 할지 데론다에게 물어보겠다고 속으로 결심했다. 어머니를 부양하기 위해 돈을 받아야 할 것인지. 이 가엾은 여자는 데론다의 마음에서 좀 더 높은 평가를 받기 위해서라면 무엇이든 할 수 있을 만큼 스스로가 강하다고 느꼈다.

휴고 경은 궨덜린과 데이빌로 부인에게 곧장 파크 레인으로 함께 가서 상을 치르고 런던에서 처리할 소소한 일이 다 끝날 때까지 자기 집에 머물라고 친절하고 간곡하게 권했다. 바로 그 즈음에 가장 한적한 곳이 런던이라고 주장했고, 당장 그로스버너 스퀘어에 있는 저택에서 궨덜린의 물건을 모두 옮기도록 하겠다고 제안했다. 파크 레인에서 잠시 머무는 것이 궨덜린에게는 가장 적합한 방법이었다. 그곳에서는 데론다를 쉽게 만날 수 있을 것이다. 그에게 와달라고 청하는 편지를 그의 손에 들어가게 할 방법만 안다면. 영국으로 돌아오는 여행길에 휴고 경은 그녀가 유서의 요지를 알고 있음을 확인했으므로 그녀의 장래 이야기를 그녀가 듣는 곳에서나 그녀에게 직접 과감하게 꺼냈다. 이따금 꽤 기분 좋은 앞날이 당연히 이어지리라는 듯이 언급했고, 다른 때는 미망인이 된 그녀의 처지에 적절히 유쾌한 기분을 불어넣으려 했다. 사실 그는 미망인이 자신에게 너그럽지 못한 남편의 처사를 알게 될 때는 곧 기운을 차리는 것이 더욱 적절한 행실이라고 생각했다. 유언자가 사망할 때 아내가 느낄 슬픔이 유언장에 적힌 것 때문에 훼손되었다면, 그래서 미망인이 남편이 떠나서가 아니라 남편이 자기를 가난하게 만들었기 때문에 슬퍼 보인다면, 그것은 전적으로 유언자의 잘못이었다. 준남작은 자기 재산에는 유익한 순풍이 불었고 궨덜린에게는 동정심을 느꼈으므로 친절한 마음이 두 배로 커졌다. 그래서 궨덜린을 아버지처럼 대했고, "귀여운 아이"라고 불렀으며, 가스코인 씨에게는 개즈미어의 장단점을 열거하면서 "우리"가 그 재산을 최대한으로 활용할 방안에 대해 이야기했다. 궨덜린이 창백한 얼굴로 말없이 옆에 앉아 있는 동안 휴고 경은 데이빌로 부인이나 가스코인 씨를 바라보면서 그랜코트 부인이 아마도 연중 어느 때든 개즈미어에서 살기보다는 세를 주는 편이 더 나을 거라고 말했다. 그럴 경우에는 탄광업에 종사하는 사람에게 좋은 조건으로 임대할 수 있으리라고 생각했다. 휴고 경은 그 집을 잘 알고 있으므로 그곳이 누구라도 탐낼 만큼 편안하고 그림처럼 아담한 집이라는 것을 알고 있었다. 탄광 지역에서 살 집을 찾는 사람이라면 말이다.

"나라면 검댕에 신경 쓰지 않을 거요." 준남작이 가정법에 잘 어울리는 무감동한 어조로 말했다. "그보다 더 건강에 좋은 곳은 없소. 사업처가 거기 있으면 개즈미어는 천국이나 다름없지. 스크로그가 쓴 그 주의 역사책에 특징적인 지역으로 나와 있어요. 작은 탑과 멋진 강이 있는 곳으로 그 책에서 가장 예쁜 판화가 실려 있소."

"오펜딘보다 더 가치 있는 저택인 모양이지요?" 가스코인 씨가 말했다.

"훨씬 더 그렇지요." 준남작이 단호하게 말했다. "가엾은 동생과 그곳에 간 적이 있었소. 25년도 더 지났지만 아주 잘 기억하고 있지. 방들은 크지 않지만 경내 토지는 규모가 달라요."

"우리가 살던 오펜딘은 결국 비었어요." 데이빌로 부인이 말했다. "막상 때가 되니 헤인즈 씨가 계약을 취소했거든요. 그 후에는 세를 들려는 사람이 없었고요. 임대료를 내지 말고 1년 더 살라고 브래킨쇼 경이 친절하게 제안하셨을 때 받아들이는 게 나을 걸 그랬어요. 그러면 집을 환기도 하고 난방도 했을 테니까요."

"그 대신에 아담한 집을 구하셨기 바랍니다." 휴고 경이 말했다.

"좀 지나치게 아담하지요." 가스코인 씨가 처제를 보고 웃으며 말했다. "주변에 나무가 너무 빽빽하게 늘어서 있으니까."

오펜딘이 비어있다고 어머니가 말했을 때 궨덜린은 달라진 눈빛으로 고개를 돌렸다. 이 대화는 외국에서 기차로 여행하며 시골 기차역에 정차했을 때 종종 경험하는, 이해할 수 없이 오래 멈춰 서 있는 동안에 오가고 있었다. 포플러 나무가 경계를 이루는 곳까지

울타리도 없이 드넓게 펼쳐진 들판 위에 햇볕이 내리쬐며 몽롱한 정적이 감돌았다. 객차 안에서 오가는 대화는 궨덜린에게 모호한 탄광지역과 자신이 절대로 가지 않을 연옥 같은 개즈미어가 등장하는 더 큰 꿈나라를 만들어낸 것만 같았다. 그러다가 엄마의 목소리가 들리자 여러 가지가 뒤섞인 졸음 속의 풍경이 해체되고, 잠에서 깨어나면서 오펜딘과 페니코트의 풍경이 더욱 선선한 빛에 잠겨 떠오르는 것 같았다. 그녀는 구릉지의 잿빛 산마루와 가축이 점점이 흩어져 있는 들판, 바퀴자국이 박힌 오솔길로 이어진 그늘진 농원을 보았다. 그 오솔길에는 껍질이 벗겨진 나무가 길가 의자로 놓여있고, 말끔하게 정돈된 울타리가 목사관에서 오펜딘에 이르는 길로 이어지며, 오펜딘의 창문에서 내다보면 가로수 길을 따라 다가가는 자신의 모습이 차차 드러나고, 현관문이 열리고 엄마와 성가신 여동생 중 하나가 자신을 맞으러 나왔다. 한때는 달아나야 할 지루한 곳으로 여긴 그 고요한 집에서 지낸 짧은 나날의 경험이 이제는 평온한 도피처로 떠올랐다. 자신이 미끼에 홀려 악마의 긴 가장무도회에 따라갔다가 이제 아침의 숨결과 질책하지 않는 새들의 노랫소리를 발견한 안식처 같았다. 그녀는 가장무도회의 위장에 도취되어 끼어들었다가 그 종말을 보고는 자신도 인간의 겉치레를 벗어 내던지고 뱀의 혓바닥을 내밀어 쉿쉿거리며 자기를 둘러싼 악령 중 하나가 될까봐 공포에 질려 비명을 지른 것이다.

이렇게 되어 궨덜린의 마음은 오펜딘에 머물렀고, 그 풍경을 중심으로 많은 생각을 떠올렸다. 그러나 이 대화에 관심이 있다는 낌

새는 전혀 내비치지 않았다. 전신선[29]에 대한 휴고 경의 견해나 교회 유지비 철폐 법안[30]에 대한 이모부의 의견에도 마찬가지였다. 제노바에서 런던으로 유유자적하며 진종일 여행하는 동안 대화에 오르지 않을 주제가 무엇이 있을까? 서로 초면인 사람들도 중국에서 페루[31]까지 다 훑고 나서, 다음에 다시 만나면 지식이 부족하다는 인상을 서로 주고받지 않을지 걱정될 정도로 마음속의 보고(寶庫)를 아낌없이 열어 보여주고 너무 친밀하게 이야기를 나누는 경향이 있다. 하지만 준남작과 목사는 쾌활하게 대화를 지속해야 한다는 강한 압박을 받고 있었다. 그들은 영구차를 함께 타고 오래 달려야 하는 지인들처럼 우선 장례식이란 우울한 행사라고 동의하고 나서 자연스럽게 온갖 잡다한 이야기를 나눔으로써 그 시간에 활기를 불어넣으려는 것 같았다. "나는 개의치 않고 목사님께 말할 수 있소." 라고 하며 휴고 경은 목사에게 사사로운 일을 언급했다. 반면에 목사는 그런 말은 하지 않았지만 거리낌없이 아들에 대해서 준남작에게 이야기했고 자식들이 세상에 자리 잡게 해주는 것이 어렵다고 말했다. 또한 그들은 디플로에서 마차로 쉽게 갈 수 있는 지역에 사는 모든 사람과 사물을 화제로 이야기를 나누었다. 그러다보니 휴고 경은 예전에 머무른 그 저택에 대한 관심이 커졌고, 그 지역에

---

29 유럽과 미국 사이의 전신선은 1866년에 완성되었다.

30 글래드스톤은 1868년에 강제 교회 유지비를 철폐했다.

31 새뮤얼 존슨의 『인간 소망의 공허함에 대하여』(1749)에 나오는 구절 "광범위한 시각으로 관찰하라/중국에서 페루까지 인간을 개관하라."

서 자신의 영향력을 되찾고 강화하는 것이 자신의 즐거운 의무라고 확신하면서 가을이 지나기 전에 한두 달간 그곳에서 가족과 함께 지내겠다고 선언하기에 이르렀다. 가스코인 씨는 그 계획에 진심으로 즐거워했다. 요컨대, 이 여행은 남성 여행자들의 상호적 호감으로 지속되고 끝났다.

그동안 옆에 앉아있던 궨덜린은 유령의 세계를 방문한 후 발설할 수 없는 경험이 입안에 맴도는 가운데 자신에 관련된 일이나 세상사에 관한 온갖 이야기를 기이하게도 비현실적으로 느끼고 있었다. 데이빌로 부인은 주로 딸이 무엇을 느낄지 상상하면서, 남편의 유산을 받을지 확실하지 않다는 말이 무슨 의미일지 궁금했다. 실은 궨덜린은 올라보지 않은 벽을 당면한 목적으로 앞에 세워놓고는 모든 결심을 미루었다. 그 벽에 어떻게 오를 것인가? 그녀는 데론다를 다시 만나서 의논할 수 있기를 바랐다. 그가 찬성하지 않을 행동을 하지 않도록 확인하기 위해서였다. 데론다로 인해 그녀에게 생겨난 외적 양심이 없었다면, 그녀의 내면에서 일어난 양심의 가책이 계속 강력하게 지속되었을까 아니면 그녀는 은밀히 용서를 받았다고 느꼈을까? 우리가 다른 사람의 판단에서 자유롭다면, 스스로를 얼마나 많이 용서할지는 알기 어렵다. 우리의 즐거움을 살아 숨 쉬게 하는 의견으로, 보편적 신의 판단을 긴밀한 압박과 직접적인 결과로 우리에게 제시할 사람. 이런 사람이 없으면 신의 판단은 스스로에 대한 아첨과 세상의 관용 때문에 쉽게 녹아버리고 흩어지고 만다. 이런 식으로 우리의 형제는 우리에게 하나님을 대신하는 존재가 될 수 있고, 뼛속까지 파고드는 그의 의견은 우리의 미덕을 만들어갈 수 있다. 궨덜린에 대한 데론다의 소명은 도박판에서 그가 자신을 비판했다고 궨덜린이 느낀 사건에서 시작되었다. 그는 그 소명을 쉽사리 망쳐놓을 수도 있었을 것이다. 우리 삶의 많은 부분은 자신의 영향력을 훼손하고, 우리에 대한 남들의 신뢰를 결국 큰 불신으로 바꾸어놓는 데 소모된다. 그런 불신이 세상살이를 아는 것이라고 흔히들 말하지만, 실은 당신이나 나에 대한 실망이다. 데론다는 자신의 소명을 망치지 않았다.

그런데 궨덜린은 편지를 쓸 일에 대비해서 주소를 알아두지 않았기에 그에게 연락하려면 휴고 경을 통할 수밖에 없었다. 자신이 데론다에게 의존하고 있고 그가 그녀를 찾는 것보다 자신이 그를 더 많이 찾는 징후를 드러낼 때 주위의 목격자들이 어떻게 해석할지 모르는 바는 아니었다. 그랜코트의 질책 때문에 그녀의 자존심은 충분히 일깨워졌다. 그러나 강하고 끈질긴 그녀의 본성이 의존상태에 빠져들었으므로, 목격자가 있다고 데론다의 도움에 매달리는 손을 놓아버리지는 않을 테고, 자신의 영혼이 간절히 원하는 만남을 희생하지도 않을 것이다. 감옥에 갇혀 사형 선고를 받을 위기에 처했을 때 그렇게 할 것처럼. 파크 레인에 도착한 후 준남작이 곧 토핑 애비로 내려가리라는 것을 (가족을 만나러 이틀간 가 있다가 궨덜린을 위해 필요한 일을 처리하러 돌아오리라는 것을) 알게 되자 궨덜린은 어머니가 옆에 있을 때 주저하는 기색이 전혀 없이 그에게 말했다.

"휴고 경, 저는 데론다 씨를 가급적 빨리 다시 만나고 싶습니다. 그분의 주소를 모르는데, 주소를 알려주시겠어요? 아니면 제가 만나고 싶어 한다고 알려주시겠어요?"

어떤 생각이 재빨리 휴고 경의 얼굴을 스쳤지만, 그는 조금도 다르지 않은 평온한 어조로 대답했다. "나도 지금 데론다가 셋집에 있는지 아니면 토핑 애비에 있는지 모르겠소. 그렇지만 찾아낼 수 있소. 당장 그의 셋집으로 쪽지를 보내서 오라고 하겠소. 만일 토핑 애비에 있으면 당신의 전갈을 전해주고 즉시 올려 보내겠소. 당신의 부름에 기꺼이 응할 거요." 준남작은 그녀가 그런 전갈을 보내는 것이 지극히 적절한 일이라는 듯이 진지하고 친절하게 말을 맺었다.

그러나 그는 궨덜린이 데론다에게 열렬한 애정을 품고 있다고 확신했다. 애정의 씨앗은 오래전에 뿌려졌고, 그녀의 감정이 경솔한 언행으로 이어질지 모른다는 예전의 의혹이 전보다 더 강하게 일었다. 마음씨 친절한 휴고 경은 가급적 그녀를 그런 상황에서 가려주고 보호해주겠다고 결심했다. 이 멋진 여자와 자신의 총아 다니엘이 서로를 위해 태어난 존재라는 것이 결국 밝혀지고 그 부적절한 남편이 매우 적절한 시기에 퇴장해준 거라면, 더할 나위 없이 아름다운 이야기였다. 휴고 경은 매력적인 여자가 가급적 행복하게 살아가기를 바랐다. 사실 이 문제에서 현재 고민이 되는 것은 너무나 고상하고 이해할 수 없는 다니엘이 이런저런 다른 계획을 품고 있지 않은가 하는 의혹이었다. 다니엘은 그 계획이 사랑스러운 그랜코트 부인보다 더 소중한 것이라서, 이미 말끔하게 준비된 그녀와의 결혼을 논외의 일로 칠지도 모른다. 데론다에게 이 신부와의 관계에서 너무 다정하게 굴지 말라고 아버지처럼 주의를 준 휴고 경이 이제 와서 데론다가 마땅히 사랑에 빠졌어야 하는데 그렇지 않은 것 같다는 의혹을 품고 분노를 느낀 것은 흔히 찾아볼 수 있는 모순적 감정이다. 물론 휴고 경이 이런 생각을 하기에는 시기가 너무 일렀다. 그랜코트가 죽은 지 2주일밖에 지나지 않은 것이다. 그러나 시기가 너무 이르다거나 너무 늦다는 것은 생각의 속임수에 불과하다.

아무튼 그는 데론다의 셋집에 쪽지를 보냈고, 거기서 그 쪽지는 그의 손에 전달되었다.

제65장

> 오, 반갑구나, 순수한 눈의 믿음이여, 흰 손의 희망이여,
> 그대, 황금 날개를 달고 떠다니는 천사여!
>
> 밀턴[32]

자기를 다시 부른 궨덜린의 요청에 응하면서 데론다는 심적 동요를 느끼지 않을 수 없었다. 허영심이 아니라 예리한 공감으로 그는 그녀의 마음이 그가 이행할 수 없을 크나큰 것을 요구하리라는 위험을 감지했다. 궨덜린의 영혼이 열렬한 욕구를 느끼며 매달린다는 것은 이제 그에게 논란을 벌일 문제가 아니라 가슴을 파고드는 의식의 문제였다. 우리는 어떤 목소리에 온몸을 전율시키는 분노나 조롱이 담겨 있다는 것을 논증하지 않는다. 그저 느낄 뿐이고, 그것은 어떤 논박도 받아들이지 않는다. 데론다는 이 여자의 영혼이 절망의 벼랑 끝에서 자신의 영혼에 매달려있다고 느꼈다. 그를 아는

---

32 『코머스』 213~214행.

사람이라면, 이런 일이 1년 전에 일어났다면 그녀를 사랑하는지 스스로에게 묻지 않았으리라는 그의 고백에 놀라지 않았을 것이다. 그의 마음을 움직였을 격렬하고 결의에 찬 충동으로 그녀를 슬픔에서 구해주고, 그녀의 삶을 외로움의 위협에서 영원히 보호해주며, 권고 삼아 목걸이를 되찾아준 일에서 시작된 구조 작업을 끝까지 이어갔을 것이다. 그러나 지금 그는 다른 사랑과 의무의 끈에 묶여 있었고, 그의 삶은 이제 충동으로 결정될 수 없었다. 그렇지만 그 충동은 그의 마음에 남아서 호소하는 그녀의 눈과 말을 거듭 대면해야 한다는 상상만으로도 동정적 갈망과 고통스러운 떨림을 일으켰다. 자신을 그녀에게서 떼어놓은 대단히 강력한 유대와 확고한 결심 때문에 그는 멀리 떨어져서 더욱 쓰라린 연민의 정을 품고 그녀의 운명을 응시했다.

그는 뒤쪽 응접실에서 그녀가 들어오기를 기다렸다. 지난번 음악회가 열렸을 때 그들이 함께 앉았던 흰색과 진홍색으로 장식된 공간의 일부였다. 여기서 궨덜린은 자신의 운명이 그가 자기를 버리지 않는 데 달려있다고 처음으로 말했고, 그녀의 호소는 감미로운 외침, "제발 내게 작별인사를 하지 말아요."에 녹아드는 것 같았다. 그러나 그 멜로디를 부른 것은 미라의 사랑스러운 목소리였다.

데론다는 여러 해 동안 구석구석 샅샅이 알고 있던 방 안을 서성이며 자신의 삶이 변형된 듯한 기이한 느낌에 젖어들었다. 부드럽게 미소 짓는 레이디 맬링거의 초상화에서부터 벽난로 기둥에 올려놓은 사자들의 인간적이고 세련된 얼굴에 이르기까지 주위의 익숙한 물건이 실제로가 아니라 오로지 기억에서 다시 찾아온 예전의 삶에 속하는 것 같았다. 최근에 경험한 일이 너무나 깊이 새겨지고 변화를 일으키면서, 자신의 집으로 생각한 저택에서 자신이 처한 상황도 너무나 낯설었다. 그는 모자를 들고 서서 자신과 마찬가지로 삶의 파격적인 변화를 경험한 젊은 여자가 나타나기를 기다리고 있었다. 그 비극적 변화의 갈팡질팡하는 결과에 아직도 자신의 행동이 엮여 있다고 느끼며 그는 무거운 마음이었다.

그러나 방에 들어선 퀜덜린의 모습은 달라진 것 같았다. 상복을 입었을 뿐 아니라 전에 제노바에서 보았을 때보다 더 만족하고 차분해 보이는 얼굴 때문이었다. 그녀가 만족스러운 기분이었던 것은 데론다가 그곳에 있기 때문이었다. 그러나 두 사람은 미소를 띠지 않은 채 인사를 나누고 손을 잡았다. 각자 숱한 기억을 떠올렸고 앞날을 예상하며 불안한 심정이었다. 그녀는 "이렇게 와주시다니 고마워요. 앉으세요."라고 말하고는 가장 가까이 있는 의자에 즉시 앉았다. 그는 그녀의 맞은편에 앉았다.

"여기 와주십사고 부탁한 것은 내가 무엇을 해야 할지 일러주시기를 바라서예요." 그녀가 즉시 말을 꺼냈다. "당신이 옳다고 생각하는 것이 어려운 일이라도 염려 말고 말해주세요. 그렇게 하기로 마음을 먹었어요. 예전에는 가난이 두려웠어요. 다른 사람 밑에서 명령을 받으며 사는 것은 생각할 수 없었어요. 그래서 뭔가를, 결혼을 한 거예요. 이제 나는 그보다 더 나쁜 일을 겪었어요. 그러니 이제는 가난을 견딜 수 있다고 생각해요. 내가 그렇게 해야 한다고 당신이 생각하신다면. 내 남편의 유서에 대해 아세요?"

"네, 휴고 경께서 말씀해주셨습니다." 데론다는 그녀의 질문을 벌써 짐작하며 말했다.

"남편이 내게 남긴 것을 조금이라도 받아야 할까요? 내가 무슨 생각을 해왔는지 알려드릴게요." 궨덜린이 더 불안한 어조로 열렬히 말했다. "내가 결혼을 결정했을 때 실은 엄마에 대한 생각을 많이 했다는 것을 아마 잘 모르실 거예요. 나는 정말 이기적이었지만 엄마를 사랑했어요. 그리고 엄마가 가난해져서 걱정을 많이 했어요. 처음 비참한 심정을 느꼈을 때 그래도 가장 위안이 된 것은 내 결혼으로 엄마의 생활이 편안해졌다는 것이었어요. 지금도 가장 견디기 괴로운 것은 다시 가난한 엄마를 봐야 하는 거예요. 그래서 내가 생각한 것은 엄마를 부양할 정도로만 받는다면 … 그 이상은 아니고 … 나를 위해서는 전혀 받지 않는다면 … 그건 잘못된 일이 아닐 것 같아요. 왜냐하면 나는 엄마에게 무척 소중한 딸이었는데 … 그가 나를 엄마에게서 떼어냈고 … 그런데 그의 의도는 … 그리고 만일 엄마가 알았더라면 …"

궨덜린은 말을 맺지 못했다. 그녀는 다른 생각은 거의 없이 오로지 어머니의 권리에 대해서만 생각하며 이 만남을 기대해왔다. 그러나 이 문제는 입에 올릴 수 없는 생각과 이유를 끌어냈고, 이 위험한 기억이 떠올라 단어들 사이로 몰려들면서 흥분을 일으키며 목소리를 떨리게 했다. 그녀는 무기력하게 손을 내려다보았다. 이제 그 손에는 결혼반지를 제외한 다른 반지가 모두 빠져 있었다.

"그런 말씀을 하면서 스스로를 괴롭히지 마세요." 데론다가 다정하게 말했다. "그럴 필요가 없습니다. 매우 단순한 문제이니까요. 이것에 대한 제 판단은 잘못될 리 없다고 생각합니다. 부인은 고통스러운 경험을 털어놓을 사람이 저밖에 없어서 제게 상의하시려는 거지요. 저는 부인의 망설임을 잘 이해할 수 있습니다." 그는 즉시 말을 잇지 않고 그녀가 감정을 추스르도록 기다렸다. 궨덜린은 이렇게 이어진 침묵도 그의 목소리에서 들은 애정으로 충만하다고 느꼈고, 그래서 용기를 내어 눈을 들고 그를 바라보았다. "부인은 죽은 사람에게 범죄를 저질렀다고 느끼고, 그래서 아내의 모든 권리를 상실했다고 생각하시지요. 그가 소유했던 것을 받지 않으려 하고, 그의 죽음으로 이익을 얻는 일이 절대로 없기를 바라고요. 부인의 감정은 심지어 스스로를 벌주려고 몰아세웁니다. 더 나은 의지, 유혹에 저항하며 몸부림친 의지를 거역한 자아를 응징하려는 것이지요. 저도 그런 것을 경험한 적이 있습니다. 제가 제대로 이해하고 있나요?"

"네. 적어도 나는 좋은 사람이 되고 싶어요. 예전의 나와 다르게." 궨덜린이 말했다. "내가 참아야 한다고 생각하시는 것을 견디려고 애쓰겠어요. 나는 자신에 대한 가장 나쁜 것을 당신에게 말하려고 애썼어요. 내가 무엇을 해야 할까요?"

"수입에 관한 문제에 오로지 부인만 관련되어 있다면," 데론다가 말했다. "저는 부인께 양심의 가책에서 우러나오는 암시를 묵살하라고 감히 주장하지 않을 겁니다. 하지만 이제는 데이빌로 부인에 대한 부인의 감정을 지침으로 삼겠습니다. 제가 볼 때 그것은 더없이 정당한 감정이니까요. 부인의 남편이 부인에게 으레 이행해야 할 의무는 부인이 어떤 행동을 했다고 무효가 되지는 않는다고 생각합니다. 그는 자발적으로 부인의 삶에 끼어들었고, 언제나 가장 중요한 방식으로 부인의 삶에 영향을 미쳤어요. 그러나 그 점은 별도로 치더라도, 그처럼 유력한 지위에 있는 사람으로서 그는 마땅히 부인의 어머니를 부양해야 합니다. 그리고 그 유서가 효력을 발휘한다면 그가 부인을 위해 마련한 부양책을 어머니와 공유하리라고 물론 알고 있었을 겁니다."

"엄마는 연 800파운드를 받았어요. 내 생각은 그 돈만 받고 나머지를 내버려두는 거예요." 귄덜린이 말했다. 자신이 받아들일 수 있는 방안으로서 이것을 너무나 오랫동안 속으로 주장해왔기에 즉시 다른 입장을 취할 수는 없었다.

"그런 식으로 한도를 정하는 것은 부인의 의무가 아니라고 생각합니다." 데론다가 말했다. "데이빌로 부인에게 이해할 수 없는 고통을 드릴 겁니다. 부인이 받지 않겠다는 수입은 데이빌로 부인에게 더 쓰라리게 여겨지겠지요. 그리고 부인 자신의 삶도 너무 고단해질 겁니다. 제노바에서 부인의 양심의 무거운 짐을 누구에게도 알려서는 안 된다고 동의했지요. 앞으로 부인의 삶에서 다른 사람들이 그것을 알게 되어 받을 고통을 덜어주는 것이 가장 선행을 베푸는 길입니다. 부인은 남편의 유서에서 제공된 것을 순순히 감수해야 한다고 생각합니다. 대신 그 금전을 독자적으로 사용할 때 부인의 양심의 가책이 영향을 미치도록 하면 됩니다."

마지막 문장을 입에 올리면서 데론다는 옆의 바닥에 둔 모자를 무의식적으로 집어 들었다. 그의 작은 동작에도 민감했던 궨덜린은 심장이 그 나름의 의식이 있어서 그가 가는 것을 막으려는 듯 펄쩍 뛰는 것을 느꼈다. 동시에 그녀는 의자에서 일어섰다. 이 동작이 그가 그녀를 두고 가려는, 겉으로 드러난 의도를 받아들이는 것이라는 점을 생각하지 못했다. 그러자 데론다도 물론 일어섰고 약간 앞으로 걸어나왔다.

"당신의 말대로 하겠어요." 궨덜린이 급히 말했다. "그렇지만 그 밖에 무엇을 해야 할까요?" 그녀는 이 단순한 말 외에는 아무 말도 할 수 없었을 것이다. 이 말조차도 오만하게 비밀을 간직하는 능력이 박탈된 감정상태의 그녀에게는 너무나 힘든 것이었다. 자신의 입술에서 빠져나온 어린애 같은 말이 자신의 무력함을 보여주는 그림처럼 여겨지자, 큰 눈물방울이 눈에 고이며 솟구치는 흐느낌을 억제할 수 없었다. 데론다도 가슴을 쥐어짜는 듯한 고통을 느꼈다. 그러나 곧 이어질 결과가 눈앞에 떠오르면서 그에게 최대한 양심적으로 노력하도록 촉구했다. 그녀가 눈물을 훔치고 나자 그는 부드러운 어조로 물었다.

"데이빌로 부인과 함께 곧 시골로 가시겠지요?"

"네, 일주일이나 열흘 후에." 궨덜린은 상상 속의 풍경을 바라보는 듯이 막연히 창가로 눈을 돌리고 잠시 기다렸다. "나는 모두에게 친절하게 대하고 싶어요. 그들은 나보다 더 행복할 수 있어요. 그것이 내가 할 수 있는 최선의 일인가요?"

"그렇게 생각합니다. 의심할 수 없는 의무이지요." 데론다가 말했다. 그는 자신의 말 한 마디 한 마디에 얹혀 있는 무거운 짐을 느끼며 문장이 끝날 때마다 조금씩 멈추었다. "그 의무에서 다른 의무가 생겨날 겁니다. 부인의 삶을 부채(負債)로 간주하는 것이 멀리서 보면 한없이 울적한 상황으로 보일 수 있어요. 그러나 실은 그럴리 없습니다. 삶이 울적해지는 것은 동기가 부족하기 때문입니다. 일단 마음속으로 회개하고 사랑하겠다는 목적을 가지고 행동하기 시작하면, 예상치 못한 만족감이 찾아올 테고, 새로운 요구가 생겨나서 하루하루 이끌어가게 될 겁니다. 부인의 삶이 식물처럼 커가는 것을 보실 거예요."

궨덜린은 목마른 사람이 물소리가 들려오지만 어딘지 보이지 않는 곳을 찾는 표정으로 그를 바라보았다. 그 표정을 바라보자니 데론다는 그녀가 의지할 데 없는 물가에서 그에게 팔을 내밀고 있는 느낌이 들었다.

"부인에게 뿌리까지 깊이 파고든 이 슬픔은 아직 너무나 젊은 시절에 찾아왔어요. 이 슬픔은 부인의 삶을 망치려는 것이 아니라 삶을 준비하기 위한 것이라고 생각해보세요. 그것을 준비 과정으로 여기고…" 누군가 그의 목소리를 엿들었다면 그가 자신의 행복을 위해 애원하고 있다고 생각했을 것이다. "보세요! 부인은 잘못되었다고 느낀 결혼에서 일어날 수 있을 최악의 불행한 사태에서 구원받았어요. 부인은 이기적으로 해를 끼칠 행동을 떠올렸고 타락에 빠질 행동을 생각했지요. 그런데 아주 엄한 천사가 과오의 길을 따라가는 부인을 보고는 부인의 손목을 움켜잡고 부인이 피해야 할 삶의 공포를 보여주었다고 생각하세요. 이런 일이 이제 부인이 막 피어나려는 젊은 시절에 일어난 겁니다. 그것이 준비 작업이었다고 생각하세요. 부인은 다른 사람들로 하여금 세상에 태어난 것을 기뻐하게 해줄 최고의 여자가 될 수 있고, 그렇게 되실 겁니다."

이 말을 듣자 궨덜린은 기적의 손이 몸에 닿는 느낌이 들었다. 새로운 존재가 탄생한 듯이 여러 감정이 힘차게 몸속에 흘러들었고, 내면에서 모호하게 꿈틀거리던 이런저런 새로운 힘을 낳았다. 도덕적 회복을 이루려는 성스러운 희망이 그것을 이루려는 힘으로 충만하게 차올랐다. 다른 영혼이 우리의 내면에 불어넣은 것이 너무나 강력해서 우리는 완전한 사랑으로 그 앞에서 고개를 숙인다. 그런데 새롭게 탄생한 존재는 데론다와 떨어질 수 없는 것으로 보였다. 그 희망은 그가 영원히 함께 있기를 요구하는 것 같았다. 그가 자기를 사랑하고 애착을 느낄 거라고 생각한 것은 아니었다. 그런 일은 생각이 있다면 도저히 있을 법하지 않아 약해지고 사라졌을 것이다. 그것은 그녀 정신의 숨결이었다. 그 바닷가에서의 끔찍한 순간 이후 처음으로 그녀의 뺨과 이마, 목에 발그레한 빛이 피어나다가 잠시 짙어지더니 서서히 사라졌다. 그녀는 아무 말도 하지 않았다.

데론다는 앞으로 걸어와 손을 내밀고 말했다. "부인을 지치게 해서는 안 되겠지요."

그녀는 그가 떠난다는 것을 의식하며 깜짝 놀랐고 그의 손을 잡았지만 여전히 아무 말도 하지 않았다.

"아직 아픈 기색입니다. 평소와 달리." 그는 그녀의 손을 잡은 채 덧붙였다.

"잠을 잘 자지 못해요." 다시 낙심한 기색을 약간 드러내며 그녀가 말했다. "어떤 것들이 내 속에서 끈질기게 반복되고 있어요. 계속 돌아오고, 앞으로도 돌아올 거예요." 그녀는 위협적인 차가운 공포에 몸을 떨며 말을 맺었다.

"차차 줄어들 겁니다." 데론다는 말했다. 그는 그녀의 손을 놓을 수도 없었고, 갑자기 그녀에게서 멀어질 수도 없었다.

"휴고 경께서 디플로에 오겠다고 하시더군요." 궨덜린이 앞서 슬쩍 입 밖에 냈던 의도적인 말을 다시 꺼냈다. "당신도 오시겠지요."

"어쩌면." 데론다는 이렇게 말하고는 그 말이 냉정하다고 느끼며 수정하듯 덧붙였다. "네, 갈 겁니다." 그러고는 이미 작별인사를 끝낸 듯이 마지막으로 다정하게 힘주어 잡고는 그녀의 손을 놓았다.

"내가 런던을 떠나기 전에 다시 안 오실 건가요?" 궨덜린이 여전히 핏기 없는 얼굴로 소심하게 슬픈 듯이 말했다.

데론다가 뭐라고 할 수 있겠는가? "제가 조금이라도 도움이 된다면, 부인이 원하신다면, 물론 오겠습니다."

"나는 당연히 원해요." 궨덜린이 맹렬하게 말했다. "아시다시피 원해요. 내게 무슨 힘이 있겠어요? 그밖에 누가 있겠어요?" 또다시 흐느낌이 터져 나왔다.

데론다는 찌르는 아픔을 느꼈다. 그 아픔에 몹시 괴로운 표정으로 말했다. "반드시 오겠습니다."

궨덜린은 그의 달라진 표정을 보았지만, 그가 다시 올 거라는 기대감에 한결 마음이 놓였기에 다른 생각에 빠져들지 않았다. 희망과 용기가 되살아났다.

"나에 대해 걱정하지 마세요." 그녀가 다정하게 장담하는 어조로 말했다. "당신의 말을 하나하나 모두 기억하겠어요. 나에 대해 당신이 믿는 것을 기억할 거예요. 그렇게 노력하겠어요."

그녀는 그를 확고한 눈으로 바라보았고 다시 손을 내밀었다. 자신이 기억하겠다고 약속한 그의 말을 들은 후 무슨 일이 있었는지 잊은 것 같았다. 그러나 그녀의 입술에는 웃음기가 전혀 없었다. 그녀는 남편이 죽은 후 절대로 미소를 짓지 않았다. 꼼짝 않고 말없이 서 있는 그녀는 한때 다른 사람들이 엄숙한 표정을 짓고 있을 때도 너무나 쉽게 웃음을 터뜨린 궨덜린의 우울한 조각처럼 보였다.

데론다에 대한 그녀의 태도를, 그에게 의존하고 있다고 말할 때의 무분별한 솔직함을, 아니, 그 간절한 요청을 우리가 이해하려면, 그녀에게 온 세상의 면모를 바꾸어버린 뼛속까지 스며든 고뇌를 기억해야 한다. 무심한 관찰자가 주로 고려했을 것들은 그녀의 머릿속에 떠오르지 않았다. 그녀를 둘러싼 불길이 사납게 치솟고 있어서 자신을 안전한 곳으로 데려가 달라고 그의 벌린 팔에 몸을 던지고 그의 목에 매달리는 것과 마찬가지였다. 그녀에게 그의 존재는, 그의 행동으로 인해 시작된 개심(改心) 과정의 몸부림과 같은 것이었다. 그녀가 자신에게 필요한 것을 그의 감정에 반사해 보는 것이 놀라운 일이었을까? 그녀는 무의식적으로 의존하고 기대하는 상태에 빠져 있었다. 우리는 우리 나름의 고민이나 목적에 몰두할 때 흔히 그런 상태를 경험한다. 우리의 감정을 다른 사람에게 발산하고 그들이 우리가 품고 있는 동기에서 행동하기를 기대한다. 그녀가 지속적으로 강화된 정신적 유대 외의 다른 끈으로 데론다와 장차 결합되기를 상상한 것은 아니었다. 그렇지만 그녀의 상상력은 그와 떨어지는 미래를 예상하지 않았다. 사랑과 결혼 — 이것이 어떻게 지금 가엾은 궨덜린의 가장 깊은 애착을 자연스럽게 표현할 이미지가 되겠는가? 강력한 사랑이 그녀에게 손을 얹었다. 하지만 그 사랑은 그녀에게 무엇을 요구했던가? 질책을 받아들이고, 스스로를 변화시키는 지난(至難)한 일에 착수하고, 고백하고, 참고 견디라는 것이었다. 만일 그녀가 그에게 소리를 지른 것이었다면, 그런 것이었다면? 그녀는 작은 발이 미끄러져 뒤로 넘어진 아이처럼 소리쳤다. 길을 잃지 않도록 손을 잡아달라고 소리친 것이다.

그 비명이 데론다의 마음을 파고들었다. 애정이 풍부하면서도 명료한 통찰력이 있는 남자에게 이보다 더 어려운 처지가 있었을까? 궨덜린의 고충을 실제로 속속들이 아는 사람은 자신밖에 없었다. 그녀가 무엇을 호소하든 자신이 몸을 사리면서 호소에 귀를 기울이지 않는다면 그녀를 위험한 고독에 빠뜨리게 될 것이다. 그는 자신에게 의지하는 그녀를 잔인하게 명확히 거부하는 몸짓은 견딜 수 없었다. 하지만 멀거나 가까운 장래에 다가올 쓰라린 이별을 보았고, 현재 그들의 유대가 돈독해지면 이별은 더욱 괴로울 것이다.

그는 그런 위험을 무릅써야 했다. 그는 귄덜린이 떠나기 전에 파크 레인에 한 번 더 들렀다. 그렇지만 데이빌로 부인이 있는 곳에서 만났기에 그들의 만남은 전처럼 감정적 동요를 일으키지 않았다. 귄덜린은 수입을 받기로 결심하고 나서 세운 계획에 대해 즐겁게 말했다. 그 계획은 어머니와 동생들과 함께 다시 오펜딘에 정착하고, 그녀의 말에 따르면, 처음 그곳에 갔던 시절로 삶을 되돌리는 것이었다. 그녀가 알지 못했을 뿐이지 주위에 행복이 넘친 시절이었다. 이 계획을 들은 휴고 경은 개즈미어를 임대하려고 애쓰고 있었다. 그곳의 임대료는 오펜딘의 임대료를 내고도 남을 것이다. 데론다는 이런 이야기를 모두 들었고, 귄덜린에게 조금이나마 위안이 될 관심거리에 관해 기꺼이 한참 이야기를 나눴다. 하지만 자신의 뇌리를 주로 사로잡고 있는 문제에 대해서는 한 마디도 하지 않았고, 그녀도 묻지 않았다. 그녀의 마음은 가을이 지나기 전에 그가 디플로에 온다는 생각에 사로잡혀 있었다. 라피도스 남매, 그 조그마한 유대인 여자와 그녀의 오빠가 자기 운명에 변화를 일으키리라는 생각은 꿈에도 하지 않았다. 세계역사에 변화를 일으키는 정치적, 사회적 효소의 발효에 대해 생각하지 않는 것과 마찬가지였다. 사실 가엾은 귄덜린의 의식은 몽롱한 상태였고, 고뇌 어린 양심의 용암이 끓어오르는 길과 그곳에서 벗어나려는 몸부림 말고는 모든 것이 어스레한 망각에 묻혀있었다.

제66장

많은 날 가운데 아직도 맹렬한 하루가 갑자기 고요해졌다.
브라우닝 『반지와 책』[33]

궨덜린이 데론다에 대한 생각에 포함하지 않았던 에즈라와 미라는 그동안 데론다와의 관계를 더욱 친밀하게 더 풍부한 빛으로 이끌어가고 있었다.

아버지 라피도스는 현관 층계에서 딸과 헤어졌다. 실제로 굶고 지내는 데 드는 돈보다 더 많기만 하면 오락이나 내기에서 얼마든지 판돈으로 걸 수 있다는 생각이 퍼뜩 스쳤기 때문이었다. 그는 앞날에 대한 대안이나 결심에 조금도 관심이 없었다. 돈을 다 잃을 때까지는, 미라에게 다시 돈을 달라고 할 것인지 아니면 용기를 내서 아들을 대면할 것인지도 생각하지 않았다. 처음에 그는 불쾌하게 구속되는 상황을 피할 때처럼 에즈라와 만나기를 꺼렸다. 미라의

[33] 1권 42쪽.

지갑을 손에 넣는 것만으로도 앞으로 필요한 것에 대한 생각을 충분히 떨쳐낼 수 있었다. 도박의 욕구는 육신의 공복감보다 절대적으로 강력하다. 육신의 허기는 감정적이거나 지적인 흥분으로 무마될 수 있지만, 실제로나 상상의 도박에서 기회를 엿보며 습관적으로 긴장된 마음은 다른 흥분을 느낄 감수성을 마비시킨다. 마지막의 절박한 단계에 가면 도박은 초열지옥의 고통에서 기분전환 거리를 찾으려는 악마들의 즐겁지 않은 유흥처럼 보인다.

그러나 어떤 이기심을 갖고 있더라도, 아무리 관념적이고 초인적인 이기심이라도, 하루에 적어도 한 끼 식사로 기운을 얻어야 한다. 음식에 대한 라피도스의 욕구는 매우 소박했지만 현금이 없으면 그 욕구마저 충족시킬 수 없는 초라하고 의지가지없는 신세였다. 그는 뒷창에 "피라미드"[34]라는 간판이 붙은 곳에 잠시 들러서 미라의 30실링을 처음에는 두 배로 불리고 또 세 배로 불렸다가 마침내 다 잃었다. 그러자 그녀의 텅 빈 지갑을 호주머니에 넣고 나오면서, 그 지갑을 전당포에 맡겨서 당장 내기에 걸 돈을 마련할지 아니면 미라에게 지갑을 돌려줘서 체면을 세우고 빚을 갚는 데 돈을 썼다고 말할지 이해득실을 따져보았다. 더욱이 라피도스에게 아직도 확고하게 남아 있는 감정 중 한 가지는 자신의 권리의식이었다. 자식이

---

34 당구와 비슷한 스누커 게임으로 도박하는 것에 대한 언급. 스누커는 열다섯 개의 색깔 있는 공을 삼각형이나 피라미드 형태로 쌓아놓고 하나의 큐볼로 맞히는 게임이다.

소유한 재산에 대한 권리가 자신에게 있는 것 같았고, 그런 감정은 아들의 정당한 분노보다 더 강렬했다. 결국 그가 택할 수 있는 가장 좋은 방법은 자식들의 집에 얹혀사는 것이었다. 에즈라를 만나는 것을 생각해볼수록, 내키지 않는 마음이 줄어들었다. 그의 상상력은 굴욕감을 느낄 상황에 대한 걱정보다는 전혀 노력하지 않고 무사히 호주머니에 뭔가를 챙겨 넣을 가능성에 더 영향을 받은 것이다. 최근에 행운이 그에게 등을 돌렸지만, 그는 행운이 돌아서기를 기대했다. 딸의 일거리와 딸의 좋은 벗을 통해서 뭔가를 얻을 좋은 기회를 잡아 행운이 다시 시작되지 않을까? 라피도스는 자신의 약삭빠른 머리를 매력으로 믿었다. 그것은 과거의 경험을 통해 확인된 오랜 믿음이었다. 자신의 매력이 줄었음을 알지 못하거나 매력이 닳아버리지 않은 듯이 꾸밀 수 있다고 상상하는 것은 여자들만이 아니다.

신속히 이해득실을 따져본 결과, 라피도스는 브롬프턴의 작은 광장으로 걸어갔다. 그는 주위를 걸어 다니며 지켜보다가 미라가 밖으로 나오거나 집으로 돌아갈 때 붙잡으려 했다. 그러면 훨씬 쉽게 그 집에 들어갈 수 있을 것이다. 그러나 이미 저녁이었다. 미라를 처음 만난 다음 날 저녁이었다. 잠시 기다리다가 피곤해지자 그는 벨을 누를까 생각했다. 미라가 집에 없으면 돌아올 시간을 물어볼 것이다. 그러나 집에 다가갔을 때 미라가 집에 있음을 알 수 있었다. 그녀의 노랫소리가 들려온 것이다.

미라는 피아노 의자에 앉아서 "마음이여, 내 마음이여."[35]를 부르고 있었고, 에즈라는 눈을 감고 귀를 기울이고 있었다. 그때 애덤스 부인이 문을 열고 약간 당황한 기색으로 말했다.

"어떤 분이 오셔서 아버지라고 하시는데요, 아가씨."

"내가 내려가 보겠어요." 미라는 깜짝 놀라 즉시 일어서며 오빠를 바라보았다.

"아니, 미라야. 그렇게 하지 마라." 에즈라가 단호하게 말했다. "올라오시게 하세요, 애덤스 부인."

미라는 두 손을 맞잡고 꼬집으며 불안감에 속이 울렁이는 느낌이었고 줄곧 에즈라를 바라보았다. 에즈라도 일어섰고 분명 매우 심란한 표정이었다. 그러나 그의 얼굴에는 미라가 예전에 보지 못한 표정이 어려 있었다. 그는 이마를 찌푸렸고 번뜩이는 엄한 눈과 엄한 기색으로 입술을 꽉 다물고 있는 것 같았다.

애덤스 부인이 문을 열어 아버지를 들여보냈을 때 미라는 두 사람을 돌아보지 않을 수 없었다. 문을 닫으면서 젊은이에게서 연장자로 눈을 돌린 후 '아버지가 분명해.'라고 속으로 중얼거렸다. 얼굴 윤곽이 비슷했다. 그것은 처음 본 순간에 늘 가장 두드러진다. 그들의 표정은 숨겨져 있거나 눈에 띄지 않는 차이 때문에 더없이 선명하게 대조적이었다. 크롬웰 같은 천재가 점잖은 교구민에 지나지 않은 아버지의 외모 속에서 대조를 이룰 수 있듯이.

라피도스는 미리 우울한 표정을 지었지만, 말을 꺼내면서 실제로

---

35 괴테의 시 "새로운 삶, 새로운 사랑"(1775)의 첫 행. 베토벤의 "여섯 개의 노래" 작품번호 75.

몸을 움찔했다.

"자, 에즈라, 내 아들, 이렇게 오랜 세월이 흘렀으니 날 거의 못 알아보겠구나."

"당신을 … 너무나 잘 … 알고 있습니다 … 아버지." 에즈라는 신랄하고 엄숙하게 천천히 말했고, 그래서 아버지라는 말은 비난처럼 들렸다.

"아, 너는 날 만나서 기쁘지 않겠지. 놀라운 일도 아니지. 내 형편이 말이 아니었단다. 사람이 곤란한 지경에 빠지면 스스로에게나 남들에게나 하고 싶은 대로 할 수 없는 법이지. 정말이지, 나는 무척 고생을 많이 했어." 라피도스가 빨리 말했다. 일단 말을 시작하면 언제나 입심과 뻔뻔스러운 배짱을 되찾았다. 이제는 미라를 바라보고 지갑을 내밀며 말했다. "네 작은 지갑이 여기 있단다, 얘야. 거기 적힌 글 때문에 네가 지갑에 대해 걱정할 거라고 생각했지. 보다시피 그 속은 비었단다. 식비와 숙박비로 갚을 빚이 있었거든. 내가 깨끗이 빚을 갚으면 네가 좋아하리라고 생각했지. 그래서 이제 주머니에 동전 한 푼 없이 내 자식들의 처분에 나를 맡기고 서 있단다. 원한다면 경찰을 부르지 않아도 날 쫓아낼 수 있어. 그렇게 말해봐, 미라야. 이렇게 말해봐. '아버지, 나는 아버지를 충분히 겪었어요. 아버지는 나를 귀여워하셨고 가진 것을 모두 내게 쓰셨어요. 내가 아버지 없이 살아갈 수 없을 때. 그렇지만 이제 나는 아버지 없이 더 잘 지낼 수 있어요.' 이렇게 말해라. 그러면 나는 눈 깜짝할 사이에 가버릴 거야. 네 즐거운 생활을 다시 망쳐놓지 않을 거란다." 말을 끝내기 전에 그의 목소리는 평소처럼 울먹였다.

“제가 그런 말을 할 수 없다는 것을 아시잖아요, 아버지.” 미라는 그의 말에 함축된, 그 집에서 살고 싶어 하는 욕구 말고는 다 거짓이라고 느꼈지만 고통은 덜하지 않았다.

“미라, 동생아, 자리를 비켜주렴!” 에즈라가 권위 있는 어조로 말했다.

미라는 망설이며 간청하듯이 오빠를 바라보았다. 오빠의 결정이 두려웠지만, 아버지를 위해 간청하지 않고는 갈 수 없는 듯이. 아버지는 자신의 살 속에서 통증을 일으키며 자라났지만 그것을 잘라내려면 더 큰 고통을 느낄 수밖에 없는 어떤 것 같았다. 그녀는 오빠에게 다가가서 그의 손에 자기의 손을 넣고, 나지막하게 말했다. 라피도스에게 들리지 않을 정도로 낮은 목소리는 아니었다. “돌이켜봐요, 에즈라. 어머니라면 쫓아내지 않을 거라고 오빠가 말했잖아요.”

“나를 믿고 가다오.” 에즈라가 말했다.

방을 나선 그녀는 층계를 몇 개 올라가서는 두근거리는 마음으로 주저앉았다. 만일 오빠가 어떤 말을 해서 아버지가 가버린다면 —

라피도스는 아들이 자신을 어떻게 대할 작정인지 약간 감지했다. 그러나 그는 이 상황에 적응하면서, 자신에게 창피를 주려는 어떤 시도에도 냉정한 우월감을 느끼게 해줄 관점을 찾고 있었다. 무덤 속에서 말하는 듯이 해골처럼 보이는 이 아들은 어딘지 부조리하게 보였다. 이기적이고 경박한 사람들은 무자비한 질병이 집게처럼 그들의 육신을 꼭 움켜쥘 때까지 고통과 죽음에서 그런 부조리한 느낌을 받는다. 아들이 뭐라고 설교를 해대든 그는 당연하게 받아들여야 한다. 우박을 피하려고 문이 열린 성당에 들어간 사람이 우연히도 거기서 고함을 질러대며 거행되는 종교의식을 받아들여야 하듯이.

라피도스의 이런 냉담한 무감각은 타고난 것이 아니라 습득한 것이었다.

"우리가 사는 이 집은," 에즈라가 말을 꺼냈다. "나를 부양해주는 소중한 친구의 자비로움 덕분에, 또 스스로를 부양하는 누이의 노고 덕분에 마련되었습니다. 우리에게 집이 있는 한, 아버지를 집에 들이지 않는 일은 없을 겁니다. 아버지의 악덕에 빠지도록 아버지를 내치지는 않을 겁니다. 우리의 아버지이니까요. 아버지는 본인의 유대를 깨뜨렸지만, 우리는 우리의 유대를 인정합니다. 그렇지만 나는 아버지를 절대로 신뢰하지 않을 겁니다. 아버지는 빚을 갚지 않은 채 돈을 갖고 달아났어요. 아버지는 어머니를 버렸고, 어머니에게서 어린 딸을 빼앗아 어머니를 절망에 빠뜨렸어요. 아버지는 노름꾼이 되었고, 과거에 수치심과 양심이 있었던 곳에 이제는 만족을 모르는 탐욕이 자리 잡고 있어요. 아버지는 누이를 기꺼이 팔려 했고, 그 아이를 팔았지만 값을 받지 못했지요. 이런 일을 저지른 사람이 신뢰를 받으리라고 기대해서는 안 됩니다. 우리는 아버지와 음식을 나눌 것이고, 아버지에게 침대와 옷을 드릴 겁니다. 우리는 이런 의무를 다할 겁니다. 우리의 아버지이기 때문에. 그렇지만 아버지는 결코 신뢰를 받지 못할 겁니다. 사악한 인간이니까요. 어머니에게 참담한 고통을 주었지요. 그런 인간이 아버지라는 사실은, 우리의 살에 박힌 낙인과 같아서 언제까지나 쑤시고 아플 겁니다. 그러나 그것을 우리에게 내려주신 분은 하나님입니다. 인간의 정의가 아버지가 저지른 범죄에 채찍질해서 아버지의 몸이 조롱하는 군중 앞에서 무력하게 쓰러진다면, 그래도 우리는 말할 겁니다. '이 사람은 우리의 아버지입니다. 그를 보이지 않는 곳으로 데려갈 수 있도록 길을 비켜주세요.'라고."

라피도스는 앞으로 닥칠 일에 대해 각오를 다졌을 때 번개가 얼마나 강렬할 것인지, 그것이 어느 방향에 떨어질 것인지를 정확하게 예측할 수 없었다. 그래서 그 번개가 그의 몸 밖에 떨어지지 않고 몸을 관통하리라는 것을 예상하지 못했다. 아들의 영혼에서 나오는 이 목소리처럼 생소한 것은 예상하지 못했다. 그것은 그의 병적 흥분을 일으키도록 자극했다. 미라가 집에 앉아서 울고 있는 그에게서 목격했듯이. 에즈라가 말을 끝냈을 때 라피도스는 의자에 주저앉아서 탁자에 얼굴을 대고는 여자처럼 울었다. 그런데 희한하게도, 이 병적 울음은 아들의 말에서 압박감을 받아 불가피하게 일어난 반응이기는 했지만 또한 곤란한 상황에서 의식적으로 의지하는 수단이기도 했다. 환한 얼굴에 곱슬머리의 젊은이였던 시절에도 그는 날카로운 분노나 비난을 돌려놓기 위해 이처럼 교묘히 마련된 육신의 민감한 특성을 이용하곤 했다.

에즈라는 다시 자리에 앉아서 아무 말도 하지 않았다. 억누를 수 없던 발언과 오랜 세월 고독하게 말없이 견뎌온 감정이 터져 나와서 그 충격으로 기운이 소진되고 말았다. 의자의 팔걸이에 놓인 그의 여윈 손이 부들부들 떨리고 있었다. 질문에 대답하려 해도 목소리가 나오지 않았을 것이다. 그는 죽음을 부르려고 손짓하기 위해 한 걸음 더 내디딘 느낌이었다. 그동안 밖에서 어떤 소리가 들리기를 예상하고 있던 미라의 민감한 귀는 어떤 소리를 감지하고는 마음으로 알아들었다. 그녀는 더 이상 밖에 있을 수 없었다. 그러나 문을 열었을 때 에즈라를 보고는 겁에 질려 즉시 그의 옆으로 걸어가서 떨리는 손을 잡았다. 그는 그녀의 손을 꼭 잡고 그 손에 의지했다. 하지만 아무 말도 하지 않았고, 그녀를 바라보지도 않았다. 얼굴을 가리고 있던 아버지는 미라가 들어온 것을 알았고, 곧 고개를 들고 손수건으로 눈물을 닦은 다음 그녀에게 손을 내밀고 애처롭게 쉰 목소리로 말했다. "잘 있어라, 미라야. 아버지는 너를 두 번 다시 괴롭히지 않을 거야. 길가에서 개처럼 죽어도 싸니까. 그렇게 할 거란다. 네 엄마가 살아있었다면 나를 용서했겠지. 34년 전에 나는 추파[36] 밑에서 네 엄마의 손가락에 반지를 끼워주었어. 그리고 우리는 하나가 되었지. 네 엄마는 나를 용서했을 거야. 그리고 우리는 노년을 함께 보냈을 테지. 하지만 나는 그럴 자격이 없단다. 잘 있어라."

그는 마지막으로 "잘 있어라."라고 말하며 의자에서 일어났다. 미라는 그의 손을 붙잡았다. 눈물이 고이거나 비탄에 젖어서가 아니라

---

[36] 결혼식에 쓰는 차양. 원래는 신부의 방을 뜻하는 단어였고, 상징적으로 부부가 공유할 가정을 나타낸다.

겁이 나고 두려움에 짓눌려 큰 소리로 말했다.

"아뇨, 아버지, 안 돼요!" 그러고는 오빠에게 몸을 돌려 소리쳤다. "에즈라, 아버지를 못 들어오게 막은 것은 아니죠? 여기서 사세요, 아버지. 그리고 나쁜 일을 하지 마세요. 에즈라, 난 견딜 수 없어. 내가 어떻게 아버지에게 '가서 죽으라.'고 말할 수 있겠어?"

"그런 말은 하지 않았단다." 에즈라가 몹시 힘들게 대답했다. "'여기서 머물며 보호를 받으시라.'고 말했어."

"그럼 여기 계세요, 아버지. 보살핌을 받으시고. 저와 함께 가세요." 미라가 그를 문 쪽으로 끌어당기며 말했다.

라피도스가 바란 것은 바로 이것이었다. 그는 딸의 의무적인 애정을 되찾아서 잠시 위안을 느꼈고, 그래서 자신의 습성을 바꾸는 것도 가능할 것 같았다. 그녀는 아래층의 응접실로 그를 데려가서 말했다.

"제가 에즈라와 함께 있지 않을 때 쓰는 거실이에요. 이 뒤의 침실을 아버지의 방으로 쓰세요. 여기 사시면서 좋은 분이 되세요, 아버지. 어머니에게 돌아왔다고 생각하세요. 어머니는 아버지를 용서하셨고, 저를 통해서 아버지에게 말씀하신다고." 미라는 애원조로 말했지만 예전처럼 아버지를 다정하게 위로할 수는 없었다.

라피도스는 금세 평정을 되찾았고, 미라에게 목소리가 나아졌다는 등의 편안한 잡담을 늘어놓기 시작했다. 애덤스 부인이 저녁식사를 차리려고 들어왔을 때 그는 자신이 평범한 사람이 아니라는 것을 알려주려고 대화를 시작했다. 그가 지금 걸친 꾀죄죄한 옷은 그의 말과 어울리지 않았지만 말이다.

그러나 밤이 되어 평소처럼 빈번히 잠에서 깨었을 때 그는 미라가 돈을 얼마나 갖고 있을지 궁금해졌다. 예전에 대륙에서 룰렛게임을 하던 시간을 돌이켜보며 자신이 도박하던 방식을 되새겨보았고, 그것을 좌절시킨 불운을 떠올렸다. 그가 영국으로 올 수밖에 없는 이유가 있었지만 대체로 영국은 지긋지긋한 나라였다.

라피도스가 그날 밤에 떠올린 강렬한 환영은 바로 그것이었고, 무시무시한 비난을 쏟아낸 성난 아들의 쇠약한 몸이 아니었다. 에즈라가 나타나 도박판을 가로질렀고 그의 말이 들리기는 했지만 실체 없는 유령처럼 지나가버렸다. 아들이 쏟아낸 말의 요지는 라피도스의 의식을 구성하는 세포가 되어버린 숫자들과 동작들에 잠식되고 말았다.

제67장

우리 안의 신성은 반항하는 우리의 자아를 비틀어
더 고귀한 행위를 짜낸다.

토핑 애비에서 돌아왔을 때 데론다는 불쾌하고도 놀랍게도 브롬프턴의 셋집에 달갑지 않은 아버지가 기거하고 있음을 알게 되었다. 미라는 아버지에게 데론다에 대해 알려줄 필요가 있다고 생각했고, 그와 에즈라가 친분을 맺게 된 경위와 그들의 우정을 돈독하게 만든 공감에 대해 가급적 상세히 알려주려 했다. 데론다가 자기를 도와준 일에 대해서는 비교적 간단히 넘어갔고, 물에 빠지지 않도록 구해준 사건은 전부 빼놓았으며, 메이릭 부인의 가정에서 안식처를 찾았다고 말함으로써 이 친구들을 통해 데론다를 알게 되었다고 아버지가 생각하도록 내버려두었다. 그녀는 그간의 사정을 더 충실하게 알려줘야 한다고 생각하지 않았고, 아버지 영혼의 숨결이 자신과 데론다의 관계에 닿는 것은 견딜 수 없었다. 어떤 이유에서인지 라피도스는 딸이 영국으로 달아나고 도착한 경위를 자세히 묻지 않았다. 그러나 자식들에게 분명 신분이 높고 자선심이 많은 친구가 있다는 사실에는 큰 관심을 느꼈다.

모르디카이는 데론다에게 자신들의 일상에 더해진 새로운 변화에 대해 말했다. "나는 이제 아버지를 바라보면서 침착함을 잃지 않게 되었소." 에즈라는 이렇게 말을 맺었다. "그리고 동생의 다정한 마음과 매일 맛보는 평화로운 일상 덕분에 아버지가 유혹에서 벗어날 수도 있으리라고 생각하려 애쓰고 있소. 아버지에게 절대로 돈을 맡기지 말라고 동생에게 요구했고 동생은 약속했소. 아버지가 돈으로 자기 파멸을 사는 거라고 동생을 설득했소."

라피도스가 도착하고 사흘째 되는 날 데론다가 찾아왔다. 그는 치수를 재서 맞춘 새 옷이 아직 완성되지 않았고 좋은 인상을 주고 싶었기에 낡은 옷을 입고는 나타나지 않겠다고 결정했다. 그래서 데론다가 집을 나설 때를 기다리다가 창문에서 엿보고는 그가 젊은이라는 사실에 다소 놀랐다. 미라는 그 점에 대해 언급하지 않았고, 그 스스로도 유령 같은 에즈라와 진지한 우정을 나누며 진부한 것을 연구하는 사람이라면 젊은 사람일 리 없다고 생각했다. 그러므로 데론다가 남매와 가깝게 지내는 진정한 이유, 중요한 이유는 미라를 사랑하기 때문임이 분명하다고 상상하기 시작했다. 그렇다면 더 잘된 일이었다. 에즈라보다는 미라와의 유대가 부친에게 호의를 베풀 가능성이 더 크기 때문이었다. 그리고 라피도스는 데론다의 호감을 사고 불쾌한 선입견을 누그러뜨릴 수 있으리라는 희망이 없지 않았다. 그는 대단히 붙임성 있게 처신했고 자식들과 편안하게 생활할 수 있도록 자신이 할 수 있는 모든 면에서 애쓰고 있었다. 미라의 노래에 관심을 기울였고, 애덤스 부인이 응접실에서 용납하지 못한 흡연 문제에 순순히 양보했으며, 미라가 마련해준 독일제 파이프와 담배를 들고 광장으로 나가곤 했다. 그는 눈치가 빠른 사람이었으므로 돈을 주지 않는 것에 현재로는 항의하지 않았다. 미라는 오빠에게 엄숙하게 약속했기 때문에 그것을 의무로 지켜야 한다고 그에게 말했다. 그는 매우 편안한 마음으로 기다릴 수 있었다.

데론다가 다음번에 방문했을 때 라피도스는 새 옷을 차려입고 자신의 외모에 흡족해하며 에즈라와 앉아있었다. 에즈라는 어쩔 수 없이 아버지와 함께 있어야 할 때마다 가혹한 의무의 일부로 여기며 참고 견디도록 스스로를 훈련하고 있었다. 데론다는 라피도스에게 거리를 두고 냉정하게 대했다. 아내와 자식의 삶을 파괴해버린 이 남자를 처음 보았을 때 마음속에서 반감이 일어나서 몸까지 불편할 지경이었다. 그러나 라피도스는 낙심하지 않았고, 옛 함에서 나온 문서를 낭독할 때 들을 수 있도록 그 방에 있게 해달라고 청했다. 난해한 독일어 문서를 해독하는 것을 도움으로써 실제로 쓸모 있게 굴기도 했다. 이렇게 되자 그는 그 원고를 다른 언어로 옮기는 것이 바람직하겠다고 제안했고, 자기가 그것을 해주겠다고 자청하고는 모든 문서의 사본을 로마 글자체로 작성하겠다고 말했다. 젊은 에즈라는 눈이 침침하지만 자기는 아직 눈이 좋다고 말했다. 데론다는 그 제안을 받아들이며, 라피도스가 유용한 일을 기꺼이 떠맡으려는 선의를 드러냈다고 생각했다. 그리고 에즈라의 얼굴에 떠오른 흐뭇한 표정을 보았다. 하지만 에즈라는 곧이어 이렇게 말했다. "옮겨 적는 일은 모두 이 방에서 하도록 하지요. 문서가 눈에 보이지 않는 곳에 있으면 안심할 수 없으니까요. 불에 타거나 다른 사고가 일어날지 모르니까." 가엾은 에즈라는 휴가 받은 죄수를 책임지고 있는 기분이었다. 아버지가 실제로 일하는 모습을 자기 눈으로 직접 보지 못하면, 그가 충실하게 일하고 있다고 믿을 수 없었다. 그러나 이렇게 결정함으로써 그는 아버지와 같은 공간에 있어야 하는 부담을 스스로 짊어진 셈이었다. 그것은 한없이 깊고 오랜 과거의 연상뿐 아니라 라피도스의 불안정한 기분 때문에 고통스러운 일이었다. 그가 주위 상황에 익숙해지고 아들에 대한 두려움이 줄어들자 그의 불안한 기질은 더 잘 드러났다. 사실 그는 데론다의 호감을 사는 데 관심을 쏟으면서 강한 자제심을 발휘하고 있었다. 그렇지만 불편한 옷을 입은 사람처럼 기회 있을 때마다 담배 피러 밖으로 나가거나 이리저리 서성이며 말하고 또는 의자에 등을 젖히고 앉아 침묵하면서 불편함을 달랬지만, 말없이 표정이나 몸짓으로 끊임없는 말을 이어가고 있었다. 미라가 방에 있으면 예전에 그녀와 얘기를 나누던 습관에 빠져들어 과거에 있었던 일이나 알던 사람에 대한 잡담을 늘어놓았고, 과거의 활기를 마음껏 발휘하리라 믿으며 자신이 개작한 희곡의 줄거리나 실화, 재치 있는 말을 되풀이하곤 했다. 이 모든 것이 에즈라에게는 지긋지긋한 고통이었다. 집에 있을 때 미라는 아버지를 아래층 거실로 데려가서 지켜봄으로써 오빠의 고통을 덜어주려고 애썼다. 그러나 한 번 어렵사리 결심했다고 의무를 다할 수 있을까? 아침이 돌아올 때마다 그날 하루 억눌러야 할 짜증이나 참아야 할 수치심을 예상하며 즐거운 기분을 망쳐버리는 영향력에 매일매일 움츠리지 않고 견디기는 어려운 일이었다. 비열한 아버지의 이 영웅적인 자식들은, 수많은 다른 자식들과 마찬가지로, 그런 영향력을 견디고 있었고, 적어도 미라는 그것이 앞으로의 삶에 끊임없이 계속되리라고 예상했다.

그동안 라피도스가 있어서 데론다와 미라 사이에는 감지할 수 없는 새로운 칸막이가 세워진 것 같았다. 그들은 그가 너절한 추측을 할까봐 두려워했고, 각자 더 과묵해지고 소심해진 상대방의 의도를 잘못 해석했다. 그러나 그리 오래지 않아 데론다에게 새로운 빛이 들어 진실이 밝혀졌다.

그는 잠시 토핑 애비에 다녀온 후 가급적 빨리 한스 메이릭의 하숙집을 찾아갔다. 자신이 최근 외국에 다녀온 이유와 그로 인해 일어난 의도의 변화를 한스에게 빨리 알려주는 것이 친구 사이의 마땅한 도리라고 여러 이유에서 생각한 것이다. 한스는 집에 없었다. 며칠간 시골에 다녀올 거라는 말을 듣고 데론다는 쪽지를 남겼고 답장을 받으리라 기대하며 일주일을 기다렸다. 그러나 아무 답장도 없었다. 한스가 토핑 애비에 체류하려던 계획이 연기되었다는 소식을 들었고 예측할 수 없이 민감한 그에게 변덕스러운 감정이 일어났을지 모른다는 걱정에 그는 마침내 다시 그의 하숙집을 찾아갔다. 화실로 안내되어 들어가 보니, 친구가 있었다. 목욕을 하고 나와서 긴 머리칼이 아직 젖은 채 조끼는 입지 않고 가벼운 상의 차림이었지만 얼굴이 초췌하고 시들어서 시골풍으로 보이지 않았다. 데론다가 들어섰을 때 그는 팔레트와 붓을 들고 이젤 앞에 서 있었지만 급히 꾸며낸 자세 같았다.

악수를 하고 나서 데론다가 말했다. "시골에 다녀온 사람처럼 보이지 않는군그래. 케임브리지에 다녀왔나?"

"아니." 한스는 잘못된 생각으로 다른 사람을 속이려던 사람처럼 팔레트를 내던지며 퉁명스럽게 말했다. 그러고는 데론다에게 의자를 밀어주고 자기는 다른 의자에 털썩 주저앉아 몸을 젖히고 머리 뒤로 양손을 깍지 끼고는 말을 이었다. "어딘지 모르는 곳에 다녀왔네. 아무도 살지 않는 곳. 지독하게 불쾌한 곳이었네."

"술을 마셔왔다고 말할 생각은 아니겠지, 한스." 맞은편에 앉은 데론다가 걱정스럽게 살펴보며 말했다.

"그렇게 좋은 건 아니었어. 아편을 피웠네. 아편으로 얼마나 큰 희열을 맛볼 수 있을지 알아보려고 언젠가는 해볼 작정이었어. 지금 내게 다른 행복이 없다는 것을 알았기에 이번에 기회를 잡는 것이 좋겠다고 생각했지. 하지만 그 희열의 문은 절대로 다시 열지 않겠다고 맹세하네. 내 체질과 맞지 않더군."

"무슨 일이 있었나? 자네가 내게 편지를 보냈을 때는 꽤 좋은 기분이었는데."

"아, 특별한 일은 없네. 세상이 양배추가 다 잘려나간 양배추밭처럼 초라하게 보였지. 알다시피 천재들이 겪는 병이라네." 한스는 얼굴을 찡그리며 미소를 지었다. "실은 보상을 받지 못하면서 고결한

체하는 데 싫증났네. 특히나 이 무더운 런던 날씨에 말이야."

"다른 일은 없었나? 정말로 화가 날 일은?" 데론다가 말했다.

한스는 고개를 가로저었다.

"나는 내게 일어난 일을 자네에게 말하러 왔네. 그런데 자네가 자기 일을 숨긴다면 기분 좋게 말할 수 없지."

"아무 일도 없었네." 한스가 변덕스러운 태도로 말했다. "골동품 가게 주인과 말다툼한 것 말고는. 게다가 지금까지 자네는 자기 일에 대해 말한 적이 없으니까, 오랫동안 진 빚을 이제 갚기 시작하는 것일 뿐이야."

데론다는 한스가 부자연스럽게 행동하고 있다고 생각했지만, 자신이 신뢰를 보여준다면 차차 예전처럼 솔직해지리라고 믿었다.

"내가 이탈리아로 떠날 때 그 이유를 밝히지 않는다고 자네가 비웃었지, 한스." 그가 말을 꺼냈다. "내 행복의 근원과 관련된 목적이 있어서였어. 나는 지금까지 부모님에 대해 아무것도 모르고 있었네. 사실 제노바에 간 것은 어머니를 만나기 위해서였어. 아버지는 오래전에 돌아가셨고. 내가 아기였을 때 돌아가셨다는군. 어머니는 탁월한 유대인의 딸이셨고, 아버지는 어머니와 사촌이셨네. 여러 가지 일이 일어나는 바람에 나는 출발하기 전에도 혹시 유대 혈통일지 모른다고 생각하게 되었지. 그런 결과에 마음의 준비를 하고 있었기에 그 사실이 기뻤네. 내가 유대인이라는 것을 알게 되어 반가웠어."

"내가 놀란 표정을 지으리라고 기대하지 말게, 데론다." 한스는 자세를 바꿔 한쪽 다리를 다른 쪽에 올려놓고 슬리퍼의 뒤꿈치를 응시하며 말했다.

"그럼 알고 있었나?"

"어머니가 말씀해주셨네. 자네가 그곳에 들른 다음 날 아침에 그 집에 다녀오셨지. 남매가 어머니께 얘기했다더군. 우리가 그 남매만큼 기뻐할 수 없다는 것을 자네는 이해하겠지. 하지만 자네가 기뻐하는 일이라면 결국 나도 기뻐하게 될 걸세. 결국이라는 말이 정확히 언제를 가리킬지 예상할 수 없지만." 한스는 낮은 목소리로 말했다. 그가 자신의 운명에 대해 언짢게 여기면서도 투덜거리지 않는 것이 흔치 않은 일이듯이, 그런 목소리는 그에게 흔치 않았다.

"자네가 내 감정에 공감할 수 없다는 것은 전적으로 이해하네." 데론다가 말했다. "하지만 나는 내 장래를 완전히 새롭게 보이게 한 사건에 대해 자네에게 입을 다물고 있을 수 없었지. 나는 모르디카이의 몇 가지 사상을 받아들였고, 힘이 미치는 한 그것을 실행에 옮기도록 노력할 생각이네. 얼마 후에 동양으로 떠나서 오랫동안 돌아오지 않을 걸세."

한스는 아무 말도 하지 않았다. 데론다에게 등을 돌린 채 그림 앞에 서서 팔레트를 잡고 그 위에 붓질을 시작했다. 한스의 당혹스러운 반응에 데론다도 당황한 나머지 하려던 이야기가 끊어진 느낌이었다.

이내 한스가 얼굴을 돌리지 않고 다시 낮은 목소리로 말했다. "이런 질문을 해서 미안하네만, 그랜코트 부인은 모든 사실을 알고 있나?"

"아니. 그런데 그 농담은 이제 그만하라고 부탁해야겠네, 한스." 데론다는 좀 화가 나서 말했다. "자네 생각은 진실과 동떨어져 있어. 진실의 정반대라고 할 수 있네."

"내 장례식에 참석한 기분이네. 농담할 기분이 아니야." 한스가 말했다. "그리고 그 문제에 대한 내 생각을 자네가 아는 것 같지 않군."

"어쩌면 그렇겠지." 데론다가 말했다. "그렇지만 딱 잘라서 말하겠네. 나는 그랜코트 부인과의 관계에서 연인이었던 적이 없고, 앞으로도 결코 없을 걸세. 자네가 목격한 어떤 일에서든 그런 식으로 진지하게 해석했다면, 큰 착각이었네."

잠시 침묵이 이어졌다. 두 사람에게 그 침묵은 짜증을 일으키는 무더운 공기처럼 불편한 마음을 가중시키고 있었다.

"다른 해석에서도 내가 착각했는지 모르겠군." 한스가 곧 말했다.

"다른 해석이라니 무슨 말인가?"

"자네가 아내도, 미망인도 아닌 다른 여자의 연인이 되려는 소망을 품지 않았다고."

"자네 말을 못 알아들은 척할 수 없겠지, 메이릭. 우리 소망이 서로 부딪히게 되어 괴롭네. 그런데 자네가 소망을 이룰 수 있다고 생각한 근거가 있으면 말해주면 좋겠네."

"자네는 불필요한 것을 요구하는군, 데론다?" 한스가 약간 화가 나서 말했다.

"불필요하다니?"

"자넨 그 문제에 완전히 확신할 테니까. 어쩌면 그렇게 확신할 만한 최고의 증거가 있을 테니까."

"나는 자네보다 더 솔직하게 말하겠네." 한스가 화를 냈기에 아직 흥분한 상태였지만 그래도 안쓰럽게 생각하며 데론다가 말했다. "내가 소망을 이룰 증거는 조금도 없었네. 실은 희망도 거의 없어."

한스는 친구를 재빨리 돌아보았지만 즉시 그림으로 눈을 돌렸다.

"그리고 지금 우리가 처한 상황에서, 내 감정을 어떻게 그녀에게 알릴지 모르겠네." 데론다는 한스가 자기의 진심을 의심한다는 생각에 마음이 상해서 불쾌한 듯 힘주어 말했다. "그녀가 나와 같은 감정이 아니라면, 그녀에게 가장 큰 즐거움이 몹시 괴로운 일로 바뀔 테니까. 그녀도 나도 그녀의 오빠와 헤어질 수 없으니 계속 마주칠 수밖에 없는데. 혹시 나도 모르게 감정을 드러내서 그녀에게 그런 고통을 준다면, 나는 해로운 동물이라고 할 수밖에 없지."

"내 감정을 혹시라도 그녀에게 드러낸 적은 없었던 것 같네." 한스가 스스로를 변호하려는 듯이 말했다.

"그 말은 우리가 같은 처지라는 뜻이지. 그럼 자네는 나를 질투할 이유가 없네."

"아, 그래, 조금도 없지." 한스는 가차 없이 신랄하게 말했다. "자네는 내 기발한 재능을 평가하고는 자네의 온갖 장점보다 탁월하다는 것을 알고 있으니까."

"내가 자네를 성가시게 하고 있군, 메이릭. 미안하네만 이럴 수밖에 없었네." 데론다가 일어서며 말했다. "우리가 앞서 나눈 이야기가 있었기에, 이 점을 설명하고 싶었어. 그런데 내가 어떻게 주장하든 자네에게는 실로 다를 것이 없겠군. 현재 상황에서 내게도 기분 좋게 달라질 일이 없을 거야. 이제 그 부친이 거기 머물고 계시지. 그 사실을 알고 있나?"

"그래. 그가 유대인이 아니라면 그를 저주했을 걸세. 떨떠름한 찬사를 붙여서." 한스가 이렇게 말했지만 미소는 짓지 않았다.

"그녀와 마주치는 상황이 전보다 더 거북해졌어. 이런 식으로 간다면 2년이 지나도 나에 대한 그녀의 감정을 조금도 꿰뚫어볼 수 없을 걸세. 전반적으로 이런 상태라네, 한스. 자네도 나도 서로에게 상처를 주지 않았어. 그 점은 분명해. 우리는 무위로 끝날 가능성이 농후한 희망을 품고 이런 경쟁 상태를 견뎌야겠지. 분명, 우리의 우정은 그 중압감을 견딜 수 있을 걸세."

"아니, 그럴 수 없어." 한스는 화구를 내려놓고 손을 호주머니에 찔러 넣고는 몸을 돌려 데론다를 똑바로 바라보며 맹렬하게 말했다. 데론다는 깜짝 놀라 약간 뒤로 물러서서 바라보았다. 한스는 똑같은 어조로 말을 이었다.

"우리의 우정은, 아니, 내 우정은, 자네에게 고마움을 모르는 비겁한 녀석처럼 굴면서 자네의 행복에 앙심을 품는 중압감을 견딜 수 없네. 자네는 정말로 세상에서 가장 행복한 녀석이니까. 미라가 오빠보다 더 사랑하는 사람이 있다면, 그 사람은 바로 자네니까."

한스는 몸을 돌려 의자에 주저앉아서 다정하지 않은 눈길로 데론다를 올려다보았다. 충격적인 전율이 데론다의 몸을 꿰뚫고 지나갔다. 잠시 후 그가 말했다.

"그건 자네가 친절한 마음으로 꾸며낸 허구라네, 한스."

"난 전혀 친절한 기분이 아니야. 확언하건대, 그 불쾌한 사실이 눈앞에 밀어닥칠 때까지 알지 못했어. 그때는 자네가 공작부인에게 마음을 바치기로 언약했다고 믿고 있었기에 더욱더, 아니 훨씬 덜 불쾌했지. 그런데 이제, 망할! 자네가 결국은 딱 들어맞는 곳에서 사랑에 빠져 있었다는 말이지. 유대인인 데다, 어느 모로 보나 바람직하고."

"대체 어떻게 그런 확신을 갖게 되었는지 말해주게." 데론다가 뜻밖의 생소한 기쁨을 믿을 수 없어 이렇게 말했다.

"묻지 말게. 어머니도 목격하셨어. 결론적으로 말하면, 미라는 공작부인을 질투하고 있네. 그러니 그녀의 마음을 빨리 편하게 해주는 게 더 낫겠지. 자! 자네에게 진 빚을 한두 가지 갚았네. 그러니까 자네가 마땅히 받아야 할, 내 생각에는 최고의 행운을 얻은 자네에게, 욕을 좀 해도 괜찮겠지."

"하나님의 축복이 있기를, 한스!" 데론다는 손을 내밀었고, 상대는 말없이 손을 잡아 비틀었다.

제68장

> 모든 생각과 모든 열정, 모든 기쁨,
> 인간의 육신을 분발하게 하는
> 모든 것은 오로지 사랑에 기여하며
> 사랑의 성스러운 불꽃을 돋운다.
>
> 콜리지[37]

사랑을 고백하고 싶은 데론다의 간절한 열망은, 미라의 질투심을 풀어줘야 한다는 한스의 확신에 찬 말에서 가장 큰 자극을 받았을 것이다. 그는 다음에 에즈라를 만나러 갈 때 그녀와 단둘이 이야기할 기회를 이용하겠다고, 아니, 그런 기회를 요구하겠다고 굳게 결심했다. 그녀가 자신의 사랑을 받아들인다면, 온갖 결과에 용감하게 대처하겠다고 느꼈다. 그녀의 약혼자로서 그녀를 보호할 권리가 생길 테고, 그러면 앞으로 아버지와의 관계에서 어려운 일이 생길 때

---

37 "사랑" 1~4행.

바람직한 방어막이 되어줄 것이다. 라피도스에게서 불안한 기색이 점점 커졌거나 호감을 사려는 욕구가 줄어든 징후를 감지한 것은 아니었다. 하지만 앞으로 갈등이나 수치스러운 일이 일어나고, 집안의 불안감이 견디기 힘들 정도로 커지리라는 예감이 들었다. 그럴 경우에 에즈라와 미라가 무력하게 희생되지 않도록 구할 것이다.

그의 예감은 그 아버지의 마음속에서 무슨 일이 일어나고 있는지 알았더라면 더 강해졌을 것이다. 에즈라를 괴롭힌 라피도스의 불안하고 산만한 기색은 그 딴에는 진저리를 치며 속박에 순종한 것이었다. 라피도스는 더 나은 조건의 자유를 차차 얻어낼 수단으로 생각하며 간신히 그 속박을 견뎠다. 처음에는 데론다에게서 상당한 돈을 얻어낼 기회 같은, 아주 근사한 호기를 기다릴 생각이었다. 그러면서도 호기심을 품고 주위를 둘러보았고, 미라가 돈과 열쇠를 어디에 두는지 알아내려고 애썼다. 그의 마음을 지배한 도박의 욕구는 다른 일을 하는 동안에도 내내 끓어오르며 끊임없이 상상의 그물을 자아내고 여타의 것을 모두 그 그물 속에 가두었다. 그러므로 확보할 만한 가치 있는 현금에 손을 댈 수만 있으면 오래 미뤄온 목적을 억누를 수 없었을 것이다. 그러나 미라는 현실적인 영리한 생각으로 당장 필요한 돈을 제외하고 전부 메이릭 부인에게 맡김으로써 에즈라와의 약속을 어기지 않도록 주의했다. 라피도스는 자기 때문에 피해가 가지 않도록 모든 것이 안전하게 정비된 정신병원처럼 짜증스럽게도 완벽하게 제공된 상황에 감금된 듯이 느꼈다. 미라의 책상이나 서랍을 열고 거기서 현금을 발견하고 호주머니에 넣을 수 있다면, 그것이 조금도 부끄럽지 않은 가족 간의 전유(專有) 행위라고 여겼을 것이다. 한 사람이 다른 사람의 소유물을 마음대로 가질 수 있는 한계선은 법이 적용되기 시작하는 경계선 너머에서도 종종 미묘하게 그어진다. 이런 이유로 숟가락이 탄광 주식보다 더 안전한 투자 대상이 될 수 있다. 라피도스는 실제로 딸에게서 모욕적인 대접을 받았다고 느꼈고, 딸의 사과 파이를 마음대로 먹을 수 있듯이 딸의 다른 수입도 마음대로 가져야 한다고 생각했다. 그러나 그는 여전히 순종적인 태도를 취했다. 실은 미라에게 집요하게 요구할 것이 아니라 데론다에게 호소하려는 경솔한 방안에 가장 구미가 당겼다. 달리 팔 것이 없는 영리한 사람은 자신의 부재에 비싼 값을 매기기도 한다. 어렵사리 묘안을 찾던 라피도스는 자기가 없을 때 자식들이 더 행복해 하리라는 생각을 떠올렸고, 자신을 내보내기 위해 데론다가 상당한 금액을 기꺼이 내줄 거라고 생각했다. 그러나 뻔뻔스러운 배짱을 다져왔으면서도 라피도스는 에즈라의 신사 친구가 여전히 조금 두려웠기에 그 목적을 계속 미루었다.

데론다가 억누를 수 없이 기쁨에 충만한 마음을 표정과 말에 드러내며 그 집에 찾아온 날 라피도스는 불만과 갈망이 고비에 이르러 탈출 계획을 생각하느라 머릿속이 분주했고 데론다가 전에 없이 상냥하게 굴었기에 그 계획을 실행에 옮기려는 용기를 얻었다. 이 생각에 너무 빠져 있었기에 전처럼 하는 일에 관심을 보이지도 않았고, 이해할 수 없는 글을 읽을 때도 계속 옆에 앉아 있겠다고 고집을 부리지 않았다. 그가 잠시 앉아 있다가 광장에서 담배를 피우고 거닐기 위해 밖으로 나갔으므로, 두 친구는 더 편안한 심정이었다. 미라는 집에 없었지만 데론다가 돌아가기 전에 반드시 들어올 터이므로, 그의 눈은 은밀한 기대감에 빛을 발했다. 그는 그녀에게서 전에 알아보지 못한 자신에 대한 감미로운 감정을 보게 되리라고 기대했고 애정 어린 장난기가 더해진 태도로 에즈라를 대했다.

"이 방은 당신에게 너무 작고 답답해요, 에즈라." 그가 읽기를 중단하고 말했다. "이번 주 내내 제노바보다 더 고약한 열기를 내뿜고 있으니. 거기서는 넓은 방의 시원한 그늘에 앉아 있을 수나 있지. 이제 여기보다 더 나은 집이 있어야겠어요. 나는 더 튼튼한 반쪽이니까, 당신을 위해 내 뜻대로 행동하겠어요." 그가 에즈라를 보며 미소를 지었고 에즈라가 말했다.

"나는 숨 쉬는 것 말고는 전혀 답답하지 않네. 그렇지만 초록 들판이 펼쳐진 널찍한 대저택에서 지낼 자네에게는 여기가 좁은 감옥처럼 느껴지겠지. 그렇지만 나는 '그렇게 하라.'고 말할 수 없네."

"아, 당신이 여기 있는 동안에는 시골에 가도 유형지나 마찬가지일 겁니다." 데론다는 일어서서 손수건을 부채 삼아 크게 휘두르며 걸어봐야 얼마 되지 않는 2인실을 서성였다. "이 방은 내게 세상에서 가장 행복한 곳이니까요. 게다가 동양에 있다고 상상할 겁니다. 언젠가는 가려고 준비하고 있으니까요. 다만 거기 가면 넥타이와 무거운 반지를 착용하지 않겠지요." 그는 힘주어 말을 맺고, 그 불필요한 것을 풀어 에즈라 뒤쪽의 작은 탁자에 올려놓았다. 에즈라의 앞쪽 탁자는 책과 문서로 뒤덮여 있었다.

"나는 집에 돌아온 이후 이 기념반지를 끼고 지냈어요." 그가 다시 자리에 앉으며 말을 이었다. "그런데 나는 사치품을 애지중지하기 때문에 일할 때는 짐스러워 늘 빼놓습니다. 로마인들이 왜 여름 반지를 갖고 있었는지 이해할 수 있어요. 실제로 그랬다면 말이지요. 지금도 그렇다면 더 잘 지낼 수 있을 텐데."

곧 그들은 다시 일에 열중했다. 데론다는 후기 히브리어로 작성된 글을 읽으면서 에즈라의 수정과 논평을 받았다. 그들은 라피도스가 다시 들어와 뒤쪽 어딘가에 앉았을 때 거의 관심을 기울이지 않았다.

라피도스의 눈은 이리저리 헤매다가 칙칙한 마호가니 탁자 위에서 반짝이는 반지를 재빨리 포착했다. 산책하는 동안 그의 마음은 외국에 갈 좋은 기회를 열심히 궁리했는데, 현금만 있으면 얼마든지 가능한 일이었다. 은밀히 데론다에게 그 이야기를 꺼내면, 당장 필요한 현금의 액수를 물을 것이다. 그의 상상에서 가장 문제 되는 부분이 바로 이것이었다. 너무 많이 요구하면 위험이 따를 수 있고 너무 적게 요구하면 나중에 후회할 테니까. 자신의 욕망에는 한계가 없었지만, 데론다가 기꺼이 제공할 한도액에 대해서는 예단할 근거가 전혀 없었다. 그런데 이제 한도 없는 현금을 받기 위한 준비단계로서 이처럼 허황한 상황에서, 전에 질투 어린 눈으로 데론다의 손가락에서 본 반지가 갑자기 떨어져 나와 쉽게 움켜쥘 수 있는 곳에서 빛나고 있었다. 분명 그 반지의 가치는 그가 목표한 상상의 유동적 금액에서 최저치보다도 적었다. 그러나 그것은 실체가 있는 확고한 사실로 눈앞에 있었다. 그의 욕망은 그 반지를 조용히 호주머니에 넣으면 편안하게, 어떤 고통도 없이, 아무 위험도 없이, 현재의 속박에서 달아날 수 있으리라는 생각(아직은 의도가 아니었다)으로 당장 치달았다. 데론다가 소유한 (공식적으로 그의 동의를 받지 않고도 이용할 수 있는) 물건은 자기 자식의 소유물이나 다름없으므로, 아버지가 그것을 갖는다고 처벌받을 리 만무다. 이런 구체적인 생각이 신속히 이어지며 하나의 그림처럼 펼쳐지는 것 같았다. 라피도스는 절도죄를 범한 적이 없었다. 그러나 절도죄란 법에 의해 처벌받는 착복의 한 형태이다. 훨씬 더 큰 선물을 기꺼이 주었을 실제적 친지에게서 이 반지를 가져가는 것은 절도죄 항목에 포함되지 않을 것이다. 하지만 더 큰 선물이 더 바람직했다. 그가 서둘러 요구할 수만 있으면. 반지를 손에 넣는 상상의 행동은 마음에 계속 떠오르는 멜로디처럼 반복되다가 마침내 배척되어 깊이 가라앉았다. 그는 아래층으로 내려가서 데론다가 떠날 때를 기다리겠다고 결심하며 절박한 욕망을 달랬다. 데론다에게 함께 산책하겠다고 제안하고 미리 숙고한 계획을 과감히 실행에 옮길 것이다. 그는 일어서서 창밖으로 시선을 던졌지만 그가 줄곧 본 것은 뒤쪽에 반지가 놓인 탁자 바로 옆문으로 가기 위해 지나야 하는 짧은 거리였다. 하지만 그는 아래층으로 내려가기로 결심했다. 그러나, 결심이 확실히 달라져서가 아니라, 술 취한 사람의 갈증처럼 압도적인 욕망 때문에, 탁자 옆을 지날 때 그의 손가락은 소리 없이 반지에 닿았고, 복도에 나서자 손 안에 반지가 있음을 알게 되었다. 그래서 그는 모자를 쓰고 집을 나섰다. 자식들의 온정에 다시 의지할 가능성은 아득히 머나먼 미래로 물러났고, 광장을 벗어나기도 전에 그는 서둘러 반지를 팔아 배에 타려는 생각에 빠져 있었다.

데론다와 에즈라는 그가 방을 나서는 것을 어렴풋이 느꼈다. 그뿐이었다. 이윽고 미라가 방에 들어오는 바람에 그들의 작업이 중단되었다. 그녀는 모자를 벗지 않았다. 데론다가 일어나서 다가와 손을 내밀었을 때 그녀는 스스로도 이해할 수 없는 곤혹스럽고 당황한 기색으로 말했다.

"에즈라가 새 약을 먹었는지 확인하러 왔을 뿐이에요. 곧장 메이릭 부인 댁에 가서 무엇을 가져와야 해요."

"나도 함께 가게 해주세요." 데론다가 절박한 심정으로 말했다. "에즈라를 더 이상 지치지 않게 해야겠어요. 게다가 내 머리도 흐물흐물해지고 있어요. 메이릭 부인의 집에 가고 싶기도 하고요. 같이 걸어도 되겠어요?"

"아, 네." 미라는 데론다에게서 뭔가 새로운 기미를 막연히 느끼며 얼굴을 붉혔고 에즈라의 약을 따라주려고 돌아섰다. 에즈라는 글을 읽는 동안 마음속에 차오른 생각에서 벗어나지 못해 눈을 감고 고개를 젖히고 있었다. 데론다는 미라와 함께 걸어갈 것만 생각하며 잠시 서 있었다. 마침내 미라가 몸을 돌려 약을 가져오자 넥타이를 풀어 젖힌 것이 갑자기 생각났다. "이런 차림을 용서하세요. 당신에게는 보일 생각이 없었는데." 그는 작은 탁자에 가서 넥타이를 집었고 깜짝 놀라 충동적으로 소리쳤다. "맙소사! 반지가 어디

갔지?" 그러고는 주위의 바닥을 둘러보기 시작했다.

에즈라는 의자의 구석을 돌아보았다. 미라는 눈 깜짝할 사이에 데론다가 찾고 있는 곳으로 가서 말했다. "반지를 빼놓으셨어요?"

"네." 데론다는 얼룩덜룩한 카펫에 반지가 떨어져 보이지 않는 구석에 숨었을 거라고만 생각했다. 그는 가까이 있는 가구를 옮기면서 손과 눈으로 있음 직한 곳과 있음 직하지 않은 곳을 모두 찾아보고 있었다.

그러나 미라는 다른 이유를 생각했고, 뺨에서 핏기가 가시면서 창백해졌다. 그녀는 에즈라의 귀에 대고 속삭였다. "아버지가 여기 계셨어요?" 그는 고개를 끄덕이며 무시무시한 사실을 깨닫고는 그녀의 눈을 바라보았다. 그녀는 이미 찾아본 곳을 헛되이 다시 찾아보는 가망 없는 일에 매달려 데론다가 아직도 살펴보는 곳으로 쏜살같이 다가갔다. "아직 못 찾으셨어요?" 그녀가 급히 물었다.

겁에 질린 그녀의 눈을 보고 그는 깜짝 놀라 대답했다. "어쩌면 주머니에 있을 거예요." 이렇게 말하며 주머니를 더듬었다.

그녀는 그를 지켜보며 말했다. "호주머니에 없지요? 탁자에 놓으셨어요." 그녀의 예리한 말에 그는 반지를 호주머니에서 찾은 시늉을 할 수도 없었다. 그녀는 즉시 방을 뛰쳐나갔고, 데론다도 뒤따랐다. 그녀는 아버지를 찾으러 아래층 거실에 내려가서, 그가 침실에 있는지 보려고 침실 문을 열었다. 그의 모자가 늘 걸려 있던 곳을 보고는 양손을 꼭 움켜쥐고 입술이 새파랗게 질린 채 돌아서서 절망적으로 창밖을 내다보았다. 그러고는 데론다를 올려다보았다. 흥분한 나머지 핼쑥한 그녀에게 그는 감히 아무 말도 할 수 없었다. 그녀는 그를 올려다보며 한 마디도 말하지 못했다. 그녀의 표정은 데론다 앞에서 느낀 치욕을 말없이 감수하는 것 같았다. 그러나 그는 움켜쥔 그녀의 손을 두 손으로 감싸며 경건한 찬탄이 어린 목소리로 말했다.

"미라, 그분은 당신 아버지이고 또 내 아버지라고 생각하게 해주세요. 우리가 나눌 수 없는 슬픔도, 치욕도, 기쁨도 없다고. 나는 다른 여자의 찬란한 즐거움을 받아들이느니 당신의 슬픔을 내 슬픔으로 삼겠어요. 나를 거절하지 않겠다고 말해줘요. 당신과 내가 모든 것을 함께 나누도록 날 받아들이겠다고 말해줘요. 내 아내가 되기로 약속하겠다고 말해줘요. 지금 말해주세요. 난 꽤 오랫동안 확신할 수 없었어요. 아주 오랫동안 사랑을 숨겨야 했어요. 지금 그렇게 말해줘요. 그럼 흠잡을 데 없는 사랑으로 당신을 사랑한다는 것을 늘 입증하겠어요."

미라의 감정이 서서히 달라졌다. 비탄과 수치심에 휩싸여 이루 말할 수 없이 고통스러운 이 순간에 남자가 여자에게 바칠 수 있는 최고의 경의를 데론다가 바치고 있다는 사실을 환연히 깨달으며 축복받은 기쁨을 느끼게 되기까지, 대번에 달라진 것은 아니었다. 처음에 그가 말을 꺼냈을 때는 그의 목소리에서 진지한 위로를 느꼈을 뿐이고, 데론다의 선량한 태도가 에즈라에 대한 감정 때문이라고 생각했다. 그러나 감히 바라지 못한 기쁨을 확신하게 되면서 황홀한 기쁨이 온몸에 퍼져나갔다. 자신을 굽어보는 데론다의 시선을 받으며 그녀의 얼굴은 발갛게 달아올랐다. 하지만 그녀는 여전히 강렬하고 엄숙한 눈으로 올려다보았다. 그가 그녀를 "최고로 훌륭하다"고 생각했음을 경건한 마음으로 고마워하며 처음 받아들인 때처럼. 그가 말을 마쳤을 때 그녀는 아무 말도 할 수 없었다. 그저 얼굴을 들어 입술을 그의 입에 대고, 가장 간단한 '승낙'의 표시인 양 키스를 할 수 있을 뿐이었다. 그러고 나서 그들은 그저 서로를 바라보며 서있었다. 그는 그녀의 양손을 잡은 채 너무 행복해서 꼼짝하지 못했고, 모든 조짐이 그들을 멀리 떼어놓을 것 같았다는 새로운 의식에 두 사람은 전적으로 공감했다. 이윽고 미라가 속삭였다. "에즈라를 위로해주러 가요."

제69장

내가 속한다고 느꼈고,
사랑으로 숭배한 인간의 본성은
엄밀한 실재가 아니라,
시공에 만연한 정신.
서있거나, 엎어졌거나, 지상의 나머지 평범한 것에 기댄
기념비들, 널리 흩어진
사라진 국가들의 숭고한 잔해,
그 증거에서 끌어낸 도움으로 널리 퍼진.

워즈워스 『서곡』[38]

휴고 경은 가을을 디플로에서 보내려는 계획을 실행에 옮겼다. 그래서 10월 초가 되자 디플로에 살며 근방의 브래컨쇼와 퀘챔의 장대한 저택부터 원스터의 버젓한 가게까지 다양한 계층의 사람들에게 활기를 불어넣었다. 휴고 경은 사람들 앞에 나서기를 좋아했고

---

[38] 1805년에 창작된 무운시로서 방대한 자전적 작품. 1850년에 개작되고 발표되었다. 8권 608~615행.

붙임성이 있었다. 훌륭한 가문의 자유당 일원으로서 개혁을 전폭적으로 지지했고, 그것이 영국인의 습성을 그리 변화시키지 않을 거라고 생각했다. 확실히 그 습성 중 한 가지는 세습된 신분으로 잘 구획되고 꾸며진 사회를 보기 좋아한다는 것이다. 그러므로 그는 디플로를 매우 기분 좋은 곳으로 만들었고, 윈스터의 늙은 사무변호사와 시골의 젊은 부목사까지도 초대했다. 그뿐 아니라 손님들의 조합에도 관심을 기울여, 평범한 서민이 식사 대접을 받으며 특별한 대접이 아니라고 생각하는 일이 없도록 그들을 한꺼번에 초대하지도 않았다. 브래컨쇼 경은 느긋한 성격이라서 가령 법률 대리인 로빈슨을 만나도 개의치 않았겠지만, 로빈슨은 자신과 대등하게 여겨지는 사람들을 만나도록 초대받으면 당연히 기분이 상했을 것이다. 이런 시시콜콜한 점을 잘 알고 있었으므로 휴고 경은 곧 인기를 얻었고 사람들을 기쁘게 해주었다. 이 두 가지 결과는 그의 기질에 아주 잘 맞았다. 이제 페니코트의 목사는 디플로의 만찬에서 그랜코트가 지배하던 시절에 겪은 오만한 관용과는 전혀 다른 대접을 받았다. 준남작은 가스코인 씨를 좋아했을 뿐 아니라 그랜코트 부인을 위해서도 목사와 각별히 친밀한 관계를 유지하고 싶어 했다. 그녀에 대한 휴고 경의 기사도 정신이 한층 더 고무된 것이다. 왜 그랬을까? 그는 그 중요한 이유를 아내에게도 전부 다 알려주지 않았다. 한 여자의 비밀로 보이는 것은 다른 여자에게, 자기 아내에게도, 알려줄 수 없었다. 이런 사실은 그의 기사도 정신에 보기 드문 과묵함이 내재되어 있었음을 보여준다.

미라와 약혼한 후 데론다는 자신의 입장과 목적을 휴고 경에게 충실히 밝히는 것이 올바른 처신이라고 생각했고 편지로 알리기로 마음먹었다. 자기 운명의 변화에 아버지와 다름없는 벗이 괴로워할 정도는 아니더라도 어느 정도 불만스럽게 느낄 것은 예상했다. 그것은 단순한 예감이 아니라 확신에 가까운 예상이었다. 달갑지 않은 소식을 직접 말로 듣지 않고 글로 읽으면 나중에 후회할지 모를 성급한 반응을 피할 수 있다는 장점이 있다. 데론다는 말의 충돌로 인해 그렇지 않으면 용서할 수 있었을 감정이 계속 불쾌하게 남을 것이 두려웠다.

그 편지를 받았을 때 휴고 경은 전적으로 놀라지는 않았지만 몹시 화가 치밀었다. 그래서 즉시 그 편지를 레이디 맬링거에게 넘겨주는 방법을 선택했다. 아내는 틀림없이 경악을 금치 못할 테고, 그 남편은 아내의 즉각적인 반응을 불합리한 것으로 논박할 수 있을 것이다. 이런 식으로 그는 강한 불만을 갈라놓을 수 있을 것이다. 실로 아내는 다니엘이 놀라운 재능을 많이 갖고 있고 그와 함께 사는 것이 즐거운데 결국 이렇게 정신 나간 듯이 유대인을 좇아다니게 되었다고 경악과 비탄을 토로했다. 그러자 준남작은 이렇게 말할 수 있었다.

"터무니없는 말이오, 여보! 실로 다니엘은 바보 같은 짓을 하지 않을 거요. 그는 유대주의에 대해 원대한 생각을 갖고 있소. 당신이 이해하지 못하는 정치적 관점을. 다니엘이 최고 우두머리가 되리라는 것은 걱정할 바 없소."

그러나 앞으로 있을 결혼에 대해서는 그녀가 남편에게 반대자극을 제공하지 않았다. 이 유순한 숙녀는 미라에게 음악회에서 노래를 부르게 하고 아마벨을 가르치게 했을 때 어떤 일이 일어날지 꿈도 꾸지 못했다고 조금도 반감이 없이 말했다. 약간 망설이다가, 적절한 시간이 지나면 다니엘이 그랜코트 부인과 결혼할지 모른다고 생각한 것은 사실이라고 고백하기는 했다. 그가 바로 그 시점에 제노바에 있었음이 너무 놀라웠던 것이다. 그리고 미망인을 좋아하진 않지만 다니엘이 유대인과 어울리는 것보다 그 결혼이 더 나았을 거라고 생각했다. 그런데 이 문제는 휴고 경도 똑같이 생각했으므로 여자들의 착각이라고 고쳐줄 수 없었다. 그래서 궨덜린과 관련된 기분 좋은 예상이 어긋난 것에 대한 불쾌감은 배출되지 못한 채 그대로 남을 수밖에 없었다. 그는 레이디 맬링거에게 이 사건에 대해 달리 알려줄 때까지 한 마디도 발설하지 말라고 부탁했고 속으로 중얼거렸다. '이 일이 그 가엾은 것(궨덜린을 가리키는)에게 무자비한 상처가 된다면, 지금처럼 불안한 상태에서는 한동안 모르는 편이 더 낫겠지. 그리고 다니엘에게 직접 듣는 것이 제일 나을 거야.' 휴고 경은 알고 있는 사실을 토대로 열심히 추측해왔기에 전체적인 상황을 잘 안다고 생각했다.

그동안 그는 가족과 디플로에 살면서 궨덜린에게 아버지와 같은 관심을 계속 쏟아주었다. 레이디 맬링거는 미망인을 좋아하지 않으면서도 이런 면에서 그를 기꺼이 지원했다.

오펜딘으로 이사하려는 계획은 실행에 옮겨졌다. 그곳에 정착했을 때 궨덜린은 어머니의 기대 이상으로 평온을 유지했다. 그녀는 자아에 대한 요구를 포기하고 일상생활의 선함을 받아들일 때, 심지어 강아지에게서라도 친절을 받아들일 때, 찾아오는 우울한 평화를 맛보고 있었다. 어둠의 구렁텅이에 빠질 뻔한 사람이 달콤한 공기와 햇살을 불평할 수 있을까? 어떤 관점은 매일 매일의 삶을 탈출로 여기고, 고요히 돌아오는 아침과 저녁 — 더 나아가 별처럼 바깥으로 타오르는 순수한 동지애, 우리 내부의 어둠을 깨뜨리는 너그러운 충동 — 을 우리로 하여금 고난을 감수하게 하는 구원으로 간주한다. 햄릿처럼 자책을 촉구하는 자아의식을 가진 사람은 이처럼 늘 구원된 느낌을 이해할 것이다. 궨덜린은 유혹을 받은 무서운 지난날을 거듭 돌아보면서 그런 느낌을 받았다. 처음에 양심의 지배에서 벗어나려고 몸부림쳤을 때는 자기만족적인 환상의 형태로 등장한 유혹이 마지막에 증오의 형태로 나타나 그를 충족하려 졸라대며 재촉했을 때, 그녀는 한때 저버린 양심에 도와달라고 기도하고 울부짖었다. 이제 그녀는 자기 내면의 가장 큰 악에서 구조되었고 다른 사람에게 극심한 해악을 끼치지 않게 되었다는 데론다의 말과 스스로에 대한 절망에 저항할 힘을 담은 모든 말을 곰곰이 되새겼다.

또한 그녀는 데론다를 곧 다시 만나리라는 기대감으로 스스로를 지탱하고 있었다. 그가 늘 자신의 손이 닿을 곳에 있으리라고 생각했지, 달리 상상해본 적이 없었다. 그가 가장 필요했기에 그의 독자적 생활에 대해서는 순전히 눈을 감았고, 그의 생활 전체를 자신과의 관계로 채웠다. 우리는 이웃들뿐 아니라 신에 대해서도 이처럼 열렬한 이기적인 상상에 빠지곤 하므로, 이것이 궨덜린에게 독특한 편견이라고는 말할 수 없다. 그리고 그녀가 기꺼이 발을 내디디며 바라보려는 미래에서 그녀는 그가 자기 앞에 세워줄 어떤 표상에 스스로를 끊임없이 동화시킬 것이다. 처음부터 그는 교화적 인물로서 그녀의 마음속 풍경에 등장하지 않았던가? 그녀가 처음에는 분개하면서, 결국에는 오로지 사랑과 신뢰를 품고 인정한 인물로서. 그녀는 이런 의존관계를 끝내는 것을 자진해서 생각할 수 없었다. 그녀의 상상에 그 관계는 단단한 대지와 같아서, 그 위에서만 그녀는 걸음을 옮길 수 있었다.

데론다는 오래지 않아 디플로에 왔다. 디플로는 런던에서 토핑애비보다 더 편리한 거리에 있었다. 그는 에즈라와 미라를 따뜻한 바닷가로 데려가고 싶었고 그러면서 미라가 자신의 신부로 살아갈 다른 집을 찾아보고 있었다. 그 집에서 그들은 그녀의 오빠를 함께 돌볼 것이다. 그러나 에즈라는 그들과 동양으로 가는 것이 아니라면 이사를 하지 않겠다고 간청했다. 외적인 것에 대한 온갖 권유가 점점 버거운 짐으로 느껴졌지만, 이 항해의 가능성에는 환상적인 기쁨을 느끼며 곰곰이 생각했다. 데론다는 결혼식을 두 달 안에 치르고 싶었기에 여러 가지 준비를 하느라 자신의 재산과 전반적 사정에 대해 휴고 경과 더 깊이 상의하려 했다. 그가 디플로 방문을 미루지 않은 것은 이런 이유에서였다. 하지만 다른 이유에 대해서도, 궨덜린과의 약속에 대해서도 많이 생각했다. 자신의 운명이 축복을 받았다는 생각 한가운데 가슴 아픈 불안감이 여전히 자리하고 있었다.

이것은 모순적인 감정으로 보일지도 모른다. 사랑받는 사람은 늘 행복한 사람이고, 행복하면 자족감에 젖어 외부의 슬픔에 무관심하다고 여겨지니까. 그러나 인간의 경험은 늘 모순적이다. 이 말이 현재 유행하는 금언이나 널리 유포된 철학적 명언과 일치하지 않더라도 말이다. 그가 미라에게서 느끼는 기쁨 바로 옆에 나란히 존재하는 다른 여자에 대한 근심은 미라에 대한 배신이 아니라, 그녀에 대한 그의 사랑을 더욱 가치 있게 만드는 풍부한 천성의 발현이었다. 우리가 가장 사랑하는 사람에게 그 사랑이란 무엇일까? 사랑은 무수한 근심을 끌어안는 것이다. 하지만 그 근심은 우리가 사랑 밖에서 느끼는 그 어떤 즐거움보다도 낫다.

데론다는 디플로에 두 번 갔고, 궨덜린을 두 번 만났다. 하지만 자신의 운명과 앞날의 변화에 대해서는 한 마디도 못하고 런던으로 돌아갔다. 그때마다 그는 스스로를 탓했다. 그러나 괴로움을 가져올 중대한 대화를 나눌 때 우리는 알려야 할 소식이 일으킬 결과와 상대방의 감정이 어느 정도 일치하도록 단어나 연상을 미리 바꿔야 한다고 느낀다. 처음 만났을 때 궨덜린은 자신이 하려는 말과 그가 대답해야 할 질문에 너무나 몰두하고 있었다. 자신의 생활을 어떻게 꾸려갈 것인지, 무지를 깨우치기 위해 무엇을 할 수 있을지, 모든 이에게 어떻게 해야 가장 친절하게 대할 수 있을지, 그리고 자신의 이기적 행위에 어떻게 보상하고 이기심을 없애도록 노력할 것인지에 대해 질문을 쏟아냈다. 그래서 데론다는 자기 신상 이야기를 꺼내려고 그녀의 당면한 욕구를 미룰 수 없었다. 아니, 살아가도록 도와달라고 그녀가 의지하는 순간에 상처를 주기가 두려웠다. 두 번째 만남에서는 그 이야기를 준비해서 꺼내겠다고 새롭게 결심했지만 그녀가 몹시 침울한 상태였다. 불쾌하고 쓰라린 기억이 그녀의 앞날을 만들어갈 새로운 내용보다 더 생생하게 끊임없이 밀려들어와 그녀를 압도한 것이다. 그녀는 병적 흥분 상태에서 소리 지르며 울었고 그가 자기를 언제나 경멸할 거라고 말했다. 그는 그저 위로하고 격려할 수밖에 없었다. 그의 말을 듣고 차차 기분이 나아진 그녀가 눈꺼풀에 아직 눈물방울이 매달린 눈으로 어린애처럼 새로운 관심을 드러내며 애처로운 모습을 보였을 때, 그녀에게 또 다른 짐을 지울 수는 없었다.

그러나 시간이 지나면서 그 곤란한 사실을 밝히는 것은 절박한 의무로 다가왔다. 사실 궨덜린은 그에게 그 나름의 사정이 있다는 것을 인식하지 못했다. 그가 어떻게 제노바에 있었는지 물어보려는 생각도 해본 적이 없었다. 그녀가 이토록 무심했기에, 그의 인생을 결정지은 사건이 갑자기 밝혀진다면 그녀에게는 더욱 가혹한 타격이 될 것이었다. 무관한 제삼자가 그 사실을 밝히도록 내버려둔다면 그녀는 그가 자신을 잔인하고 매정하게 대했다고 느낄 것이다. 그렇다고 그것을 편지로 전할 수도 없었다. 그녀가 사실상 작별을 고하는 그의 편지를 홀로 읽으며 그의 말이 그의 냉혹한 기쁨과 그녀에 대한 무관심만 드러낸다고 느낄지 모른다고 생각하면 그의 다정한 마음은 차마 견딜 수 없었다. 그래서 그녀가 그 사실을 모르게 내버려두고 오기보다는 어떤 위험이든 감수해야 한다고 느끼면서 그는 다시 디플로에 내려갔다.

세 번째로 방문해보니 한스 메이릭이 이젤을 갖고 내려와 디플로에 머물고 있었다. 그는 강둑에 앉은 세 딸의 초상화를 "게인스보로 스타일"로 그리기 시작했고, 페니코트에 걸어 다니며 시골 아이들을 스케치하는 등 다양한 작업을 시도하면서 가스코인 가족과의 친분을 돈독히 하고 있었다. 한스는 활기를 되찾은 것 같았지만 데론다는 그에게 약간의 가식이 숨어있다고 느꼈다. 발그레하게 얼굴을 붉히는 숙녀의 홍조가 조금 지나치게 붉고 변화가 없으면 인위적인 요소를 간파할 수 있듯이("색깔이 달라지는 입술연지"는 아직 광고에 등장하지 않은 시절이었다). 한편 한스는 데론다에 대한 고마운 마음으로 우정과 찬탄을 간직했지만 일말의 노여움을 느끼지 않을 수 없었다. 그것은 극히 경솔하고 솔직한 사람들이 과묵함을 털어낸 한 친구가 자신들이 전혀 의심하지 못했을 뿐 아니라 바랐고 영리하게 짐작한 것과는 정반대의 사실을 털어놓을 때 느낄 법한 분노였다. 사실 한스는 늘 데론다에게 속마음을 털어놓았고, 그 보상으로 들을 수 있을 속내에 전혀 호기심을 느끼지 않았다. 자신의 속사정을 쏟아내려는 사람은 친구의 속사정에 대한 암시가 조금만 풍겨도 이기적이고 무관한 일이라고 생각하지 않을까? 한스는 미라에 대한 감정을 계속 순진하게 털어놓은 반면 데론다는 그들의 경쟁관계를 비밀로 했고 그것이 이제야 중요한 결정적 사실로 밝혀졌음을 생각하면, 한스가 다소 쓰라리게 느낄 수밖에 없는 이유가 있다. 더욱이, 우리의 친구들에게 우리가 알지 못하는 다른 부분이 있었음이 결국 밝혀진다면, 위험을 감수해야 하는 쪽은 그들이다. 한스가 이렇게 상처받은 감정으로 격앙된 것은 너그럽게 봐줘야 한다. 왜냐하면 그는 그런 감정이 행동을 좌우하게 내버려두지 않은 것이다. 그는 운 좋은 친구에게 공정하게 처신했다고 생각했다. 아니면 "미리 단언하지 못했지만 내 성품이 진짜 멋진 소리로 울리는군."이라고 혼자 중얼거린 것이 옳을 수도 있다. 한스는 미덕이라는 점에서 자신은 아마추어에 불과하다고 늘 말해왔다. 그 말은, 다른 사람의 미덕은 매우 좋아하지만 자신이 직접 미덕을 만지작거리면 자기 꼴이 형편없어진다는 뜻이었다. 어쩌면 그는 자신의 선한 행위에 보상받기 위해 혀를 더 마음대로 놀렸을 것이다. 그리고 데론다의 행복에만 정신이 팔려서 궨덜린에 대한 그의 감정이 어떨지 전혀 이해하지 못했다. 그래서 망설이지 않고 궨덜린 이야기를 꺼냈다.

"언제 내려왔나, 한스?" 데론다는 강둑과 숲을 돌아보는 한스에게 다가가서 말했다.

"아, 열흘 전에 왔네. 휴고 경이 정한 시간보다 일찍 내려왔지. 렉스 가스코인과 함께 와서 목사관에서 한 이틀 머물렀어. 이 지역의 쑥덕공론에 대해서는 훤히 꿰고 있지. 수레 목수의 심리 상태도 잘 알고 있고, 유치원에서 치르는 시험을 도와주기도 했어. 윗입술이 멋진 렉스의 여동생 앤이 세 개구쟁이와 백치 한 명이 날 공격하지 않도록 바래다주었다네. 내 긴 머리칼과 전체적인 분위기가 페니코트의 미적 기준과 다르기 때문에 말이지. 요컨대, 이 마을은 목가적이라네. 단 하나의 결함은 어깨가 넓고 통이 널찍한 바지를 입고 다니는 시커먼 얼굴의 부목사일세. 그는 무거운 커튼 장사를 했어야 할 사람이야. 가스코인 가족은 완벽하다네. 게다가 반다이크 공작부인과 친척이지. 검은 상복을 입은 그녀를 멀리서 흘끗 본 적이 있네. 방문객 앞에 모습을 드러내지 않지만."

"그녀가 목사관에서 머물지는 않겠지?" 데론다가 말했다.

"아니, 내가 오펜딘의 고택을 보러 갔다가 공작부인의 가족을 만났어. 자네는 그곳에 가봤고 그들을 잘 알고 있겠지?"

"그래, 가본 적이 있네." 데론다가 조용히 말했다.

"멋진 고택이더군. 낭만적인 운명의 미망인에게 썩 잘 어울리는 배경이야. 그런데 그녀는 몇 차례 연애 사건이 있었던 것 같더군. 그녀와 내 친구 렉스 사이에 로맨스가 있었다는 걸 알아냈네."

"그럼 결혼하기 오래전은 아니겠군?" 데론다가 실로 관심을 느끼며 말했다. "그 가족은 오펜딘에서 1년밖에 살지 않았으니까. 어떻게 알게 되었나?"

"아, 슬프고 가련한 상태에 빠지는 것이 어떤 것인지 알기에, 다른 사람에게서 불행의 징후를 발견하면 혼자 고소해하며 즐거워하게 되었거든. 렉스가 오펜딘에 절대로 가지 않고 공작부인이 돌아온 후에도 전혀 만나지 않았음을 알게 되었지. 그리고 가스코인 양이 제스터 게임 — 내가 어린 아가씨들을 즐겁게 해주려고 허튼짓을 좀 했거든 — 에 대해서 얘기하다가 단서를 흘렸다네. 내가 보기에 그 단서는 렉스가 한때 아름다운 사촌 주위를 얼쩡거리다가 가까이 가서 불에 데고 말았다는 사실을 증명하는 것이었어. 그 연애사건에서 그녀가 어떻게 처신했는지는 모르네. 어쩌면 공작이 와서 그녀를 데려가 버렸겠지. 비범하게 훌륭한 젊은이가 애정을 품게 될 때는 늘 그런 식으로 전개되거든. 가스코인이 왜 법학을 애인으로 삼고 평생 독신으로 살겠다고 말하는지 이젠 이해할 수 있네. 하지만 그건 젊은 시절의 결심이지. 공작이 자네를 위해 익사하지는 않았으니, 어쩌면 결국은 내 친구 렉스를 위한 일이 될지 모르지. 누가 알겠나?"

"그랜코트 부인의 재혼이 꼭 필요한 일인가?" 데론다는 한스가 지금까지의 그녀의 삶을 잘 요약했더라도 새로운 시도를 정당화하는 이유로는 충분치 않다고 덧붙일 생각이었다.

"자네는 극악한 인간이야!" 한스가 반박했다. "그녀가 자네를 위해 평생 상복을 입기 바라나? 자네는 살아서 즐겁게 지내는데, 그녀는 스스로를 불태워 영원히 순장되기를 바란단 말인가?"

데론다는 아무 말도 할 수 없었다. 하지만 그가 너무나 화난 얼굴이었기에 한스는 화제를 다른 방향으로 돌렸다. 혼자 있게 되었을 때 한스는 데론다와 공작부인 사이에 미라가 알고 싶지 않을 강렬한 감정이 실제로 존재했으리라고 생각하며 어깨를 으쓱했다. '그녀는 왜 나를 사랑하지 않는 거지?' 한스는 스스로를 비웃으며 생각했다. '그럼 경쟁자도 없을 텐데. 어떤 여자도 나와 신학을 토론하고 싶어 하지 않았어.'

데론다가 그런 농담에 채찍질이라도 당한 듯 움츠린 것은 놀랍지 않은 일이다. 그 농담은 앞으로 목격할 고통을 예상하며 떨고 있는 감수성을 자극했다. 한스의 경박한 말도 그 고통의 실체를 생생히 드러내는 것 같았고 — 다른 사람이 우리의 걱정거리를 어떤 식으로든 주목할 때 그것은 더 확대되어 보인다. 그런데 지금 그는 그 시련을 더는 피하지 않겠다고 굳게 결심하고 내려온 것이다. 이튿날 그는 오펜딘에 갔다. 미리 전갈을 보내 그의 방문을 알리고 궨덜린이 그를 맞을 수 있는지 물어보았다. 그녀는 자신의 삶에서 몇 차례 중요한 위기가 있었던 낡은 응접실에서 그를 기다리고 있었다. 남편의 죽음 이후로 그가 본 어느 때보다도 슬픈 기색이 덜한 것 같았다. 미소는 띠지 않았지만 지난번에 보았을 때의 격한 감정과 대조적으로 평온하고 침착한 얼굴이었다. 그녀는 데론다의 얼굴에서 슬픈 기색을 직감하고 한층 민감하게 반응했고, 그가 약간 떨어져 맞은편에 앉자마자 말을 꺼냈다.

"지난번에 슬픔과 절망에 빠져 있어서 날 보러오기 두려우셨군요. 오늘은 그렇지 않아요. 그 후로 계속 미안하게 생각했어요. 그래서 할 수 있는 한 희망을 품고 쾌활해지겠다고 생각했어요. 나로 인한 고통을 당신에게 주고 싶지 않기 때문에."

이렇게 말하는 궨덜린의 목소리와 표정에 흔치 않은 감미로움이 배어있었다. 그래서 데론다에게는 이제 자신이 해야 할 일이 극히 잔인한 행위처럼 느껴졌다. 하지만 이 말에 대한 대답으로 시작해야 한다고 느꼈다.

"저는 오늘 좀 괴롭습니다." 그가 슬픔에 잠긴 눈으로 그녀를 바라보며 말했다. "부인께 말씀드려야 할 일이 있기 때문입니다. 미리 말씀드리지 않은 것은 제 신뢰가 부족했기 때문이라고 생각하실 거예요. 제 인생에, 제 미래에 영향을 미치는 일입니다. 부인이 제게 보여주신 신뢰에 고약하게 보답한 듯이 보일 겁니다. 제 삶의 중요한 변화를 일으킨 사건을 부인께 알려드리지 않았으니까요. 그렇지만 우리가 함께 있었던 순간에는, 부인이 겪고 있는 시련만큼 절박하지 않은 화제를 언급할 시간이 거의 없었지요." 데론다의 나지막한 목소리에는 소심한 다정함이 배어 있었다. 그는 그녀가 간청하고 고백하던 장면에서 무엇이든 베풀어준 사람은 바로 그녀였던 듯이 간청하는 눈길로 말을 멈췄다.

깜짝 놀란 그녀의 온몸에 전율이 일었다. 그의 말에서 알아차린 의미가 충격을 주기는 했지만 두려움을 일으키지는 않았다. 그녀는 휴고 경과 그의 재산에 관련해서, 그리고 그의 지위에 어떤 변화가 있었으리라고 즉시 생각했다. 그리고 자기에게 용서를 청하는 데론다의 말에 위안을 얻어 말했다.

"당신은 늘 나를 도우려고 할 수 있는 일을 생각하셨지, 다른 생각을 할 겨를이 없었어요. 내가 큰 골칫거리라서 당신 속을 썩였지요. 당신이 어떻게 다른 문제를 이야기할 수 있었겠어요?"

"제가 바로 얼마 전에야 부모님을 알게 되었다는 것이 무척 놀라우실 겁니다." 데론다가 말했다.

궨덜린은 놀라지 않았다. 그녀는 앞으로 나올 이야기에 대한 예상이 맞았다고 더 확신했다. 데론다는 방해받지 않고 말을 이었다.

"제가 이탈리아에서 부인을 만날 수 있었던 것은 그 사실을 알기 위해, 실은 어머니를 만나러 거기 가서였어요. 어머니께서 바라신 대로 저는 제 혈통을 알지 못한 채 성장했습니다. 어머니는 제 아버지가 돌아가신 후 어린 아기였던 저와 헤어졌어요. 그런데 이제 병환이 깊어져서 더 이상 비밀을 간직해서는 안 되겠다고 느끼셨지요. 어머니께서 비밀을 간직한 중요한 이유는 제가 유대인이라는 사실을 알려주고 싶지 않았기 때문입니다."

"유대인이라고요!" 궨덜린은 마치 혼란을 일으키는 물약이 몸에 서서히 흘러들듯이 낙심한 표정으로 나지막하게 놀란 어투로 말했다.

데론다는 얼굴을 붉히며 아무 말도 하지 않았다. 뚫어지게 바닥을 응시하면서 궨덜린은 여러 기억을 떠올리며 그 도움으로 어둠 속을 헤쳐나가려고 애쓰고 있었다. 마침내 그녀는 어떤 결론에 도달한 것 같았다. 데론다를 다시 올려다보고 마치 그 어머니의 행실에 대해 항의하듯이 말한 것이다.

"그 사실이 어떤 차이를 일으킬 필요가 있나요?"

"그것을 알게 됨으로써 제게는 아주 큰 차이가 생겼습니다." 데론다가 힘주어 말했다. 그러나 말이 쉽게 이어지지 않았다. 그녀와 자신의 생각이 서로 다른 모국어를 쓰듯이 동떨어져 있어서, 자신의 말에 어느 정도의 힘이 실릴 수 있을지 알 수 없었다.

궨덜린은 다시 생각에 잠겼고 그런 다음에 다정하게 말했다. "당신이 걱정할 일이 없으면 좋겠어요. 당신은 전과 똑같은 사람이에요. 유대인이 아닌 듯이."

그녀는 그런 외적인 문제는 자신이 그를 존중하는 방식이나 그가 자신에게 영향을 미치는 방식에 영향을 줄 수 없다고 그를 안심시킬 생각이었다. 이 오해에서 데론다는 일말의 도움을 받았다.

"저는 그 사실을 알게 되어도 괴롭지 않았습니다." 그가 말했다. "그것을 받아들일 준비를 서서히 해왔기에, 오히려 기뻤어요. 매우 훌륭한 유대인과 가까워지면서 준비하게 되었지요. 그의 사상에 대단히 매료되었기에, 그의 사상을 실현하려는 노력에 제 인생의 전성기를 바치려 하고 있습니다."

또다시 궨덜린은 동요된 것 같았다. 낙담한 표정을 지었고 이번에는 불안감이 섞여 있었다. 그녀는 어린애처럼 입을 벌린 채 데론다를 바라보았다. 그의 말에서 미라와 그 오빠를 떠올리지는 않았지만, 자신의 마음이 데론다의 마음에 닿으려면 험난하고 먼 길을 가야 한다는 무시무시한 예감이 들었다. 그가 갖고 있으리라고 생각한 전반적인 위대한 사상은 실제적으로 그리 큰 영향을 미치는 것 같지 않았고, 신비스럽게 가려진 이 특정한 사상처럼 무섭게 느껴지지도 않았다. 그는 그녀의 마음이 어떻게 나아가는지 정확히 짐작하지 못하고, 다만 가급적 갑작스럽지 않게 밝힐 방법을 찾으려 했다.

"이런 목적이 있기에," 그는 잠시 후에 말했다. "저는 장차 얼마간, 몇 년간 영국을 떠나 있을 겁니다. 동양으로 갈 목적이 생겼습니다."

이 말에서 어떤 부분이 더욱 명료해지자 즉시 더 큰 동요가 일어났다. 궨덜린의 입술이 떨리기 시작했다. "하지만 돌아오시겠지요?"

그녀는 굴러떨어지는 눈물을 맛보며 이렇게 말했고, 눈물을 닦을 생각도 하지 못했다.

데론다는 가만히 앉아 있을 수 없었다. 그는 칼라 깃을 잡고 일어섰고, 벽난로 쪽으로 걸어가서 그녀의 얼굴과 다른 각도로 서서 구석에 몸을 기댔다. 그녀는 손수건으로 뺨을 누르고 고개를 돌려 대답을 기다리면서 그를 올려다보았다.

"제가 살아 있으면." 데론다가 말했다. "언젠가는."

둘 다 입을 다물었다. 그녀의 질문이 대화를 이끌지 않는 한 그는 입을 열 수 없었다. 그녀는 해야 할 말을 곰곰 생각하고 있음이 분명했다.

"무슨 일을 하실 생각인가요?" 이윽고 그녀가 무척 겁에 질린 듯이 물었다. "내가 그 사상을 이해할 수 있을까요, 아니면 내가 너무 무지한가요?"

"동양의 여러 나라에 살고 있는 우리 민족의 현황을 제대로 알기 위해 그곳에 가려 합니다." 데론다가 부드럽게 말했다. 서로에게서 멀어지는 이 상황의 사사롭지 않은 부분을 가급적 잘 설명하고 싶었다. "저는 우리 민족의 정치적 실체를 재건하려는 이념에 전념하고 있습니다. 그들을 모아 다시 한 국가로 만들고, 국가적 중심을 제공하려는 것이지요. 온 지구상에 뿔뿔이 흩어져 살고 있어도 모든 영국인이 갖고 있는 국가 같은 것 말입니다. 이 일이 제게는 의무로 여겨집니다. 제가 할 수 있는 것이 아무리 보잘것없어도 그 일을 시작하겠다고 결심했습니다. 제 삶을 그 일에 바치겠다고 결심했어요. 적어도, 제 마음에 일깨워진 충동 같은 것을 다른 이들의 마음에 일깨울 수 있겠지요."

두 사람 사이에 긴 침묵이 흘렀다. 가엾은 궨덜린을 둘러싼 세상이 점점 더 넓어지는 것 같았고, 그 한가운데서 그녀는 더 고독하고 무력하게 존재하는 것 같았다. 그가 동양에 갔다가 돌아오리라는 생각은, 널리 뻗어나가는 그 목적의 어리둥절하게 하는 광경 앞에서 가라앉고 말았다. 그 목적에서 그녀 자신은 고작 한 점으로 줄어든 느낌이었다. 수많은 영혼에게 무시무시한 순간이 다가온다. 신문이나 방치된 읽을거리에서 자신의 삶과 동떨어진 일로 보인 세상의 거대한 동정(動靜)이나 인류의 광범위한 운명이 지진처럼 충격적으로 사사로운 인생에 개입하는 순간이. 성장하는 세대의 느긋한 주장이 침략 군대의 발걸음이나 내란의 무서운 충돌로 바뀌는 순간, 백발의 아버지는 오로지 한창때의 아들 시신을 찾으려는 생각뿐이고 아가씨들은 허영심을 버리고 약혼자의 떨어져나간 수족을 감을 붕대를 만드는 순간이. 이럴 때 입으로만 체념하고 입으로만 숭배해온 눈에 보이지 않는 권능이 나타나, 한 유대 시인의 이미지에 의하면, 불꽃으로 만든 수레를 타고 바람의 날개에 실려 다닌다. 마침내 사방으로 퍼져나가는 불의 재앙에 온 산이 연기를 토하고 온 들판이 전율하며 몸부림친다. 무자비하게 내리치는 벼락 아래서 훌륭한 명분도 종종 뒤집히고, 순교자들은 욕을 먹으며 살다 죽고, 왕관과 종려나무 가지를 내민 천사의 모습은 어디서도 보이지 않는다. 바로 그때 지고한 존재에 대한 영혼의 순종이 시험대에 오른다. 경박한 눈에도 깃든 생명은 인간이 무서운 얼굴의 의무와 씨름하는 광경을 내다보고, 종교는 그 자체가 개인적 위안이 아닌 다른 것임을 드러낸다.

이런 종류의 위기가 이 순간 궨덜린의 좁은 삶에서 일어나기 시작했다. 그녀는 생전 처음으로 광대하고 신비로운 동정(動靜)의 압력을 느꼈고, 처음으로 자기 세계에서 누리던 패권에서 떨어져 나왔으며, 자신의 지평은 자신과 더불어 운행하는 어떤 존재가 앞에 드리워놓은 것에 불과하다고 의식했다. 아내로서 미망인으로서 온갖 고충을 겪었어도 그녀에게는 어린 시절부터 떠나지 않은 내재된 생각, 즉 자신을 둘러싼 모든 것은, 어떻게든, 특별히 자신을 위한 것이라는 생각이 아직 남아있었다. 그래서 데론다와 관련해서 사사로운 질투심을 전혀 느끼지 않은 것이다. 그가 자기 아닌 다른 사람과 관계를 맺는 것이 옳고 마땅하다는 생각은 해본 적이 없었다. 그러나 이제 사사로운 질투심보다 더 깊은 충격이 닥쳐왔다. 정신적이고 모호하게 어마어마한 것이 그녀를 밀쳐냈고, 그러면서도 분노를 꺼뜨려 자기를 낮추게 했다.

긴 침묵이 흘렀다. 데론다는 가만히 서있었다. 말을 잇기 전에 잠시 중단된 것이 고맙기도 했다. 궨덜린은 손목을 포개고 시선을 고정한 채 조각상처럼 앉아 있었다. 강력한 마음의 작용으로 흥분이 모두 억제되었다. 이윽고 어떤 생각이 떠오르자 그녀는 데론다를 바라보며 떨리는 목소리로 말했다.

"내게 들려줄 말은 이게 전부인가요?"

이 질문은 그에게 창처럼 날아들었다. “제가 조금 전에 언급한 유대인은,” 그 역시 떨리는 목소리로 대답했다. “제 마음에 큰 영향을 준 그 탁월한 사람에 대해 들어보셨을 겁니다. 라피도스 양의 오빠입니다. 그녀의 노래를 이따금 들으셨지요.”

기억의 큰 파도가 너울거리며 고통스럽게도 궨덜린의 얼굴과 목이 붉게 물들었다. 미라를 찾아갔을 때 낭독하던 데론다의 목소리를 들었고, 당시에는 관심을 기울이지 않았지만, 그가 미라의 오빠와 히브리어를 읽고 있다는 말을 들은 그 날 아침 장면이 먼저 떠올랐다.

“그는 중병을 앓고 있습니다. 이제 죽음이 멀지 않습니다.” 데론다는 불안하게 말을 이어가다가 갑자기 멈추었다. 그는 기다려야 한다고 느꼈다. 그녀가 그 나머지를 짐작할까?

“내가 찾아왔다고 그녀가 말하던가요?” 궨덜린이 그를 올려다보며 갑자기 물었다.

“아뇨.” 데론다가 말했다. “무슨 말씀인지 모르겠습니다.”

그녀는 다시 눈길을 돌리고 생각에 잠겼다. 얼굴과 목에서 서서히 홍조가 사라지고 전처럼 창백해졌다. 곤혹스러운 홍조가 사라진 후 드러나는 빛바랜 해쓱함 같았다. 마침내 그녀는 할 말을 준비하며 마음속 생각을 내놓는 듯이 나지막하고 신중한 어조로 그를 바라보지 않으며 말했다.

“그런데 당신은 아마 결혼하시겠지요?”

“네.” 데론다 역시 낮은 목소리로 말했다. “결혼할 예정입니다.”

처음에 궨덜린의 자세는 아무 변화도 없었다. 겉으로 드러날 정도로 몸을 떨기 시작했을 뿐이었다. 그러더니 자기 앞의 무언가를 보는 듯이 눈을 부릅뜨고 뚫어지게 쳐다보다가 마침내 두 팔을 쭉 뻗고 숨이 막히는 듯 소리쳤다.

"내가 버림받을 거라고 말했죠. 나는 잔인한 여자였어요. 그래서 버림받은 거예요."

데론다는 참을 수 없는 고통을 느꼈다. 그는 억제하지 못하고 그녀의 내민 손을 잡아 양손을 모아 쥐고는 그녀의 발치에 무릎을 꿇었다. 그녀는 자신의 행복을 위한 희생양이었던 것이다.

"저도 잔인합니다. 잔인해요." 그는 애원하듯이 그녀를 올려다보며 신음하듯 되풀이했다.

그가 가까이 다가와 손길을 내밀자 무시무시한 환영이 흩어지는 것 같았다. 그녀는 정신을 잃었다가 의식이 돌아오는 듯이 그의 슬픈 눈길을 내려다보았다. 그러고는 가슴 아픈 기억이 되살아날 때처럼 애처롭게 이마를 찌푸리면서 그의 눈길을 응시했다. 그 슬픈 눈길은 아주 오래전 과거처럼 여겨진, 토핑 애비의 서재에서 그 눈길을 처음 보았던 때를 돌이켜 주었다. 복받치는 울음에 큰 눈물방울이 재빨리 떨어졌다. 데론다는 그녀의 손을 놓지 않으려 했다. 그는 한 손으로 그녀의 손을 잡은 채 그녀의 손수건을 눈가에 대주었다. 그녀는 조금 진정된 아이처럼 가만히 있으면서 말하려고 애썼지만 솟구치는 흐느낌에 그만둘 수밖에 없었다. 이윽고 그녀는 간신히 말을 이어갈 수 있었다.

"내가 말했지요 … 말했어요 … 더 나을 거라고 … 내게 더 낫다고 … 당신을 알게 되었기 때문에."

그의 눈에도 눈물이 가득 고였다. 그녀는 한 손을 빼내어 그의 눈물을 닦아주며 그의 행동에 답했다.

"우리가 완전히 이별하는 것은 아닐 거예요." 그가 말했다. "할 수 있을 때마다 편지를 쓰겠어요. 답장을 해주시겠지요?"

그는 기다렸고, 그녀가 이윽고 속삭였다. "노력하겠어요."

"저는 예전보다 더 많이 부인과 함께 있을 겁니다." 그는 그녀의 손을 놓고 무릎을 펴서 몸을 일으키며 부드럽고 간절하게 말했다. "예전에 함께 있는 시간이 많았더라면, 우리 두 사람의 차이를 더 많이 느꼈을 테고 더 멀어졌을 겁니다. 이제 어쩌면 서로를 두 번 다시 볼 수 없겠지요. 그렇지만 우리의 마음은 더 가까워질 겁니다."

궨덜린은 아무 말도 하지 않았고, 기계적으로 따라서 일어섰다. 삶의 기쁨을 묻어버린 후 덧문을 열었을 때 햇살이 종종 비춰주듯이, 슬픔에 잠겨 시들어버린 그녀의 표정을 보자 그는 자신의 말이 혐오스러웠다. 자신의 말에는 손쉬운 위로의 냉혹함이 담긴 것 같았다. 그녀는 그가 떠날 것이고 그 무엇으로도 막을 수 없다고 느꼈다. 그 의식은 귀에 울려 퍼지는 무시무시한 속삭임 같아서 다른 의식을 모두 마비시켰다. 그녀는 자기가 일어선 것도 알지 못했다.

데론다는 다시 말을 할 수 없었다. 아무 말 없이 헤어져야 한다고 생각했지만 작별의 순간을 향해 나아가기 힘들었다. 이윽고 그녀가 어떤 의도가 담긴 눈으로 그를 바라보았기에 그는 힘을 얻었다. 그는 앞으로 나아가 말없이 손을 내밀었고, 그녀는 그의 손에 자기 손을 올려놓고는 애써 생각하던 바를 말했다.

"당신은 매우 친절하게 대해주셨어요. 나는 아무것도 받을 가치가 없었어요. 이제 노력할 거예요. 살아가도록 노력하겠어요. 당신을 생각할 거예요. 내가 무슨 쓸모가 있겠어요? 해를 끼쳤을 뿐이지. 내가 당신에게 해가 되지 않게 해주세요. 내게는 그게 더 나을 거예요 —"

그녀는 말을 맺지 못했다. 눈물을 흘려서가 아니라 말을 하려고 무진 애를 쓰다 보니 온몸이 너무 떨린 것이다. 데론다에 대해 온당하게 평가하려는 그 지극히 어려운 일에 짓눌려 비틀거렸다.

그녀는 몸을 내밀어 그의 뺨에 입을 맞추었고 그도 그녀의 뺨에 키스했다. 그러고 나서 그들은 손을 맞잡은 채 서로를 잠시 바라보았고, 그런 다음 그는 몸을 돌렸다.

그가 떠나고 나서 어머니가 들어왔을 때 그녀는 꼼짝 않고 앉아 있었다.

"귄덜린, 얘야, 몹시 아픈 기색이구나." 그녀는 고개를 숙여 딸의 차가운 손을 만져보며 말했다.

"네, 엄마. 그렇지만 걱정 마세요. 난 살아갈 거예요." 귄덜린이 병적으로 흥분해서 소리쳤다.

어머니는 딸에게 자리에 눕도록 설득하고 옆에서 지켜보았다. 그날 낮과 밤의 절반이 지나는 동안 그녀는 끊임없이 발작적으로 비명을 질러댔지만 그 와중에 엄마에게 간간이 소리쳤다. "걱정 마세요. 난 살 거예요. 살아갈 작정이에요."

결국 그녀는 잠이 들었다. 새벽빛에 잠에서 깨어났을 때 어머니를 뚫어지게 올려다보며 다정하게 말했다. "아, 가엾은 엄마! 날 돌보느라 밤새 깨어있었군요. 슬퍼하지 마세요. 나는 살 거예요. 나아질 거예요."

제70장

> 인간의 경험이 바둑판처럼 교차하는 곳에서, 모든 계절은 황금시대처럼 뒤섞여 있다. 과일과 꽃이 함께 매달려 있고, 낫으로 농작물을 베어 들이는 동시에 씨가 뿌려진다. 누군가는 초록 포도송이를 살펴보고 다른 사람은 포도 짜는 기구를 밟는다. 아니, 우리 각자의 삶에서 추수철과 봄철은 죽음이 우리를 그러모아 보이지 않는 그의 들판에 다시 뿌릴 때까지 거듭 하나로 이어진다.

사랑의 축복 가운데 가장 절묘한 것은, 사랑하는 사람의 삶을 우리의 삶과 결합하면서 우리가 그 사람의 행복을 지켜볼 수 있고, 고난이 있는 곳에 위안을 주고, 궁핍과 고통의 기억에 더없이 감미로운 기쁨의 샘을 열 수 있다는 의식이다. 미라에 대한 데론다의 사랑에는 그처럼 즐거운 보호 의식이 강하게 스며들어 있었다. 그녀는 아기였을 때부터 작은 발로 가시밭길을 걷기 시작했고, 그가 처음 보았을 때는 절망에 빠진 소녀 같았다.

그러나 이제 그녀는 만족감이라는 따스한 햇살을 받으며 피어나는, 끄트머리가 가무스레하고 섬세한 상아색 꽃처럼 빛났다. 혹시라도 슬픈 일이 있으면, 행복하다고 말할 수밖에 없는 데론다와의 삶의 한 부분으로 생각했다. 그리고 그는 움직이거나 휴식을 취하는 그녀의 습관적 자세에 새로운 아름다움을 더해준 고요한 즐거움을 지켜보며 기쁨을 느꼈고, 그녀를 고통에서 구하는 것이 자기에게는 더 바랄 나위 없는 기쁨이라고 중얼거렸다. 그녀는 한스의 갈등이나 궨덜린의 고통에 대해 전혀 알지 못했다. 데론다의 은밀한 사랑이 자신을 향한 것이었음을 알게 된 후, 그에 대한 궨덜린의 간절한 욕망을 스스로도 느꼈던, 그의 선량함에 고마워하며 의존하려는 욕구로 쉽게 이해했다. 데론다가 그랜코트 부인에 대해 들려준 말은 그들의 관계에 대한 그런 설명을 확인해주었다. 물론 그는 다분히 소원한 태도로 그 관계를 언급했다. 미라는 데론다가 자기 말고도 많은 사람을 구해준 천사였다고 기꺼이 믿었다. 단 하나 놀라운 것은, 그 모든 사람 가운데 자신이 늘 그의 곁에 있도록 축복받았다는 사실이었다.

그러므로 미라가 신부의 베일을 둘렀을 때, 그 베일은 의혹에 찬 불안이 아니라 오직 경외감의 전율을 감쌌다. 잘 사용해야 할 큰 선물을 받았다는 경외감이었다. 벨벳 차양 아래 두 사람보다 더 멋진 신랑신부가 선 적이 없었고, 친지들이 더 슬기롭게 자손을 빌어준 부부도 없었으며, 그들보다 더 진실한 입술이 성스러운 결혼의 축배에 닿은 적도 없었고, 결혼의 축복이 그들의 진실한 언약처럼 강력한 실천의 약속을 거둔 적도 없었다. 당연히 그들은 유대 의식에 따라서 혼례를 치렀다. 그리고 어떤 종교도 아직은 잔치에 가장 신분 높은 지인만 초대하도록 하지 않았으므로, 데론다의 소규모 피로연에 코헨 가족이 전원 참석했다는 사실 — 이가 나기 시작한 아기만 현명하게 집에 남겨두기로 하고 — 을 불쾌하게 여길 사람은 아마 없을 것이다. 불우한 처지의 모르디카이에게 벗이 되어준 사람들이 그와 함께 기쁨을 누리는 자리에서 배제된다면 그가 어떻게 견디겠는가?

메이릭 부인은 이런 사정을 충분히 이해했기에 기꺼이 유대 전당포 주인과 동석하기로 했고, 세 딸과 함께 결혼식에 참석했다. 세 딸은 미라와 데론다의 결혼이 늘 아름다운 기억으로 남을 로맨스의 결말을 장식한다고 생각하며 즐거워했다. 어머니와 세 딸 중에 누가 그 로맨스에서 너그러운 역할을 맡지 않았던가? 그들은 도움이 필요한 아가씨에게 감정이나 행동으로 최선을 다하지 않았던가? 한스가 결혼식에 참석했다면 더 좋았을 것이다. 하지만 맵이 늘 말했듯이, 남자들은 그토록 민폐를 끼치는 소행에 대해 마땅히 고통을 받아야 한다. 만일 그녀 자신과 케이트, 에이미가 모두 데론다 씨를 사랑했다면? 하지만 자신들은 여자이기에 그처럼 어리석게 처신하지 않는다.

메이릭 가족은 자신들의 편견을 극복한 데 대한 보상으로 코헨 씨의 연설을 듣게 되었다. 그 연설은 연설의 일반적 방식을 전혀 따르지 않았다는 점에서 드문 미덕이 있었다. 제이콥은 나이에 비해 음식을 많이 먹었고, 아버지의 연설을 반주 삼아 말 울음처럼 작은 웃음소리를 여러 차례 들려주었다. 버릇이 없어서가 아니라 자기 가족이 돋보인다는 느낌에 신났기 때문이었다. 새 안식일 옷을 입은 아델라이데 레베카는 처음부터 끝까지 책임감 있는 진지한 분위기를 잃지 않았다.

큰 눈구멍에 움푹 꺼진 모르디카이의 빛나는 눈은 그 광경을 오래오래 지켜보았다. 이기적 욕구를 소멸시키고 공감이 살아 있는 초연함으로 이미 승화된 정신은 자애롭게 그 소중한 광경을 마음에 품었다. 그의 시선은 다른 사람들을 훑어본 후 새롭게 반짝이는 신뢰 어린 애정으로 데론다에게 머물렀다.

결혼 축하연은 초라했지만, 미라가 호화로운 결혼선물을 받지 못한 것은 아니었다. 약혼 사실이 알려지자 여러 벗이 친절한 계획을 세웠다. 휴고 경과 레이디 맬링거는 동양으로 떠나는 여장을 애써 완벽하게 마련해주었고, "사랑하는 다니엘 데론다의 신부에게 축복이 가득하기를. H. & L. M."이라고 새겨진 귀중한 금합을 선물했다. 마찬가지로 클레스머 부부는 아름다운 글귀가 적힌 완벽한 시계를 보내주었다.

그러나 결혼식 날 아침에 금이나 보석보다 더 소중한 것이 디플로 근방에서 데론다에게 전달되었다. 그것은 다음 글이 적힌 편지였다.

> 당신 결혼식 날에 내가 슬픔에 잠겨있을 거라고 생각하지 마세요. 나는 당신의 말을 기억해왔어요. 내가 살아가는 동안 다른 사람들로 하여금 세상에 태어났음을 기뻐하게 해줄 최고의 여자

가 될 거라고. 그게 어떻게 가능할지 아직은 모르겠어요. 당신은 더 잘 알겠지요. 혹시 그런 일이 이루어진다면, 그건 당신이 나를 도왔기 때문이에요. 나는 오직 자신만 생각했고 당신을 슬프게 만들었지요. 나 때문에 더 이상 슬퍼하지 마세요. 지금도 예전보다 낫고, 앞으로도 더 나아질 거예요. 당신을 알게 되었기에.

궨덜린 그랜코트

세 사람이 동양으로 떠날 준비가 즉시 시작되었다. 데론다는 곧 항해 길에 올라야 한다는 에즈라의 소망을 거절할 수 없었다. 에즈라는 그들이 자신을 돌보도록 붙잡지 않고 함께 출발하고 싶어 했다. 하지만 데론다는 항해가 지속되는 동안 에즈라가 목숨을 부지하리라고 확신할 수 없었다. 그의 질병이 최후 단계에 들어섰음을 알리는 증세가 드러난 것이다. 그러나 에즈라는 이렇게 말했다. "자네와 함께 있을 수만 있다면 내가 어디서 죽든 상관치 말게."

에즈라는 그들과 함께 떠나지 못했다. 어느 날 아침 일찍, 그가 데론다에게 말했다. "오늘은 내 옆을 떠나지 말게. 오늘이 다 가기 전에 죽을 걸세."

그는 의복을 차려입고 평소처럼 안락의자에 앉았고, 데론다와 미라는 그의 양옆에 앉았다. 몇 시간 동안 그는 전과 달리 침묵을 지켰고, 말하려고 애쓰지도 않았다. 이제 숨을 쉬도록 남은 시간이 고통스럽지만 자신의 발밑에 대양처럼 펼쳐진 평화로움을 느낀다고 알려주려는 듯이, 평온한 의미가 충만한 눈으로 그들을 이따금 바라보았다.

오후 늦게 빛이 스러질 때 그는 두 사람 손을 각각 잡고 데론다에게 말했다. "죽음이 성스러운 키스처럼 다가오고 있네. 그것은 이별이기도 하고 재결합이기도 하지. 죽음은 나를 자네 육신의 눈에서 떼어내어 자네 영혼에 온전히 존재하게 해줄 거라네. 자네가 가는 곳에, 다니엘, 나도 갈 걸세. 이미 시작하지 않았나? 내 영혼을 자네에게 불어넣지 않았나? 우리는 함께 살아갈 걸세."

그는 말을 그쳤다. 데론다는 다른 말을 기대하며 기다렸다. 그러나 에즈라는 두 사람 손에 힘을 주고 천천히 어렵사리 일어나더니 오랜 세월 죽어가는 이스라엘인의 입술에서 새어나온 신성한 유일신에 대한 신앙고백을 히브리어로 읊었다.

그는 조용히 의자에 앉았고, 다시는 아무 말도 하지 않았다. 하지만 몇 시간 후 미라와 데론다의 팔에 안겨 숨을 거두었다.

> 여기 눈물을 흘릴 일도,
> 비탄하거나 가슴을 칠 일도 없네.
> 나약함이나, 경멸도, 트집, 비난도 없네.
> 오직 타당하고 공정한 것,
> 너무나 고귀한 죽음에서 우리를 달래주는 것만 있을 뿐.[39]

---

[39] 밀턴 『투사 삼손』(1671) 1721~1724행.

작품 소개

조지 엘리엇(George Eliot, 1819~1880)은 영국 소설사의 탁월한 거봉이자 빅토리아 시대를 대표하는 심리적 사실주의 소설의 대가로 평가된다. 빅토리아 시대의 현인으로 불리기도 하는 엘리엇은 탁월한 지성과 예리한 사회의식으로 당대의 사회상을 세밀히 관찰하고 그려냈으며, 폭넓은 역사적 안목과 인간의 심리에 대한 깊은 통찰력, 인간의 삶에 대한 진지한 탐구로 영국 소설의 영역을 한층 확대했다.

엘리엇의 마지막 작품『다니엘 데론다』(1876)는 엘리엇 당대의 영국사회를 다룬 유일한 소설이며, 또한 유대인들의 시오니즘과 신비주의를 공감적으로 그려냄으로써 많은 논란을 일으킨 소설이기도 하다. 엘리엇의 걸작으로 일컬어지는『미들마치』가 부부 관계의 복잡하고 미묘한 심리를 실감 나게 묘사하고 지방사회의 다층적인 인간관계망을 생생하게 그려냄으로써 강한 호소력을 지닌 반면, 이 소설은 영국인들에게 유대주의와 같은 이질적이고 추상적인 관념을 도입함으로써 출간 당시부터 독자들을 곤혹스럽게 했다. 이 소설의 여주인공 궨덜린을 중심으로 한 플롯과 유대인인 다니엘을 중심으로 한 플롯이 두 개의 흐름으로 병행하거나 서로 교차하는 것에 주목하면서 대개의 평자는 궨덜린의 심리묘사나 그랜코트와 같은 사디스트적 인물의 형상화 및 그가 대변하는 영국 상류사회에 대한 풍자에 대해서 극찬을 아끼지 않았던 반면, 다니엘 데론다와 모르디카이, 미라 등 유대인을 다룬 부분에 대해서는 부정적으로 평가했다. 가령 헨리 제임스는 유대인 문제를 다룬 부분이 "차가운 반쪽"으로서 "그림(picture)"이 아니라 "도표(diagram)"를 제시하고 있다고 말했고, F. R. 리비스는 두 부분으로 나뉘어 있는 이 소설에서 유대인 부분을 떼어내야 한다고 주장했으며, 에드워드 사이드는 이 소설이 시오니즘의 선전물에 불과하다고 혹평하기도 했다.

이처럼 『다니엘 데론다』의 성취에 대한 다양한 평가가 가능하지만 무엇보다 주목해야 할 점은 이 소설이 엘리엇의 다른 작품들보다 실험적이며 현대적이라는 것이다. 우선 여주인공 궨덜린은 엘리엇의 다른 여주인공보다 독특하고 강한 개성을 지닌 인물이고, 그녀가 성장하고 고통을 겪으며 변화하는 과정은 『미들마치』의 도로시아 브룩이나 『플로스 강의 물방앗간』의 매기 털리버와도 다른 차원에서 다면적으로 제시된다. 그녀는 자기만족과 권력을 추구하며 주위의 인간들을 지배하고 싶어 한다. 자신의 협소한 세계에서 자기의 욕망을 가차 없이 추구한다는 점에서 『미들마치』의 로자몬드 빈시와 비슷하지만, 궨덜린의 활력은 로자몬드와 비교할 수 없이 강력하다. 이 소설은 독일 레브론의 카지노에서 도박을 하고 있는 궨덜린을 묘사하는 유명한 장면으로 시작하는데, 여기서 심리적 좌절 상태에서 돈을 잃을수록 판돈을 더 많이 걸면서 맹목적인 분노와 자기파괴적인 도전성을 드러내는, 빅토리아 시대의 소설로서는 범상치 않은 여주인공이 드러난다. 그녀가 그랜코트와 결혼하는 동기에도 지배 욕구와 모든 것을 걸고 도전해보려는 도박 심리가 깔려 있다. 하지만 그녀를 물건처럼 소유하고 그녀의 의지를 굴복시키는 것에서 만족감을 찾는 남편과의 관계에서 궨덜린은 자신감과 활기를 잃어버리고 두려움에 질린 피동적인 인물로 변모하면서 정신적 멘토인 데론다를 통해 '구원'을 얻고자 한다. 이 작품의 결말은 결혼을 통해 문제를 해결하는 빅토리아 시대 소설의 관습적인 패턴을 따르지 않고 홀로 남아서 불확실한 미래를 응시하는 궨덜린을 보여준다. 자신의 좁은 자아를 벗어나 이타적 삶의 첫발을 내딛으려는 그녀의 불안정하고 무기력한 의식이 여운으로 남을 뿐이다.

숱한 논란을 일으킨 유대인 문제도 엘리엇의 실험적이고 예언적이기도 한 작가 정신의 소산이라고 볼 수 있다. 엘리엇 스스로도 유대인을 다룬 부분이 독자의 혐오감과 저항감을 불러일으킬 것을 예상했지만, 그녀가 한 편지에서 밝힌 바에 의하면, 유대인에 대한 기독교인들의 전반적인 태도가 불경하고 어리석기 때문에 자신의 의도는 유대인들을 공감적으로 이해하며 제시하려는 것이고, 더 나아가 반유대주의는 모든 동양인에 대한 영국인들의 전형적 우월감의 한 지류이며 그처럼 오만무례한 전제적 태도는 국가적 수치라는 것이다. 엘리엇은 소설의 결말 부분에서 표제 인물인 다니엘이 유대인 국가를 건설하기 위해 팔레스타인 지방으로 떠나는 것을 그린다. 이 부분은 특히 오늘날의 관점에서 정치적, 도덕적으로 비판을 받을 가능성이 크지만, 빅토리아 시대 영국 지식인으로는 흔치 않은 자기 비판과 통찰력으로 영국인들의 집단 심리에서 어둡고 비합리적인 부분을 드러내고 더불어 개인적 자아를 초월하여 도덕적이고 사회적, 국가적 이념에 헌신하는 인간상을 제시하려는 엘리엇의 태도는 존중되어야 할 것이다.

이 소설이 귄덜린 할레스의 이야기와 다니엘 데론다의 이야기를 이중 플롯으로 엮은 방식은 대단히 실험적이다. 제1장에서 귄덜린과 다니엘의 조우를 대단히 강렬하고 인상적인 장면으로 제시한 후에 마지막 70장에서 그들의 결별에 이르기까지 이 소설은 두 사람 각자의 과거 삶을 되돌려서 그려내고 그들의 행로가 간간이 마주치고 엇갈리는 과정을 통해 관계의 진전을 묘사하는 복잡한 구조를 이루고 있다. 귄덜린의 이야기가 생생하고 극적으로 형상화된 개인의 드라마인 반면에 다니엘의 이야기는 다양한 설명이나 토론 등 도식적인 요소가 포함되어 있지만, 이 두 가지 플롯은 좁은 자아에 갇힌 인물과 이타적인 자아를 구축해가는 인물을 대조하면서 두 세계를 서로 조명하게 한다. 또한 영국 상류층의 피상적이고 위선적이며 파괴적인 문화와 박해받는 소수인종의 삶과 문화를 극명하게 대조시킨다.

요컨대 『다니엘 데론다』는 제국주의의 절정기에 달한 빅토리아 사회에 대한 지식인의 철저한 비판이라고 볼 수 있다. 빅토리아 시대 최고의 지성인 가운데 한 명이 1870년대 영국 사회에 대해 깊이 있는 반성적 성찰을 제공했다는 점에는 의문의 여지가 없다. 또한 영국 사회 내부에 시선을 국한하지 않고 소수집단인 유대인의 디아

스포라와 박해의 역사에 관심을 기울임으로써 이른바 "국제문제"를 파악하고 세계적인 맥락에서 영국의 문제를 고찰하려는 인식의 확대를 보여준다. 이 주제에 관한 작가의 성취에 대해서는 논란의 여지가 있지만, 이 작품이 헨리 제임스의 국제적 주제의 소설이나 20세기 초반의 이데올로기 소설, 팔레스타인과 이스라엘 문제를 다룬 소설의 시초로도 볼 수 있다는 점에서 그 의의를 높이 평가할 수 있다.

지은이 조지 엘리엇(George Eliot, 1819~1880)

영국 19세기 빅토리아 시대의 대표적인 작가이자 심리적 사실주의 소설의 대가로 꼽힌다. 농장 관리인의 딸로 태어났으며 본명은 메리 앤 에번스이고 21세 이후 자유주의 사상가 및 사회개혁가들과 교류하면서 『웨스트민스터 리뷰』의 부편집장으로서 에세이와 평론을 기고했다. 『아담 비드』(1859), 『플로스 강의 물방앗간』(1860), 『사일러스 마너』(1861), 『로몰라』(1862~1863), 『급진주의자 펠릭스 홀트』(1866), 『미들마치』(1871~1872), 『다니엘 데론다』(1876) 등의 소설에서 넓은 역사적 안목과 인간 심리에 대한 깊은 통찰로 당대 사회상을 그려냈다.

옮긴이 정상준

서울대학교 영어영문학과 졸업하고, 텍사스주립대학교(오스틴)에서 미국학 석사학위, 하와이주립대학교에서 미국학 박사학위를 받았다. 현재 서울대학교 영어영문학과 교수로 재직하고 있다.
저서로 『Representing the Rosenberg Case: Coover, Doctorow, and the Consequences of Postmodernism』, 역서로 『다니엘서』, 『여인의 초상』, 『나사의 회전』, 『아들과 연인』, 『미국역사의 순환』(공역) 등이 있다.